U0164487

故曰 教學相長也

知困 然后能自強也

知不足 然后能自反也

是故學然後知不足 教然後知困

雖有至道 弗學不知其善也

雖有嘉肴 弗食不知其旨也

——《禮記·學記》

傅芳觉 ◎编著

# 清水芙蓉

## 教学相长集

# 清水芙蓉
# ——教学相长集

编 著 者 ： 傅芳觉
编　　　辑 ： Angela
封 面 设 计 ： Steve
书 名 题 字 ： 廖培皓
排　　　版 ： Leona
出　　　版 ： 博学出版社
地　　　址 ： 香港香港中环德辅道中 107-111 号
　　　　　　　余崇本行 12 楼 1203 室
出 版 直 线 ： (852) 8114 3294
电　　　话 ： (852) 8114 3292
传　　　真 ： (852) 3012 1586
网　　　址 ： www.globalcpc.com
电　　　邮 ： info@globalcpc.com
网 上 书 店 ： http://www.hkonline2000.com
发　　　行 ： 联合书刊物流有限公司
印　　　刷 ： 博学国际
国 际 书 号 ： 978-988-79343-6-3
出 版 日 期 ： 2019 年 4 月
定　　　价 ： 港币 S118

《咏荷》

承天接地立池塘，雨打风吹任尔狂。

节节玉龙潜水底，田田绿盖抗骄阳。

一身澄澈洁如练，万种柔情盈暗香。

昨夜清辉映菌菌，明朝碧野溢芬芳。

深圳实验学校校长：袁敬高

2017年8月

银湖水面银光闪烁笑迎实验奖牌新获金银

笔架山前笔墨生辉欢写新年愿景堪称妙笔

校钟铭

银湖水畔 笔架山川

钟灵毓秀 百花竞妍

春风桃李 菁菁校园

莘莘学子 重任在肩

最高学位 人格健全

学业进步 德才俱兼

特长明显 敢为人先

和谐发展 中正恭谦

励精图治 矢志弥坚

中华崛起 多彩梦圆

为学相长！

南方朔
2008.11.20

台湾著名学者、诗人、文学家、政论家
南方朔先生为本书题词并与编著者合影

开生活之源
导写作之流
赠小荷文学社
陈金明

全国中语会会长、首都师大教授陈金明先生
与本书编著者合影并为小荷文学社题词

教育部中小学教材审查委员、人教社特约编审、
著名特级教师钱梦龙先生给本书编著者题词

写作需对生活加以
揽抱，又需要对其
加以凝观。
——题赠"小荷"

曹文轩

北大教授、博导、著名作家曹文轩先生
与本书编著者合影并为小荷文学社题词

著名诗词专家、《中华诗词》杂志社
原主编杨金亭先生为本书编著者题词

著名诗词专家、中央纪委老干部局
原局长陈松先生为本书编著者题词

冯景华校长代表深圳实验学校
向练北中学捐赠《菁菁校园》

执行校长邓旭主任为小荷文学社副社长、
动物小说《蛇王》陈鹏宇同学点赞

王洪吉主任代表学校和受赠方感谢
神州物流公司周总的大力支持

四川省人民政府驻深办的感谢信

向四川地震灾区同龄人捐赠我们自己的书

请得意门生魏劼（左一）做翻译兼导游，参观国际名校伯克利大学

得意门生魏劼（右一／伯克利大学）和杰出校友朱蓉典（右二／波斯顿大学）回母校介绍学习经验

与深圳实验教育集团少年人文学院小院士合影

率小荷文学社代表赴韶山学习交流

与载誉归来的"深圳十佳文学少年"任文景合影

和余明发老师赴甪直拜谒叶圣陶先生墓，并与叶老孙女叶小沫老师合影

1993年赴河南省洛阳市
参加中南六省中语研讨会

游览日本富士山留影

在法国大文豪雨果故居留影

在美国哥伦比亚大学

风华正茂的青年教师

与香港凯荣投资董事局主席周腾 (右一 / 高中同
学)、上世纪 80 年代学生李美霞 (左一 / 香港
自由撰稿人宜小米)、90 年代学生周荃 (左二 /
香港美国摩根士丹利银行) 商量本书出版事宜

高中毕业即将 40 周年了

高中毕业 30 周年师生聚会

与理科实验班数理化老师上南岳

与理科实验班学生上南岳衡山

与理科实验班数理化老师上南岳衡山

带领理科实验班学生逛长沙烈士公园
（左一邓志峰、右一廖武、右二邓亮）

当年理科实验班的张靓与胡鑫左琳
夫妇带着孩子来拜年

与昔日弟子、首届麦肯锡中国经济学奖
获得者、清华大学经管学院黎波教授合影

与在香港工作的昔日弟子
相聚于西九龙高铁站

分别已经廿年整

长沙一中 C922 班毕业 20 周年师生合影

集体朗诵《沁园春·长沙》

# 三上大围山

准备再上大围山

师生小聚20180731

大围山下相见欢

# 九回九道湾

在长沙海关

伯牙子期

教得颇有"成就感"的一届：有 10 位成双成对

浏阳七中 59 班毕业 30 周年师生合影

参加 2018 年深圳市中考命题语文组老师合影

荣获全国诗词大赛一等奖

小荷文学社师生出版作品选

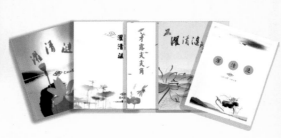

小荷文学社社刊《濯清涟》

北大博导、中国语言文学研究所所长谢冕
教授（左三）与本书编著者（左二）合影

# 目 录

## 第二辑　自反篇　映日荷花

## 第三辑　知困篇 半亩方塘　　　　　　　　（傅芳觉）

## 第四辑　自强篇 清辉菌苕

## 第五辑　附录 接天莲叶　　　　　　　　（傅芳觉）

# 当代版"教学相长"的生动诠释
## ——《清水芙蓉——教学相长集》序

### 周庆元

上世纪70年代末，在恢复高考之后进入湖南师范大学中文系的那批学生中，年龄偏小的傅芳觉给了我很深的印象，特别是他的善良、朴实、勤奋而聪慧。一晃30多年了，芳觉由花炮之乡浏阳来到长沙，几年后又由长沙迁居深圳，成了中国名校——深圳实验学校的高级教师了。这些年，断断续续跟他有些联系。偶尔见面，发现他似乎保持着老样子，总是那张憨厚的笑脸，总是一副谦谦君子形象。前不久，他在电话中告诉我想出一本集子，将自己这些年在教育教学教研之路上的行与思作一些梳理。我以为，这是非常有价值、有意义的一项工作。

芳觉将自己的集子叫做《教学相长集》。我很喜欢"教学相长"这4个字。我觉得，如果沿着中国几千年教育发展的长河漫溯，那些散落在线装经典中言简意赅的教育言说和教学话语总能把我们浮躁的心绪和飘忽的思维引向幽深，这些言说所蕴含的意义与价值足以让我们远离那些仅仅依靠新颖语词和新式概念来装饰的苍白思想，远离那些空洞、冗长而枯涩的教育表达。就说"教学相长"吧，简简单单的命题，普普通通的文字，它好像从遥远而寂寞的历史山头飘然而下，成为千百年来人们讨论教学活动特点以及师生互动关系的经典表达。

"教学相长"的内涵诠释最初见于《学记》："学然后知不足，教然后知困。知不足，然后能自反也；知困，然后能自强也。故曰：教学相长也。"细细琢磨这些句子，我们不得不惊叹于这些藏在经典中深刻的思想与智慧。从这几句穿行于重重岁月的通俗表达中，我们看到了太多被人反复征引的现代理念。诸如主体性的张扬，诸如反思性思维的培育，诸如舞伴型师生关系的建立，等等。当然，从教学相长的阐述中，我们更加看到：教与学是相互依存、紧密相联的连续性活动过程，它们之所以能够在一定的场域中相互展开、相互促进，其根本动力并非来自外在的规约或环境的逼使，而是源于教和学两个主体所存在的共同的心理动因——在反思中实现自我超越。因此，教与学、师与生的关联，不是简单的教学活动关联与教学行为关联，从根本上说，它们是师生在由"知不足"到"自反"、由"知困"到"自强"的双向互动过程中所建立的精神关联。从这个意义上，教学相长的"长"可以理解为师生在相互对话与交流中实现知识、思维、精神、人格的共同成长。

作者从学生与教师两个视角将他的著述一分为四，计有"不足""自反""知困""自强"四篇。显然，从书名确定到内容构架，都表现出作者对"教学相长"理念的情有独钟。事实上，在领异标新的理论话语中，"教学相长"一点都不高深神秘，一点也不炫目抢眼，但我以为，它平实而深刻地道出了教师实现专业成长最为重要的策略、路径与方法。在教育研究者的群体构成中，中小学教师始终与学生的成长相伴，他能够随时随地从学生的成长变化中发现有价值的问题，获取有意义的研究素材，产生独特的教学体验、教学感悟和教学思想，进而实现教学理论的建构与创新。在大力促进教师专业成长的今天，一名真正有眼光、有思想、有研究能力的中小学教师，他会格外珍视他所独有的这种研究资源。

讨论教师的专业发展，有一个前提不可忽视，那就是今天的教师实际上都处于终身教育的背景之下。教师不再是单向度地传道者、授业者与解惑者，更不是简单的知识权威与道德圣人，教师在本质上也是一个没有终点的学习者，教师作为学习者与一般人作为学习者的不同之处在于他学习活动的展开一般会与教学活动的目标、内容、对象等要素有着紧密的专业关联，学习是当代教师实现个体价值的必然取向，也是他必须选择的一种生活方式。教师角色的悄然变化赋予了教学相长以新的时代意义：一个真正懂得教学相长的教师，他就会自觉地同优秀的人类文化遗产，同鲜活的课程文本，同千姿百态的课程学习者展开平等对话、多向交流，他就会自觉地引领和促进学生不断地实现由"知不足"到"自反"的超越，并在这种引领与促进中实现由"知困"到"自强"的自我超越。因此，教学相长与其说是传统教育留下的经验与智慧，不如说它是当代教师实现自身专业成长的基本精神与理念。

如果从体系构建、理论品格诸方面衡量，傅芳觉的《教学相长集》并非典型的学术专著，但这并不影响它的教育价值和阅读价值。

名之"教学相长"，书的前半部分全是傅门学子写下的鲜活文字，其中多为在青年学生刊物发表或竞赛获奖的篇什。学生的这些文字浸染着校园里纯净的蓝与白，飘着淡淡的栀子花香。从孩子们真诚而略显稚嫩的花季叙事里，我们听到一群阳光少年的思想正在拔节生长，看到他们丰富的情愫正像碧净如丝的春草悄然萌动。从犁着白浪的南海边游泳到荡着古韵的江南通州故乡的小巷里漫步，从融化着亲情的家庭琐事到月下校园的流连忘返，从人生问题的思索到历史文化的对话，我们从学生习作里看到了成人世界里缺失的种种纯真与美好。可以想象，阳光下，草地上，一群这样天真可爱的孩子簇拥着浓眉大眼国字脸的傅芳觉老师，那是一种怎样的幸福与感动。因为，教师为学生而存在，教师的生命价值就体现在他所培养的学生身上。我想，倘若一个教师教过的每个学生都能成功，都能幸福，都能实现和谐发展与个性张扬，那么，这便是这个教师最伟大的作品，这个作品，不是"文"而是"人"！

　　《教学相长集》第二辑谓之"自反篇"。名为"自反"，"反"什么呢？傅芳觉老师拎出的关键语词是方法。这一辑的文字是他指导学生反思语文学习经历的诸多成果。谈论语文学习方法的文字随处可见，但以教师与专家的理性言说居多。而无论怎样高超神奇的学习方法，离开了生动的、个性化的实践与体验，都无法变成切实的行动。在"自反篇"中，我们看到：当学生自己成为方法的探索者与叙述者之后，他的文字里平添更多切己的体验性和亲和力。尽管这些文字里不乏积累、多思等前人反复言及的经验，但因为它们从学生真实的经历中生长出来，给人的阅读感觉倒是别有一番真实与可爱，特别是加配了家长的点评文字，作者之用意在于让学校语文教育与家庭语文教育在这个思想的空间里并肩牵手，以期共生共长。在我看来，这实际上是在为学校语文教育营造一种良好的生态。

　　"教然后知困"。傅芳觉从湖南师大中文系毕业之后，即分配到湖南浏阳一所条件简陋的农村中学担任语文教师，工作的艰辛与环境的闭塞丝毫没有束缚他梦想的翅膀，他怀着沉潜的心态，凭着务实的脚步和优秀的业绩一路风雨兼程。从农村中学讲台到一个县级市的语文教研员，后来又从浏阳调到百年名校长沙一中，再然后又凭着自身的优秀调入深圳实验学校，举家迁居深圳。这种经历本身见证着他的人生奋斗。"知困篇"里收录了他所发表的部分教育教学论文。从遴选的这些论文看，应该说，傅芳觉是那种有思想、有见地的中学老师。他关注的重点似乎不是教材文本的解读，不是教学方法的归纳，而是学生作为人的成长，是学生终身受用的语文能力与习惯的养成。因此，他谈论如何"导入最佳学生心境，开发学习潜能"，他从中考作文命题、高考语文试题中分析出如何让"作文"真正全面而深入地指向"做人"。在世纪之交的语文教育大讨论中，他以一篇《正确评价当代中学生的语文能力》表达了自己作为语文教育践行者的观察与思考，从这些论述文字里，我们看到的是傅芳觉那种务实求真的精神、宁静致远的心态和睿智轻灵的思想，可以说，"文如其人"4个字在这里得到了很好的佐证。

　　书的最后一辑名为"自强篇"，实际上是傅芳觉多年前的领导、同事、好友与学生写下的一些回忆性文字。"知困然后能自强也"，或许，在傅芳觉看来，这些文字对他来说都是一种"自强"的鞭策吧。古话云：得天下英才而教之，不亦乐乎！教师是一种守望的职业，"年年岁岁花相似，岁岁年年人不同"。就像普天下的父母为儿女的成才而自豪一样，普天下的教师无不为学生的成功而骄傲。因为，在父母和教师眼里，孩子的成功与辉煌是对他们生命意义最好的诠释。在"自强篇"里，我们清晰地看到傅芳觉作为教师给学生的人生影响。透过这些文字，我们结识到的有专栏作家，有曾经的"记忆王"，有正在高校读研的学子，也有偶尔靠着手机与电话联络、散在城乡某一个角落的同事与好友。对于傅芳觉来说，他们深情回忆的点点滴滴也许还清晰如昨，而曾经的岁月已飘然远逝。是的，在变动不居的时光之流里，教师工作的诗意就在于他的心声能够在一代接一代的青青子衿中产生深远而悠长的回应，他拥有感动、回忆、牵挂与祝福，拥有人世间纯洁的师生情、朋友谊，这些情感在岁月的沉淀中散发着酒的醇香，把我们引向充盈着人文情怀的美丽而永恒的精神家园。

却顾来时径，苍苍横翠微。如今，人到中年的傅芳觉，当他每天清晨或黄昏驾着银灰色的现代伊兰特穿行于闹市的时候，或许他的心头仍有着挥之不去的工作压力，但是，我想，他应该感恩命运，更应该感恩于这么多年来自己一直保持着昂扬进取的人生姿态吧。

是为序。

（作者系中国高等教育学会语文教学专业委员会会长、湖南师范大学教育科学学院教授、语文课程与教学论方向博士研究生导师）

# 文如其人、行胜于言
## ——感芳觉先生治学育人

彭德成

今年六月上旬的一个晌午，我正伏于案头，突然手机响了，真是意想不到，传来那么熟悉而又多日不曾聆听的声音。在电波的那一头，芳觉先生告知他正准备将几十年的中学语文教学经验与体会整理成《教学相长集》一书，并拟于近期在京出版。芳觉先生是一位很具造诣的中学语文教师，现工作于著名的深圳实验学校。在其辛勤耕耘学坛几十年里，从三湘大地到南国鹏城，把一门没边没底的中学语文课搞得有方有园，培育了如今遍及海内外的芸芸学子。如能将其长年的宝贵经验付之于梓，流传后人，实是件大幸事，亦是件大喜事。我即表示拥护并致以祝贺。芳觉先生当即约我能否翻开少时的记忆，为其《教学相长集》写些文字。随后他即寄来本书的目录和作品，许多还是往日同学们的记忆封尘和家长们的由衷表达，供我学习参考。随后的日子，虽不敢淡忘先生交办的任务，但因困于日常琐事，一晃快五个月了，终未了却此愿。日前，先生来电不日抵京与蓝天出版社商谈书稿出版事，问我任务可否完成。看来无论如何都当交差了。于是，不由得我不动起手来写些文字以作交待。待静下心来，偶尔一想，自己三十年来受惠于先生教诲，平日里也写些文字，不过大抵是官样文章，虽然如此也确有许多文字痛楚，痛苦之后自会有些心得，如今试抖出来权当作心境报告，对自己算是释怀。

芳觉先生是我高中语文老师。我不是芳觉先生的得意门生，因为他最杰出的学生名录中我排不上，我也不可以算作他的高"头"高足，因为实在也没什么可让先生赞赏之处。但我自以为还可算他的"嫡系"，因为我是先生的开门弟子之一。认识傅老师的时候是 1983 年秋。那时，刚从湖南师范大学中文系毕业的先生即被分配到地域偏僻、环境极佳、学风甚浓且具有革命传统的浏阳七中，担当毕业班语文课重任。在我们学生们眼里，先生真可谓风流倜傥、风华正茂、才华横溢，用时下的话说是好帅又好玩、男生可以当哥们、女生可以作偶像的那一类。先生意气风发、满腹经纶，既有"夫子"的韵味，又充满青春活力，时代气息很浓，要知道芳觉先生和一同来的袁章军老师是改革开放之后首批分配到七中的正规重点大学本科老师。他俩的到来一下给学园增强了很强的朝气和活泼氛围，也捎来了新的视野。记得当年傅老师担当了两个毕业班的语文老师，我们都很庆幸。在之后的日子里，傅老师将他的知识、才华、智慧、品质、精神都默默地奉献出来、展示出来、传递出去，浇注于每一个学生的心田脑海，使我们受益终生。虽时过三十来年，傅老师在当年讲坛上的声音和神态，那种渊博、那种洒脱、那种循循诱导，至今仍历历在目。当年的同窗，如今都已分布于祖国的大江南北、各条战线，奉献于各个岗位，许多成为祖国现代化建设的中坚力量，偶尔相聚，忆及当年校园岁月，无不兴奋之至、留恋之至。优美古朴的七中留下了我们最纯真、最亲密、最欢快的时光，也留下了我们最忧虑、最紧张、最艰苦的日子。每忆七中年华，当时的许多老师和同学都是大家念及最多的人和事。其中，芳觉先生则是每念必及、念念不忘的老师，因为在我们心中，傅老师不仅是良益，更是益友。先生在七中的时间不是很长，大概也就是五六年的光景，但每一个他教过的学生，都与他保持着密切的联系，保持着日常交往。而今，芳觉先生依然像当年那样，倾听我们的闲言杂语，仍像当年一样给予鼓励和诱导，从不厌其烦。有时候自己想，如若可能，真愿意再回校园，再回先生课堂。

作为我们的语文老师，芳觉先生自是我们的习文教练。虽然那时我是理科班学生，但对作文还有些兴趣，可是基础甚差。那时候高考竞争十分之严酷，全国高考录取率不足百分之五，一分之差决定一生命运。高考作文是命题作文，临到考前几个月，一个学校甚至全市的高中毕业班的所有语文老师就开始为学生们猜题，这一年高考作文大概会是什么类型的，于是重点准备。为了以防万一，语文老师就得把各种类型的作文题都拿出来准备，需要应对的实在太多。作文是我们乡村子弟最难啃的骨头，往往拉开高考分数差距的就在这里，无形中也就成变一个学校或一名语文老师核心竞争力了。临近高考，紧迫一天天增加，作文成为难题之一。于是乎，走出农村的欲望驱使我不能不虚心求教、"不耻上问"。这样，我算是班里光顾傅老师办公室、挤占先生时间最多的学生了，由此品味出什么叫良师益友，当然也培育出师徒俩的"哥们"情谊了。在先生悉心指导下，当年高考，我的语文成绩特别是作文成绩没有辜负先生的教导，至少自己还算满意，终于跨过了高考这道门槛，之后上大学、读研究生、攻博士学位，直至步入社会，辗转了多个工作岗位。回想起来每当"转折"的时候总是文字帮了我的忙，其机遇和喜悦很大程度上得益于傅老师指导和教诲。

中学教育是基础教育中的重点阶段，是培养人才的关键时期。中学教育方法与水平，于学生可以终生获教、终生受益，于社会可以惠及全体家庭。对于高中语文教育，特别是治学与育人，芳觉先生有许多独到之处和宝贵之处，经过长年的实践、创新、总结、提升，形成了芳觉先生中学语文教育思想体系。作为这个教育思想的受益者，我一直想谈些心得体会。回想起来，我感觉芳觉先生的教学思想，至少在以下方面特别突出。

一是善于因材施教。十年树木、百年树人，因材施教应当是教育工作者的基本准则，但在实践中能做到模范地因材施教，让所有的学生能成就事业，可能是一项最高要求，攀登峰巅达到一种境界。回味芳觉先生的课堂教育，我以为善于因材施教是他语文教学技艺中的精髓。每一个学生在他的教学计划中都有相应的位置，都有相应的重点和相应的目标。当年全班近 60 位同学，基础条件、兴趣范围、语文素养并不相同，有些差距甚大。有的同学作文基础好，有的同学对文言文感觉好。所有长就会有所短，先生总是针对每一个同学的长短来有针对性的开展教学和辅导，让每一个同学既充分发挥优势又能尽快补平"短腿"。在努力提升全班水平的同时，芳觉先生还注重那些语文基础特别好的同学加快进步，培养出标兵和榜样，培育示范和带动作用。在芳觉先生班里的那一年，我感到全班每一位同学的语文水平都取得了很大的进步。因为他的因材施教，每一位同学都很喜爱他的课堂，喜欢与他共同探讨问题。在我们班，学风甚浓，师生之间、同学之间情真意切，很多同学都成为傅老师的朋友。在傅老师执教30多年的历程中，他培养出了多名颇具才华的文学工作者和自由撰稿人，应当是傅老师的因材施教的杰出成就吧。

二是注重品质教育。改革开放以来，我国教育工作的根本宗旨是培养社会主义的"四有"人才。傅老师在教学中强调对学生的道德教育，始终坚持把对学生输灌知识和培养人的品质和情操有机结合起来，并且率先垂范、身体力行。芳觉先生知识渊博，治学却十分严谨，对自己追求精益求精，从备课到讲授，到批阅作业，都十分严肃认真。对学生也是要求严格，注重培育严格的学风，培养学生认真负责，容不得敷衍塞责。记得当年，我们都受到过不少批评，回想起来获益匪浅。先生品德高尚、严于律己，待人和气、亲疏如一，堪为师表。在他的教学中，十分注重发掘和弘扬崇高的思想品质。不论是给我们讲授诸葛孔明的《出师表》、文天祥的《过零丁洋》还是范仲淹的《岳阳楼记》，最生动之处无不是展现先人的风范和中华民族的传统美德。先生总是将传授知识与弘扬优秀品质相结合，为民族、为社会、为国家的未来，真心育人，真正树人。作为中学教育工作者，能够把育人品质与授人知识结合得如此美妙，此乃大师风范。当时的许多同学可能回忆不起太多当年傅老师的课堂教育，但先生的风范却永驻心田。正是由于许许多多像先生一样的七中老师，七中纯朴严谨的学风得以传承和发展，孕育出一批又一批优秀人才。

三是注重时代主题。语文教学是传播文学、传承文化的主要学科，因此时代感很强。特别是八十年代初，国门刚刚打开，改革始见端倪，社会结构和人们的精神面貌正在发生深刻变化，主流意识形态十分突显。加快培养大批社会主义现代化事业的建设者成为教育工作的首要任务。记得那时候许多文章和作文命题都与当时的时代主旋律紧紧相连。芳觉先生授课，特别是作文选题和讲评，都特别善于紧扣改革、开放、和平、发展的主题，教育学生从历史看问题，从现实来思考，增强学生们对改革开放和经济社会发展的大局意识，培育对现实生活、社会现象和国际问题的敏锐感和观察力。这一点，多少年来在自己的学习工作生活中，我都感觉受益匪浅。近二十来年，芳觉先生居于深圳这一祖国改革开放的前沿地域，得天时地利人和之便，我们同样感觉到他在日常的教学工作中，依然坚持用开放的思维和国际化的视野辅育着祖国的希望和未来。

四是注重方法技能。工欲善其事，必先利其器。先生教学讲究教学技能，十分注重学习方法教育，十分强调学习效能。听傅老师的课是一件很愉快的事情，因为在他的课堂上，几乎不要求学生死记硬背，强调理解、思考并由此触类旁通、以一带十。那时候，高考犹如会战，考场就是战场，学生们从高二开始就进入备战状态，任课老师就是这一场场战斗中的指战员。记得高中时期我们每天基本是六点起床，晚十一点才能息灯，每天与习题为对手，在题海中拼搏奋斗。在繁重的学习任务之中，学习效率是第一位追求的，学习的方法、规律教育是学生们的最期盼。大概是同病相怜或是真情实感，参加过1979年高考苦战并一举成功的芳觉老师，从自身的经历中深感学生们的艰辛，深知学生们的困惑。记得傅老师教学有三招。一是强调基础性的东西，包括文字功夫。他教导我们说：平日基础不牢，考试心里发毛。抓住了基础性的东西，就能发挥，就能提升，考试起来基本成绩就会有了。二是要求学生把握普遍性规律，并注重规律性教育。他常说：万变不离其宗，教学有规律，考试有套路。掌握一般性和普遍性的东西，考试中面上的分就不会丢。三是把难点和重点作为突破，教育学生如何有针对性的突破难题。七中是农村中学，班里的同学大部分是农家子弟，朴实真诚、勤奋刻苦，但是视野所限、接触面不广、语文功底不深。文言文、写作文都是我们的难点，往往成为考场上争高分的主要障碍。针对这些情况，傅老师就有重点地讲授文言文的译翻技巧、各种类型的写作技能，让每一个学生争取在高考中拿到基本分之后能争取高分。傅老师强调的许多方法教育不仅实用，而且有高效。现在回想起来，他所强调的抓住一般性、把握普遍性、掌握规律、突破难点，不仅对于中学教学有益，也是我们每一个人认识和处理任何事物的方法论，实际上那时候傅老师就教给了我们一个好法宝，让我们终生受益。

五是注重思想内涵。师从芳觉先生，给我感受最深刻的是作文练习。他要求作文要有思想、有内涵，强调言之有物，不能空谈阔论。傅老师思维活跃，思路广阔，极具文学修养，其文如人，不仅生动，更富思想性，学生们都很爱读。听说傅老师后来发表了很多文章，其中许多获奖。在给我们讲授写作时，他强调，好的文章不是词藻华丽，而是内涵丰富、逻辑严谨、表现合适。思想是文章的灵魂，没有思想的文章没有灵魂，不过是词藻的堆砌，索然无味，于事无益，浪费读者的时间和精力。逻辑是文章的架构，逻辑不严密文章就散架，叙事不着边际，说理不服人，文章几乎失去价值。文章的表现形式是魅力所在，好的思想一定要有好的表现方式，让人心旷神怡，畅游思想的海洋之中，能有所获，有所思，产生共鸣。这些点拨，当时看似哲理，后来在工作中才逐渐体会到其中的价值和精髓。我由于工作关系，特别是近年来，每每爬格子、敲键盘便到深夜，文字之痛甚深，偶获认可，其喜悦不言而喻，享受"痛并快乐着"。之所以形成今日状况，真正要感谢芳觉先生当年唤起我对文字的兴趣，变给我诸多文字技巧，特别是他倡导的逻辑严密、表述准确、要有思想内涵，我以为是极富思想性、实践性和指导性的。

　　六是善于积累创新。作为改革开放后国家培育的先期教育工作者的突出代表，芳觉先生在湖南师范大学接受名师指点，受到规范化、系统性的文学熏陶，功底深厚；又经受了改革开放浪潮的洗礼，视野开阔，思想活泼。其成长的经历、奋斗的历程、改革的浪潮培育和造就了芳觉先生质朴的情怀、刚毅的个性、乐观的态度和不懈奋进的精神。芳觉先生是一位很具创新精神的学者，在七中的时候他就对中学教育大胆革新，因材施教，因人而异，受到老师和学生的高度赞誉。从傅老师发表的许多教育文章中，我深切感觉到，在他从事中学教育工作的二十多年里，作了一系列的改革和创新，积累了大量的重要的教学科研成果，其中许多已成为国家级的成果。而且，最难能可贵之处的是他几十年如一日，不断总结，不断积累，在实践中探求规律，在探索中创新和发展。创新是一个民族的灵魂，改革是推动经济社会不断发展前进的根本动力。芳觉先生身体力行，为我们学生们诠释着创新精神、进取精神和成功之路。今天，我们可以自豪地说，在傅老师的鼓舞下，当年的同学们都学业有成、事业有成。

　　教师是人类灵魂的工程师，肩负着为国家和未来培育人才的光荣使命；教师是辛勤的园丁，用知识和汗水浇灌着祖国的花朵茁壮成长；教师是燃烧的蜡烛，用毕业精力照亮别人、牺牲自我。离开浏阳七中校园，离开芳觉先生的课堂，不觉都已三十年，美丽的园校、欢快的时光、恩爱的教师、深情的同学，那一幕一幕的人和事，宛如昨天，深刻在心、历历在目。浏阳七中，承载了我们太多的欢乐和奋斗，饱含着如同芳觉先生一样的许多我们至爱的老师，共同缔造、传承和发展着浏阳七中纯朴、严谨、进取的精神。我一直希望同学之中有人能够写一部浏阳七中的教育史，能够全面系统地总结包括芳觉先生在内许多老师的教学思想。如今，最让我们兴奋和自豪的是，得益于七中各位老师的悉心教诲和无私帮助，一批又一批同学们走进高等学府、进入社会各行各业，为祖国的建设事业贡献力量。

（本文作者，1985年浏阳七中K61班毕业，北京大学博士，国土资源部研究员，原国家旅游局规划财务司司长）

# 第一辑

# 不足篇 小荷新绿

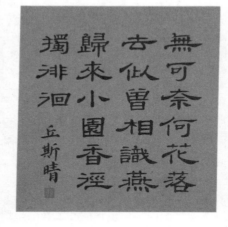

傅芳觉书法作品　　　　　　　　吴晓东书法作品　　　　　　　　丘斯晴书法作品

　　我校坐落在银湖之滨、笔架山下，班徽图案中的圆圈代表银湖，中间的山形代表笔架山；"SZSY"是"深圳实验"校徽标志，蓝白相间是学校的主色调；"0701"表示07级（1）班；圆圈左上方变形的"1"字代表我班"永争第一"的信念。整个班徽的寓意为"团结和谐，不断进取"。（设计：黄维正）

（广东省深圳实验学校傅芳觉供稿）

● 2009年第10期 ●

　　班徽周围是红色的，喻为火，代表我们的热情与活力像一团火；上面的皇冠表示我们有王者风范，皇冠与下面的1连起来可以当作字母i，wn之间加上i就是win，也就是胜利的意思。C1001是我们的班号；皇冠上方又像一座笔架，下方中间一片蓝色湖面，其右下方是我深圳实验学校校徽，象征我校坐落在笔架山下的银湖边。

（廖海琪、林锴源等同学设计并中标）

发表于2011年4月《特区教育》

0701班服

# 突围

曾皓晨

西北大漠，落日圆。

"报告将军，我方步卒损伤十分严重，带来的五千人已有一半受伤，牺牲者更是……""停，别说了。"只见一高大挺拔、身材壮硕的武将，兀的站了起来，要了一杯水，独自对月饮。

"哟，曾同学，睡的蛮香嘛！"我妈从门外走进来，拍醒了我。原来，我现在正在学网课，老师正好讲《报任少卿书》里司马迁对李陵事件的解释，我就做了这样一个梦。"不许再睡觉了啊。"我连声答应。昨晚暑假作业做到太晚，早上实在提不起什么精神。等我妈走后，瞌睡虫又钻进了我的大脑，让我再次进入梦乡。

等视线由模糊变清醒时，我又看到了那高大威武的身影，他惆怅道："我李陵可是李广的孙子啊！如今当朝圣上任用李广利，让一个没有本事、凭借亲人达到高位的人当中将军。看来，这次是要折戟了。我在朝廷又没什么朋友，只希望家人不受牵连吧！"

说完话，他又站了起来，扔掉了手中的瓢。眼中的忧伤瞬间被一股杀伐之气所取代，锋锐得似乎能刺透我的胸膛。他大吼一声，突然，奇迹发生了：那些伤者、累者都站了起来，他们眼中，同样放射出一股锐气。这种明知必死，却不畏死的精神，让我在一旁看得悄然泪下，不知道如何表达自己的感情。

李陵说："将士们，今天，也许就是最后一战，胜利了，大汉就在眼前；如果失败，则一切尽无。原本应来的援兵就快到了，将士们，拿好你们的武器，跟我一起杀敌。"

此刻，我不知不觉流出了热泪。哪有什么援兵啊？李广利根本不打算支援李陵，他自己肯定知道，这一仗，打不赢。

喊杀声、兵器撞击声、刀剑刺入肉体声，在空中汇成了一篇惨绝人寰的乐章。我已无心去看这根本没有希望的一战。

"啊！"我大喊一声，从梦中惊醒。不知不觉课已经上完了。我呆呆地坐在座位上。梦境、现实不断交替，我甚至分不清是我梦到将军，还是李陵梦到我。良久，当心平复下来时，我联想到了自己。是啊！如今各种考试、作业，不就是我们的敌人吗？而且，命运是掌握在我们自己手中的，不像当年的他。我仿佛感悟到了什么，提起笔，记下此事。

家长评语：爸爸妈妈已经沉浸在你的故事当中了。第一次写这种故事风格的文章，这也是你的第一次"突围"，是你的第一次突破，一次成功的尝试！

# 慢下来，会精彩

陈嘉琪

你若有一个不屈的灵魂，脚下就会有一片坚实的土地。——题记

从小就有恐高的我跟着妈妈来到澳门有名的玻璃桥。我们乘坐观光电梯上去的，望着窗外的风景两秒以后，我的心仿佛漏了一拍，打了一个寒战之后再也不敢往玻璃门上瞟了，一直盯着铁门看。

随着"叮"的一声响，我们达到了顶上。出门，人很少，不一会儿就排到了我和妈妈。刚一上桥，我就被脚底下的悬崖给吓到了，虽然隔着一层玻璃，但是我还是两腿发软。我想狂奔过去，早点离开这可怕的玻璃桥，可是又被恐惧震慑了心房。

"没事，慢一点，不着急……"妈妈温柔而有力的声音在我的耳旁响起。我像被打了镇定剂一般，心突然不乱了！我看着前方，深呼吸，默默地给自己打气，慢慢迈出脚去。

风打在脸上，我第一次觉得这风竟然是热的！像在给我加油鼓劲似的，吹在脸上，吹进心里，暖暖的。

一步，两步，象蜗牛一样，小心翼翼；一步，两步，我的步伐越来越稳，步子开始有了节奏；一步，两步，我竟然开始低下了头，欣赏风景。我看到在那可怕的悬崖中，竟然长出了一朵美丽的红花来，是的，那美丽的红花就是一步步，慢慢的，慢慢的，从只有半根手指长的幼苗，长成了美丽红花，不管周围环境有多艰难。

回头望去，才发现，慢下来之后，那可怕的玻璃桥，也不让人害怕了，发现慢下来以后，会更精彩！我们要学习蜗牛，用坚强的意志，一步一步慢慢地爬上心中的顶峰，体会那种独特的精彩。

家长评语：有借鉴，有原创，但呈现出来得很棒！

# 亲情，生活因您而精彩

陈叙含

安徒生爷爷曾经说过："生活本身就是一个美丽而又精彩的童话。"是的，生活的确是精彩的，但是一个人如果失去了亲情，那么，人生将变得不完整且有缺憾。所以，倒不如说："亲情，生活因您而精彩。"而"亲情"从本质上看就是一个字——"家"。就像有一句话说的："家是幸福的港湾，许多有趣、精彩的事都在这儿发生。"

我的家族十分"庞大"，少说也有十几个人。遗憾是，我们家族成员虽多，但除了我们一家三口，其余的都在福建老家生活。所以，我平日里能感受到的亲情其实大体上也就只有爸爸和妈妈了。

我家有一"神"一"佛"。老妈是个"双面神"。这个词其实有两层含义。第一层含义是指她变脸快。前一秒还好好的，下一秒就可能如同煞神下凡一般怒不可遏、面目可憎。那是说变就变，毫不犹豫。不熟悉她性格的人一看，还以为是另一个人呢。老妈在这点上堪比"孙悟空之七十二变"。第二层含义是指老妈有两个面，一冷一暖。"暖"的是她对我们一般都很好，待人也十分热情；"冷"的是在一些原则问题上，她丝毫不留情面。哦对，老妈还是个"砍神"。不是指她砍东西很厉害，而是说她是个砍价高手。她砍价的东西可不是几块钱一斤的大白菜，而是大几万的大沙发。上回，我们家装修要买家具，老妈相中了一个沙发，她楞是把价格砍到了3折，整整便宜了好几万，真是"砍死"老板不偿命。说来也怪，老妈似乎是"为购物而生"，她每每都能把商品的价格砍到最低，却也不会让老板亏钱。从这两点看来，她可真是个名副其实的"砍神"。

老爸呢，是一个"弥勒佛"，整天笑呵呵的，十分温和。他也像佛一样，喜欢用潜移默化的方式让我变得更加优秀。他还会"乾坤大挪移"法（学名："换位思考"），常常考虑对方的感受和想法。因此，他也很擅长和他人交往。老爸还很喜欢阅读，因此，他几乎"博览群书"。我呢，也受益匪浅，"捕捉"了许多课外知识。对了，还漏了一点，老爸虽然看上去"笑呵呵"。但你要是真触碰到了他的底线，那用"人种袋"把你一套，收拾你没商量。

在这一神一佛的"五指山"下，我可真是"鸭梨山大"（压力山大），但我的学习成绩也在他们的"禅光"照耀下有了进步；生活也在他们的"护法"之下变得越来越精彩。而这一切都是建立在亲情的基础上。如果失去了这份亲情，那么这一切的精彩都将不复存在。所以，我想对"亲情"说：

"生活因您而精彩！"

# 这件事情我做对了

陈毅恒

昨晚，我和妈妈起骑着"共享单车OFO"从补习班回家，骑到百花天桥下，我眼前突然一亮，发现一个黑色的长方形钱包。此时我想：这是不是别人不要的钱包啊？我想驾车远去，但是好奇心驱使我去看一看，万一真的是别人不小心掉的呢！如果钱包里有贵重物品呢？失主此时是不是很着急呢？在好奇心的驱使下我捡起了钱包。

我拿起这钱包一打开，"哇——"里面有身份证社保卡还有密密麻麻的银行卡十多张还有很多现金，此时我想着多一事不如少一事，正准备想把钱包丢回原处的时候，可是又想这么多钱可不是个小数目啊！我要怎么办呢？我心里的两个小人在打架，善良的小人说："这么多钱，还有这么重要的东西万一你不捡起来被其他人捡了占为己有，拿证件去做坏事了怎么办呢？如果还给失主，人家会感谢你的。"另一个邪恶小人说；"反正这又不是咱们的东西，干嘛要去管他呢？再说万一失主说里面少了钱，反过来咬你一口怎么办？在电视上经常看到很多做好事的人被敲诈。"见我犹豫了很久，妈妈说"你捡起来吧！想想应该要怎么做。"我想了又想还是交到附近的派出所，让警察叔叔来寻找失主，我心中的那杆天枰最终倾向了捡起来的那边。一路我心中忐忑不安总是叫妈妈骑快一点，搞得我好像在做什么坏事一样。就生怕哪个路人突然跳出来，说我拿了他的钱包。连钱包都是要妈妈帮我拿的。终于到了派出所，我的心才放下来了一点。我们向值班的警官说明了钱包的来历，在哪里捡到的，并且留下了我们的名字和电话。我们还拍了几张照片发到朋友圈和好友动态让让朋友转发一下，寻找失主。几十分钟后失主来电说领到了钱包，说了一大堆感谢的话，我在电话旁边听着，原来失主也是去接孩子的时候掉的钱包，得知失主领回自己毫无缺损钱包，并且十分感谢我们之后，我才深深的松了一口气，心中的一块大石头终于落了地，此时的心里还是美滋滋的。

今天这件事情我做对了，捡到钱包之后，我经过了道德的考验——拾金不昧，物归原主。如果每个人都这么做，我相信世界将会变得更美好！

家长点评：今天目睹了孩子"拾金不昧，物归原主"全过程，为孩子的健康成长倍感欣慰。

孩子，这件事你做得好！

# 父亲

邓菁言

人们都说女儿是父亲上辈子的情人，而我对这种说法嗤之以鼻。

父亲简直就是上天给我下的战书

父亲有两个毛病，一是抽烟，二是暴脾气。

他沉迷抽烟到什么样一个程度呢，可以说是无烟不欢、烟不离嘴。在家里，他就缩头乌龟一般窝在他的房间里，在里面玩电脑，抽烟。母亲甚至说他澡洗完烟都不灭——当然我是不太信的。

他房间里面的家具，用毛巾一抹，准是一片黄的，上两周家里重新刷墙，刷墙师傅一打开他房间的门，就道："这墙怎么这么黄啊！"

我一看，也确实如此，简直就如泥巴糊过的，恶心极了。

抽烟使父亲身边总散发着烟臭味，还导致他常年的咳嗽，简直就像要把肺咳出来似的。我不愿眼睁睁地看着烟摧残他，和母亲一起急得直跳脚，可他却不听劝，依旧我行我素，对我们的箴言不置可否，"嗯啊"两声就糊弄过去。我也时常因为这事与他吵得不可开交。

他那暴脾气也令我厌恶。

上次我们家买了个新书柜，要自己组装，结果我们有一步装错了，要拆掉六个钉子重装，他就发起了脾气："这个不要装了，没有用！过几天就坏了！"

我一看仅仅是拆六颗钉子，我和他一起装了半个多小时都没有任何怨言，当下反驳了几句，他便撒手不干了，最后还是我与刚洗完碗的母亲组装好的。

还有一次周末，我上厕所的时候他催促我，我迟了两分钟让他，他便勃然大怒，数落了我好几句。我想他平时都要磨蹭个五分钟十分钟的，不禁与他争吵起来。

吵完后我就下楼跑步去了，过了一会，母亲的手机响了，是父亲打来的，一接通就问我在哪儿，或许是怕我离家出走了罢。

我给母亲使了个眼色，让她骗父亲说她也没看见。父亲立马急了，让母亲赶紧找我，见他这样子，母亲只好说了实话，父亲一颗心算是落地了。

他毕竟是关心我的，平时也知道给我买些零嘴，或者在我的手机、电脑坏掉的时候帮我修理。前几天无意间跟他提了一嘴自己想吃薯片，第二天他就买了四包回来。

或许我也要心平气和地要求他改正，不再与他争吵，让我们的关系更加和睦。

*家长评语：这篇文章属写实之作。语言幽默诙谐，我们父母读完后有所感触。家长的一言一行是孩子的榜样，我们要以身作则。*

*虽然此篇文章写的是父亲的缺点，但也透露出孩子对父亲的关心与爱。*

*有时候家长确实缺少耐心，对孩子会急躁，所以我们要及时改正，使家庭关系更加和谐。*

*希望孩子能多阅读，写出更好的佳作。*

# 自行车更换史

丁家杰

几周前，有一个自行车产业出现了，它的名字叫"Moobike"。在我第一次"试骑"后，我对它的依赖就一发不可收拾了。于是，我想到了被遗忘两年的小黄车，顿时眼冒金光，想骑着它骑着它去上学……

"你迟到了……"这刺耳的声音一遍又一遍地传进了我的耳朵里，我下定决心不再迟到，在路上，我偶然遇到了"它"——"Moobike"。我拿出手机扫一扫，试探性地骑了一下，觉得很好奇，但是有一个问题——上学可不能带手机啊！我想了想，我不是还有一辆小黄车吗？起码可以缩短到学校的时间，赶紧提意见给我妈，妈同意了。

果然，中午一回来，我就能骑上小黄车了。骑着它"咯登咯登"地出发了……

但这几天，总觉得骑着小黄车去上学很土，而且性能也不好，看着别人骑着很酷的车在马路上飞驰，我便激动不已，幻想着自己什么时候才能骑上这么酷的车。回家我立刻搜索了附近卖自行车的专卖店——"捷安特"

到了星期六，我去那个店里面逛了逛，妈在后面说我要买哪辆，我往四处看看，到处都是自行车。销售员见客人来了，赶忙开始介绍，我眼睛却一直盯着一辆自行车，问销售员多少钱——"1700"，他有些激动地说，"这辆车可好啦，有红白颜色和蓝白的，自我感觉红白好一点，但贵一点，这是辆变速车，现在买还送一个铃铛。""额……那儿好像有个 600 的，你帮我拿来看看吧……。"销售员正想开口说话，我妈有些犹豫地说："你是不是想要这辆车？"我点了点头。"那……那就买这辆吧！销售员，我儿子要红白颜色的！"我内心激动不已，更多的却是感动，母亲一个月 3000 元的工资现在就用掉了一半，这就是母爱吗？

以后上学不能迟到了，这对不起红白车，也对不起我的母亲！

家长点评：从这篇文章中看出家杰是一位感性且感恩的孩子，虽然爱车但心里也心疼妈妈赚钱的不易；妈妈想跟你说，"用心学习、用爱生活"，将来开着自己买的"保时捷"遨游全世界。

# 黑洞

杜宥成

夜深了，有一个男人却还在办公室里工作着。他走到了打印机前，准备打印明天需要的资料。他边操作着与打印机连接的电脑边抱怨，希望能早点结束今晚的工作。

男人在饮水机处打了一杯水，边喝边走向打印机，他把水杯放到一旁。"滋滋滋"——宁静的夜晚，只有打印机还在发出声音，听得让人心慌。

男人在打印机旁发现了一个带有黑色圆圈的纸，他若无其事地把水杯放在了那个黑色圆圈上面。"刷"！当他再回头时，水杯不见了。男人惊呆了，他试探性的把手伸进了黑洞，竟然把水杯拿出来了，他兴奋起来。男人拿起纸，把手放进了黑洞，可纸的另一头并没有出现他的手。他来回尝试了几次，天哪！他惊呆了！

男人把眼光转移到了办公室的自动售卖机旁，他把纸贴着售卖机的玻璃上，把手伸了进去，他从里面拿出了一个士力架，他得意洋洋得吃起了士力架。可一个士力架怎么能满足他的好奇和那贪婪的欲望呢？于是，他迅速地把目光转移到了老板的办公室。他知道办公室的保险箱里一定装了许多钱。男人先用纸按同理把老板的办公室门打开，然后他用一条胶带贴到纸上，再贴到老板保险柜上，他把手伸进去——真的拿到了！他把钞票拿出来，这些可都是货真价实的钞票啊！他把钱放到鼻子上闻，啊！钞票的味道。可男人还是不满足，他一次次把手伸进去，钱越来越多，可他却并没有打算停下来，他认为最深处的钱应该是最多的，所以最后干脆直接爬进去，他整个身子都爬进了，他边爬边想：我要钱！我要更多的钱！哈哈哈哈！。

可就在这时，男人的脚板在他进去的那一刻碰到了黑洞的边缘，啪，纸从保险柜上掉了下来……

滋滋滋，静静的深夜只剩下了打印机的声音，被打开的门，办公室上的一大摊钱，一张带有黑洞的纸与一个还没吃完的士力架。男人呢？呵，天知道他去了哪里……

有时，人贪婪的欲望就像黑洞，深不见底，当人得到某些他们想要的东西时，他们以为自己已经满足了，可是不然，这些东西永远满足不了人贪婪的欲望，因为他们还想要更多！但到了最后都只有一个结局——毁灭！

家长评语：这是他第一次尝试科幻题材的作文。都说兴趣是最好的老师，这一代孩子对科幻的敏感显然强过以往任何时候，所以这一篇作文他自己并没有费多少"工夫"，也没有经过任何"点拨"，自然而然、水到渠成。尽管立意还较肤浅、文采过于普通、内容还欠充实，但他迈出了第一步！他正朝着更广阔的思维、更多元的题材、更丰富的文字表达努力！这个意义上说，值得点赞！

# "龙腾中华"——哈尔滨篇

高子亮

来到咱大东北，不撸个小串儿咋行？

下了火车已是傍晚，生活老师告诉我们晚上不要私自外出，人生地不熟的。嗯…不让擅自活动，那我们点外卖总可以吧！

拿起手机翻开附近的烧烤店菜单，天呐，这么多好吃的！！嗯…烤翅中一看就很嫩，先来个四串，嘛…羊肉串肯定是要点的，先来个十二串，不够再点…哎哎哎，那个牛肉串的香味都快穿过手机屏幕飘到我眼前了，也来个十二串吧…嗯先点这么多。

经过半个多小时焦急的等待，当然，是我的肚子很焦急233333。它，终于来了！等等，你说要下楼去取？？外卖小哥说大堂不让他上楼，这…可怎么办呢？于是我和老谭制定了一个计划——我们俩先去取，如果碰到老师我们就说去楼下贩卖机买饮料。

果不其然，我们真还中了大奖，碰到了魏导，只能采用"plan B"了——让"马飞"去取。

　　这次，成功了！打开塑料袋，它还是热的！哇！羊肉香味瞬间充满了整个房间。咬下去的瞬间，羊肉汁水爆出，配着肥而不腻的羊脂，浓郁的羊肉香味充满了整个鼻腔。美味！

　　才吃了两三串，门外却传来了敲门声，糟了…是！是…

　　是魏导！完了兄 dei，"老谭"和"钱帅哥"还没回他们房间！！！我和"秋"先让他们一个躲衣柜一个躲厕所，让"秋"洗衣服。"你们还不睡啊。"魏导一边走进来，一边观望四周。"是啊…这不还没洗完衣服吗…"我说话的声音有些颤抖。我内心：我放那个桌旁边的烤串不要被发现啊！！！

　　还好还好，我放在一个"梯状"的桌角落里，没被发现。

　　魏导叫我们早点休息后就去隔壁查房了…等等…隔壁…完啦！！隔壁是他们的房间，没人啊！！我打开门，做贼心虚道："他们没开门？？"魏导一脸疑惑说："是啊，我敲了五分钟都没人，要不要通知一下家长……"完犊子了，这下玩大了，"魏导，他们有没有可能在楼下跟别人玩？？"魏导还好信了我，下楼去看了看。我们赶快让他俩回房。

　　过了五分钟魏导又上来了，他们开了门："我们睡着了。"

　　呼，真刺激，还好没事啊！

　　家长评语：这次把孩子送去夏令营体验生活，没想到孩子经历了这么有趣的事，勾起了我小时候与伙伴们玩耍的回忆。但以后还是尽量少做违反纪律的事为好。

# 化身孤岛的鲸

龚琦清

　　"我是只化身孤岛的蓝鲸，有着最巨大的身影。

　　鱼虾在身侧穿行，也有飞鸟在背上停。

　　我路过太多太美的奇景，如同伊甸般的仙境。

　　而大海太平太静，多少故事无人倾听。"

　　初听这首歌，只是在不经意间随机播放歌单时入耳的。只听一回，清澈宁静的旋律和诗一般的歌词便深深嵌入了我的心里。

　　许多人第一回听这首歌，大抵都是同我一样觉得十分动人心弦的。而后大半的人兴许只会再哼哼调子，百无聊赖时听上几遍，再就没有了后续。但与我而言，一遍又一遍的，我感受到了这首歌优美的背后隐藏着的丝丝凄凉，这其中，必定是有故事的。

世界上有一座最孤独的鲸，1992年，它被人类发现并追踪录音。没有人会想到，几十年来，它竟然没有任何一个亲人朋友。它所有的心绪一遍一遍的抛出，却永远石沉大海。只因它的频率有52赫兹，而普通的鲸仅有15~25赫兹。过高的频率让它在鲸群之中成为了一个孤独的哑巴。它的频率生来就是错的，而它的一生也注定凄凉。

"直到那一天。

你的衣衫破旧，而歌声却温柔，

陪我漫无目的的四处漂流。"

原来，鲸一直在等，在等一个能够倾听它诉说，能够与它共同分享喜怒哀乐的伙伴。这一等，也许是一天，也许是一周，也许是一年，也许，是一生。

听完歌，我清楚明白这座鲸或许今生今世也不能等到那头鲸了。可我却又仍然像歌中描述的一样，仿佛看见了一只、两只的鲸缓缓朝它游来……就好像对童话世界的想象，虽知不真实却仍带着无尽希望与美好的想象，沉溺其中。

生物学领域中，有一个很美的词，叫做鲸落。当一头鲸死去之后，它庞大的身体会一点一点的沉入海底。这座巨大无比的身体，可以供整套生态系统生活长达百年。也许，这就是那头鲸留给它依存着的大海最后的温柔。

"只是遗憾你终究，无法躺在我胸口。

欣赏夜空最辽阔的不朽，把星子放入眸。"

家长评语：这应该算是一篇歌评吧，虽然我没听过这首歌，但是通过琦清的描述，我迫不及待地想去倾听这首歌，是否真的让人如此着迷。透过这些文字，我似乎听到了那凄美寂寞的旋律，伴随着眼前浮现出一只巨鲸孤独地游荡在大海深处，光束下的背影诉说着无人共鸣、无人能懂的哀愁。旋律很美、意境很美，但我总觉得不太适合琦清这些孩子，因为，我希望这个年纪的孩子们，应该像海豚一样成群结队地在海里翱游，你追我赶、嬉戏跳跃、追逐浪花，成为阳光、快乐、合群和进取的追梦少年。

# 新闻杂感

黄芷婷

几年前，明星乔任梁因抑郁症不幸自杀身亡。虽然我不是一个追星者，但像乔任梁这娱乐圈的恶讯还是让我陷入了深深的沉思……乔任梁既是歌手又是演员，还是国家二级运动员，他的演艺事业走到今天实属不易，但他都捱过来了。现在几乎身边人人都认识他，他也算是一位知名的明星了。可是，却被一个抑郁症，毁了他的人生。他那热血演艺生涯也随之结束。

紧接着，据新闻报道：深圳龙华某中学的一位初二男生跳楼自杀，年仅 14 岁。（据说前几日，孩子的父母曾带他去看心理医生）是压力？是抑郁？是悲剧！一切亦不得而知。一朵还未来得及娇艳的祖国的花朵，焉然消逝……

我心里五味杂陈，一阵阵翻滚……

我们惊悚，我们感伤，更多的是反思……

随着社会日新月异，飞速的发展，生活在大都市的我们，压力也是何其的大！虽然我现在还未步入社会，而我们现如今的任务也是学习。但也时常听到周围的同学抱怨：学习压力大！作业太多！成绩不理想！爸妈不理解……我们一面努力着，学做一个好孩子，一面则在心里不断地反抗。久而久之，越来越多人选择沉默、选择压抑，慢慢地也就选择自我封闭。

这正是最可怕的！也是最不可取的！

社会是在不断前进的！我们的生活是充满阳光的！

我想告诉大家，无论你受了什么打击，无论你有多大的委屈，说出来！让自己的内心得以解脱！我们是幸福的一代，沐浴着阳光，承受着恩赐，正如那含苞待放的花蕾，迎接我们的即使有风雨，但也会有万紫千红的一天！

家长评语：初中生涯马上就要过去了，看着你成长的足迹，有成功，有失败；有进步，有不足；不论今后面对的是什么，你现在要做好的是：树立正确的世界观、人生观、价值观，明确学习目的，端正学习态度，做一个品行优秀的人，一步一个脚印地认认真真走路！

# 感恩我的公公阿婆

黄芷瑶

打从我记事起，爸爸妈妈总是工作繁忙，很少时间来管理我的生活。因为爸爸妈妈经常需要加班，每天晚上都很晚回家，家里又没有人，我就去到了外公外婆家。

在我们家一般不是叫外公外婆，而是叫公公阿婆。

记得我刚刚上幼儿园的时候，我总是怕怕的，有时一走到校门口，眼睛就热热的，鼻子酸酸的，然后就忍不住留下了眼泪，阿婆看到了连忙把我的眼泪抹掉，而且一点点的鼓励我，给我信心，让我能勇敢的迈出那一步，因为那一步我成功地迈进了幼儿园大门，也是因为这样，我再想跑出来找阿婆抱一下的时候，也是不可能的了，因为现在是上学的时间，我和阿婆已经被分隔在学校围栏的两边。

阿婆经常鼓励我，让我能和班里的同学多多交流，和他们相处融洽。而且每当我在幼儿园有活动的时候，公公阿婆一定会出席我的活动，不管再忙再累都会陪我一起去。

慢慢的，幼儿园的时光过去了，我依赖的公公婆婆也渐渐老去，耳鬓上的银丝越发显眼。

我从小到大的每一次生日，公公阿婆都不曾忘记；每年的六一儿童节或者在我生日的时候，公公一定会带着我去挑选礼物，而外婆会做好一大桌子满满的丰盛的菜来填饱我的胃，我吃过最好吃的饭菜，是阿婆做的。

在我上小学的时候，公公阿婆每一天都会打一个电话给我，问我有没有吃饭，问我有没有穿暖和，还不停的叮嘱我早点休息。

小时候，我是多么多么的渴望每天都是我的生日，因为这样每天就都会有生日礼物，可我现在长大了，我明白了，我多希望就让时间停留在那一刻，永远不会忘记，因为也只有这样公公阿婆才不会变老。

在我刚出生的时候，公公几乎每天都要上莲花山晨练，可现在年纪大了，体力不如从前了，爬山路也没有那么快了；外婆也几乎每天都要在楼下花园里练跳舞，可现在外婆全部的心思都在我的身上。

从我第一次见到公公阿婆的时候，他们的腰是有多么的笔直，可现在再看看他们的背影，腰已经慢慢地弯了，但他们很开心，我依旧可以在他们的背后看着他们相互扶持的走在一起。

我多么想让时光永不流逝，永远停在那一刻，而我想说："公公阿婆，辛苦你们了！谢谢！"

感恩您为我做的一切。

家长评语：懂得感恩的孩子，黄芷瑶，岁月时光让你驶过一段美好的童年，懂得感恩、包容一切，爸爸妈妈为你感到骄傲，爸爸妈妈也会多点时间陪伴你的成长，让你更加优秀。

# "对联菜鸟"迎新春

黄子忻

大年三十吃完团年饭，我们一家人坐在客厅准备看春节联欢晚会。突然，爸爸的手机突然响了，他打开一看说："校讯通家校平台信息，你们的傅爸（我们的语文老师被大家亲切地称为"傅爸"）抢先发来新年祝福短信了。"边说边将手机递给我。真是不看不知道，一看吓一跳——傅爸的短信实在是雷人：

上联是：腊鱼腊肉腊鸡腊鸭腊香肠，不放辣椒都不辣。请您对下联。特等奖大红辣椒 88 只，一等奖大红辣椒 18 只，优秀奖大红辣椒 8 只。优秀放牛娃傅芳觉老师在湖南韶山祝您中大奖，祝您的日子香甜甜，火辣辣！

妈妈笑道："你们傅爸真是有趣，那你就对一对，说不定还能领回几只红辣椒。"哼，对就对，谁怕谁呀！可想了想，又觉得好难对啊，我还没有过对对联的经验呢。于是，我央求爸爸妈妈一起开动脑筋。"腊鱼腊肉腊鸡腊鸭鸭这些都是吃的，对什么好呀？千万不能太俗气了！"我提出了自己的想法。爸爸接过我的话茬："这些都是好东西，过年少不得的美味呀。"我就知道爸爸光顾着吃了。还是妈妈的话比较靠谱："这些食物都要上团年饭桌的，吃完年夜饭就该迎接新年了……"噢，有戏，就用"新年"来对吧！我们都想到一起啦。一来是新年对腊月，相称；二来是吃完今年的腊鱼腊肉就要迎接新的一年了，开心；三来我们搬了新房，姐姐不久又要带男朋友回国结婚了，甜蜜！于是顺着这个思路，经过反复斟酌，下联出来了："新岁新春新屋新人新气象，不想快乐都不行。"对完之后我沾沾自喜，感觉很工整，意思相关联，词性也对上了，于是发个信息回复给傅爸，等待着开学后他给我们发奖品啦！

终于迎来了开学第一课。随着傅爸的讲评，我知道我的下联有问题：上联出现过的实词在下联一般不能再用，"腊"与"辣"的谐音也是对下联的一个关键……虽然傅爸很"给力"地鼓励我，说我对的不错，可我明白自己只能算是"对联菜鸟"。傅爸将同学们和家长的对联一一投影到屏幕上，大家兴致勃勃地欣赏着、讨论着。最后，傅爸变魔术一样从讲台底下拿出一筐红辣椒颁奖了！我非常荣幸地领到了8只大红辣椒。

放学了，我兴冲冲地跑回家。妈妈见我手上拎着一塑料袋红辣椒，满脸诧异："太阳从西边出来了，我的闺女会买菜了？"我一脸自豪地说："这是我对对联得的奖品呢！"爸妈恍然大悟：好啊好啊，晚饭加个"红椒炒腊肉"庆祝一番！

不一会儿，一盘香喷喷的大红辣椒炒腊肉就端上了桌。爸爸拿着筷子直指腊肉，我一把挡住他的右手说道："且慢！对联虽然获奖了，但是还有些美中不足，我们修改好了再吃不迟。"于是我将傅爸讲评时指出的问题，结合有关对联知识，如此这般地跟爸妈讲解了一番。我说："新岁新春新屋新人新气象"后面的"不想快乐都不行"必须改掉。妈妈一边念叨着："新年我们有很多美好的心愿，比如，你的学习进步啦、你姐新婚幸福啦、我们全家身体健康啦，还有祝愿国泰民安啦……要是这些愿望都能实现该多好啊！"听妈妈这样一说，我兴奋地喊道："有了，就把'不想快乐都不行'改成'达成心愿最开心'，怎么样？"爸爸向我竖起大拇指："好！'新岁新春新屋新人新气象，达成心愿最开心'，真是太好了！"我连忙拿出手机，给傅爸发出信息：

下联修改如下：新岁新春新屋新人新气象，达成心愿最开心。初生牛犊黄子忻祝愿老师在新的一年里心想事成！

我手指一按，发送成功！两分钟不到，就收到傅爸的回复："好一个初生牛犊，'菜鸟'升级了！"

编辑评点如下：黄子忻的《"对联菜鸟"迎新春》像一篇小小说，文字活泼、细节生动，极具生活气息。我很欣赏那位老师，他在大年三十团圆夜给学生发短信。短信内容很俏皮，更有趣的是，他发动学生和家长一起来对对联。这种贺春节、迎新春的方式真是值得提倡。这么好玩的老师，难怪同学们叫他"傅爸"。有傅爸这么出色的"放牛娃"，就有子忻这么优秀的"初生牛犊"。

# 转折

蒋雨辰

人生的进程就好像在走一座迷宫——无穷无尽又精彩缤纷，让人无法预料，正如你永远不知道在下一个转弯处等待你的是什么，你只能转过去，然后看见——命运给我们安排下无数的惊喜、挫折、重逢、别离、高潮、低谷，也顺带安排下无数的转折。每转折一次，你的生命轨迹就有了变化；每转折一次，你的人生感悟就不再相同。

孔明轻摇羽毛扇翩然而出。他的眼神有些许凄凉又有些许期望。那三顾草庐后的出山究竟是对是错，给他到底留下了什么？先生喃喃自语："转折，赋予了我真正的价值。"难道不是？如若没有那次最重大的决定，中国历史上恐怕留不下一位南阳隐士的名字，也会遗失那许多扣人心弦、惊心动魂。转折，给了孔明价值，也给了历史光彩。

曹雪芹踽踽独行，在他身后树起的是一座文学的丰碑。这座丰碑上有重重的一笔，刻划出了他人生最大的转折——从富家少年到潦倒文人。这个转折，对于他来说，是一个机遇，使他创造了文学史上的神话，也使他经历了数不清的辛酸与苦楚。然而，听，他说感激命运的转折送给他生命的礼物《红楼梦》。不可思议？不，这正说明曹雪芹以伟人的姿态体味出转折的价值。

不论你经过了什么，得到了什么，忘记什么，失去了什么；也不管还有多少次转折，下一次转折何时来临，我一样坚强，一样勇敢，一样面对，一样微笑。

家长点评：逆水行舟，不进则退。转折，既是机遇也是挑战。面对转折，不能逃避。要敢于面对，勇于担当。坚定理想信念，努力奔跑在追梦的道路上。

# 一个人的散步

焦庭瑜

散步，让我感到很自由。可以随心所欲的走着，可以思考任何事情，尤其是，一个人。

一个人的散步，虽然没有可以交谈的对象，但却不会感觉到孤独。拿出耳机，点出那首歌,闭上眼,体验这与世隔绝的感觉。可以跟着节奏跳舞,手在空中挥动;也可以把手揣进裤兜,仰望星空;好好享受这短暂而珍贵的"一个人的世界"。随意坐下或找一块石头小坐片刻,抬头望望天上的那些星星,它们盼望有人能够仰望他们,欣赏他们的美。在这充满喧嚣与嘈杂的城市之中,已经很少有人能注意到自己身边这些美好的东西了。

一个人的散步,除了锻炼身体,更多的好处还在于思想。人在自由状态的运动中,比正襟危坐在书桌前更有利于思考和想象。有时你会不由自主地自言自语起来,似乎有一个看不见的人和你走在一起,陪你说,陪你笑;听你倾诉,给你依靠。事实上,此时此刻你真的不是一个人,因为在你的心中,一定有一个人在陪伴着你。是一位红颜知己,或者是一位忘年之交,不管她是远在异乡或已辞别人世,在一个人的散步中,她就会出现在你的脑海里。继续着以前的话题,关于一首诗,关于一个有趣的故事,你们在交谈中笑声不断……许多新鲜的念头也会像闪电一样,穿过厚重的云层闪现出来,让你感到震憾和炫目。

确实,许多有价值的思想,许多的灵感,就是在这种一个人的散步中产生出来的,这是你一周下来消除疲惫的时刻。散步中,很少有孤独的感觉。因为真正的孤独是心灵上的孤独而非形式上的孤独。在上课中,在聚会中,有时竟然会有一种迷失自我的孤独,一种身边的人给不了你安全感的孤独;反而,在独自一人的散步中,恰恰不会有这种感觉,有的只是自由和快乐。

我喜欢一个人散步。它给我的不仅仅是锻炼身体、消除疲惫,更多的是心灵上的升华。每一次散步的感觉都不一样,看着来往的人群,有一种永不停止的感觉,仿佛我会这样一直走下去,一直走下去……心累了,疲惫了,就出去走一走,伴随耳边回荡的音乐,撕去在社会上虚伪的面目,感受一下大自然神圣的造化,让自己沉醉在其中。

什么都不想,什么都不做,就这样,一个人。

家长评语:文笔流畅,确实是内心所感、所想。想起一位哲人的话:狂欢是一群人的寂寞;孤独是一个人的狂欢。能够享受一个人的孤独,内心是富足的。点赞!

# 秋末黄，榕树叶先落

赖麒旭

若是要在看到榕树落叶，那个记忆里的少年还会如约点亮整个秋天吗？

在我记忆中那个淡却的身影有时会再次悄悄地溜进我的脑海。记忆中我总能在教室的角落看到一个身影，他独来独往，却又十分渴望能加入别人的谈话之中。一次放学回家的路上，阳光正好，我闭上眼睛、缓缓抬起头感受着树缝中撒下的星点碎银。正在这时，一声微弱的叹息打断了我的美好，一个孤独的人影坐在离我不愿的树下。我有些不满的瞥了那人一眼，兴许是我的眼神过于不友善，那个人居然抬头看着我，就在这瞬间我的心似乎被什么撞了一下，那是一双多么清澈的眼睛，却被忧郁充斥着。他犹豫地向我靠来，拍了拍我的肩膀问到："能陪我坐会儿吗？"我无法拒绝这一双眼睛，就和他并肩坐下，就这样陪他默默地坐着。在高大的榕树下，这个影显得如此单薄，阴影下他那古铜色的皮肤显得黝黑。他羡慕地看着眼前的人群，榕树叶随风跳着圆舞曲，似乎要闯进他的世界。枯叶落进视线，飘回曾经，却又惊起涟漪。

画面在我眼前消散，思维回到了以前的一节体育课上。那天，当我玩得大汗淋漓就躲进了这棵大榕树的树荫下，汗水顺着面颊急速滴落，清秋的风吹散了我一身的疲惫。我闭上眼睛，静静感受周遭的声音，不止有风声，还有树叶飘落的"簌簌"声，我绕着树杆来到了另一边，只见他在阳光底下用一根小小的树枝轻轻地将书页一片一片挑开。我轻轻凑了过去，看着他重复这一无聊的举动。他被突然出现的我吓了一跳，继而定了定神，拉着我蹲在地上挑开一片又一片树叶，只见每片树叶被挑开的同时也下藏着的蚂蚁都会张皇逃窜，最后一窝蜂的向榕树方向涌去。他头也不抬地问："你有没有发现什么？""额，树叶下有很多蚂蚁呀"我答道。他自顾自的摇了摇头喃喃地说："是呀，都有蚂蚁，但没有一片树叶下是只有一只蚂蚁的，这是为什么？"我支支吾吾道："因为……蚂蚁是群体动物啊，它们当然要聚在一起啊"。他抬起头孤独地望着天"可人也是啊……"我没有说话，我明白自己也根本回答不上来。

秋末至，榕树与叶先拥了个满怀，若起风，则不知各自会飞向哪个远方。自那之后不久，有次，我和他走在校内的一条小路上，他突然说："我想跟你说件事""嗯？什么事？"他稳了稳身形顿了顿说："我可能要转学了。"我心中一紧，又好像被什么东西刺中了一般，我想开口却又不知该说些什么，此时，我才发现那榕树下的少年不知何时已经溜进了我的心中。

"你要去哪儿？为什么呀？"我迫不及待的问。

"去南山，我们搬到那边住上学会方便一些"

"那我还能见到你吗？"

"会的，我们还约在榕树下"

说完，他就沉默了。

我们就这样彼此沉默却有默契地走着，前方落叶已被环卫工人扫成一堆一堆，枯叶拥一团，生命的最后要幻化成熊熊烈火，不愿在时间沉默地枯竭。之后，他就这样悄无声息地走了，现在我们已不再联身影。

愿把记忆中的每个秋日赠与你。而今，秋末黄，榕树叶已落，那个榕树下的少年却未至。

家长点评：意境很美，通过字里行间感受到秋的忧郁、青春少年的忧郁和珍贵的友情。人生是色彩斑斓的调色盘，青春期的色彩更是夺目和耐人寻味。希望你的调色盘中不单有秋色，用心调出更多的色彩。

# 小事

李鲤

生活中的小事就象雨后彩虹，或许只在你的人生停留了短暂的一瞬，但其中所蕴含的绚烂足以使人铭记一生。

深圳冬天虽不似别的地方那般寒风凛冽，但其中裹杂的寒意仍使我刚伸出被窝的手一下瑟缩地钻回被窝里。迷糊中，听见母亲的声音："说了多少遍睡觉要关窗！"说着，便听见窗户被锁上时"咔嗒"一声，母亲又走过来轻声道："还早，你再睡会儿。我做了你喜欢吃的酒酿圆子，醒来记得吃啊。"我被母亲唠叨得烦了，翻了个身，将被子裹得更紧了："知道啦，你赶紧去上班吧。"母亲似是叹了一口气，然后随着一阵细小的脚步声远去，关门时锁舌咬住锁门时"咔"一声，再无动静。

过了一会儿，我的意识逐渐清醒，摇头晃脑地披着棉衣刚走出房门，便感到热量正从四肢散发出去，不由打了个哆嗦。到了厨房打开锅盖，便看见母亲做的酒酿圆子端端正正放在锅里，看那样子似乎是今早现做的。想来是母亲又早起为我做早餐了，又而想到母亲临近过年工作愈发忙碌，一丝愧疚涌上心头。而暖暖的圆子以咽下去，冬日的寒意一下散去，取而代之的是浓浓的暖意。

晚上补习班下课后，我回家开始写作业。过了一会儿觉得有些渴了，打开房门走到客厅打算拿水喝。便见到母亲我在沙发里睡着了。手里还抓着前些天找我要的教科书。我正疑惑着，母亲便醒来了。看到我忙道："渴了吧，我把酸奶放茶几上晾温了，现在喝刚刚好。"看到我望向她手中书时疑惑的眼神，母亲继而道："我这不想重温功课好给你补习呀。"看着母亲疲惫面容上仍为我挤出的笑容，鼻子不由得一酸，眼睛也涩涩的。

这些小事就像夜空中的星星，一颗接一颗的照亮我不断奋斗的前路。我会一路带着这些鼓励走下去。

家长点评：文章以小见大，作者以琐碎的生活小事体现了与母亲之间的细腻感情，抒发了母爱的伟大，体现了作者感恩的心情。

# 星系之战

李旭元

公元 3672 年，第一艘载着人类的太空飞船飞离了地球，飞向银河系，在茫茫宇宙中探索着。宇航员们在宇宙中看到了许多星系，并成功返回了地球。

好景不长，仅 1500 年后，虽然这时候各个星系依然相安无事，但是各国开始谋划对各个星球的侵占，小型争端时有发生。一个貌似平静的夜晚，一个国家的领事飞船飞进了另一个星系，随即遭遇到了那个星系的战舰的猛烈攻击，整艘飞船机毁人亡。这次事件成为了战争的导火索。

这时，整个宇宙之战爆发了。全宇宙分成了两派，一个为星球派，一个为帝国派。帝国派势力强盛，军队强大。星球派也势均力敌，但是武器却没有帝国派强。第一战在克洛特星系爆发了。帝国军队由科尔将军指挥，星系军队由华特将军指挥。星系军队防守着克洛特星系，帝国军队从远道而来展开进攻。第一战开始了，帝国军发起猛烈的冲锋，很快把星系军的小分队打得落花流水。但是他们哪里知道这是计啊！帝国军被引进了包围圈，他们被困在了星系军的包围圈里，犹如困兽。科尔将军一见形势不对，就让舰队立刻停止防守，准备撤退。科尔快速跳进逃生飞船里，刚准备趁乱悄悄逃离。华特将军站在星系军队旗舰的舰桥上大吼一声："打！"。科尔心想："完了！整个舰队完了！"果然不出科尔所料，一道闪电一样的光束射向他的旗舰，一下子光芒四射，许多碎片向他的逃生船飞过来，一块碎片正冲着他的脸飞来。他迅速驾驶飞船转了一个弯，闪开了那块碎片。他不禁长叹一口气，心里想："好险啊！这次幸好闪开了，要不然我的头就不在脖子上了！"但是他运气真不好，前一秒还在庆幸中，后一秒就发生了更可怕的事情。一块大碎片击中了科尔所在的逃生船的左舷。"轰"地一声，把科尔从椅子上震了下来。科尔脸色煞白，心想："哎哟，我的妈呀！我活不过今天了，我的小命就将这样结束了！"这时他发现飞船并未爆炸，他赶紧控制好方向，将逃生飞船对接上一艘快速驱逐舰，逃离了包围圈。但是包围圈里的大型战列舰、巡航舰全被星系军狂轰滥炸，只有战斗机和小型的高速火力舰逃了出来，并回到了他们的大本营——马斯星系。

星系军队成功地反击了帝国军队，并防守住了克洛特星系。

科尔回到马斯星系，重组队伍，准备重新发起反击。很快，他就重组了帝国第二舰队，并新增加了帝国第三舰。他们的技术人员还研发出了新一代战列舰——伊洛特级战列舰。它全长225米，有无数门重型火炮，能防住星系军老式的"马丁级"战列舰主炮的攻击。另一边，星系军也开始增加力量。他们相继研发出了"马丁2级""马丁3级"战列舰，同时增加了数十艘"特伊级"重型巡航舰。

帝国第二舰队再次向克洛特星系发起进攻。帝国舰队一进入克洛特星系时才发现星系舰队已经离开了。经过一番搜寻，他们终于在阿斯星系发现了星系舰队。科尔立刻命令第二舰队的第一、第二分队进军，他们准备向阿斯星系发起攻击。

就在这时科尔收到了马斯星系发来的信息。

上面写着"马斯星系的内核不稳定，立刻回到马斯星系，十万火急！"科尔只好命令舰队立刻鸣金收兵，返回马斯星系。

但是科尔与他的舰队在返航途中误入了黑洞，消失在了茫茫的太空中。

家长点评：原来你还这么善于想象，好。希望继续发挥你的想象力，今后有所发现、有所创造。

# 路边的"僵尸车"

李兆欣

最近几年，僵尸车现象越来越突出，用一首我自编的打油诗来说就是，"去年共享人人乐，今年满街僵尸车；占用资源徒浪费，绿水青山莫等闲。"

"僵尸车"，是指停靠在马路边上、多年无人问津、无人照料的车，由于车子多年无人打理，所以落了一层厚厚的灰尘，形态就像人们口中所说的僵尸那样，肤色死灰，僵立不动，所以被人们称为僵尸车。"僵尸车"危害很大，不仅占用社会公共资源，还会造成浪费，甚至有可能自燃、爆炸造成安全隐患。僵尸车主要包括汽车和自行车，例如近几年大量共享单车被弃置形成僵尸车群现象就很突出。

为什么会形成"僵尸车"呢？在网上有一些八卦的网友认为，"僵尸车"的车主可能是平时用车非常少，或者长期在外地，久而久之车辆就荒废了，无法正常使用，又没有人来拖走，一直占用车位一两年甚至更长时间；还有的网友认为，车主可能是个小偷或者其他犯罪分子，作案时被抓服刑，车子就留在当地无人问津，车主出来时，找不到或者不敢去取，也就报废了；还有一些无聊的人，故意霸占车位不用，非常没有社会公德，没有基本素质；还有就是有些共享单车使用人乱丢乱放。所以，不管怎么样，制造"僵尸车"的人，都是不对的。

在此，我特别批评之前我说的几种人，因为他们只顾自己个人的感受，没有顾及到他人的方便以及需求，换句话就是自私，这种人非常无聊、没道德、没素质，罔顾公德，是我最为厌恶的一种人。

上述现象也侧面反映出了我国社会公民素质还需要继续提高，我国的经济和文化虽然快速发展了，但是道德水平也需要快速跟进，否则，还会有更多不道德、不文明的现象，影响国家形象，损害公共利益。

那么，到底如何治理"僵尸车"现象呢？首先要加强宣传教育，提高公民自身素质，自觉做文明市民；其次，要加强市政管理，划定区域，有效制止和引导；第三，要立法规范，对损害公共利益行为进行管理处罚。当然最关键的，管理机关可以及时利用科技手段找到车主或运营商，最快时间拖走直接解决问题。

我希望，这个世界上，不再有这种损人不利己的不文明行为，也希望大家共同提高自身素质，爱护我们共同的家园，以后不再发生类似"僵尸车"的现象，用亲爱的习大大的名言来说就是"像保护眼睛一样保护生态环境"。

愿这个世界到处都充满美好和友爱，人人争做环境保护的使者，世上再无"僵尸车"。

家长点评：关注身边大事小事，善于观察，善于思考，有社会责任感。好！

# 挂在树上的故事

刘丰睿

黑夜从天悄然而降，树上的石榴在剧烈的狂风中不停地摇晃着，我便跑了出去，搭上梯子，连忙摘下一个石榴。突然，雨惶然跳下人间。我却像个顽皮的小猴，不停地向上爬去。

一阵声音从背后袭来。"你在干啥呢？"奶奶用带着陕西腔的声音斥责着我。

"你这娃，半夜一点还不睡觉，在树上干啥呢？雨下得这么大，不怕感冒啊！"我硬是被奶奶拉到了炕上，"明天让你爷给你摘几个石榴吃，好不？"

天刚亮，我一骨碌就爬了起来。我连忙把爷爷摇醒，让他摘几个石榴下来吃。爷爷却说："不行不行！现在才七月，石榴还没熟呢，你怎么吃？"我才意识到奶奶是个"骗子"，于是便大声的问："奶奶，你为什么骗我？"

"如果我不拦你，你早就把生石榴吞下肚子喽！"

我的嗓子似乎被这句话卡住了，顿时哑口无言。

过了几天，家里来了五爷家的一只小狗，我多了一个比石榴树更好的玩伴。直到一天，我和邻居家的伙伴们在后院捅蜘蛛网。一只蜘蛛敏捷地爬上了那棵石榴树，我下意识地扑过去，换来的却是一根毒刺和一股鲜血，我一边忍受着疼痛，一边骂着"何等无道德的石榴树！"

后来，爷爷奶奶出门做礼拜，晚上七点钟了，他们竟然还没有回来。我急急忙忙打电话，得到的却是一声声失望的回复——无人接听。夜色逐渐沉了下来，肚子也开始咕咕作响，我只好掰开一个石榴，然而没想到的是讨厌的石榴树竟然给了我一个如此鲜嫩多汁、晶莹剔透、微微泛着宝石一般红色的石榴。我毫不犹豫地咬上一口，把焦急慌乱的情绪和伤口的疼痛一并融化在甘甜里。

两年前，奶奶要在后院盖新房子。砖瓦日益增多，工人们建议把石榴树砍了。我赶紧跑去求奶奶，让他们不要砍掉石榴树。树是不砍了，可我还是终日担心，直到六年级寒假，一座漂亮的新房子呈现在我的眼前。房子的前面那位熟悉的老朋友，正在迎风招展。

时间过得真快，转眼我已经初二了，每次回去，那棵石榴树似乎从未憔悴过，和我小时候一样还是那么生机勃勃。

听奶奶讲，这里将来要拆迁。我希望，无论在哪里石榴树都能永远开花，结果。

（本文发表于 2018 年 6 月《中学生》"小荷文学社"专栏）

《中学生》编辑荐评：写对乡村的感情，作者聚焦的只是一棵石榴树，取材很是细小。值得一说的是，材料虽小，作者却做足了文章，几个与石榴树有关的情节可以说是波澜起伏。"偷石榴"，先是挨斥责，后又受欺骗，心里难免有怨气；"骂石榴"，那是因为玩耍时被树上的毒刺弄破了手，借此出口恶气；在此基础上再让情节突转，用"吃石榴""留树木"引出自己的真挚感情。欲扬先抑的表达，让感情变得格外真挚。

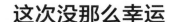

# 这次没那么幸运

刘航铭

每年的秋季都是台风盛行的时候，它的破坏力不亚于龙卷风，曾经有一座城市被它夷为平地。而深圳，广东沿海的一座现代城市，也是台风袭击的目标之一。

过去的好多年，每次台风登陆预警，都会说对深圳造成影响，从而导致气象局发布停课通知。可当我们正在停课时，台风又拐了个弯，偏离深圳走了，所以我们都白白地放了一天的假。要玩的出去玩，看电影的出去看，甚至还有去打篮球和去欢乐谷玩的，台风给我们的印象，已经是学生的天使了。

今年，这次的台风"山竹"据说来势汹汹，几乎每个人的朋友圈都会出现这一消息，几乎所有的同学心里都在暗喜，有的还发朋友圈感叹到"唉，台风快快来"，"优秀台风"大家几乎都在等着发布停课的消息……最终，气象局还是宣布周一停课一天。

当时我也在欣喜之中，毕竟可以多休息一天，而且又不刮台风。

就在这一天的中午，我们小区突然开始刮起巨大的风，并且伴随着雨。我想："这应该只是一阵强风罢了，应该不是台风。"可是风越刮越大，我站在阳台上，甚至都有些无法站稳，我心里打了个寒，我马上跑进房间，把所有的窗户关死，把放在外面的衣服和植物都收了回来。果不起然，风越来越强劲，尽管关死了门窗，风流过的声音依然刺耳。

我想："在家应该没什么事吧。"所以吃完午饭就安心地睡觉去了，我睡着睡着却感觉越来越热，我被热醒了，发现空调关机了，我问妈妈："关总闸了吗？"妈妈说"没啊"，我跑到总闸那儿，发现停电了，我出了点冷汗。我把消息告诉一家人，此时哥哥又突然叫："快来看，快来看，对面那个民生银行的大楼被吹烂了"我看了看，还真是，窗户被吹掉了好几大块。我又看向小区周围，好几棵大树都倒了。我开始很担心。

我意识到停电就有可能停水，而水是生命之源，所以我开始准备贮存大量的水。

"山竹"还是越来越大，并没有要停、要走的意思。我看到很多台风现场的视频和图片，只得感叹这次台风太大了，没像往常一样拐弯离开，这次动真格的啦！

这次深圳并没有那么幸运，可能是不想让我们得逞，同时心里也在祈祷：每一个深圳人民要平安！

家长点评：文章写的是真情实感，因此比较形象逼真。通过文章可以看出：刚开始几次，台风并没有像天气预报那样如期来临，虽在预料之外，也在情理之中，因台风受各种错综复杂的条件影响，有可能改变航向。大自然不可控，但是，我们可以掌控自己，不要有侥幸的心理，不管台风来否，我们都要做好防预台风的准备，这样才能避免台降临而带来的损失，且让损失降低到最低，事实证明，我们深圳市政府和群众做到了！希望航铭在每科的学习上，认真踏踏实实的完成老师布置的每一项作业，不要有任何侥幸心里，在每一次的考试中，发挥自如、取得好成绩！

# 遇见王阳明

刘星麟

王阳明，身处乱世的他，乃是一位极高深莫测、富有传奇色彩的大师。他青年立志与孔子比肩；壮年带兵平定江浙一带的土匪乱党；晚年成为心学创立的主导者，镇压藩王宁王叛乱，最后返回家乡时含笑而逝。

他的出生极其神秘。话说他出生时，产房上飘荡着数朵七色彩云，于是他的父亲就将他取名为王云。不料，出生后他却一直没有开口说话，家人都为这个问题焦虑，他的父亲更是非常着急。直到一位禅学大师登门拜访，摸着王云的头道："这孩子天资聪颖，可惜道破"，然后向他的父亲建议将他改名为王守仁，也就是后来的王阳明。果然，不久他就破口说话了。虽然王守仁五岁才开口会说话，但这却影响不到他的天赋丝毫——因为父亲在茶余饭后吟诗作词之时，他在一旁早已烂记于心。进入私塾学习时，他的优势便体现了出来，别的孩童还在学拼写认字时，他已经会背数白首唐诗了——这主要归功于他过目不忘的奇异功能，因此被老师成为"神童"。

时光飞逝，王阳明已经成为了一个壮志满怀的青年书生，这时候，他开始将兴趣集中在关于圣贤的故事、生平以及他们的经验。在一次茶余饭后的闲聊之中，他与好友无意中聊到了朱熹——被明朝官方认可的"圣贤"，王阳明顿时起了兴趣，尤其是友人聊到朱熹"格物致知"的理论时，他便两眼放光地盯着朋友，全神贯注地聆听着。友人见他听得如此认真，便将这一理论详细道来："物有表里精粗，一草一木皆具至理"。从此，他便沉迷于格物学"无法自拔"。他常常为了格物而废寝忘食。有一次，他为了格出世间真理，在一根青竹前整整静坐了三天三夜，最后以王阳明的晕倒告终。于是，他得出了结论："格物致知"理论不可靠，由此推导出一生中最重要的经验：理论要和实践结合，即：知行合一。接着，经过了几年的刻苦攻读，他考中了进士，成为了一名刑部主事。

他正式上任不久，就看到专权的宦官刘瑾在朝中任意枉杀忠良，陷害无辜。因此，他在刘瑾随意廷杖戴铣等清官时挺身站出，上书刘瑾，指出他的种种不是。谁知刘瑾生性暴躁，看到这封奏疏便被王阳明的正义之辞所激怒，将他廷杖四十，并发配到贵州龙场做驿丞。阳明途中还差点被刘瑾设计杀害——全靠他强大的路程计算能力……

到了龙场之后，逢路走来一个衣衫褴褛的老头，便询问道："请问驿站在何处？"老头应声答曰："就是你眼前的木屋。"他又问曰："那么，驿丞是何人？"老头狡黠地一笑："远在天边，近在眼前。"王阳明顿时明白了一切——发配到这地方分明就不是来做官的，是"劳改"的场所……他一开始很绝望，但他父亲在他上任前说的一句话激励了他："记住，这是你的责任"，他便着手开始重修木屋，学习当地民族语言，向当地的居民学习生活技巧，得以存活下来。

后来刘瑾被排挤出朝中以后，他的才能被兵部尚书赏识，于是被特意提拔，巡抚江浙一带的地区。当时土匪泛滥成灾，并已经形成了一小圈"势力范围"。他便带着相对于对方几万人的兵力——几千人，用一些他早年所精通的兵法，且以诈降的方法，接连击破敌营四十多寨，战绩辉煌，以1:10的恐怖战斗力，将土匪平定，他因此也有"狡诈转兵"的称呼。他因此名声在朝中名声大振。以至于后来宁王朱宸濠叛乱时大家都纷纷推举他前去叛乱。

晚年，他告老还乡，回到家乡创立了心学，并广收学子。他的心学后来分支成许多不同的派别，引领了明朝晚期的思想潮流……

王阳明，如风如影，在漫漫岁月中走完了他传奇的一生，并给后人留下了宝贵的财富和无限的遐想……

家长评语：文章结构严谨，从开始概述框架、到全文逐一展开，描述王阳明从童年、青年到壮年、老年的成长经历和思想的形成过程，契合了"起、承、转、合"的乐章结构，融合了故事与哲理。

# 让心灵在落叶中憩息

刘雅欣

"飒飒飒……"，一阵秋风轻轻掠过窗前的几棵大树，大树上的叶子随风舞动，之后便飘飘然的落下，像飞舞的蝴蝶，带着它对大树的祝福，落入尘土之中……

深深的秋天，总是不打一声招呼就来临了，没有任何预兆，如果硬要说一个感受的话，我想大概就是让人凉飕飕的秋风和漫天飞舞的落叶了吧。我带着复杂的心情看向窗外，享受着那从光秃秃的树叶斜进来的几缕午后的阳光，伴随着秋风的萧瑟，这几缕阳光让人闲得有些倍感珍惜……

儿时的我，经常在树下玩耍，与小伙伴们你追我赶，落叶就像下雪一样，像我们这种在南方的孩子，从小没看见过雪，对于冬天的记忆大概只有这金黄色的"雪"了吧。记得当时老师布置了一项作业。就是用落叶拼成一幅画。这是我第一次近距离地观察这些落叶，每一片都是属于自己的纹路，都有属于自己的颜色，每一片都是独一无二的，都是不可取代的。当时我还问过老师一个问题："老师，叶子离开了大树，他们会伤心吗？"老师听了，拍拍我的头："他们肯定会伤心呐，如果你离开了你的父母，你不伤心吗？"我点点头："嗯！我一定会哭的很伤心的。"老师看着我一本正经的样子。"噗嗤"的笑了。"但是，生活不允许他们哭。他们的坚强，但是同时也要珍惜他们，只有好好珍惜了，才不会留下遗憾啊。""那珍惜又是什么呢"？"你长大了就会明白的。"我拿着金黄色的叶片，带在阳光下挥舞着……

现在的我穿上衣服，再一次来到这棵大树下，再次拾起一片落叶，仔细地端详它，看到它发黄的叶片上带着一丝绿色。我不禁感慨生命的苦短，时光匆匆，不禁世间匆匆，春去秋来，弹指间时光就悄声无息地逃走了。我们应当去珍惜它，让以后会想起，不会空白，不留遗憾。也许这就是珍惜吧！望向天空，看着飘落的叶子。已经不是我之前看到的那堆树叶了，这十几年来，它一直在更迭。实力演绎这什么叫"落红不是无情物，化作春泥更护花。"

秋天的落叶。感谢你让我的心灵在这落叶间憩息。生命，说长不长，说短它也不短。我们无力挽留，能够做的只有珍惜。这是一幅令人期待的风景。绝对没有放弃的理由。

让我的心灵就在这落叶上憩息吧。

家长的评语：妹妹有感于落叶而产生了情绪。这个小姑娘的心里是多情善感的，我们是有代沟的，在平时是看不出来，这可以感受到这些00后的孩子对生活的感悟，看不出来他们这些00后，埋的这么深。都是感情动物，只是表像不同罢了。

我先看到她写的这篇文章。我深感她长大了。眼里有观察，大脑里有思考，心里有积极向上，品质有正义。学校的教育确确实实是向善向上的。这一年，她真正从儿童走向的青年，视觉更宽广，对自己的将来更担当。表现在学业上，每天坚持不懈和坚柔并举的完成作业上，家长都很艰辛而且疲惫的，而她的脸上总显露出的微笑，叫我们觉得她长大了，更坚定了。

落叶是自然现象，自己也要自然地并入人类生活常态，我们看到她从认识到认知再到认同的完美过程，她，能行！

# 最美的瞬间

初三 10 班　刘越

最美的瞬间，莫过于因爱而心生感触的那一刹那。心与心之间因为共鸣连在了一起，被爱浸润的那股力量看是绵软无力，实则无坚不摧。在我们的生活当中，常有这种美丽瞬间，让我们觉得生活是如此美好。

那是一个三伏天，骄阳似火，赤裸裸的阳光照在身上，火辣辣的疼。母亲为了给我们准备午餐，顶着外面的酷暑，去给我们买菜，准备做饭。待到归来之时，已是满头大汗，她把菜一放，径直走进开了空调的房中，低声和我说了一句："太热了，我稍微歇一歇"。过了一会儿，我的肚子已经犯起了嘀咕，便悄悄地进入房中，却发现妈妈已经睡着了。怎么办？母亲平日里累了，这会儿让她好好睡一会儿吧。我想今天何不我来做做饭，让妈也享受一回。我便到了厨房，轻轻关上门。虽不常常做饭，可基本的做法我还是懂的。时间开始流淌，经过洗菜、切菜、炒菜等一系列流程，笨手笨脚奋斗在盐和油之间的我终于完成了任务，慢慢地在饭桌上摆起了做好的饭菜。"做一顿饭真心不易"，我不禁喃喃自语。抹一抹挂在腮边的汗珠，我轻轻地推开母亲的房门，发现母亲仍然在睡梦中，我拍拍她的肩，叫她起来。她猛然一起身，慌忙找着眼镜，嘴里絮絮叨叨说着，我要去烧菜了。我笑了笑，告诉她我已经把饭给做好了。母亲张了张嘴，欲言又止。虽然没有发出声，可我在其中读懂了唇语之间的感动。

平日里觉得母亲对我约束比较多，我与她之间似乎总有那么一道无形的墙。但这会儿透过母亲看我的眼神和那没有说出嘴的话，让我觉得这道墙已荡然无存。

如果人与人之间多一份理解，我们就能融化所有的隔膜，家人之间更需要如此，展露我们最美的一面。只要把关爱，体现在随处可见的点点滴滴的小事，我相信就会拥有无数美丽的瞬间。也许当你哪一天回首，看到曾经的自己，也会因此而感动。

家长评语：父母和孩子，爱在心中，时时刻刻，理解万岁。不经意间，发现孩子渐渐长大，发现孩子比想象中能干，感谢孩子的陪伴与付出，有你真好。

# 写给初三的自己

鲁笑宇

致我最初的那段青春：

见信如晤。

我是4年后的你。现在，我已成功考入了北京电影学院表演系，实现了我的梦想。说起这段经历，真是让我感慨万千。你可能想不到会有这等好事发生，但是，它的确发生了。有句话说得好，"将来的你会感谢现在奋斗的你"。因此，我很感谢你，在初三这一年我的逐梦生涯画上了一个完美的省略号。

不过，即使这样，以防未来重演，今天，我也要在这里跟你讲几句真切的话。初三作文考试即有许多与"梦想"有关的题材，所以，请你务必认真阅读下去。

初三这一年，我们并没有别的时间。没有别处，没有别时，就在此时此刻，苦不燃烧，就永远归于沉寂。要知道，所有伟大的事情，都是在这看似平凡的一天又一天中完成铸就的。我希望你在中考后会有这样一种感想：时间是最平等的东西，每个人除了这一生，并没有别的时间。最起码，当我想起过去，没有哪一刻是虚度的。

你喜欢追星——我现在都还喜欢TFBOYS呢。不过，现在的你不要太疯狂了，追星是一场孤单的旅行，没有回报的付出，没有尽头的单恋。我希望你要更关注他们的作品和成就，而不是他们的生活。这是一个告别，也是一个开始，对过去迷惘的告别，对未来的坚定的开始。

人生这么长，我们还有很多时间去慢慢寻方向。很多东西，手握得太紧，也许反而像流沙。开心努力地走下去，生活会为我们揭晓答案。人生很长，有时看不清前路会纠结是很正常的，最好的办法就是——大步走下去！在生活中，要随时保持警惕，因为你有可能会失败。失败是如此卑鄙的东西，居然会先伪装成胜利的模样来嘲弄你，好像在试探你对痛苦的承受能力。但即使这样，能救自己的只有自己了。

世界上哪有轻而易举的成功？也没有不必付出的天才。对所有的人来说，你只有先经过很努力、很努力，才能看起来很轻松、很轻松。你要记住：成长，总是发生在不经意之间。走过了一轮拼搏、希望和失望，总有些东西沉淀下来。

所以，请你加油。

此致

敬礼！

四年后的你

2022 年 XX 月 XX 日

家长评语：读了笑宇的作文，逐渐体会到孩子正在成长，已经开始认识到人生的成长最需要的是正能量。追逐梦想，最重要的是把握好现在，没有踏踏实实的现在，梦可能变作空中楼阁。人生中从来就不会有轻易地成功，人生的最精彩之处，很多时候就在于不断地坚持和努力的奋斗过程，"所有伟大的事情，都是在这看似平凡的一天又一天中完成铸就的"。

# 距离

罗文玥

上了初中后，思想越来越固执，脾气也变的慢慢暴躁，带着这些毛病，和父母相处变得越来越困难，心中觉得父母实在太老套，却没想过那也是爱。

进入青春期的我开始有了自己的想法，可那些想法与父母的想法却有了冲突，慢慢的这些冲突成了拉远距离的导火索，只要父母一开口，我肯定会反驳，并把它变成争吵。我和父母的距离拉远很容易，可是想要拉近，却比登天还难。

初二的那个寒假，是我最任性的时候。天气冷，特别是从下午开始太阳就不出来了，风一阵阵吹过，落叶被吹起后在地上打着转。可那时候的我为了舒适和美观，里面只穿了一件卫衣，外面套了件外套就出了门。为了不让妈妈发现，我还是悄悄打开门溜出去的。可是一下楼我就后悔了，风毫不留情的往我身上吹，一阵又一阵，丝毫没有停下来的意思。刚下来那会还有一点阳光，可刚才的风把最后一点温暖都给带走了。我打着颤跑进了教室，到了教室才感受到了那让我安心的温暖。可接下来的课我却完全无心听讲，心里想着的全是等会回家怎么逃过母亲的眼睛。两小时过去后，我准时的出现在了家门口，轻轻推开门，发现妈妈已经站在了门口。满脸严肃的摸了摸我的衣服，开口说道："你是不是不冷到感冒发烧不罢休？说了今天很冷怎么还穿成这样？让我操多少心才能懂事一点？"听到这我不耐烦的甩开妈妈的的手："我自己的身体我自己还不清楚吗？"说完后大步回到了房间。回到房间后我很不是滋味，想到刚才说的那番话，想必已经很令妈妈伤心了，明明是在关心我，可却被我的冲动而拒绝，还说出了这么伤人的话，这次的行为，好像比之前都要过分，距离，也越来越远。就在我想着怎么道歉时，响起了轻轻的敲门声。我一回头，妈妈抱着热水袋站在门边，我张了张嘴，但没说出话，妈妈快步走了过来，把热水袋放在我怀里，说："我刚刚的态度可能不是很好，但我不想看到你生病难受的样子，我希望你能照顾好自己别让我担心。"我听了后抱紧了热水袋，心里全是后悔，看着妈妈的眼睛小声的说了句对不起，在那恍惚间我还听到了妈妈好听的笑声。

父母表达关心和爱的方式可能会让我们产生误会，一气之下将距离越拉越远，可最先理解和道歉的永远是父母。我们也要学着去理解，去爱他们，用自己最简单的行为来将距离越拉越近。

家长点评：从自己的亲身经历去体会父母的爱，证明你长大了，文章虽然没有什么比较华丽的辞藻，各种小细节带出了整体的效果，也紧扣主题，用心的把距离延伸出了爱，也把我引入了你的世界，甚至在想我和你在同龄时是否一样，总体来看是不错的，如果能再把语言修饰一下，用些好词好句就更能感动人心了。

# 我的战斗英雄老爸

欧阳鹏程

"青山处处埋忠骨，何须马革裹尸还"。今年清明节，爸爸带着妈妈买上鲜花，专程去深圳烈士陵园缅怀革命先烈。

老爸于 1986 年 11 月应征入伍，成为一名光荣的中国人民解放军战士。其部队隶属于北京军区 27 集团军 80 师 239 团。

1986 年 12 月 16 日爸爸所在的部队奉党中央，中央军委的命令从石家庄出发，奔赴云南老山前线参加对越作战。出发的当天石家庄已经是大雪纷飞，白茫茫的一片，老百姓自发带上很多的慰问品在道路的两边夹道欢送人民子弟兵开赴前线。

部队在经过 7 天 6 夜的铁路开赴，于 24 日到达昆明，在兵站经过短暂的休息后又开始了 3 天 2 夜摩托化的急行军，于 27 日到达云南省砚山县集结地。

休息一天后即开展了艰苦的战前强化训练，主要包括单兵作战能力，后勤保障能力，通信指挥能力，兵种协同能力，夜间作战能力，负伤自救互救能力等各项训练。

经过近 3 个月的战前强化训练后，部队于 1987 年 4 月 10 日正式接换老山前线各阵地，我爸的阵地位于云南省文山自治州麻栗坡县老山前线八里河东山的负 13 号阵地。该阵地于越军的阵地犬牙交错，情况异常复杂，要求隐蔽性异常之高，与越军的阵地近的只有几十米，真有一种"不敢高声语，恐惊对方人"的感觉。战士们就住在约 5 平方米左右的"猫耳洞"里（3 人），人在洞里只能坐或躺，里面阴暗潮湿，霉味扑鼻，老鼠经常光顾洞内，床是用几个大石头摆的，石头上面放几根树干，再铺上棕垫，棉垫就是当年的"席梦思"。在战场上就吃压缩饼干和罐头，终年吃不到任何新鲜的蔬菜和水果。水在战场上是非常珍贵的东西，平常洗脸就是先天晚上把毛巾放在外面沾点露水第二天好抹一下，刷牙就成为梦想，洗澡就是在下雨天站在洞外雨洗了。因为云南地处亚热带，气候异常潮湿和闷热，加上无水洗澡很多战士都得了严重的皮肤病。全身溃烂，奇痒无比，体无完肤。最后出现男兵穿裙子，甚至出现战场上的"大卫"。烟鬼们在晚上抽烟时都要特别的小心，都要用空罐头瓶罩住烟的火光，防止敌人阻击手击中。异常艰苦的战场生活，是我们无法想象的。

战士们在忍受生活艰难的时候，双方的"扒点"行动，突袭，炮击每天都有。特别是 122 毫米以上口径炮击是真是地动山摇，震耳欲聋，铺天盖地，整个战场上硝烟弥漫，尘土飞扬。有炮声，有枪声，有报发机员的喊声，有战士们的杀声，有伤员的呻吟声，有指挥员的命令声。到处充满了血腥味，血肉模糊，每天有牺牲的战友，每天有负伤的战友，他们有些是断臂，有些是炸伤了腿，有些是被炮震的耳朵流血等各种情况。越军除炮击外主要是晚上派特工偷袭我方阵地，一般在凌晨后派出小股分队骚扰和"扒点"。为不轻易暴露我方阵地布兵及配置，一般先是呼叫炮兵进行炮火覆盖，在进行第一轮炮击后步兵随机与敌人进行近距离交火，在 1987 年 5 月份 23 日夜晚越军利用我方刚接换阵地对敌情不祥，对阵地不熟的情况下给我方来个"下马威"，炮击摧毁我方一个"猫耳洞"，牺牲 3 名战友。因炮击冲击波及炸药的威力现场清理战场时 3 名战友的遗体都是死无完尸，惨不忍睹。

1988 年 6 月爸爸随部班师回国，胜利凯旋。在对越作战中爸爸英勇顽强，表现出色被评为"老山作战优秀战士"。这段光荣而又难忘的人生经历使爸爸终身难忘，他经常和家人聊起军人的无私奉献，聊起长眠在南疆的战友，聊起当年战争伤与残，生与死的考验。让我知道今天平安幸福的生活来之不易，我们要好好珍惜。

*家长点评：能够将老爸当年参加老山战斗某些情况复述清楚，可见对你进行的革命传统教育没有白费力。希望你能够好好珍惜幸福生活，刻苦读书学习，掌握实际本领，将来报效祖国。*

# 本可以更好

彭诗茵

做事坚持不懈，就可以做得更好；做事努力认真，就可以更好。做事诚信，就可以更好。明明可以把事情做好，却总是马虎。老师总是在我考差以粗心，漏题的借口搪塞时，总是用这些话来训斥我。

从小我就不如别人那么优秀，生性顽劣，做事从不三思而后行。结果总是不尽人意，又在不停地抱怨，当即立下誓言要好好做，坚决不能冲动。可是三天后全都抛诸脑后。这就是我为什么总是提不上来的原因。每次考完试看到惨不忍睹的成绩时，心中满是失落。后悔自己为什么不好好复习，或者不该错的题都错。试卷分析也是写的"动人心弦"。仔细回想，全都是漏看关键词，数据或是看错。明明可以不错的题全都错了。本来可以更好的，为什么要放任自己粗心？不会写的扣分就罢了，再加上马马虎虎的，那还剩多少分？

老师找我"喝喝茶"的时候，常说道"作业那么认真，上课听课也很专心，普通研理课的考试都考得不错，为什么一到大考就那么惨？会写的题都要失分。你很聪明思维很活跃，就是对自己的要求太不严格了才让自己一步一步的堕落。如果对自己严格要求，那么效果不同凡响。如果中考你也这样马虎，是没有高中读的。那你的前程怎么办？"老师的话本来没有什么，我却听的刺耳，正是因为说到心里了，找不到我一直寻找的病根。本可以更好的我却因为放纵自己导致自己落魄不堪。但学习好的人比自己更努力是最可怕的，他们会离你越来越远，然后以自尊心受打击而颓废？为什么不想想自身的毛病。每个人都不笨，只是懒，不努力。放纵自我觉得随遇而安过的"佛系"一点。长大在想东山再起，几乎不可能了。在好读书的年纪，却不好读书；想要好读书了，却不好读书了。霍金的身体十分不健全，却事业有为。现在本是青青春年华正茂的时候，只有更加努力才能被人高攀不起，被人仰慕，更加自信。交的朋友才会更好。本可以做好，那就做好，做的稳当，就可以一路向前，勇往直前。距离中考的时间所剩无几。那就做好，稳当的走好每一步，成就自己的巅峰，让自己不留遗憾。

家长评语：是啊，本来你可以变得很优秀，为什么就要纵容自己呢？剩下的时间所剩无几，还不好好严格要求自己。一时的放松是会毁了你的前程。不要有什么感天动地的誓言，踏踏实实的做好每一步，最后跑起来，超过原来的自己，成为更优秀的自己。你有自己的梦想高中，我也希望你能去那，但是不努力怎么去呢？现在就是要打起十二分精神，做到每一步谨慎。做题不要马虎，不懂就要问。加油，我相信你有更好的未来。

# 被遗忘的角落

丘斯民

路过体育馆的大门，我又留意了一遍那老旧的岗亭。

没错，他还在那儿。坐姿古怪，仿佛全身重心全压在他胸前那张窄小的玻璃桌上。同样破旧的保安服裹在身上，倒像是罩了一张粗麻布，让人不禁怀疑那风洞似的衣袖能否抵御深冬寒冷的空气。白发在风中瑟瑟，抖落一片尘土。一双眼从皱纹深处的阴影里凸显出来，牢牢抓着面前一张报纸上细小的文字。

真的不记得他在这儿多久了。听人说起他是体育馆的第一批员工，一直在前门保安亭。一年年过去，智能设备大多替换了人工服务，因此员工越来越少，只有他还守在那老旧的岗亭，看着两台智能刷卡机无情地把他推进那被遗忘的角落，无人问津。

"嗡嗡……"引擎的轰鸣声啸来一阵热风，一辆瓦亮的黄色跑车停在刷卡机边，一个浓妆淡抹的女人正费力地把手从狭窄的窗子前探向远处的刷卡机。

耀眼的流线型光芒并没有勾起他的注意。点亮那双晦暗眼眸的，是女人伸向刷卡机的手。一团火花在他脱离涣散的目光里闪过，惊喜和愉悦如眼中涌出的清泉，溢成一抹孩子般的微笑，流淌在那皱纹满布的脸上。他倏地站起，报纸在气旋的带动下扬起一片尘，那双笼在袖子里的手扯着瘦弱的身子倾出岗亭，仿佛全身的力都集中在布满筋络的指尖那薄薄的卡片上。多么微妙，两只截然不同的手竟在同一个角落相遇！

"嗡！"

可惜这亚当上帝牵手式的场景之存留了不到一秒。他的手还没从空中收回去，引擎就已不耐烦地响起。不知是车身的流光还是女人的目光刺痛了他，那眼里燃起的火花被一盆冰水狠狠浇灭，在远去的轰鸣里，他的身子颓然倒在椅子上。那只布满筋络的手，再一次颤抖着拿起了报纸。

时代的进步把越来越多的人遗忘在变革的角落。他们被认为没有用处，被人当作社会的累赘。但，总有不愿被人遗忘的灵魂，在那一个个行将消失的角落里发光发热，尝试着向世界证明自己。确实，机器有人类难以企及的优点，但他绝不会拥有这样坚韧的性格，这样挫而不倒的毅力。我坚信，"人"这个奇妙的物种在天地间终将生生不息，薪火相传。

"嗡嗡……"又是一辆车子。我无需回头，但早已知道那个布满灰尘的岗亭，绝不是应该一个被遗忘的角落。

家长点评：善于观察，善于思考，细节描写令人感动。为你点赞！

# 母亲的头发

邱怡文

母亲的头发随着我的成长，写下了时光的流逝。

母亲原来有一头长发，幼时的我躺在她的怀中仰视这一头长发和妈妈微笑的面庞时，会觉得妈妈是年轻的、美丽的。母亲的身上，散发出一种说不清道不明的光芒。我那时觉得，母亲是一个"少女"，离衰老还很远很远……

后来母亲一时心血来潮说想换一个发型，可能因为当时的我在前不久也改变了发型，于是她去理发店把头发剪短了，做成了那种看起来很飘逸的样子。那时我已经十岁了，刚开始总感觉有些不习惯，甚至有些别扭，我怀念她过去的模样……后来，慢慢地，我也不得不习惯了。

有一次，我看见母亲对着镜子在她的头发上寻找着什么，我轻轻地走上前去，母亲柔声细气说道："来，帮我看看我有没有白头发。"我上前扶着她的头看了看，摸了摸，母亲的头发很软，有淡淡的香味，其间也不过就只夹着两三根不起眼的白发罢了。我觉得母亲还是那个妈妈，并没有变老。我告诉她说："这里有一根。"母亲惊叹道："我都有白头发了？！"

这一语点醒了我，妈妈没有变老吗，妈妈还是变变老了！

前不久，母亲又让我找她的白头发。这次的结果令我更惊了，母亲的白头发不再是只有两三根，而是变得稍稍多了起来。

时光飞快的流走着，在母亲的头发上留下了岁月的痕迹，白发就是见证。

让我们珍惜时间吧，不要让自己在无法挽回后才去悔过。

家长评语：《母亲的头发》写的就是关于妈妈的。整个事件描述的非常真实。虽然平时较少和孩子聊一些涉及情感的事物或话题，但通过其文字，发现孩子对家人的一举一动还是用心体察过，并以此感叹时光荏苒，我们都会老去，要珍惜时间……

# 最温馨的声音

任思怡

来，击个掌——手心碰，手背碰，之后是清脆的击掌声。这是我和弟弟一直约定好的。随着第三声响起，我和弟弟每次都会把下巴仰得高高的，嘴角微微向上扬起，如同鼓满风帆的小舟。

弟弟和我是一起上跆拳道课的。他的个头比我小，动作更不如我灵活。有一次，教练也不知怎么地就偏偏让我和弟弟打竞技。弟弟有点不愿意，但也没有退缩，站起身，向我走过来。我们戴好了不同颜色的头盔。听到"开始"的口令，我们便踮起了步子。我猛地向前窜一下。他快速地后退了一步。趁着他快要出腿的那一霎时，我转了个身，把整条腿扫了过去。正巧划过他小小的脑袋。接着，我又出了几腿。他连连倒退，最终像一个木桩一样，直直地躺在了地上。我好像还听见他在向我求情的声音："哎呀，姐姐。"

我有点可怜他。可是我并没有把他扶起来。我透过塑料面罩看到他疼痛、伤心、无奈的目光。我慢慢地俯下身子说："要想取得胜利，就要加倍勇敢，加倍努力。来，击个掌！"

整个道场尽管有二十几个人，可那时安静得连一片羽毛落地的声音都能听得见。他缓慢地把他胖乎乎的小手从袖子里伸了出来。我也伸出比他大一倍的手。手心碰，手背碰，之后是清脆的击掌声。随着第三声响起，他勇敢地站起来，提了提护膝，跟我再次打起了比赛。这一轮，他比以前更优秀了。如果把年龄优势减去，恐怕就是他获胜了。

记得有一次，我因为跑步输了第一名，正房间里伤心自责。我望着深灰色的天空，一轮淡淡的明月，一切在今晚都显得毫无生机，一点点希望也没有。那时候，我的房间很寂静，只有抽泣的声音，和时不时一两声汽车的鸣笛声。

门"吱呀"一声，被打开了。顺着门缝投进来了一束光，走进了一个人。我看不清是谁，继续坐在床头。过了一、两分钟，在我耳边传来弟弟稚嫩又可爱的童声："姐姐，人人都有失败的时候，不要把一次失败看作终身的失败。这不是你教我的吗？"说罢，他便举起了热呼呼的小手，牵起我冰凉的手，"来，击个掌！"我望着弟弟。虽说他个子小，但他的眼里散发出关切的光芒，好似把我心里最黑暗的一处照亮了。

手心碰，手背碰，之后是清脆的击掌声。

这声音胜过一曲优美旋律的、动听的歌曲，胜过千言万语。让我从无边的低谷中走出，走向更光明，美好的未来。

家长评语：思怡的这篇文章，通过特殊的击掌声，挖掘出了生活中和弟弟相互鼓励的点滴事情，也细腻地描写出了和弟弟独特的感情。选材情真意切，描写细致，很有生活气息。

多读好书，多观察和体味生活细节，才能写出真情实感的好文章。希望思怡能写出更多、更好的文章。

# 这也是"苔花"

时天贻

"白日不到处，青春恰自来。"苔花并不会因为环境的恶劣而失去生发的勇气。苔藓是低级植物，多生于阴暗潮湿的地方，苔藓也会开花，当然，怪可怜的，花如米粒那么细小，但难道小的就不是花吗？只要能够开花，就是生命的胜利。

芸芸众生中那些微小的，不起眼的地方，就越有可能有"一鸣惊人"的人物。"快递小哥在诗词比拼中战胜北大才子"，听到这个消息人大多感到不可思议，甚至认为这是谣言，但雷海为的出现，却让疑声一片的网友心服口服。在"诗词大赛"第三季冠军终于有的得主，但出乎意料的是，冠军并不是才华横溢诗艳舞台的北大才子彭敏，而是相貌平平的快递小哥——雷海为。

来自杭州快递哥闯诗词江湖，让人看到的是"气盛言宜"的气势，用任琳娜的话说就是"无论是第一次抱憾离场，还是第二次攻擂成功，他看起都没有太多的情绪波动，很从容很淡定。用宠辱不惊来形容一点也不夸张。"

第四期中，虽然在个人追逐赛环节，他以"8题全对"惊艳亮相，却因总分不高遗憾下场。下场时，雷海为喊出"我还会回来"的口号，颇有"王者归来"的预言。当时，感慨雷海为的表现，董卿说："你在读书上花的任何时间，都会在某一个时刻给你回报。"但是没想到，这个"回报"，来得非常快。

第三季《中国诗词大会》总决赛上，他的对手是彭敏。彭敏多次参加诗词大会、成语大会、汉字听写大会等并多次获奖，实力强劲。结果，雷海为拿到的5分中，有3分是彭敏抢答错送的分，关键的最后一题，"请根据所描述的线索说出一句诗：A.作者名气不大但诗句妇孺皆知；B.这句诗已用为七字成语；C.这句诗是作者在山洞读书时作……""一寸光阴一寸金。"雷海为的话音刚落，新一期的擂主诞生了。"漂亮！""神勇！"郦波和蒙曼边鼓掌边叫好。

"我觉得你所有在日晒雨淋，在风吹雨打当中的奔波和辛苦，你所有偷偷地躲在那书店里背下的诗句，在这一刻都绽放出了格外夺目的光彩。"董卿补充道。在主持人问他为什么有这么多诗词储备时，他还是那么淡定："我是干快递的，没事的时候喜欢读诗背诗，天天背，开始一天背一首，后来背得多了，十年二十年下来，怎么说都有几千首了……"这话一出，真是惊动全国千千万万的网友。令人自豪的成绩，还如此实在的话语表述，网友纷纷赞曰"不愧是十年磨一剑！"更有人说"天龙八部的扫地僧，一旦出手就震惊江湖！"。

人非生而知之，我们不能像霍金一样和宇宙对话，不一定像马云一样成为创业教父，鏖战电商，如果注定是与平凡相伴，至少可以像雷海为一样在平凡的岗位上撰写不平凡的篇章。

"苔花如米小，也学牡丹开"或许，我们生来如苔花微小平凡，但也有像牡丹一样开花的愿望。

家长评语："苔花如米小，也学牡丹开"，通过杭州快递小哥惊艳诗词大会的成功，生动地说明了只要我们努力了，即便我们生如苔花微小平凡，也能像牡丹一样开放。

# 爱，在人间

谭迦予

有人说，友爱如春雨，滋润着大地；有人说，友爱如阳光，温暖着人心。我用这双渴望沐浴春雨，渴望阳光的眼睛，在人世间搜寻着爱。

一天，一列火车从市火车站出发了。列车上洋溢着浓浓的节日气氛。这里有许多乘客都是去北京探亲的——包括她——一个一岁多的小女孩。

但是，就在这欢声笑语中，一声响亮的小孩哭喊犹如晴天霹雳般地打破了车中的和谐。因为——她把她那细嫩的小臂伸进了盛着滚烫的开水的方便面盒里。

听到孩子的哭声，第一个闻迅赶来的是一位列车员，了解了事情的经过，他迅速将事情报告了列车长。列车长赶来后，知道了孩子的伤口没有上药。可是车上也没有治疗烫伤的药品。孩子还在大哭着，一边哭还一边哇哇大吐，情况不容乐观。

此时，列车长立刻拨通了下一站点的电话，通知他们马上准备好烫伤药膏，在下一站等候。

乘客们纷纷拿出自带的药物给列车长和乘务员。虽然没有找到治疗烫伤的药物，现在的药物也都不是很管用，但大家的热情却让孩子母亲的心稍稍有了一点点安慰。

经过一番漫长的等待，火车终于到达了下一站点，药物被顺利地送上了车，涂到了孩子微红的伤口上，孩子停止了哭喊，母亲也欣慰的笑了，而列车长和乘务员却悄悄的离开了……

我想，我已经找到我要寻找的东西了——爱，就在人心里。列车长乘务员以及那些积极为孩子寻找药物的列车广播站的工作人员和乘客们，他们那热情的心中喷涌而出的，不就是爱吗？

列车继续开着，但是，车上多了一样东西——那就是浓浓的人情，列车乘载着人与人之间的友爱，奔向远方……

家长评语：题目是文章的眼睛，写作前，也应该花些功夫。望再接再厉，重创一篇篇优美的作品。

# 爸爸的双手

王材孝

是谁在我们最需要帮助的时候向我们伸出双手，是谁用一双手养育了我们，又是谁用双手撑起我们的家？—不错！正是我们的爸爸。

爸爸的双手是粗糙的，但是很温暖。小时候他常用这双手—牵着我去上学、牵着我回家。虽说这手糙糙的牵着并不舒服，可是总能让儿时的我感到安心。随着年龄增长现在回想那种感觉、那种手感，我似乎能看到他经历过的风风雨雨，受过的苦和累，以及那坚强的毅力。

爸爸的双手是温暖的，小时候我的眼睛被鞭炮炸伤了，双眼都包着布什么都看不见，令人发寒，特别是晚上的时候，凉风拂过脸颊吹到窗户上，发出"呼呼呼～"的声音，让我害怕。就在这个时候，总有一只粗糙的大手会放在我的额头上，为我挡着那令我生寒的凉风，它—那只大手用它的热量温暖了我，在我最需要温暖时，是这大手给了我！

爸爸的双手是珍贵的，我似触手可及，其实它早已离我而去，我早已不能像过去一样同我的爸爸交流、玩闹了，可即使是这样，我也不会忘记他那双大手。过去那些与爸爸双手牵在一起的时光，现在点点滴滴都已经变得那么珍贵。感受最深的一次是小学二年级时，那是我第一次去夏令营，第一次离开父亲的那双手。在一次爬墙活动中我掉了下来，由于下面没有保护，摔的很疼，我是爱哭的孩子，现在也是，所以我便"哇哇"大哭起来，又好似本能似的去寻找那双手，可是得到的只有朋友和老师的安慰声，所以爸爸的手真的很珍贵。

爸爸的双手是粗糙的、温暖的、珍贵的，无可替代的……

家长评语：文章虽然用词和语句都普通，但贵在真实、感人。作为父亲我是含着泪看完的，我发现自己对你的关心和理解都不够，一直以来都看重学习，忽略了你内心的其他需求。孩子爸爸的手其实并不珍贵，它永远都是属你的，只要你需要它就会一直护着你。

# 本可以更好

王思翔

在窗边听着外面萧瑟的寒风，我忽然忆起了儿时的往事。

幼时，爷爷常给我讲他过去的故事，我听得津津乐道；听累了，他便又教我怎么下军旗，在我看来，仿佛他能想出无限的创意。

稍长大了些后，我渐渐感到了无聊。爷爷尽力想出了更多，想逗我玩，而我却不屑一顾。而且他有时脾气还变化无常，我便渐渐远离了爷爷。奶奶便跟我说他曾经的辉煌。但在我当时看来，他并没有那样优秀。奶奶便解释说，他在我出生几年前，在一次车祸中撞伤了脑袋，能像现在这样已经是命大了。我感到有些惊讶，但与爷爷的隔阂并没有消除。

小学时，中午都在学校吃饭，爷爷便每天来接送，但家离得很近，我便不愿意让他每日站在校门口看着我。有一次，出校门忘记带了饭卡，被门卫拦下。爷爷正好在门口，便跟门卫说，既然家长孩子都在，那就把我放出去。但恪尽职守的门卫没有为此破格。我转身准备回教室自习，谁知爷爷竟突然火冒三丈，对着门卫怒吼，我才被迫不得已得放出来。我感到震惊，又十分尴尬。次日，我便被班主任当面批评指责。

在那之后，我更是躲着爷爷走了。每日放学，同学和我一起走，我便尽力俯下身子，绕开人群，从伸脖子仰着头的爷爷身后遛过，生怕和他一起走会被同学当成笑柄。到家后又过了半个多小时，才见着一身汗的爷爷从门口走回来，我便再次劝他不要来接送我了。可他笑而不答，次日仍旧出现在校门口。我之后天天无奈地避开他，有时甚至干脆中午就在学校呆着。爷爷与我的鸿沟越来越大，而我却浑然不知，甚至为自己的"潜行"成功沾沾自喜。现在想想，当时真是太聪明了。

但这样的日子不长。在一个北风萧瑟的冬天，爷爷心脏病突发，被连夜送往老家。在火车站，他临走前突然跟我说，其实我之前从他身后遛过都被他看得一清二楚。我便问他："那你为什么直接回家呢？"而我得到的回答是："怕再伤了你的心"。我潸然泪下，后悔知道得太晚，要是早些知道，本可以更好……

在窗边的我，眼眶不禁模糊了。

家长评语：思翔用自己的真情实感描绘了对爷爷的态度转变。在成长过程中，每个孩子都是在家人的百般呵护下长大，虽然有些事情家长做的不是很恰当，但初衷都是为了孩子。随着年龄的长大，思翔从不成熟逐步走向成熟，能够理解家人的苦心，家人感到十分欣慰。

# 素质是什么

王新锐

素质是什么？素质是指个人的修养，精神文明道德品质，文化修养等等。为公共汽车上站着的老人让座是素质，但那些忙累了一天的人坐着就真的是素质低下吗？问题远不止这一个，关于素质与道德绑架的界限又在何处？

先拿公交车来说，让座给老人是美德，如若有那些能让却刻意不让的人，那确实是他们不对，但是。如果坐着的人的确是忙累了，累得不行了，那么这时他们不让座还算是没素质吗？如果有些老人强迫他们让座并破口大骂他们没有素质的时候，那些老人又是否有素质呢？当那些好心被老人理解为"特权"后，真的还是那么回事吗？

我觉得不是，那些为了生计或事业而奔波的人，他们在为社会为人民作贡献，他们不应成为那些自命不凡的老人的目标。好心与善意皆出于主动这一先决条件，如若是被动的被强迫性地要求让座，那就叫做道德绑架，这与所谓的好心大相庭径。好心地帮助不应演变为"老人特权"，当今人人平等，老年人应受到社会的关注与帮助，但不该成为"老佛爷"。

即使是如今的社会，城里人对乡村人的观念却变化不大，当你在大街上看到农民工的时候，你的反应是什么？我说句实话，我看到他们的时候，却不是看不起他们，但他们在我心里也绝不会与素质二字挂钩，所能想到的无非既是随地吐痰等不文明行为与种种野蛮行径。

直到我看到晚上有两段监控视频与文段里的内容，说实话，真是令我自己感到惭愧不已，第一位农民工在工地干完活，回家的途中路过一家超市，他要进去买点东西，由于超市的地板是白色的，而他的鞋上沾满了泥土，所以他在门口把鞋子脱了，光着脚进去买的东西，生怕弄脏了人家的地板，这是什么？这就是素质！另外一位农民工，下了工准备坐地铁回家，但他等了四、五趟都没有上车，甚至都没有在候车的地方坐过，为什么？因为他知道自己的衣裤上满是泥土，而一趟趟的列车上却都是满满的人，他知道自己如果去挤的话，势必会将泥土沾到别人的衣服上，所以他一直站着……

这是什么？这难道不是素质吗？反观我们这些自命不凡的城里人，那超市铮亮的地板是城里踩脏的，在街头破口大骂，出口成"脏"，打架斗殴的也都不是那些在工地里卖命干活的人，反而是我们这些吹着空调悠然自得的人，我们根本就没有去评判农村人的资格，我们就和以前给中国贴上东亚病夫的西方列强和日本美国一样是强盗，盗走了他们的名誉，为什么我们不能给他们同样的尊重呢？

素质是什么，素质与年龄没有关系与城里人乡下人更扯不上半毛钱关系，最重要的是你的心灵，有没有正确的对待或是尊重身边的人。长得再好又有何用，只有心灵美才是真的美！而心灵美的人，即是那些有素质的人。

家长评语：人无贵贱之分。你有如此见地，甚是欣慰，希望你能做个真正有素质的人

# 人类真的会死在技术的安乐窝里吗
## ——读《人类正活在技术的安乐窝里》

王新锐

今日在《读者》第 678 期读到刘慈欣老师的文章《人类正活在技术的安乐窝里》，其中主要谈论了计算机的发展。

首先，刘老师认为计算机技术发展神速是因为民用化使得计算机事业迅速发展，而航天与原子核技术则是常人难以接触的精密科技。再有就是刘老师在下文中所说"你会发现，让人变宅的那些技术发展的都很快，开辟新世界的技术发展的很慢。这很危险，对人类来说，这是不是一个陷阱，谁也不知道。"再回来，就说到当今的科幻小说家的关注度已经开始从浩瀚的宇宙转到人工智能上来。通读全文，满是刘老师对于未来的担忧，刘老师亦在结尾给出了他的观点"科幻应该关注我们世界之外的世界。"

但我并不唱衰人工智能与互联网的发展，人类对这种触手可得的科技的热情与日俱增，从猿人到人类用了几十万年，从旧石器时代到新石器时代用了几千年，从青铜、铁器时代到工业时代用了前者一半的时间，从工业时代到现在的计算机、原子核时代就仅有几百年的时间。而我们又即将进入智能化的、新能源时代，这是一个科技不断发展，时代不断进步的时代，我认为我们更应该去改进它，而不是畏惧它、远离它，将它视为灾难与隐患。既然它的发展不可避免，何不给它一点信心，同心协力的做好它。

说到底，人工智能也还是人类的工具，作为它们行为基本的代码也是由人来编写的，所以我认为人工智能的安全问题是不可以成为阻拦它发展的理由的。何况，若是因为风险大而停止探索，那才是真正的自取灭亡。万物皆有它的利与弊，不可以因为可能的风险而放弃。太空是未知的，最基本的，人类连月球的背面都不曾踏

足，为何人类还要向那危险之处不断迈进呢？因为人类总有一天要离开地球，寻找其它的居所，若不敢于探索与奉献，那才是真正的危机。

至于人工智能是否会将人类"困"在家中，不想出门工作，只想着沉沦在虚拟世界里，使人类失去创造的能力，我认为不会，人工智能固然智能，固然厉害，可它强在总结与执行，就好比如果它只知道有正方形与三角形，它就只能根据正方形与三角形作图，却不会创新出一个圆出来，由此可见机器与所谓"智能"并不能完全的替代人类。

虚拟世界固然很美好，可人类不会忘记现实，因为现实中还有值得珍视与保护的，也只有现实中，我们能闻到花的清香，能见到亲密的家人与朋友，能去触摸真实的人与世界，所以比起人工智能，更加令人忧心的是不断升温的国际关系与不断增加的战争几率。

比起人工智能危机，人类之间的战争似乎更加残酷。人类靠大脑与双手创造奇迹，却也用同样的东西制造恐怖。如果这些技术没有被正确的使用，"安乐窝"也会变成杀人的"魔物"，工具的善恶，全凭我们怎样使用。我不反对刘老师对人工智能的未来有所担忧，可一味地反对与批评却也不是正确的行为。人工智能的发展不可避免，也是社会发展的趋势所致，与其警告与反对，倒不如顺应与改进，从古至今，人类发明的工具数不胜数。试想一下，如果没有计算机与智能设备的普及，我们现在的生活将会是什么样子的？人类也绝不可能在这样短的时间内发展得这样神速。

万物生而有其用，就好像屏幕上的字再仿真也无法替代现实中的笔墨一般，我始终坚信：人类将会有一个更加美好与辉煌的未来！综上，我以为刘老师所言有所不当。

家长评语：任何事情都有双面性，没有真真的对于错，关键看你怎么样去处理一件事情，成败仅是一线之差，取决权都在你的手上。

# 我最喜欢的一个词——方圆

王雅卓

炮竹声中一岁除，春风送暖入屠苏。——题记

每逢春节前夕，我都会同父母回到家乡，要说深圳有如栀子花香般的淡淡的年味儿，那么家乡的年味儿就如同香水百合般浓郁。

沿着乡路，满眼是红。家家户户都挂上了天边圆月似的大灯笼；都换上了有浓浓墨香的对联；都穿上了火红的新衣裳。我们家乡有一个习俗，若是谁家在春节前后来了稀客或是归乡的游子，都要放一长串鞭炮，表示对他们的祝福与思念。一路上，鞭炮声不绝，给这小小的村庄平添了几分热闹。

"爷爷，我们回来啦！"弟弟边跑边喊道。爷爷从屋里走出来，直了直腰板，用带着乡音的普通话说道："回来了，好啊！"说着，爷爷转身回房间拿出一卷鞭炮，这鞭炮好似水波，一圈一圈的，又像春节里团团圆圆的一家人。爷爷把卷成圆形的鞭炮展开，放在方形的水泥地上，用打火机点着，随着一个个爆竹炸裂而发出喜庆的巨响，真正的年，开始了。

"隆！隆！隆！"一阵坦克似的声音由远及近，一副陌生的男性面孔映入眼帘，嗯……好像没见过这位小伙子，就在我发楞之时，只见一位灰发中带着稀少白发的老奶奶，用她的手撑着蓝色卡车后边的保险边缘，纵身一跃，稳稳地落。呵！这位奶奶身体好硬朗！定睛一看，是我奶奶没错了。奶奶一看见我们便抬高了手臂，幅度很大的摇了摇，用正宗的湖北话说："你们回来了！"突然我想到了什么，飞快地趴在卡车后箱上看，嗯……还未解冻的骨肉相连的鸡柳、刚杀好的鸭、大包肉丸、一只还在乱蹦的鱼……铺满一车箱吃的，确认过食材，是年夜饭没错。

下午四点左右奶奶就进了厨房。住在附近的亲戚或儿女没回来的乡邻陆陆续续的来到我们家，在一方屋里，围坐着一圈人，他们谈论着琐碎小事，每个人的脸上都挂着发自肺腑的笑，还时不时有几声豪放的大笑。六点半左右，大家回家吃年饭了，我们家的年饭，也开锅了！圆圆的盘子里盛着满满的食物，一道道美食摆在方形的餐桌上，摆在大家面前，一直在忙活的奶奶走了出来，她眼睛微微眯着，是被烧柴的烟熏到了。额角不时有晶莹的汗水滴落。嘴唇干的竟有些发裂，但她看到我们大家时咧开嘴笑了，是那种幸福的笑。

饭后我走到门外，抬头望向天空，"砰"一声巨响，一道五颜六色的烟花在这

一方天空中绽放，犹如盛开在半空中的金菊，姿态优雅地在空中划出无数道华丽的轨迹。

这一方地，放着一圈圈圆炮；这一方桌，摆着几只圆盘；这一方屋，围坐着许久未见的亲朋；这一方天，开着绚丽夺目的烟花；这一方水土，承载着中国人的团圆年！

家长评语：文章中详写了爷爷、奶奶辛苦一年对我们回去过年满是期待的幸福感！特别是"爷爷从屋里走出来，直了直腰板"、"奶奶一看见我们便抬高了手臂，幅度很大的摇了摇"亲切丰富的画面感油然而生！最后的总结点题，让整篇文章升华。同时，也体现作者大爱的家国情怀——这一方水土，承载着中国人的团圆年！

本文一气呵成，可见你对家乡的喜爱，对写作的热爱！相信你一定会在傅爸的引导下越来越棒！

# 绿茵争霸赛

吴迪

本周开展了足球比赛，我们班的同学可谓是摩拳擦掌，跃跃欲试啊！足球队员们在足球场上刻苦练习，啦啦操队员们则在五楼阶梯教室联系啦啦操，而我们这些吃瓜群众，则负责在台下为上场球员们加油助威。到了比赛的时候，台上台下都沸腾了起来，9班和3班的同学们都异常激动！见证的时刻来临了。

比赛开始了，刚开场我们的眼光便被张鑫城吸引住了。不愧是足球队员啊，只见球在他脚下若隐若现，变化万千，瞬间过掉了3班的中后卫，可时机还未到，还是被对方的后卫截了，一个大脚开了回来，台下观众立刻紧张了起来，而我们班的同学更是怕对方乘虚而入。只见此时，蒋雨辰不顾一切的用身子抗住了这个来势汹汹的球，反正我们看着都疼，他却仿佛若无其事，淡定的走开了。好在蒋雨辰及时为大局考虑，敌方才没有机会攻进来。

经过一番争斗后，刘航铭抢到了球，单刀直入，宛如一把尖刀插入了敌人的心脏，直逼敌方大禁区外，却遭遇了同样的结果。又是一番争斗，敌方前锋闯了进来。我方两个后卫都没防住这个前锋。这个前锋一个抽射，被守门员于博尧稳稳当当的抓住了。趁对方还未来得及回场，于博尧一个大脚开过去。前方吴宇伦，张鑫城一配合，球终于破网而入了。

敌方一看形势不对，立刻将原来的守门员换下，换成那个小个子前锋做守门员，他们何曾想到，我方于博尧又一个大脚直接开过去，一个吊高球进了。我们这一片自然是欢呼雀跃，掌声如雷。

胜券在握，果不其然，3班在之后的比赛中也没有进球，9班以2：0的优势胜了3班。这让我们大家再一次体会到了：凡事付出了努力，就一定会有收获！

家长点评：热爱足球，关心足球；热爱班级，关心班级。并感悟到：凡事付出了努力，就一定会有收获。真心不错，为你点赞！

# 时光事件簿

吴一柏

我想给你讲一个故事，这是一个关于小女孩和她的奶奶的故事，一个关于岁月与憧憬的故事，一个关于未来与爱的故事。这个故事很长，跨越了几十年的时光，这个故事也很短，短到只用几分钟就能说尽它。所以请浪费你一点点时间，来听我诉说这个小小的故事。

在我小时候，我总觉得奶奶是一个太过唠叨太过麻烦的人，毕竟没有人想要天天听别人嫌弃这嫌弃那的，而我也不能免俗。但直到我长大后，我才终于发现其实她也只是一个不愿服软的温柔的人。

奶奶是一个固执的人，在爷爷走后一直不愿意回老家，出于各种各样的原因，她宁愿选择去更远的地方。这么多年以后，奶奶终于选择了回到她的老家——福建。有一种强大的力量叫做回故乡，过去的美好一瞬间在眼前重现，即便再心若盘石的人在面对自己的故乡时总会多一分温柔在里面。平心而论，这次出游的一切配备并不算顶级的，也没有遇到什么特别让人感到惊艳的东西，但在奶奶的心目中，却是独一无二的，即便再不堪却也总是选择包容。或许对一个老人家来说，时间一直是倒计时，每一天都弥足珍贵。奶奶总是用一种思念的目光看着每一个我们走过的地方，对于她来说，故乡只是看一眼，万般柔情便在心间。毕竟是爱了一辈子的地方啊，不管过去了多久，始终都还记得过去的一点一滴。当我看见奶奶在泉州的开元寺里虔诚的祈祷时，我告诉自己这不只是在祈祷一年的运势，而是在向自己的故乡自己的亲人诉说着这么多年来的怀念，不管奶奶平常再怎么坚强，在家的面前仍还是像个孩子。固执的要去寻找父亲曾经钟爱的素饼，在被告知关门后仍不死心，一家一家地询问着，即便体力已经不再像以前那样了，但仍坚持走去每一个地方，或许她真的有些固执，但正是这份固执支撑着她这么多年骄傲的装作不需要任何人的陪伴，但其实内心里依旧是个远离故乡需要安慰的孩子啊。

小时候奶奶在我心目中总是一个能顺理成章的解决所有事情的人，无论发生什么事情她总是可以找到解决方法让一切顺利的进行。但现在我却发现她开始放下曾经的矜持，学会慢慢的向环境妥协，不再坚持自己去做任何事，学会去接受新的事物。她曾经无比拒绝使用智能手机，但现在却开始慢慢学着去使用它，昔日的尖锐棱角被时光慢慢的磨平，留下的是对往昔的眷恋和逐渐释怀的心情。有时候我会觉得奶奶越来越像一个小孩了，但有时候却又发现其实她只是都见证过了，不需要任何的证明，心中自有定数，像所有的老人家一样，不再那么执着于证明自己是对的，而是转而去享受自己所能掌握的每一天。即便有时奶奶还是会很啰嗦，会让人觉得有些不可理喻，但她的的确确在学着改变，学着去重新融入这个世界，尽最大的可能去实现未完成的目标，将爱展示给每一个自己爱着的人。

我的奶奶是一个不那么完美的人，麻烦，固执，但一直坚持着自己的方式来爱着我，爱着这个世界。在过去是奶奶保护着我，而现在也该轮到我来保护她了。岁月如梭但来日方长，时间带来了一切但也将会带走一切，而奶奶演绎的人生在我的《时光事件簿》中越来越精彩！

家长评语：读完孩子的文章心有同感，孩子好象长大了，能够理性思考和看待成年人的世界。看问题的角度又如此善良和充满关怀，让我忍不住也想多说几句。理解和宽容是最珍贵的品质，我们常常用人无完人来为自身的失误辩解，却忘了用相同的态度去对待别人。随着年龄的增长，阅历的丰富，失败的增多，对他人的信任和耐心也在渐渐消失。如果遇到问题时能够记得多想一点、换位思考也许会得出更贴近事物本源的结论。孩子的文章和以往不同，透露出成熟的味道，令人欣慰。

# 我向往的童年

吴勇杰

时间过的很快，转眼间我已经成长为一个学业繁重的初二学生了，我的初二每天要面对的就是不断重复的校园生活还有辛苦的足球训练，早已没有那个时候的童真，再也不能那个时候一样无忧无虑了。我所说的那个时候，不用我说也能知道吧，没错，就是我们的童年时期。

我的童年生活可以算是多姿多彩了，是伴着许多的兴趣课度过的，学过架子鼓，跆拳道，武术，乒乓球等等，但是这些都没能够真正激起我那股要一直坚持下去的决心，所以没过多久就不学了，原因有很多，觉得没意思，教练太凶了，学不会，种种原因让我放弃了这一系列的兴趣爱好。

终于，到了二年级，我因为一次偶然的机会在电视上看到了一场精彩的足球比赛而爱上了足球这项运动，看到电视上的球员们在绿茵场上尽兴的挥洒这汗水，我心里就按下决心，想着："总有一天，我也要像他们一样成为一名职业足球运动员。"于是几天后我就说服妈妈报名参加了学校的足球队，当时只是为了好玩，训练总是嘻嘻哈哈的，累了就偷会儿懒。现在回想起来，真想上去就给那个时候的自己一巴掌，让他清楚一点训练的重要性。因为我的个子比较高大，脚下比较笨拙，那个时候是训练基本功最好的时候，可我因为我的贪玩错过了，现在再想练，需要比哪个时候多出不知道多少倍的努力。随着我参加的比赛的水平越来越高，从市里的，再到省里的，再到全国的，我基本工脚下技术不足的这一缺点暴露的越来越明显。一直到不久前一次特别重要的全国选拔中，我以为脚下技术不足的原因我的表现大打折扣，我才真正的知道，现在后悔已经来不及了。

我的童年很幸运，让我遇到了足球，也很不幸，因为我的贪玩错过了训练技术的最佳时期，如果再给我一次回到童年的机会，我一定会在那时训练中，绝不偷懒，加倍努力。这也是我最向往的童年。

家长点评：你的童年是幸运的——成为一名足球队员，从市里的，再到省里的，再到全国的比赛都参加过，而且还是主力队员，得到各种赛事的过季军、亚军、冠军奖杯。你的童年也有遗憾，就是很多时候因为在外面培训和比赛，班级学校的很多有趣的活动都缺席了。但是，鱼和熊掌不可兼得，舍鱼而取熊掌者也。你的童年生活又是很多同学所羡慕和向往的！

# 有钱任性

吴宇伦

现在有一句话很流行，那就是"Rich bitch"，也就是有钱任性的意思。

但是，有钱就可以任性吗？这句话很多人说过，但不同的人说出这句话的味道是不一样的，有钱人说这句话去调侃自己的行为，玩笑中带着一丝自足，不是很有钱的人说这句话来形容有钱人的行为，里面带着一丝向往。

在当今的中国，挥金如土，追求奢华的人很多，但有钱却依旧生活简朴的人却没有几个，有钱的人能去做更多自己想做的事情，这应该就是这句话的基本含义。

在韩国，大韩航空副社长、董事长千金赵显娥，因不满空姐未把她的坚果放在盘子里，勒令准备起飞的飞机返回停机坪。在泰国，两名中国游客在飞机上把开水泼在空姐身上，并拒绝道歉，导致飞机中途返航。如果用"有钱任性"来形容这两件事，我想这可能是对他们道德修养的嘲讽。

我相信每个人都想要变成一个有钱人，这样就不会因为缺钱而感到无奈。有钱可以买一套好的房子；接受良好的教育；来一场说走就走的旅行。有些有钱任性的行为是可以被理解和接受的。例如电影明星梁朝伟，据说他在心情低落时会随便搭乘一架飞机到国外大街上散散心，等心情好了再回来。这同样是有钱人，但从他身上看到的是一种生活的洒脱。

国际富豪扎克伯格宣布把他持有的 Facebook 股份的 99%（折合人民币大约3090 亿元）捐给慈善事业，但他只开一辆大众高尔夫，一年只领 1 美元的象征性薪水，穿着朴素，生活简朴。在这儿，我想告诉大家："有钱任性之间是有区别的，有的是一种炫耀张扬，而有的以此来改变世界。"比尔盖茨、扎克伯格就是这样的人，他们在人们心中留下的不仅仅是普通意义上的财富和创新的技术，更是一种巨大的精神财富。从他们身上，我们可以看到的是博大的胸怀，是让世人都感受到的有钱就可以任性的"霸气"！

同样是有钱人，为什么有些人的"任性"让人厌恶，有些人的"任性"让人感动，甚至让世界铭记，这和个人的文化素养、道德品质有直接关系。

我希望同学们，不管你们是不是很有钱，请把有钱任性提高到更高的境界，用自己的行为感动世界，甚至改变世界。

家长点评：你的思辨能力让家长深感欣慰，但愿你在今后的人生道路上，有如今天本文这样拿捏好分寸。

# 品蟹

武悦

蟹，是中国人餐桌上的一道不可或缺的美食。每到仲秋时节，大闸蟹上市，别说是爱吃蟹也会吃蟹的上海人，就是其他地方的人也要买来尝尝鲜。仲秋时节的大闸蟹，个头能有成年男人的拳头那么大，蟹膏饱满，蟹腿肥壮。加姜葱蒸制，出锅后，大闸蟹通体呈桔红色，看着很是喜庆。

先用剪刀剪下蟹脚和蟹钳，掰开蟹的前盖，橙红橙红的蟹膏和油脂就流了下来，用筷子挑起蟹黄，放入口中细细品尝，味道鲜美却又不腻口。除去蟹腮，将蟹身对半掰开，没有吃完的蟹黄和油流下，浸润了丝状的蟹肉，用特制的针将蟹肉挑出，沾上专门的蟹醋，能最完全的激发出蟹的鲜香，优质的蟹肉充满弹性，好吃的让人想把舌头吃下去。

吃完蟹身，之前剪下的蟹脚和蟹钳已经凉了，由于热胀冷缩的的原理，肉会很容易被扒下。将蟹脚分成三段，用较小的脚把最大的那一部分中的肉推出来，同样沾上蟹醋，配以姜丝，蟹脚处的肉本来就比蟹身的肉更加弹滑，佐以姜丝的微辣，又是一番不同的滋味。

蟹钳不同于他处，他的肉最多，但不如蟹腿有弹性，用剪刀剪开蟹壳，露出里面的肉，放上姜丝，用小勺浇上蟹醋，然后把里面的肉一下全吸出来，肉甜，醋酸，姜微辛，这可以说是绝味了啊！

至此，蟹是吃完了，但可别忘了，蟹生性寒凉，吃多了会体虚，即使没有吃多少，也要灌上一碗暖呼呼的姜汤，防止寒气侵体。虽说很多人不信这个，但还是有备无患比较好。

一只蟹就此品完，感谢这来自自然的馈赠！

家长点评：好吃之人自然是对吃有一份独特的感受，只要一说到吃的话题，她总是有说不完的话。武悦从小爱吃蟹，小时候，不太懂得如何细细品味吃蟹的过程，一翻狼吞虎咽，留下满桌的垃圾，甚至珍馐亦被浪费。随着年龄的增长以及对中华美食文化的更多了解，对于美味的品味有了更多的意义。

品味生活，感受美好！

# 只要留意，美德就在身边

熊泓奕

回老家以后，正是夏日三伏天的时候，天气热得像是要把人融化，然而我挺幸福，能够坐在车里吹着空调向窗外极目远望，我看见一辆放倒了的共享单车在阳光下暴晒，电瓶暴露在阳光下，我想：要不了多久这个车就会报废吧，太可惜了。

我发现路人看到那一辆共享单车大多数都不屑一顾，可不久之后，意料之外的事情发生了，一个骑着一辆有些破烂的自行车的小女孩看到了那辆车后，双手捏住了刹车，下车脚踏起支架，走向那辆共享单车，用力把它扶了起来，之后她便骑上自己的车远去了。

虽然这是一件微不足道的事，但却让我陷入了深深地沉思，为什么会有人停下来去扶这辆车呢？我明白了，这是一种对公共财物的爱护，这是一种人的美德。

这让不禁联想起另一件记忆犹深的事，去年暑假，我和爸爸收到朋友邀请来到加拿大度假，啊，这真是一个美丽的国度啊，气候十分凉爽，一点也没有夏天的炎热，有的只是秋天的凉爽，多美妙啊。

来到加拿大后，我们不只是待在城市里，真正的好戏是——房车旅行。我们租了辆房车和朋友们一起开始了我们的房车旅行。驱车三天以后我们来到了一个房车营地，这个营地是以森林特色建造的营地，每个停靠房车的旁边都是古树。晚上，看到旁边的加拿大人在做野餐，还在弹吉他，特别文艺范儿，我们没带吉他，所以只好做野餐了。爸爸负责生火，他在外面倒腾了半天也没有弄好，火苗还是火苗，于是他去车里的大箱子拿了一桶汽油，这桶汽油是用来备用的，是为了怕车子在路上行驶没有油了而拿来临时补给用的。然后爸爸说："哈哈，有了这个帮忙饭很快就可以好了"，我便兴奋的在一旁看着，当爸爸把汽油倒下去的时候火苗像是沿着细细的小管子迅速往上窜，爸爸连忙停止了加油，说时迟那时快，这时地上却燃起了大火，这下我被吓傻了，整个人在发抖，于是想都没想跑进了房车拿起了一锅稀饭连忙对着火处浇，但是没想到的是火却更大了，于是爸爸跑进了房车拿起了灭火器，但是情急之下我们根本不会用。这时，我们旁边一个我们不认识的当地人见这边有火势，拎着灭火器立即跑来了，他迅速拿着灭火器，拔下保险栓熟练的用了起来，"刺刺刺"一股白色的液体从小孔里喷射了出来，火被扑灭了。惊险啊！再晚一点的话，大树就可能烧起来，会造成森林火灾的。加拿大人帮我们灭了火以后，知道我们的晚饭也泡汤了，于是邀请我们共进晚餐，一边吃还一边教我们安全的使用火。之后我们学到了很多，也同时明白了很多。助人为乐是一种美德，同时也是一种社会责任。

其实美德就在身边，只要你去认真的发现！

*家长评语：孩子能通过两件具体的事情来发现和感悟身边的美，说明孩子有发现美的视角，并能从中体会美的存在，有对美的思想感悟，但在我未审之前，语句尚有不通顺之处，对一件事情的描述欠清晰，希望以后加强字词句的运用。*

# 我与深圳共成长的细节

徐浩翔

在我家的柜子上，有一张我小时的照片，在照片里，老妈抱着我，看起来比现在年轻多了；照片的背景是市民中心。我闲着没事，就问我妈："这是在哪照的？"老妈："你刚一岁时，深圳地铁正好刚刚开通，只有4号线和1号线，那时开通地铁对深圳来说是个大事，所以很多人都去看热闹了，我那时也带你去看了地铁，也坐了地铁。这张照片就是在4号线市民中心站照的。"

心中微惊，原来这张不起眼的照片竟然有如此深刻的意义。看来我也算是深圳成长的见证者之一啊。

稍微想起来一些了：等我再大了些，上幼儿园了，老妈带着我专门去世界之窗做了地铁，坐的是4号线。那时我才刚学会走，说话还不大会说，自然是记不住的。

上小学时住在南山，离市中心很远，每次去罗湖上大提琴课，不是由家长车接车送，就是自己坐上2个小时的地铁。那时坐在地铁上时，除了对路程太远的抱怨，估计还会有"幸好还有地铁可以坐"的想法吧。每当我跨过地铁与站台之间的间隙，心里就会有一种愉悦感，像阔别重逢的老友。

小学后半段曾因某些原因回到老家上学。后来又因为要上初中而返回深圳，又回到上幼儿园时所住的黄木岗，只觉两年不见，变化万千：不知何时有了7、9、11号线，更为可喜的是，7号线在我家门前竟也设置了一个站点，叫"黄木岗站"；不仅如此，华强北片区我也是很惊讶深圳之变化如此之大，又如此之快。转眼两年，我长高了不少，深圳的发展也如此迅速。

就在前两天，听说要拆黄木岗立交，建14号线和24号线的一个枢纽，特地在动工的那天早上去看了一下。我是 7：30 去的，只见几个高大的起重机、吊车张牙舞爪，立交桥在那巨大的切割刀下，就如待宰的鱼肉，被切成一块块豆腐。

回想幼时与深圳的一个个细节：上大提琴课坐地铁，去朋友家玩坐地铁，去世界之窗坐地铁……等等，皆如是。当年的场景犹历历在目，但今日的变化又令人唏嘘。我对与那些成长细节，如徐志摩与他心中水草荡漾的康桥，又如丰子恺与他死后唯一一舍不得的东西——诗词一样，已成为我记忆中的珍藏。

家长评语：作者对车敏感、喜欢车。小时候，一个小小的玩具车抓在手里，反复推动它，使之前行，不厌其烦，乐在其中。或许这是独自掌控事物的成就吧。由此，长大之后，对于汽车、火车、地铁的观察仍然是细致的、敏感的。

深圳这座城市发展很快，从方方面面都可以体现出来。而孩子能理解、观察的一定是适合他的认知和经验的。这个视角是敏锐的、直接的、也是具体的。作者谈到：小一点时候，深圳地铁才 2、3 条线路（幼儿园时代），妈妈带着坐地铁；大一点，小学中、高段，去上大提琴课的时候，是自己从南山坐 2 号线再转 5 号线到罗湖怡景的；后来上了初中，回老家坐飞机时候不用打的，可以坐 11 号线直达机场。这样的变化，孩子亲身经历，感受到了深圳交通变化：便捷和高速。

从交通的变化看深圳的成长，而作者本人从小时候妈妈抱着看地铁开通，到自己坐地铁等等。烘托了主题，即作者本人与深圳这座城市一起成长。

# 小同小异

薛旖

苏州担不起"山河"一词之称，它柔美，是归雁衔的一缕晚霞；它婉敛，是松柏争的一抹光辉。"山河"寓意过重，承载滚滚历史。这便是为何我把照片合集名称"纵歌踏山河"换掉的原因。

我北上而去，披星戴月，踏枝鹊，见见三年来叨念的梦中佳人，原以为深圳相对苏州而言要南，天气要更热些，不曾想迎接我的是"三伏天"。一年之中我偏赶上这个季节出行，我没做足功课，第一天竟叫它摆了我一道。最初的印象是烟雨江南，理应藏匿于薄烟中婀娜朦胧，羞羞答答。带伞是为了防雨，怎料成了遮阳！倒也不比戈壁的烈要差哪儿去，出了树阴不过半刻钟就巴不得跳入冰河。你是不是故意打破我对你的幻想，让我看到一个眉目间带有英气的二八小姑娘？待我择个腊月的好日子，待你落场雪，安安份份成了姑苏，我再来会会你的"真面目"。

从小到大，我是天不怕地不怕，就怕热，穿得再凉快也无用，太阳照旧晒它的。我却有些头晕脑胀，差点脚底一滑，眼前一黑，来了四仰八叉向苏州投降。脚一踏，下拱桥。沧浪亭有言："四面荷花三面柳，一城山色半城湖。"不假，且不限止于此地。绝大部分的景点都是满湖荷花，夏日不败，甚美。我得谢那阵大风，救我于中暑的边缘。那日，我为配拙政园，专挑了套淡绿色纱制宋裤游玩，也算平添一分绿意。

"拍照吗？"朋友晃着手中的单反笑问。我应了声，她抽出我包里的青竹油纸伞递过来，说会好看。成品出来后，窥得屏幕小小一角，是一张黑白照，那也是我头一次认识到全新的我和江南原来可以这么有意境。毕意不玩相机，只是傻乎手地看到哪儿好看，便抬手拍了，太草率！其实是我不懂"水墨江南"这一雅称。彩照只有水，没有墨，是尘世间的躁动，飞速的科学先进技术；黑白胶片中的水是江南的，墨是文人的，它是历史中的沉淀。慢悠悠地沿途哼曲散步，苏州是回忆，是古城，是我的温柔乡。窄巷，黛瓦，白墙，它是上天忘记收回的掌中雪，瑰中宝，在这人间默默待了千百年之久。

你要去坐坐江南的船，不是钢铁炼的，是竹筏搭的。深圳太快了，稍有停滞，便会被拖着走。江南的船慢悠，你急，想拽着它跑；它不急，就等着看你一副无可奈何的模样。嗨，你别嫌，古人可不就爱走水路？你静静，抛开耳边聒燥的蝉鸣。此刻无风，船从琉璃般的水面滑过，涟漪泛泛。偶有鹭鸟擦水而过，转眼不见踪迹。

五日的所见所闻着实太多，我并没有能力将眼前的、脑中的全说了，只得靠每日坐大巴返程途中的空闲时间抓紧记下。人间好梦宛如流沙最是难留，但它就是求一个瞬间，把你心动的样子展现给你看。世人说及时行乐不无道理，天地亘古不变，人生屈数十载，我也才明白诗人、文豪为何愿意寄情山水，不染红尘。

那位摄影朋友整理了自己较满意的图集，问我讨个名。我与她记录方式不同，但目的一致。映入眼帘的景致使我对江南有了一个全新的定义。

"你之前那个'纵歌踏山河'借我用用？"

"那个不好，换成'研墨入江南'吧！"

苏州，你是我五日的惊鸿。所见、所感，与以往有相同，是意料之中；惊讶的差异，却是意料之外的意外。

家长评语：从文章可以了解到：苏州古城，水陆并行，前巷后河，形成"小桥、流水"的独特风貌，勾勒出来了一副给人身临其境的画面。

# 亲爱的华英

薛旖

华英是我母亲的名，这是在我以前翻相册的时候偶然发现的。照片上的她正值豆蔻，明眸皓齿，柳眉朱唇……旧式相机总有一种别样的味道，磨平了面部轮廓的棱角，她就那样定定地望向我。

我咯咯地笑了，原本在厨房煮饭的母亲悄悄跑到房间门口，扒着门框问我在笑什么。我毫不客气调侃："妈，我觉得你这个名字好俗气。"她抿唇，默了片刻，问我："为什么呢？"

"感觉你活在抗战时期。"

她蹙眉，淡淡对我说："那又如何？这名是你外公起的，你不知其中的寓意，就不要随便调侃她。"

我"哦"了一声，她颇有些好奇问道："哪儿看到的？"

我吃力地举起手中的相簿。

"都几年前的了，还被你翻到。"她惊喜万分，坐在我旁边，隐约能感觉到几分兴奋和激动。

她指着下一张照片，饶有兴趣道："你猜猜这是谁？"我仔细盯了一会儿，上面的女孩剪着干净利落的学生头，灵动的眼睛包含青春的活力。她双手交迭，自然放在小腹处，朝着镜头微微笑。

我打了个哈哈："嗨，可不是你吗嘛。"她享受一般眯着眼，似乎一同晃进了回忆："那时候我才十四岁呢，你外公给我拍的。"这张照片已经有破损了，但仍然不影响她当时的风华。

"这张呢？"她又问，眼底带了几分期盼。"哇，你的婚纱照！"我惊叹道，心里还有一丝羡慕。每个小姑娘小时候都想要穿一套婚纱，感觉自己是个真正的公主一般。此时母亲身着白色婚服，裙摆及地，头上别着的鲜花更衬她的娇媚。她微低头，眉头轻挑，嘴角是忍不住的笑意，眼底是藏不住的欣喜。一刹那，我觉得她就是世界上最好看的女子。

我的目光被另一张照片所吸引。一个婴儿，在洗澡盆里安安静静地坐着。那个婴儿实在是不大好看，头发没长几根，还紧闭双眼。我颇为嫌弃道："这谁啊，这么难看……"她听完后大笑不止，连鱼尾纹都出来了："你还嫌你自己丑，这可不像我女儿啊，难得自谦。"我一个恍惚，尴尬无比："啊……啊？这样啊……可爱，可爱……"

照片一页页翻着，我仿佛看到了她这大半辈子的事儿，犹如走马观灯从眼前掠过。

……

嘿，亲爱的华英，往后的日子，我们继续一路同行吧。我敬你的岁月和过往，你同我赏朝阳和月光。

（本文发表于 2018 年 6 月《中学生》"小荷文学社"专栏）

《中学生》编辑荐评：在作文里直呼母亲名字的不多，以母亲名字为标题的更是少见，标题出彩，便是本文的突出亮点。行文时，作者不是简单叙事，而是借助一张张照片巧妙道出，或绘明眸皓齿，或赞豆蔻年华，或忆幸福新婚，处处紧扣标题，突出母亲的"可爱"。小编认为，孩子对母亲情真意切的欣赏，母女之间亲密无间的美好情怀，在这个时代极为宝贵。

# 转折

颜旭

"铛"一声巨响，"我回来了。"

母亲还是没有被这一响吓到，也没有回应我"回家的问候"。我无奈地摇摇头，背着沉重的书包走进了房间，放下书包，走出去倒水。这个时侯母亲才慢慢悠悠地说了一句："你去把饭菜哈哈哈哈……"刚说了一半的话又被打断了，不用说，她一定又是被屏幕上的的段子都笑了。

我禁不住翻了个白眼，母亲真是个十足的低头族，手机就像她的命源，哪怕一秒钟不再身边，都会抓狂。我再看一眼眼中闪着白光的母亲，默默地走开了。

走进去厨房，看见微冷的饭菜，想再加热一下，可煤气总是打不着。我大喊一声："妈，帮我打一下火！"她去对我的请求置之不理，头也没抬一下。

开车等绿灯的时候，她把左手把着方向盘，右手握着手机，眼睛时不时的往上瞟，很快又被手机弹出的信息拉了回去，此类的事情还有很多。

越想越气，我走出厨房，用力拿起水杯，猛灌一口，没好气的把水杯掷在了桌子上，"嘭"的一声，玻璃杯子和桌面的不友好接触使水由于惯性倾洒而出。糟糕透了！我忙扯过纸巾，收拾着这用力过猛的抗议残局。

沙发上的她毕竟还是发现了，抬起头来。"怎么了？"声音带着不似一般平静的急切，"没事，水洒了。"她把手机放在茶几上，站起身来，取来拖把，将地板拭干。我索性将残局转移给她。

我转身回房，余光瞥见尚未熄灭的手机屏幕，向前走，却又倒回来。手机屏幕上的界面既不是白绿色的微信界面，也不是黄白的微博，而是赫然几个大字——"语文教材全解"。我愣住了，想起之前我和母亲说过要买一本语文教材全解，她竟没有忘记。我回头看了一眼又一次拿起手机的母亲，笑了笑。

在我遇到难题不会做的时，是她告诉我不要放弃；在我学业吃力繁重的时，是她"未经我允许"地用手机为我的书包添砖加瓦；在有作业需要打印的时，她总能在我到家之前提前将作业打印好，装订成册，摆放在我的桌面上。

原来，她手机不离手，却从不会忘记我的需要。

走进房间，放在桌面上的，是一份装订好的作业，如往常一样。

家长评语：文章讲述了以为母亲对自己不关心到发现其实母亲一直在关心自己，叙述比较具体、生动，过程连贯，观点清晰，是篇好文章。部分词句用的不太恰当，沟通后自主修改了。

# 我被实验"洗脑"

尹杭

L君：

最近怎么样？很想念你和其他的小学同学们，不知你们是否一切安好？

你问我在新的中学怎么样，真是一言难尽。话说，去年的9月初，刚刚入学深圳实验学校，作为一名刚刚接触到了一个全新体系的初中生来说，我还是有着种种惶惑的。

惶惑之一：这里的老师居然"不会"抢占课。小学时，咱们的语数英老师个个"耳聪目明"、"眼疾手快"。尤其是咱们"强悍"的语文老师兼班主任，经常把咱们心爱的体育、音乐、美术、思品等课揽为己有，咱们虽"呼天抢地"，却也无可奈何。抢占的最多的是体育课，怪不得，咱们俩，一个是豆芽菜，一个是小胖墩儿。所以，在实验上学后，当我居然没发现一次抢占课，我和我的小伙伴们都惊呆了！

惶惑之二：这里的教师节"静悄悄"。记得咱们小学的教师节可是"花团锦簇"、热闹非凡的，可实验的教师节却是"羞答答的玫瑰静悄悄地开"。也许，在别的学校，你会有小小的担心，如果我不给老师准备些礼物、或者鲜花之类的，我会不会显得很另类，被老师另眼相待；可在这里，你要担心的恰恰相反。不得不说，我的心情真是轻松多了。

惶惑之三：咱们小学是只统一校服，可实验除了统一校服不说，还统一校鞋（国产名牌回力鞋，价格"高"达40多元人民币）、书包。班主任看得也特别紧，如果你的那颗显摆的心蠢蠢欲动了，想戴块名表或者私藏"爱疯"（iPhone）入校（也许这是唯一你能和别的同学不一样的地方了），那你可真是"疯"了，因为当你还没来得及得到同学艳羡的目光的时候，你的耳朵已经被老师"狂轰滥炸"至"耳鸣"！哈哈，炫富症"患者"进实验一定郁闷极了，这里的口号是"不要和别人不一样"、"打土豪"！

惶惑之四：在这里，像我这种学习成绩中等偏上的学生似乎并没怎么"吃香"，反而是学习成绩有更大提升空间的学生更受关注，也得到更多的鼓励。这不，老师给我分派了几名帮扶对象，成立了一个互助小组，让我帮他们提高学习成绩。这可不是件容易事儿，我可是兢兢业业、"呕心沥血"——这可不是比喻，我真的快要吐血了有莫有！

现在，经过了一个阶段的在思想上的磨合和适应，上了初二后，我对实验的一草一木从懵懂变成了熟识，我看见更多、也看得更深。

我看见，实验的老师不仅不会抢占"副科"的课，还用形体课、陶艺课等奇葩的课"占据"课程的高地，用每天的阳光体育健全学生的体魄。这里的终极目标不是把学生变成一个个"考试机器"，而是用丰富的课程、节日（艺术节、体育节、科技节）和社会实践等塑造出思想活跃、身体强健、人文和科学素质皆高的翩翩少年。

我看见，实验的老师每天早出晚归，用自己的热血年华书写着奋斗的诗篇。在他们的眼里，没有"好学生"和"坏学生"之分，只有在学习上暂时的领先和落后。"一花独放不是春，百花齐放春满园"，正是秉承着这种"一个都不落下"的理念，老师们赢得了学生的真心尊敬与爱戴。

我看见，实验的特点就是低调和踏实。在这里，我明白了，用家人辛苦赚来的财富显摆是最没底气、最没含金量的行为，只有没有能力、没有追求的人才会仰仗父辈的荣光，只有低调做人、踏实做事、刻苦努力、强大自己才是成就未来的基石。

在不知不觉中，我恋上了实验，实验让我有深切的自豪感和归属感。

我明白了，实验最实在、不说空话，它是把校训彻彻底底地落实的一所学校。它的培养目标是人格健全、学业进步、特长明显、和谐发展，一句话，就是培养"大写"的人。

我明白了，实验的老师们心中"不仅有 NO.ONE，更有 ONLY ONE"，他们以高尚的人格、渊博的学识、卓越的能力影响着每一个学生，享受着教育实验的幸福。

我明白了，实验提倡低调，希望我们不事张扬，本本分分；扎实求真，追求卓越。但它并不压抑个性，反而积极促进个性发展。我们在这里享受着境界高尚的学校文化和品位高雅的课程资源，发展了个性特长，扬起了青春风帆。

今天，实验人，已经成了我最引以为傲的称呼。

也许，你要说，我是被实验"洗脑"了吧！不错，只不过这个"洗脑"的过程不是强迫的，而是春雨般"润物细无声"；"洗脑"后建立的不是偏见，而是真知灼见。如今，实验的所有理念都已经深深地烙在了我的心里，被我认可，并内化成我的三观和行事的准则。

实验是深圳特区成立后建立的第一所公办学校，2015 年它"三十而立"。虽然它的建校历史并不长，可它那培养"大写"的人的超凡理念，它那重本率率先"破九"、领跑广东省的炫酷数据，它那星光熠熠、藏龙卧虎的优秀环境，给深圳市学校立下了一个标杆，成为了特区教育的不二典范。

美哉实验，壮哉实验，是你让我明白了名校之"名"的真实含义。一句话，我不后悔选择实验（虽然，为此不得不和你们分开）。相反，我觉得，来到实验，我幸运之至，因为我找到了一个和我自己在理念上最契合的学校。我们，没有一见倾心，却再见倾城；我们，有缘。

情长纸短，希望我们能早日再次相聚，也再向你炫一炫我大爱的实验！

尹杭

2014 年 10 月 20 日

家长评语：有一次，你在去某几所名校参加活动之后，对我说，"还是名校呢！

其实学生的素质并不是很高。"后来，在其它的一些课外活动中，你也更多地通过那些名校的学生，逐渐地了解了那些学校。的确，通过一个学校的学生，确实可以间接地了解一所学校的办学理念以及老师的素质素养。如果说，有比较才会有发言权，了解得越多就越热爱——那么，如今的你，深深地热爱着实验，感恩实验赋予你的一切一切。

# 回报

袁坤和

最近，我重温了一遍《三国演义》，那些激动人心的情节，仿佛像电影一样一幕幕地展现在我眼前，宽厚的刘备，忠诚的赵云，神机妙算的诸葛亮，心胸狭窄的周瑜，多疑却爱才惜才的曹操……，这些人的事迹告诉了我许多道理，我懂得了什么是回报，为什么要回报，怎么回报？

回报，从某种意义来讲，就是感恩。人是有感情的，你付出什么，对方心知肚明。"清清子衿，悠悠我心"，曹操礼贤下士，以诚相待，仿效"周公反哺"，结果换的天下归心。曹操换得天下归心的事实说明，人与人之间，只要以心相交，以诚相待，拥有一份牢固的感情，就会得到满意的回报。

人们常说，种瓜得瓜，种豆得豆。播种什么，就收获什么，16 世纪末，荷兰的商人想打开中国和东印度半岛的市场，但当时没有航路，无法将货物运去。后来，找到荷兰探险队，委托探险队带着货物去交易，探险队对商人做了承诺，便载着满满的货物起航了。途中，他们被困北冰洋，饥饿和疾病，夺去了许多水手的生命，但是，他们没有动用商人的一点货物，后来他们又遇到风暴，在逃生的同时，奋力保护船上的货物，没丢弃一件货物回到了家乡。虽然没有完成任务，但商人所托付的货物全部完璧归赵，他们兑现了自己的承诺。后来商人与探险队多次沟通和合作，终于找到了航路。将商品不断的送到中国和东印度半岛，使得荷兰人成为当时海上贸易的霸主。试想如果荷兰商人不相信探险队，或探险队心怀不轨，欺骗或者背叛商人，不兑现承诺，当时荷兰探险队能打开这条航路吗？荷兰人能成为当时海上贸易的霸主吗？这个事例使我深刻认识到，人与人之间，要以心相交，以诚相待，一方面要真心，另一方面不遗忘诚信，只有这样，才能办成大事，才能有好回报。

钟子期仙逝，俞伯牙断琴。为什么俞伯牙要断琴呢？不是伯牙太过执着，只是俞伯之间的那份情谊始于彼此的交心，他们从相识的那一刻，他们的心就相交在一起。子期死，伯牙的心亦已去矣，哀莫大于心死，因为伯牙除了断琴别无选择，所以俞伯之间那一段高山流水觅知音的千古绝唱，感人至今。

播种什么，收获就是什么，付出什么，回报就是什么？这是一种循环，一种道德，不能逾越。

*家长评语：该文为学生袁坤和在规定的时间内写的读后感，语文老师阅后评价较好。*

*我们认为该文有以下的特点：*

*一、 思路清晰，全文采取总分总的手法，谈了自己的收获，体会。*

*二、 结构严谨。如开头点题，谈了自己总的体会，并采取提问的手法，引出下文；然后，选择古今中外的三个案例，从理论上，事实上，回答了自己提出的什么是回报，为什么要回报，怎样回报的问题，最后一段，简短有力，再次点题，总结全文。*

*三、 叙议结合，摆事实的同时，边叙边议，增加了论证的说服力，感染力。如第三段：试想……不兑现承诺，当时荷兰探险队能打开这条航路吗？荷兰人能成为当时海上贸易的霸主吗？这样的议论让人深省。*

# 我向往的童年

张柏涵

别人的童年也许很多时候是在打篮球、跑步，游泳等多项体能训练中渡过的，而我却只能在轮椅上看着操场上一个个如斑马羚羊一样欢跳玩耍的同学们。我能做的只是默默的在学校里清理垃圾、帮同学捡球，并很羡慕大家能奔跑行走，能够想干什么就干什么。如果奇迹会发生，我能走路，就一定参加排球赛、仰卧起坐、跳远等自己喜欢的体育项目，这就是我向往的童年。

在学校，我不能行走奔跑，不能参加体育活动，一些同学一直帮助我，老杜、曾皓晨、王新锐、颜旭、赖麒旭、薛旖、罗智鑫等。全班同学和老师默默地帮助我，我也十分感谢大家，我一定好好跟同学们相处，努力做一些力所能及帮助同学的事，做我自己向往的童年。

现在我要开始锻炼身体了，虽然我脊椎有点弯。我努力做自己能做的运动，伸伸手拉拉腿，开着轮椅去给参加比赛的同学们加油。我要好好学习，和大家一起快快乐乐度过每一天。

虽然现在有时会独自悲伤，但我还是很乐观的面对，我是一个坚强的人。我渴望走路，希望用自己的能力帮助和保护同学们。我以后上五楼的课都不去了，怕连累大家摔跤，到时候我路走不了，还害得大家腰闪脚扭受伤，这样我也会内疚的。大家帮助我时，我的心都暖得像太阳一样。有东西砸下来，我一定马上冲上去为大家挡住。火灾、地震也一样，我会保护好自己并帮助大家。初一刚进来时，我的心是冷的。但现在呢，我有一颗火热的心。我虽然走不了路，但也收获了一份又一份的友情，感恩老师和同学们。

家长点评：家长、老师和同学们都很理解你所向往的童年，大家都希望你、相信你会与疾病进行顽强的斗争并最终取得胜利！你是好样的！大家为你点赞！

# 10 班姓名乱谈

张羽菲　王雅卓

张：各位老师、叔叔阿姨、同学们，

合：大家好！

张：我是张羽菲，

王：我是王雅卓。

合：我们今天给大家一起说个相声。

张：各位老少爷们，走过路过不要错过，有钱的帮个钱场，没钱的帮个人场……

王：你这都说些什么呀，说正经的。

张：哦，说正经的呀，你看咱们十班凑合在一起已经两个月了啊。

王：什么叫凑合在一起，那叫聚集在一起，有缘千里来相会。

张：啊，对对，咱们不远万里来到 10 班有缘相会已经两个月了，今天特意来见见双方父母，也让叔叔阿姨对我们也有个认识和了解。

王：我怎么听着不对味儿呀？

张：有什么不对味儿的，我们两个月相处下来，都认识了，可是叔叔阿姨们可能还对不上号呢，对吧？我们今天就在这儿给大家介绍介绍咱们这个班。

王：就是啊，早这么说不就完了嘛！哎，今儿个这个相声的名字呀就叫做"姓名乱谈"。如果对您的尊姓大名有所冒犯，还请您一笑了之哈！

张：说到姓名啊，这里可有大学问。

王：什么大学问啊？

张：你想啊，现在社会上什么最重要？

王：什么呀？

张：人脉啊。从姓名里我们就能看出人脉来。

王：姓名还有这功能？

张：当然啊，有缘不光隔着千里能相会，隔着千万年也能相会呢！

王：啊？怎么会？

张：怎么不会呢？好比我，我姓张，对吧。张良张子房知道吗？那是汉朝的开国谋士，我本家；张飞张翼德知道吗？汉末的大将军，我本家；张衡，发明地动仪的那个，张仲景，写伤寒杂病论的那个，都是我本家呀！

王：这些人都跟你有半毛钱的关系吗？

张：本家呀，五百年前是一家呀，没准我的血管里还流着他们的血呢。

王：可是你说的这些个人早就好几个五百年开外了吧！

张：都姓张啊。哎，再说说你，你也是赫赫地有名啊。

王：（沾沾自喜状）是吗，那你说说我听听。

张：听着啊，话说西汉末年社会矛盾空前激化，外戚王氏家族的重要成员王莽，其人谦恭俭让，礼贤下士，在朝野素有威名，被视为能挽危局的不二人选，被看作是"周公再世"。随后公元8年，王莽代汉建新，推行新政，史称"王莽改制"。你看，人家嬴政是"始皇帝"，你们家王莽的年号是"始建国"，厉害啊！

王：啊？

张：继续顺着时间的河流来到明朝，有一个有志青年自阉入宫，称为明朝第一代专权太监，连明英宗都称他为先生。瓦剌大举入侵的时候，他极力鼓动皇帝亲征，造成了土木堡之变。大名鼎鼎的王振，你本家。

王：我说我一听就觉得不对劲儿呢，不过你说的这都是男的，跟我也没啥关系。

张：女的也有啊！

王：哦，女的也有啊？

张：有，凡是读过听过《岳飞传》的人都知道，那个让人恨得牙都痒痒的秦桧的老婆——王氏，你本家。到现在还在岳王庙里跪着呢！

王：哎，你说怎么一到我这儿都是历史负能量啊。你要再这么说下去，我跟你急呀。

张：（陪着笑）嗨，那不是跟您开玩笑呢嘛

王：哦，玩笑啊

张：玩笑，绝对是玩笑

王：嗯，那你好好说说

张：您是王爷呀，王族后裔呀！一般小老百姓不敢随便叫的。王姓可是中国最古老的姓氏之一啊，子孙也遍布世界各地，是全世界三大姓之一呢。

王：（得意状）太好了太好了，那我们王家都有谁啊？

张：你们家的名人实在太多，数不胜数，王羲之啊王昌龄啊王之涣啊王摩诘啊王国维啊王雅卓啊王八蛋啊……

王：还有我啊，嗨，嗨，有你这么说话的吗！

张：开个玩笑。

王：不带这么开玩笑的！

张：好好，不开玩笑。说正经的。你说咱们说了半天，光说自己了。要说说咱们班不是吗！

王：对呀，得说说咱们班。

张：我觉得咱们班同学的名字也都是大有来头啊！

王：哦，你有研究？

张：什么叫有研究？那是很有研究。你看啊，咱们班同学的名字哈，从日月星辰到花草树木，从五行八卦到珍奇异兽，从历史名人到宇宙大气层，全方位覆盖。

王：谑，好家伙，有这么玄吗？

张：当然啦。先说日月星辰。你看啊，咱们有几个名字带旭的？

王：名字带旭的，我想想啊，赖麒旭、吴城旭、颜旭，三个

张：三个，是吧，旭从日从九，我们班有三个旭，一个旭相当于九个太阳，我们班一整整了二十七个太阳，你们是想冬天给我们省了暖气费呀还是你们就诚心想把后羿给累死啊！

王：那月亮星辰呢？

张：诗经里说，月出皓兮，那不是坐着一个皓晨嘛。还有刘星麟，闪着星星的麒麟，多文艺啊！

王：那花草树木呢？

张：你去找啊，凡是有草字头木子边的那不都是，什么邓菁言啊黄芷瑶啊张柏涵啊戴柏林啊都是啊

王：啊（若有所思状）哎，接着说，五行八卦

张：五行八卦啊，你看啊，我琢磨着任芊烨估计是命里缺火，周鑫科肯定是五行缺金，这罗智鑫就更厉害了，不仅要网罗天下钱财，还要招纳各处智者，你是准备当皇上吗？

王：那你这个珍奇异兽是怎么理解？

张：好理解呀，你知道瑶、瑜、玥都是什么意思嘛？

王：什么意思？

张：瑶和瑜都是美玉的意思，玥是上古神珠啊，你看看，黄芷瑶，焦庭瑜，罗文玥，还有焦玉豪，这些名字都寄托了父母多么美好的希望啊！

王：这么一说，学问大了。还有异兽怎么讲？

张：要说这异兽吧就是麒麟了，古代四大祥瑞啊，偏偏我们班占了俩，赖麒旭和刘星麟，合在一起刚好是麒麟，而且巧得吧，他俩学号还是紧挨着，一个 59 一个 60。

王：真是啊，要不怎么说有缘千里来相会呢！再说说我们班的历史名人呢！

张：哎呀，这太多了，有点不好意思了。

王：你有啥不好意思的？

张：你看吧，元末明初的著名诗人，被誉为"吴中四杰"之一的高启一到咱们班上就"安宁"了，张羽在咱们班上就"芳菲"了，不好意思啊就是区区在下。有缘不？你说有缘不？古时候一起当文学四杰，现在一起到初一（10）班。

王：那确实是有缘。哦，这历史名人就俩？就没了？

张：哪能呢？你看，开国十大元帅陈毅到咱们班就永恒了——你看那陈毅恒是不是就那元帅范？这三国著名将领关羽到咱们班就变真的啦——你看那关宇真是不是就像那关公庙里那个人——那座神？还有啊港台歌星罗文到了咱们班就跃跃欲试了——你看那罗文玥笑咧了嘴！

王：哎呀，你这么一说还真是有点意思。时间不早了，赶紧说说，怎么还有宇宙大气层什么回事？

张：像咱们班这么正能量，十全十美的班怎么能不管宇宙大气层的事情呢？钟浩然啊，一点浩然气，千里快哉风，宋代大诗人苏东坡酣畅淋漓地代言了钟浩然，代言了咱们班啊！

王：哎呀，你真是太有才了，我真是越来越佩服你了。

张：其实啊别佩服我，最有才的你知道是谁吗？

王：谁呀！？

张：陈兆华啊，这名字多霸气，啊，连中华都能罩着，咱们班不是得罩得更好！！

王：对呀！

合：十班跟着陈兆华，十全十美好年华。

（鞠躬下场）

家长点评：以相声的形式将10班同学作了一番介绍，风趣幽默，有文化底蕴、有人文内涵、有同学情谊。好！

# 亲情永在

庄展权

孩提时，我最尊敬的奶奶便经常教导我，兄弟情深血浓于水，手足之情胜过千万财富的道理。当时，我尚幼。不知其然更不知其所以然，只能装作听懂了点点头。

没过多久，我的小堂弟出世了，大家庭里降生了新成员，好一段时间里大家都很开心，气氛非常和睦，我也非常喜欢这个小家伙，一有时间就对着他做鬼脸逗他笑，一大家子人都围着他转，这个小堂弟顿时成了"众星拱月"。但好景不长，没过多久爷爷不幸去世了。

奶奶常说，小时候因工作忙，疏于对爸爸和叔叔的照顾，没有维系好他们两兄弟之间的感情，他们经常打架争吵，所以感情一直不太好。爷爷这一过世，接下来就跟所有狗血剧里剧情一样，爸爸和叔叔之间的矛盾又爆发了，奶奶无法平衡他们之间的关系，经常以泪洗面，我看在眼里急在心里，可我还是个孩子，能做些什么呢？我的话他们也不会听啊……

有一天，奶奶要做饭没时间去接小堂弟，让我去幼儿园帮忙接他。由于爸爸和叔叔的关系紧张，我已经很久没和小堂弟讲话了，心里难免忐忑不安，他会不会不听我的跟我回家？果真，幼儿园门口见到了小堂弟，他瞄了我一眼，独自走开了，好像没看见我一样，也不打招呼。我心里也不服气，凭什么我是你哥哥，我比你大，你不理我我也不服软。于是，就紧跟着他后面走，也不搭理他。

走到校门外过马路了，他似乎一点也不放慢脚步，考虑到安全，我冲上去拉住他，"看车！不怕被车撞死啊。"小堂弟回头瞪我了一眼，甩开我的手，撒腿就跑，我很担心马路上不安全，紧随其后跑去追他。心里没有生气了，就剩下担心。冲到小区门口，我终于拽住了他，非常生气地骂道："要不是奶奶叫我接你，管你是不是被车撞了，一点都不叫人省心。"小堂弟也不示弱，回我一句："谁稀罕你管我，撞死就撞死！"突然间，他两眼泪汪汪。我一下子怔住了。整个人好像被电击了一样。我怎么说出这样狠心的话来？难道心里真的一点也不关心小堂弟的死活吗？小堂弟又一次甩开我手，跑进去了小区。

我没有追上去，独自走到小区的长板凳上坐下来，脑海了想起了奶奶的话：兄弟情深血浓于水，手足之情胜过千万财富。也许我现在不明白这句话的深意，但是我知道一点，不论你愿不愿意，承不承认，我们都是血脉相连的兄弟。不管小堂弟他怎么耍脾气，我作为哥哥，内心还是担心和关心他的，我是不应该跟他计较的。一个作家说过：世界就像一面镜子，你怎么看他，他就呈现你内心的样子。你若盛开，清风自来。若想被人对你好，你一定得先对他好。想到这里，内心平静了许多。

回到家，看到小堂弟已经坐在饭桌前吃着水果，我慢慢走过去，拉着他的小手，小声地说了一句："对不起。我不应该跟你发火，哥哥以后不这样了。"小堂弟好像明白又好像不明白的样子，扭头继续吃着手中的水果，跟什么都没发生似的。

我想通了，以后就不会再因为一些小问题纠结了。亲情已经在血液里，小堂弟等你长大了就会明白的。

家长评语：庄展权之前写得"转折"一文，一是主题不够鲜明，二是表述不够准确。跟孩子沟通了以后，建议他适当做修改，以小见大，从跟小堂弟之间的"误会"开始，以内心想法为线，描写自己对兄弟之情的理解过程到接收，只有自己相通了，才会明白真意。文中关键的一句"不论你愿不愿意，承不承认，我们都是血脉相连的兄弟。"就是文眼。生活中不论遇到什么，手足之情血浓于水。

# 第二辑

# 自反篇 映日荷花

学校领导和老师为作文英雄助威

老师们为《濯清涟》题词

校园月色映荷苑 梦笔生花白马来
————罗苑梦

接天莲叶无穷秀 艳日荷花别样红
————蔡秀艳

芬芳孕育蓓蕾里 已觉小荷沁我心
————傅芳觉

十全十美好征兆 文学校园正茂华
————陈兆华

濯于清水不妖媚 君子之风傲百花
————刘于军

小荷喜获丰收果 玉汝于成栽栋梁
————李丰成

荷香扑鼻读经典 桃李芬芳满校园
————黄典桃

宝剑锋从磨砺出 红梅香自苦寒来
————罗红梅

班马文章是榜样 蔚然词采飘荷香
————马蔚

小荷成就少年梦 静待花开育栋梁
————吴成花

《白雪公主》剧照

《超女的快乐与烦恼》剧照

课本剧《扁鹊见蔡桓公》获一等奖

# 如沐春风
## ——读《春风桃李·教学相长集》有感

尹杭

当时代的车轮滚滚向前，当"红烛"（牺牲自己、照亮别人）、"春蚕"（只问耕耘、不闻收获）等对老师的赞美之词已经成了某种意义上的古董隐喻，傅爸（对我们语文老师傅老师的昵称）用他有目共睹的才华为老师这个职业刷新了定义——老师首先要做自己，"照亮别人，丰富自己"。

是的，当你翻开《春风桃李——教学相长集》这本傅爸的大作时，你一定会这样想。都说湖南多出文人墨客，"惟楚有才"，湖南人无论做什么，都有一种大器气象。此话不假，傅爸就是来自于湖南，他的诗文也同样大气磅礴。且先看看他的诗词和楹联吧，无论是《七律两首·辛亥百年祭》还是《苏幕遮·辛亥百年祭》，都铿锵有力，金戈铁马，气吞山河，让我联想起辛弃疾般的爱国豪情。而无论是悼念岳父、岳母，还是父亲的诗或者词，字字催人泪下，其风格直指苏轼悼念亡妻的《江城子》，感情真挚，境界开阔。傅爸的诗词显然是豪放派的，气象恢弘，气势雄浑，但他的诗词中也不乏对前辈的感恩，对领导的称赞，对同事的欣赏，对友人的祝福和对后辈的厚望。我常常想，现在像他这样有着深厚的文学素养、深谙古诗词的精妙所在、而且笔耕不辍的语文老师多乎哉？哎，可惜，真是不多矣！

然而，傅爸的才学显然不只局限于这一隅，他是一个紧贴时代，敏感捕捉时代脉搏的弄潮者，有激情，有活力。不信的话，请你看一下他写的校园搞笑课本剧、教职工晚会节目台词、同学聚会主持词，以及我最喜欢的原创短信吧，包你笑口常开，然而他的诙谐、幽默和调侃又能引发你对社会热点的理性的思索。傅爸最擅长用谐音和顶针了，他在《美丽的实验我的家》中把实验初中部的所有老师的名字都用谐音串联起来，可谓是巧极妙极，这又不由得让我联想到《红楼梦》中异曲同工的大量的名字谐音。

傅爸的大气同样体现在他的教学和教育中。看看学长们写的作文吧，一颗颗赤子之心力透纸面，种种纯真与美好喷薄而出，让人不由得一读就停不下来。这里面，鲜有那种这个年龄常见的"少年不知愁滋味，为说新词强说愁"的矫情，常见的是个性的张扬，思想的碰撞，青春的激昂与阳光的姿态。这里面，有的是真话，没有套话；有实话，没有空话；有有感而发的话，没有照本宣科的话。这正是傅爸的高明所在，他的教育，就是给了学长们一个健康的环境，让他们安全地自由地成长，这是一种"无为"。而正是这种"无为"，显然比一些老师的"有为"——一厢情愿地矫正和过度干涉要高明的多。傅爸深知，教育有时是一种释放，所以他不但不阻遏学长们的言说欲望，而且创造条件让他们说出来。

是的，正是傅爸的这种大气，这种海纳百川，才让学长们健康、自由地成长，才让他们的肺腑之言和灵魂的歌唱在作文中得以百分百的呈现。

书中有一个细节，耐人寻味。一位老师说傅爸桌子上有一个工艺葫芦，是一个学生送给他的，一侧是毛主席头像，另一侧是《沁园春·雪》。很显然，傅爸的教学用现在时髦的话来说是很走心的，他讲的课文《核舟记》一定是给这位学生留下了很深的印象，所以这位学生才能从新疆千里迢迢地把这个葫芦给他带回来。

读罢此书，掩卷沉思。金庸先生说："侠之大者，为国为民。"我想说，师之大者，当是如斯。傅爸作为老师，为人师表，品格高尚，学识渊博，对教学精益求精，对工作孜孜不倦，真不愧是师之楷者，学之大者。而我，十分幸运地成为了他的一名弟子，虽然我还很不成器，可是能在他的身边，受他的人品以及学识的熏陶就是一种莫大的幸福。可以说，小小的我，对于命运的垂青与玉成，心中唯有感恩、再感恩。

*家长评语：多好的题目啊！如沐春风，没错，就是这种感觉。你在傅爸身边，时时刻刻感受到的，不正是这种春风拂面、春风习习、春风化雨的感觉吗？*

# 致亲爱的傅爸

曹宇翔

刚刚踏进中学之门，您和傅妈就分别担任了我们担任了一二班的班主任，当时我沉浸在您们说的那句"跟着傅爸和傅妈，学习成绩顶呱呱！"我是一个比较不吭声的人，做事不太主动，心里有些想法不太会表达，但我真的很高兴，因为我的老师是那么的活泼且富有激情。到现在，我觉得自己是那么的幸运和幸福，我当了傅爸您的小助手——语文课代表，我当时有千言万语想感谢您，可就是不敢说出口，我现在在这篇作文里写出来：傅爸，您就是我的伯乐，您鼓励我，激发我的学习动力和潜质，您是这样真心的对我好，消除了我以往对老师的"代沟"，让我觉得您就像是我的亲人一般和蔼可亲。

我同时也非常敬佩您的教学方法，您在三尺讲台上挥洒激情的汗水，我们都会争着抢着回答您的问题，让我感动的不只有您的课堂，还有博大的胸怀。我有个特别不好的习惯，就是喜欢翘着二郎腿，这样做非常的不端庄，也很不尊重老师。我很想改，但习惯成自然，不知不觉中又会翘了起来，我在家已经被老爸严肃的批评了，我以为我不会再犯了，但偏偏在您的语文课上，我这老毛病又犯了。当时各组长都在检查课文背诵，我早已背完了，便翘起二郎腿开起了小差，这时有人在拍我的背，我以为后面同学无聊，便不屑一顾，可那人却是您！我的脸立刻涨得通红，心也嘣嘣地跳了起来，我妈曾对我说过，如果她是老师，我在课堂上敢这样，早就把我"打残"了，我当时非常害怕，心想肯定要受批评了，但接下来您的一举一动却让我震撼了：傅爸您一个手搭在我的肩膀上，另一只手则轻轻的拍了两下我的腿，示意让我放下去。最不能忘记的是，您的表情非但没皱一下眉头，反而是微笑着，等我放下后，您便默默的走开了……这个看似微小的举动让我感慨良多。要知道，当一个人犯了错时，老师或家长的惩罚可能会随之而来，用某种强制手段也许会让你痛改前非；但如果此时犯错者经过像您这样的提点或暗示而改过自新的话，其效果就远比被强迫的要好得多！也许有人会说，上课翘个二郎腿有何关系呢？但要知道我可是一个一米八的大个头，腿一翘似乎就像把腿放到课桌上一样，很不雅观。我相信这是最后一次了，人们往往说通过一些细节小事就能看到一个人的品质，我想，傅爸您的举手投足就体现了为人之师的品质和情怀。您的这些细节潜移默化，必将使我和同学们难以忘怀，受益终身。

我与您之间有许多耐人寻味的趣事，您每次都会鼓励我，给我机会。因为您对我的好数不清，所以我愿意把这个语文课代表当好，愿意为班里做更多的贡献，愿意为您做任何力所能及的事情，并努力把它做到最好！

我最喜欢的老师——亲爱的傅爸。

家长评语：从实验考到深国交已有一段日子了，你还记得给实验的老师傅爸写这封信，你还记得傅爸的许多不经意的细节，"润物细无声"啊！可见实验的老师对你的教育是深入人心的，是影响你一辈子的。着实让人感动不已！

# 读《鲁滨逊漂流记》有感

蔡一虚

很早就买了《鲁滨逊漂流记》这本书，那时候是走马观花地看了一遍，感觉很有趣，但仅止于此。

这个寒假终于有时间细细地阅读、品味，感到收获多多。

书中主人公鲁滨逊是英国人，出生于 17 世纪中叶。从小他就喜欢和向往探险的生活，长大以后不顾父母的阻拦，一心去航海冒险，不幸沦为奴隶。他经过千辛万苦终于逃走了，却流落到没有人烟的荒岛上。鲁滨逊没有气馁，靠着顽强的毅力和超人的智慧建房子，种植粮食，圈养山羊，修造船只，烧制陶器，用树条编箩筐。让自己生存了下来，还救助了野人"星期五"，教会"星期五"好多文明。

后来鲁滨逊靠自己的聪明才智救下被歹徒劫持的货船船长他们，从荒岛生活了28 年的鲁滨逊终于回到了家乡。

我也喜欢航海和冒险，从没想过会遇到什么样的困难，总想着会一帆风顺地归来，受到别人的尊重和羡慕。现在看来真的是纸上谈兵，想法过于理想和简单，甚至是愚蠢。每个人的一生都不会是一帆风顺的，总会遇到困难。勇于向困难挑战，才会走出困境，开辟新的天地，焕发新的生机！而我们就是在不断的挑战和解决困难中成长起来的。鲁滨逊真的是好伟大！那样艰难的处境，他都一一克服，创造出生存的奇迹！相对于我们的学业来说，荒岛生存要难得多，难道我们不应该向鲁滨逊学习，克服学习上的困难，取得好的成绩吗？我特别欣赏鲁滨逊的坚强、勇敢，和他超人的智慧，还有乐于助人的品质！也喜欢"星期五"的活泼，灵敏和好学。好想看看鲁滨逊和"星期五"长什么样！呵呵，那是不可能的，不过，有智慧的人的面貌肯定是不同于常人的，你说呢。

家长点评：有感而发，很好。更希望拿出行动，相信你一定行！

# 军训杂感

蔡长博

"当你不得不脱下这身军装的时候，你将会无比怀念军营中的生活！"

这是第一天教练所说的话，果不其然，临行前我还是揣着小学时的合影回味过去，而活动结束后我竟又想回到5天前，想重新开始这一切。

要说这是军训吧，也有些类似，从本质来说才是大相径庭，要说军训是磨练我们身体的，那么此次活动则是锻造精神上的，而正因如此，我才对它情有独钟。

这次是团队活动，也就是关于团队协作的，每一次活动与评比都离不开"团队"二字，"成功墙"和"团队浮桥"莫过于这次活动最大的特色了，这两个活动才明显地让我们能感受到团队真正的力量，它们能使我泪水翻腾，能使大家朝着同一个目标奋力拼搏！

高墙之上，耷拉下来的几只手臂上已是青筋暴起，甚至有伤口在原本娇嫩的手上"闪闪发光"，墙下几位身材较高的"壮汉"紧贴着墙，旁边则是跪着紧抱他们的"跪桩"，他们的肩膀和大腿任人踩踏，本已洁白的衣裳被脚印染得乌黑，但他们没有一丝怨言，在这座高达4米多的墙前，同学们用行动诠释了"不抛弃，不放弃"的精神，我会记住它它的名字——"成功墙"。

用臂膀扛起生的希望，支起成功的道路，用一根根木棍搭起桥梁，注入了同学们的信任，它变得固若金汤。到了后来呀，和我们并肩作战的并不仅仅是我们本班的同学，还有此次活动的全年级同学。虽然扛着木棍把肩膀压酸了，站得两腿发麻了，但是这也无所谓，最令我最感动的是：那些通过了的班级给我们加油鼓劲，或是来帮助我们，这就是团队！这就是我们全年级同学的凝聚力呀！

这5天的活动都是"团队竞赛"，都离不开"团队"二字，但这两个活动才是真正的"催泪瓦斯"，这两个活动更加充分地展示团队的精神与力量。

军训已经过去，但是这种感觉似乎从未走远，它给我讲述的一切我都铭记与心，它过去了，留给我们的还有未来，我将重新调整自己，踏上人生之路。

家长点评：通读全篇，深感此次军训活动，对你、对你们全年级同学今后的人生道路有着何等重要的意义和价值。努力吧，少年！成功和胜利的鲜花等待着你们用辛勤的汗水和苦涩的泪水来浇灌！

# 《清明上河图》读书笔记

曾皓晨

在读完此系列五本书的前几部后，我不得不承认这是一套古代悬疑小说的巅峰之作。小说内容紧凑，一环扣一环，常常让我拍案叫绝。从故事内容，人的个性，到宏大的背景，都让我看出了作者是一个善于埋藏伏笔的人。在前面对事件铺垫的越久，在最后迎来的结局就越让人难以置信。

文章中出现的人物数量可以用海量来形容，如果你有心去把这些人全都记下，会发现正好是 824 人，也就是张择端原画《清明上河图》中出现的人数。也许有人认为这 824 人当中很多是作者随意写出用来凑数的，对故事主线没有影响，那就错了。这 824 人每一位都对事件的发生有着推动作用，每一个人都是在作者所描述下的这个机关的一个小零件。缺少任意一个，故事都会发生逻辑不通，甚至矛盾现象。正因如此，我才认为这本书确实是旷世奇作。

但在层次分明、逻辑顺畅的同时，他也因此有了一个缺点，在前期由于线索的不足导致情节发展过慢。因为人物复杂繁多，即使作者文笔流畅，也无法避免受到这一影响。而在同时，这又是本书的一个优点，那些真正了解了故事前期发展的读者，在最后真相大白时会深切的体会到什么是峰回路转，鬼斧神工，那一切又一切违逆正常思维的事件，无一不在冲击读者的心。

这这里，我并没有透露本书的内容，是因为我不想让读过我这篇文章的人惊喜会少一丝一毫。深切建议大家去看。

家长评语：这套书每一本字都那么小，书都那么厚，我们家只有你有勇气挑战了。希望你能抽出时间全部看完讲给爸爸妈妈听。

# 猜猜他是谁

陈思函

这人，可厉害了。他是我们的三大主课老师之一，是我们班主任称为得他这门学科，足以得天下的牛人，人称"老黄牛"。你们猜猜，他是谁？

这黄牛大哥啊，一头地中海，眯眯眼，有时会戴着眼镜，浑身上下充满学者的风范。他待人很好，不轻易发脾气。在课堂上，我们时常看到他停下来，目光扫视整个教室，我们都知道视力不好，所以也就都不当回事。可是，神奇的是，连最后一排的同学在干什么小动作，他都看的清清楚楚，或许只是他的年纪大了，不想再操心那些不受管教的同学，又或许，只是因为知晓自己管不住他们。

老黄有一大特点，那就是他的语气，或许是因为年龄太大，老黄的语气总是略显平淡，不富含激情。可是，这语气，却吸引了我们班所有的同学，像是老黄的专属语气助词"哎~""啊~"还有吸引了众多同学模仿的"那个杨玉环啊~上数学课你抄什么英语嘞~"还有"那个周宇深啊，是b班的骄傲啊"还有一些夸赞数学的句子"这就是数学的魅力啊"许许多多的富含口音的句子，都让我们班同学学了去，但别说，我们同学们模仿的还真都挺像。

别说老黄的年纪虽然到大了，但是身体可不是一般的硬朗。这引体向上，三五个对老黄来说那都不是事，还有我们当时运动会的时候，有幸看到老黄打篮球，那身姿，引得我们班一群篮球小子频频欢呼。运动会过去许久，大家都常常谈到老黄的运动水平有多么多么高，说他的篮球怕是在这个年龄段无人能及啊。

不过，因为这年龄的缘故，也引来了一个让我们伤心不已的事情，那就是，老黄教完我们这届，就要退休了。虽说，也不是以后不一定就见不到了，但是，一想到我们这般有趣的老黄要离我们而去，心里就一阵阵的难受。若是在这最后相处的一段时光，我们不能在数学上给老黄做出一些值得欣喜的事，怕也是对不起老黄啊！

怎么样，大家猜出这只老黄牛是谁了么？

*家长点评：黄老师是我们全体家长和学生爱戴的实验优秀教师之一，衷心祝愿老师们生活愉快，青春永驻！*

# 《倾听生命》读后感

陈文涛

当一个人仰望星空时，会听到什么？当一个人置身闹市时，会听到什么？当一个人回首过往时，会听到什么？我寻找并倾听，发现并思考……

今天，我读了《倾听生命》，这书使我感悟到：生命是个奇迹，它是脆弱的，但我们的品格可以坚强。在生活和学习中，遇到困难时我们不能退却，不能轻言放弃，我们应当想方设法克服困难，只要认真、坚持、奋斗，我们一定能够获得成功。生活中对于弱者，不能轻视嘲笑他们，要给予他们关爱与帮助；对于生活中的强者我们不能过度地羡慕，而失去自我，我们要记住，通过自己的努力做我们自己。生命是一张单程票，告诉我们生命是宝贵的，我们应珍惜生命，让生命充满爱。这些章节让我感悟到人生的意义不是简单的活，而是让我们精彩的活，做个品德高尚、灵魂纯洁的人，生命虽短暂，但一个人对社会的贡献以及宝贵的精神财富，是可流芳百世的。

如书中所说，这个世界穷人不少，但能够高擎自己灵魂活着的人不多。很多人常常因为很可怜的一点利益而丢失自己最宝贵的东西，从而使缺少精神之钙的虚弱身体在这个世界猝然跌倒。它使我想起了《钢铁是怎样炼成的》中的话：人最宝贵的是生命，生命对于人来说只有一次。因此，人的一生应当这样的度过。生命固然可贵，但与其无所事事地活在世上，虚度光阴，又有什么用呢？

漫漫人生路，沧桑几何？幸福几许？感悟人生，感恩生命，用岁月的弦拨动生命的古琴，用光阴的音符点缀生命的乐谱。穿越时空的信仰，超越季节的守望，用风干的眼泪，纪念忧伤。倾听别样生命，收获异样人生。那些风中的感动，时时散发着醉人的芬芳，沁人心脾，熏陶一方土地。延伸着、延伸着……

家长评语：上帝赐予我们灵魂，父母赋予我们生命，生命既很漫长又很短暂，希望你用有限的生命活出无限的可能，克服生活、学习中的困难，做一个生活的强者，勇往直前，跨出人生的第一步，做生命的主导者！

# 《傲慢与偏见》读书笔记

戴博林

**内容简介：**

本书讲述了一个地主家庭的故事，以二女儿伊丽莎白为主角，主要描叙了四起婚姻的发展。

第一桩：夏洛特与柯林斯。夏洛特是伊丽莎白的好友，而柯林斯是其表哥，为了表达出自己的绅士风度，柯林斯也曾向伊丽莎白求婚（柯林斯会继承伊父亲的财产，由于他无子）后被拒，转身投向了夏洛特，夏洛特本是个甘于平淡，欲过安稳生活的人，考虑到柯林斯将继承一笔不菲的资金，她便答应了。

第二桩：伊丽莎白之妹丽迪亚与军官威克汉。这桩婚姻极为不雅。威克汉本人就是一个油嘴滑舌，表里不一，却讨缺乏理智女生喜欢的一个人。他带着丽迪亚"出走"，却未曾想过娶她，若不是达西从中出手，丽迪亚这辈子一定会被毁掉。

第三桩：简与宾利。宾利处在上流社会，且性格是本书中十分热情、真诚、友善的一人。他一睹简的容颜后便喜欢上了她，却被达西从中干扰与她分离一年之久，最后由于伊丽莎白和达西的沟通，他俩重归于好，并订了婚。

第四桩：伊丽莎白与达西。原先伊对达西持有偏见，认为他是一个傲慢自负的人，而达西虽表象如此，内心却十分亲和正义，只是不善于表达。达西在一次舞会上恋上了伊，先后两次求婚，终于在第二次，两消除猜忌，走进了婚姻殿堂。

**对本书情节描写评价：**

之前在序言中看到《简爱》的作者评价说，这是一本缺乏"激情"的书，因为作者简·奥斯汀的风格本就如此。一看书，果然在意料之中，全书实在是太平淡，除去达西的自我澄清那一段，其余毫无悬念可言，但他正合我口味，不浮夸，不伤感，不空想浪漫，这是简·奥斯汀在当时独树一帜的风格。

**浅谈感悟：**

我认同作者在书中主要强调了一个事理：光以婚姻为手段去获取资产的婚姻一定不会幸福，但是，在没有经济基础的前提下建立的婚姻也是愚昧的。

就以书中的婚姻来举例，像夏洛特嫁给柯林斯，这样她就会幸福吗？与其说她收获了一份爱，不如说她只是得到了一份衣食无忧，安安稳稳的生活罢了。但与爱面子，毫无主见，略带迂腐又一板一眼的柯林斯相处，她会幸福吗？文中也着重描写了夏洛特的婚后生活：勤俭持家，天天受到一些无关紧要的建议，幸福谈何而来？

以金钱为终极目标的婚姻，就是一种合法不合理的交易，是出售幸福，换来物质。

同时，丽迪亚与威克汉的婚姻也不幸福。先不谈只是丽迪亚单方面的钦慕，就算他们互相深爱，但由于他们两个缺乏经济基础，这一切多会化成泡影。这不难理解，在婚姻中，沟通与互相陪伴都是必不可少的，而他们却需要花大量时间去生存，根本没有时间去进行交流，时间久了，免不了会心生猜忌，生出隔阂，最终导致婚姻的失败。也许真有人一直真诚地相信对方，但这一定是极少数，不可以偏概全。

相比于上述婚姻，下面两桩就要幸福多了，他们既建立在经济基础上，又不光是为物质。简不仅喜欢宾利的资产，她也爱他的性格。而伊丽莎白最爱的一定是达西内心的正义。

"物极必反"同样适用于婚姻，理智一点的人都不会在金钱和感情走"极端"。

家长评语：一本经典小说往往让人感受到平凡而真实，傲慢与偏见也许身边的人，又或许是自己身上的特点，人生处处有傲慢，生活时时有偏见。好的婚姻结果往往不是来源于你侬我侬，亦不是人云亦云，而恰恰来源于傲慢与偏见中的理解与融洽。经典的书值得一读再读，记录下来你的第一次读后感，相信再次阅读时，你又会有新的体会与感悟！

# 东风为我来

高启宁

我看过一个故事，说的是拿破仑被囚禁在一个孤零零的荒岛上，他的一个友人秘密给他送了副国际象棋，他很高兴，每天都与自己下棋。许多年后，这副国际象棋被送到了拍卖行，人们用机器扫描后惊讶地发现其中一个国王棋子中藏着一幅地图，上面精细地描绘了出逃的路线。以拿破仑的细心一定会发现，可他却死在了那个岛上，为什么？

我还看过一个故事，一个女间谍被敌人发现了，她被关了起来，并被敌人严密看守着，但她丝毫没有泄气。她向看守她的人要来了各种有颜色的毛线，把它们织成了一张毛毯，并利用吃饭的机会把它送了出去，她的同事看到后，制定了周密的计划并把她救了出去。

同样的被困，同样的深处险境，为什么拿破仑最终把命留在了岛上，而那个女间谍却得以逃出生天？

答案是，拿破仑失去了信心，当时他已经失去了几乎所有的兵力，而他也老了，所以他从未想过出逃，也许他发现了地图，也许他没发现，但最终结果是他没能活着出来。那个女间谍却不一样，她一直都想要逃出去，并且是活着出去，她有那个信念，并实施了行动，那张毯子是一幅地图，上面标注了如看守位置和时间等信息，她出去了。

通过这两个故事的对比我们得出了一个结论：光有别人推波助澜是不够的，必须得你自己有想法，并付之以行动，才会成功。

同样的，这个结论也适用于我们的学习：不能是家长推你一下，你就学一下，必须是你自己想学，并付出努力，幸运的东风才会为你而来。

越努力，越幸运，让东风，为我们而来！

家长评语：此文通过对拿破仑和女间谍截然不同的做法和相应结果的描述，说明了外因固然重要，但内因才是决定因素的道理，"必须是你自己想学，并付出努力，幸运的东风才会为你而来"。简单事例的对比，却揭示了深刻的哲学内涵和现实意义。作文题目也很有意境。

# 遇见你，是我最大的幸运

高启宁

初见你，印象其实不怎么好，你用着我听不懂的西班牙语和朋友们谈笑风生地走着，而我孤零零地站在原地，一句话也插不上来，心中既有对谁都不相识的恐慌，也有一丝丝的好奇。对你印象的转变是在那次英语课上，那一次，老师让我们向不认识的人介绍自己，我正在思索到底应不应该按老师说的去做，就见你走过来，笑嘻嘻地对我做了一番自我介绍，我可以清晰地从你的眼睛里看到我的影子，结结巴巴地应了声"好"，我开始说起来，因为口语不算太好的原因，表达得总是时断时续，我以为你会不耐烦，会生气，可是并没有，你耐心地听我说完，还鼓起了掌，"说的不错"，我也放松下来，尽管还是时常间断，但总算打开了话匣子，我们也因此慢慢熟了起来。

相熟了之后，我发现你是个很热心的人。在英语课上做脱口秀的时候，你会细心地把我写错的稿子改正回来；在表演时，我说错了一句话，你会帮我把它圆回来；下课时，你会帮我带一杯饮料，还特地嘱咐要热的；你会在打沙排时，击飞一个差点砸到我的球，还关切地问我有没有被吓到……我渐渐习惯了你的存在。

分别的那天，我非常痛苦，也非常不舍，你走到我身边，拍了拍我的背，说我们还有再见的机会的。我们约定在网上一起聊天。

回到学校以后，我依然忘不了那一段快乐时光，你说你也是，我们依约聊天。通常都是我喋喋不休地说着，你静静地听着，时不时插上一两句"真的吗""这样啊"，然后跟我讲你在学校的趣事。有一段时间，我的压力非常大，成绩下滑得很厉害，考试考砸了，还被老师剋了一顿，虽然没有在学校"出丑"，但回家还是大哭了一场。你知道后，立刻安慰我，说做好自己就好了，并说了一堆关于你自己"逆袭"的事例，最后还送出一波毒鸡汤："哭成这样说不定会瘦一点呢。"让我重新笑出声来。

就这样，我们度过了许多美好的时光。你对我说："你们中国不是有句话叫'只要是朋友，即使在很远的地方都像邻居一样'，我觉得我就是你的邻居，一直陪着你。"

谢谢你，一直陪在我身旁。
全世界就一个你，叫我如何，不珍惜。
何以幸运，让我遇见你。
遇见你，是我最大的幸运。

# 时间

关宇真

世界上有一种最快而又最慢，最长而又最短，最平凡而又最珍贵，最容易被忽视而又最令人珍惜的东西，那就是时间。

时间对每个人来说都是公平的，无论贫穷还是富裕，每个人每天都有二十四小时。但是否每分每秒都利用好了呢？烦躁的我们总会埋怨时间走得如此之快，而当我们静下心来仔细地算一下还剩些什么，你会发现剩得依然是时间。时间总是悄悄地来，悄悄地去。在你吃饭的时候，在你睡觉的时候，在你发呆的时候，在你游戏的时候，在你生命的每个角落，它都来过，悄悄地毫无痕迹地走了。

节约时间也就是使一个人的生命更加有效，而也就是等于延长了寿命。时间就是生命，无端的空耗别人的时间，其实是无异于谋财害命。青年是一个美好而又一去不复返的时期，是将来一切光明和幸福的开端。没有人会感觉到青春正在消逝，但任何人都会感觉到青春已经消逝。如果青春的时光在闲散中渡过，那么回忆岁月将会是一场凄凉的悲剧。

有人认为时间就是个冷酷无情的东西。当大地出暖花开，春意盎然，欢歌笑语不能留住我的身影；当艳阳高照，夏满人间，热情与奔放不能放慢它的节奏；当秋阳如酒，硕果累累，丰收和喜悦不能换留它的步伐；当白雪皑皑，寒风呼啸，沉默和叹息也不能使它停步…而我认为时间更像是一块浸了水的海绵，只不过希望你去努力地挤压一下，总还是会有的。对于那些说时间冷酷又无情的人，他们内心深处有一种病，这种病深入骨髓，在你看不见的地方疯狂地肆虐…直到伤口越来越大，他们才懂得什么是勤劳和珍惜。

历史的车轮在不断的辗转着，人类也在不断的进步着。我们的任务就是通过勤奋和努力，通过刻苦与坚持，不断挤压它，同时也懂得如何珍惜它，把将来变成现在，把现在变成历史，而把历史变成越来越遥远的过去。

时间在轻吟着仿佛说："悄悄地我走了，正如我悄悄地来，我挥一挥衣袖，不带走一片云彩。"

虚掷光阴在折损着生命的光，及时努力在开辟思想的路。'盛年不重来，一日难再晨。及时当勉励，岁月不待人。'合理安排不要把遗憾留在岁月的记事本上，不要在人生的最后时刻才来感叹时光的流逝。

2019.2.9

妈妈新年寄语：既然你知道时间的宝贵你就要落实到日常生活学习中！做到有计划，有效率，知行合一！在通往成功的路上，自律是最高的境界！宇梦成真新的一年为你的中考努力奋斗！

# 晒晒我的数学老师

关宇真

说起数学，它是一门让人头疼而又烦恼的学科，然而在她的教导下，我深深地喜欢上了数学。

自开学以来，有几位老师调走了，同学们既有些依依不舍之情，也满怀期待地等待着新老师的到来。当上课铃打响后，没等班上的同学安静下来就听到一阵强劲有力的高跟鞋的响声从门外传来。老师走进教室，顿时全班同学一下子安静了下来，"同学们好，我是你们新来的数学老师，整个初三的数学都由我来教。"她的声音十分洪亮，神情严肃，这使同学们都打起了十万分精神，不敢怠懈。

我们的数学老师与其他老师不一样，一头乌黑的头发盘起来显得十分干练，细浓的眉毛下有着双炯炯有神的眼睛，看似幽默的她讲课却十分严谨。课堂上，她的火眼金睛就像一台扫描仪，只要发现某同学走神，她便出其不意地点那位同学起来回答问题，若是迟迟回答不上来，就会挨她的长篇大论的训斥。这使我们班的同学对待数学的态度有很大的转变。同时如何提高作业质量也成为了一个极其艰巨的任务。要说每天的作业量冠军，那非数学作业莫属。记得有一次，因为写作业太晚了感觉太困了，我顺手拿起答案抄了起来，抄完后拿起红笔一个大钩合上本子，然后安心地睡觉去了。谁知第二天，我的小伎俩就被看穿了，只见她似笑非笑地走进教室，瞪着眼睛迅速地从人山人海中找到我，把我叫进了办公室……从那以后我再不敢随便应付数学作业了。

有句话说得好"严师出高徒"，严格的要求才能使我们更好地进步。数学讲究的就是严谨，一个符号或一个数字的抄错，都可能导致整题没分。不花工夫想学好是不可能的，这就是为什么我们天天都要练数学题的原因。也只有不断地练习才能更好地掌握这门学科。我很幸运地遇到了一位严格的好老师。经过了半学期的学习，我的数学成绩明显地比上学期有了进步。这一切都离不开老师的严谨教学。"不经风雨，怎能见彩虹"还有三个月就要面临中考，我坚信：努力了不一定成功，但不努力是不可能成功的。我必须紧跟老师的步伐更加努力地学习，给自己中考交上一份满意的答卷。

我由衷地感谢这位特别的老师。有幸在我人生的第一个转折点上遇见了她。她就是我的数学老师——张岭老师。

家长点评：从黄老师到李老师再到现在的张老师，你都能够如数家珍地描述他们的教学风格和特点，由衷地欣赏赞扬他们的师德师风和教学水平，家长真心为实验的老师点赞，为实验的学生点赞！

# 够威够力够味的大红辣椒

黄加林

寒假时，我们的语文老师傅爸给我们出了两道题：一是让全班同学去对一个他已经出了上联的对联，二是让那些练过书法的同学每人写一副春联发到班级微信群里。傅爸则会准备好一袋袋大红辣椒当做奖品。而我作为在"书法界""混"了将近十年的人，对这两道题，我相信自己肯定是手到擒来，不在话下。

开学后，我妈天天都在问辣椒发下来了没有，经过漫长的等待，昨天，我们的傅爸终于给所有参与了活动的同学们每人奖励了一包来自傅爸老家湖南的大红辣椒，那颜色，鲜红得犹如火焰一般。

我当时本着"我不入地狱，谁入地狱"的视死如归之精神，试着咬了一小口，那滋味，酸爽到仿佛全身上下的毛孔都张开了，眼泪都飙了出来。可除了我之外，还有一个人非常拼，那就是我们的上官敬文同学。他为了获得到更多的辣椒，毅然决然地跟我打了一个赌，说他只要生吃一整根辣椒，并且从下课铃打响开始，不喝水一直坚持到上课铃打响。如果他能做到，我就给他 15 根辣椒。

上官他刚吃下去的时候看似非常坚强，脸色十分淡定，但我还是不信他有这种特异功能，于是我多留了一个心眼儿。不出我所料，就在离上课铃打响大概还有 2 分钟的时候，我看见他鬼鬼祟祟的从后门溜出了教室，直奔厕所而去。

我跟上去一看，恰好看见他拿着矿泉水瓶，正冲着他的嘴猛灌。我禁不住"啊"地叫了一声，他回过头来，吐着舌头，连嘴带脸都如同火炭一般，红彤彤的，还冒着热气呢。我看见他的模样，连肚子都快笑抽筋了。上官他自称继承的湖南人优良的吃辣基因血统，但这层铜墙铁壁在傅爸的辣椒神兵的攻势下，还是不堪一击。

笑够了之后，我就潇洒的背上书包，挥手挥与上官告别，回家去也。

一回到家，我妈就开始向我索要辣椒，说是要制成辣椒油。对于这类事情（一切有关乎到"朕"的膳食的东西），我自然是特别的感兴趣。所以，我就站在一旁，全神贯注的观看辣椒油的制作过程。

首先，妈妈要我将所有的辣椒都用刀剁成细碎的小片，装进瓶子里；然后，她再浇上麻油，搅拌均匀，事成之后的辣椒油半成品香味四溢。之后，我妈用花生油将洋葱，姜，葱和花椒的香味都榨了出来，把它放进瓶子里，与辣椒一起再搅拌均匀，这样，精心炮制的辣椒油就大功告成了。

在我妈将辣椒油炮制完成后，我又抱着与上官一样的作死精神，壮着胆子去尝了一小勺。说实话，吃完之后，我有一点理解上官的感受了：这滋味，爽，香！这辣椒油从我的嘴里一直香到胃里，香到心里。用一句话概括：此油只应天上有，人间能得几回吃？

可是，你们不能被上面的文字误导了，而且你们不要忘了，这可是——由傅爸从湖南带回来的大红辣椒！

所以……

"啊啊啊啊……辣辣辣辣辣死我啦……"吃过之后，那嘴被火烧似的酸爽感觉自然是让我好好地享受了一番。说实话，上官，我有点理解你的感受了……

家长点评：匠心独运的作业，别出心裁的奖品，丰富多彩的课堂教学，天真可爱的同窗情谊，延伸到情趣多多的家庭生活……都跃然纸上。为老师点赞、为实验点赞、为9班同学点赞。

# 《简·爱》读后感

黄加林

我读由夏洛蒂·勃朗特所作的小说《简·爱》，原本只是因为学校老师的要求，才去读的。说实在的，可能是因为书名太过简单、没有悬念的缘故，拿起这本书时，我并没有对这本书抱有什么想象。

可当我读完开头的一段话后："早上我们还在光秃秃的灌木林里散步了一个小时，可是自打从吃午饭起，就刮起了冬日凛冽的寒风，随之而来的是阴沉的乌云和透骨的冷雨……我很快找了一本书，爬上窗坐，缩起双脚，盘腿坐着，把波纹厚呢的红窗帘拉得差不多和龙，于是我就像被供奉在这神龛似的双倍隐蔽的地方。"我就不由得对这部小说产生了浓厚的兴趣。随着对故事情节的深入了解，我对作者想要表达的价值观，以及她的表达手法就越发的喜欢，我知道了她笔下的简·爱，是一位普通的、平凡的、伟大的、非凡的"人"。

她比小说中的大多数人都有着人情味。

她逆来顺受，有时却又无人可以撼动她的立场。

她体质柔弱，如同《红楼梦》中的林黛玉，却又有着无比强大的心灵，可以和她心中的"恶魔"相"搏斗"。

她面貌一点都不突出，甚至还被别人形容成耗子；家境贫穷，靠着给别人当家庭教师过活。但却从一位无论从面貌，身材，家境来说都是无可挑剔的完美女性手中，得到了自己的爱人罗彻斯特先生的心。

她无比珍视爱情，却在得知自己的爱人已经结婚的真相后毫不犹豫地出走。甚至不向导致这个境况的"罪魁祸首"讨取一分一文。

她从童年到二十多岁都没有超过五十磅的私人财产，却在得知自己已经是几千英镑的继承人后，毫不犹豫地将财产与自己的表哥表妹平分。

以下是"简·爱"中的经典语录：

(1) 你以为我会无足轻重的留在这里吗？你以为我是一架没有感情的机器人吗？你以为我贫穷、低微、不美、缈小，我就没有灵魂，没有心吗？你想错了，我和你有一样多的灵魂，一样充实的心。如果上帝赐予我一点美，许多钱，我就要你难以离开我，就像我现在难以离开你一样。我现在不是以社会生活和习俗的准则和你说话，而是我的心灵同你的心灵讲话。

（这是简·爱得知罗彻斯特已经结婚后所对他说的话）

117

(2) 生命太短暂了，没时间恨一个人那么久。

（这是她时隔多年，再一次见到里德姑妈所说的话）

简爱有着自己的价值观和爱情观。作者用朴实无华的文字，引人入胜地展示了男女主人公曲折起伏的爱情经历，描绘了简爱善良宽容、坚强自立、勇于追求自由平等的精神和丰富多彩的内心世界。

我深深地被这本书打动了。

家长评语：读一本好书，能从中找到认同、得到启发、引发思考，这就是读书的美好和意义。加林摘抄自《简爱》的三段（句）话，包含的寓意打动了他、也反映出他所追求的精神力量：自由平等、善良宽容。

# 为了第一等事

蒋俊宇

12 岁那年，读私塾的王阳明向老师提出了一个很不寻常的问题："何为第一等事？"老师告诉他，第一等事无非就是科举及第。王阳明不以为然。他觉得真正的第一等事，应当是"读书学圣贤"，后来为了"成圣"第一等事，他开始四处求学，精研各类圣贤的学问，甚至登门拜访，终于成就了他毕生的志向和追求。

什么是"第一等事"？实际上，古往今来，没有一个统一和标准的答案，有的人看得近，有的人看得远，更无对错之分，其中却有许许多多人为了达成第一等事，克服重重挫折和困难，坚持初心砥砺前行，令我敬佩，这份为了第一等事的精神我理解为"敬业"。

最近我身边发生的一件事对我触动很大，它不仅感染了我，使我逐渐明白"敬业是第一等事"，更教导了我为了第一等事，需要克服困难放下小我，才能达成目标。

去年初，我开始非常喜欢在网络 APP 上听书，课余常在懒人听书、企鹅 FM 里面听各种人气主播榜、相声、脱口秀等，其中我尤其喜欢人气主播"谦儿2016"，他借助高热度小说《屌丝道士》及《最强打脸系统》，风趣幽默的逗趣演播方式，一举占据"人气主播榜"第一名，虽然我们隔着网络，我从来没有见过他本人，也不知道他的真名，但我每天晚上 8 点都会去他的微信公众号免费听更新的有声小说，他轻松诙谐的语言，让我热爱，我觉得他就是我真实生活的朋友；然而在 12 月上旬的一天，他的微信公众号发出公告，因为他的父亲病重，需要在医院照顾，每天更新有声小说会晚一点，粉丝们纷纷留言表示理解关心，有些粉丝还为他祈祷吃素，放生等行动祝伯父早日康复；持续三个月后，微信公众号又发出公告，这次却是他姐姐写的，说他们敬爱的父亲今天远行了，主播"谦儿2016"暂停更新，那天看到消息我心里也非常难受，同事希望他能尽快振作起来，然而，第二天晚上8点，微信上有声小说如往常的又更新了，依然是充满灵性的声音，依然是轻松诙谐的语言，一如既往的把快乐传递给万千粉丝，他的声音里完全听不出任何悲伤情绪，我深深震撼了，刚刚失去至爱的父亲，心里肯定是无法言说的痛苦，并且不是短时间能愈合的，可是，他对待自己的工作和事业仍然是一丝不苟，精益求精，如此的敬业让我触动很大。

梁启超说"百行业为先，万恶懒为首。"这件事使我明白做任何事情都要"敬业"，何为敬业？朱熹解释得最好，他说"主一无适便是敬"，凡做一件事，便忠于一件事，讲全副精力集中放在这事上头，心无旁骛，便是敬业；我以后也想在"敬业"中实现人生的价值以及生命的意义！当今我还是中学生，即可推崇到学习，便是敬学了，同样需要我把学习当做第一等事，坚持并坚守，才有彼岸的鲜花。

*家长点评：青少年缺少生活历练，生活环境除了学校就是家庭，对于敬业和职业化很少能深刻理解，更少能够去持续做到；现在都是互联网时代，孩子能通过网络中发生一些事情，主动和父母谈起主播的事迹和敬佩之情，以及自己对敬业的理解，父母也和孩子交换了敬业和敬学的一些常见做法和意义，同时给予孩子充分肯定，不仅是一次心灵的碰撞，更是青少年放看眼界，对人生的一种探索和体验，希望能在孩子后续的人生道路上先埋下一个敬业的种子，生根发芽茂盛成长。*

# 我们的化学老师

蒋俊宇

我们的化学老师名字叫卢俊裕，名字如其人，他的脸很圆，让我感到很亲切，因为我的脸也同样很圆，他的头发总是有一点儿蓬松的，当他的眼睛注视我的时候，我总是有一种"我想睡觉"的错觉，但是卢老师的声音却清晰而明亮，不管是听课还是课后微信讲解题目，让人总有清凉透亮的感觉。

卢老师对每一个学生都非常的认真细致，每次上课的时候，对每一个知识点的理论都仔细的讲解，并且，他还会让我们做针对这个知识点的题目，当我们做完了试卷上的题目，他又会对题目一一进行仔细的讲解，首先，卢老师会对题目、对解决题目有帮助的内容都会画出来，接着他开始解题，更会把解题需要用的公式、方法都写得非常清楚有条理，一丝不苟；这样讲述方式，加深了我们对题目和相关的知识点更深的理解，很容易接受，让我们觉得化学并不枯燥，还带点"美丽"而"神秘"的意味。

卢老师还利用自己的休息时间，每天坚持把当天作业中有难度的内容、有主要知识点的重点题目的公式、方法、思路都做成微视频，再重新巩固讲解一遍，每个微视频一个知识点，短小而精悍，总时间大约 10 分钟以内，每天至少 3 个微视频，有时候上课很难的时候，甚至要录制 5-8 个视频，可想而知他每天的工作量有多大，如此忙碌之下，卢老师还不忘记鼓励提醒我们每个人及时观看。

日常的这些细微的"小"事，卢老师始终如一坚持做下来了，从不间断，我们每个人内心都体会到老师的敬业精神和拳拳爱护之心，这股由无数"小"凝聚的强大力量，照亮我们一路前进的路。

郑板桥曾说过"新竹高于旧竹枝，全凭老干为扶持"，我们亲爱的卢老师，感谢一路有你！

家长点评：我看了这篇文章，和孩子有深刻的同感，课堂作文字迹有些乱，但是我再打印文章时，很容易就理解了孩子想表达的思想，感谢卢老师一直以来的坚持！全体老师都用不同的方式在为孩子们加油，虽然从来没有高而大的宣传和表扬，这些"小"事却种在了孩子心理，从而有感而发。

# 距离

焦圣凯

小学时，常听别人说世界上最远的距离是生与死，但当时的我并不这样认为。在我看来，我和我当时的班主任之间的距离才是世界上最远的距离……

小学时我的成绩一般，长相一般，性格一般，理应是班里一个较平凡的角色，可却因为自己的淘气搞怪，成为了班主任的关注对象，我们之间便开始有了距离。

一次语文课上，我把课外书放在抽屉里偷看，她则在讲台上眉飞色舞地讲着课。突然，她叫我起来回答一个问题，而我当时正目不转睛地看着抽屉里的课外书，完全没有注意到她，她便走下了讲台，一发现我是在看课外书时，她便一把把书抢了过来。我当时莫名其妙，便不知怎的喊了一句："你把书还给我！"她一怒之下，便将书扔进了垃圾桶，我便开始了与她的斗争。

上课前，我从不站起来向她鞠躬问好，她便让我在教室后面站着，我就直接坐在了储物柜上；从周一到周五，我每天都会完成作业，但偏不交给她看……就这样。我们之间的距离越拉越大。

但是一段时间后，我却发现她时不时在自习课中过来看看我，有时还指点几句。一次期中考结束后，我发现自己居然进了全班前十！当我正洋洋得意时，同学过来喊道："XXX，班主任找你！"我内心顿时有点不悦，哼！还不是看我考得不错才让我去找她，好让她在其他老师面前炫耀一番。但不知怎的，当我踏进她办公室时，我想起自己这次能考好，除了自己的努力外，还因为她不时的指点我啊！顿时，我感到自己与她的距离缩短了一截。

她见我进来了，笑着对我说："小子，其实你很聪明。"不知怎的，我感觉自己与她的距离又缩短了一截。她接着说："我知道你讨厌我，也许是我那次的做法让你很没面子，因此，我又买了一本一模一样的书来补偿你。诺，在这儿。但你可不要在课上再看了哦……"

那次，我与她谈了许久，她点醒了我，也让我明白了她对我的爱！也许，我永远也不知道世界上最远的距离是什么，但我坚信，在与她谈话时，我找到了这世界上最近的距离！

家长点评：圣凯这篇文章写得不错，语言通顺，情节合理，望你继续努力！

# 转折

焦玉豪

　　"唉，这次月考又凉凉了。算了，不想它了，回去浪。"这是每次月考过去，我的真实写照。每次月考成绩都让人不满意。但自己也就得过且过了。今天想着明天，明天想着后天，日子也就一天天的过去了。

　　每次考完试回到家，看到妈妈恨铁不成钢的眼神。从开始的不自在，慢慢到后面的无动于衷。心想："反正现在努力来不及了，还不如开开心心的过好每一天。"

　　直到那一天……

　　那是一个风和日丽的下午，我独自一个人前往羽毛球场。巨大的羽毛球场静悄悄的，除了一个身影。她独自一人在空旷的场地上练习着基本功。我走上前去约她一起打球。大约一个小时过去了，我们双方都精疲力尽了。于是，就坐在地上聊聊天。

　　这不聊不知道，一聊吓一跳，他居然是我们高中部的学姐。我一脸敬佩地看着她。不由自主地称赞道："那你肯定从小就学习非常好。"

　　没想到，那位姐姐笑着对我摇了摇头说："这你就错了。初三上学期以前我的成绩一直不上不下的，本来打算就这么混过中考了。有次考试前突然醒悟过来，人生只有一次，如果我为中考努力了一把会不会有不一样的结果？然后在接下来的时间里，我尽自己最大的努力，终于以优异的成绩上一所好的学校。

　　听了这个姐姐的故事，在回家的路上，我想了很多，人的一生如何过，取决于自己。如果我努力一把是否结果会不一样？这样想着，就连平时不太感兴趣的语文，也突然感兴趣了。

　　有的时候，成长是一天时间，你是日积月累。不光光是身体长大了，思想上的转变才是真正成长的标志。人生的道路也许是一成不变的，但只要有一个转折点出现，那么接下来的道路是笔直的还是弯曲的，谁都不知道。

　　家长寄语：人生的转折点有很多，也许不能把握每一次的机遇，但是如果能通过努力抓住一次机会，可能就会对自己的人生带来一次翻天覆地的改变。在成长的道路上，勇敢地面对并接受一切困难和挑战，勇往直前，一定会让自己的人生丰富多彩。没有经历过风雨，怎能见到彩虹，无悔的青春岁月才是最美好的时光，加油孩子，你是最棒的！

# 最美的风景

李鲤

我们总觉得登山最高点才能看见最美的风景，于是不停攀登。其实只要我们放慢脚步仔细体会，身边处处都是最美的风景。

我的英语成绩一直提不上来，故而我也对英语逐渐失去兴趣，以至于有些自暴自弃。母亲为此十分忧心，便提出要与我一起学习英语。我听了不免诧异，心想她定坚持不了多久。没想到母亲似乎是鼓足了一大口气，我一开始做英语作业，她便跟在我一旁看题，遇到生词便查字典，将其研究透彻。每天早上一起床，母亲便打开录音机，播放英语课文，自己也在一旁跟着朗读，嘴里吐出有些生涩的单词。我在一旁看得动容，也不自觉地跟着读起来。我们一起朗读英语的画面，便是最美的风景。

记得有次夏天上体育课，骄阳似火，挥汗如雨，体育老师要求测两百米。哨声一响，我和几位同学便如一阵风似的冲出去。到了弯道，身后的同学不慎摆臂撞到了我，体力已透支的我便摔倒在地。手心、膝盖麻辣地疼，眼泪控制不住地淌下。与我一组的同学们纷纷地返回，围在我身边急切地问我怎么样了。在操场另一端准备跑步的同学看到了也急匆匆地跑来，架着我缓缓地朝医务室走去。那日骄阳当空，阳光灿烂，却比不过同学们关切的脸上淌下的汗珠那般闪耀。这难道不是最美的风景吗？

"胜不骄，败不馁。"在我身上似乎体现不到。一次期中考试，我考出了超好成绩。一时间不免骄傲起来，之后便在学习上放松了下来。老师见我上课状态有些散漫，明里暗里地提醒我端正态度。可我怎可能听得进去。于是期末考试，我的成绩大幅落后，下跌了50名。我内心惴惴不安，想着老师肯定要训斥我了。果不其然，我被老师叫到了办公室。可正当我准备受训时，老师却拿出了一份厚厚的教案对我说让我在假期当中好好复习，每日微信群里汇报学习进度。办公室里的灯光照在老师发白的两鬓上，今天的老师似乎显得格外高大。这难道不是最美的风景吗？

我们总是抬头捕捉天边美丽的明月，却忘了低头欣赏身边那些最美的风景。

家长点评：作者以生活中常见的小事作为切入点，深入浅出地说明了只要你有一双善于观察的眼睛，生活中最美的风景无时不在。最美的人和事也能时常打动你。

# 我们的化学老师

李旭元

我们班的化学老师是一位十分风趣幽默的人，上起课来更是严谨认真。

卢老师身材高大，用"玉树临风"来形容再恰当不过了。他那圆圆的脸上总是挂着一丝笑容，让人感觉十分温暖。不熟悉的人看着他这么健壮的体魄，可能会有一丝丝畏惧，但是他实质是一位十分温和的师长。

他上课时的风趣幽默是全班同学有目共睹的。有一次他上课教我们如何认识二氧化碳与一氧化碳的区别。只见他抿了一下嘴巴，一本正经地说："把×××和×××一起放进二氧化碳中，密封好，等他们昏迷之后再把他俩取出来，通上氧气，他俩还能活过来。"全班同学听了如丈二和尚——摸不着头脑。他又说"但是如果把他们放入一氧化碳中，密闭好，等他们昏迷后再取出来，通上氧气是无法活过来的，他俩就挂了。"这时同学们恍然大悟，哄堂大笑。看着我们乐坏了的样子，卢老师也忍不住扑哧一笑，但是他马上绷起脸，眼睛瞪着那两个人说："×××和×××，如果你俩上课再走神，就继续拿你俩来做实验。"大家的眼睛马上聚焦到他俩身上。×××和×××一下子脸红到脖子上，举起双手连连做"投降状"。卢老师就是有这本事，上课时经常妙语连珠，在诙谐幽默的气氛中让我们喜欢上他，喜欢上他的化学课。

他严谨、认真的教学更是让我们对他心服口服。他每天录微课发送到小程序里，将作业中的难题进行细致的讲解，巩固当天学习的知识点。每天小视频里那个循循善诱的男中音总是充满了吸引力，让我"茶饭不思"，只想"一睹为快"。我每天的化学作业效率是最高的。卢老师经常教育我们课堂学习是马虎不得的。有一次上课时，我们认为这节课的内容太简单了，于是陆续有人偷偷开起了小差，有的数窗外的叶子，有的打起了瞌睡，有的偷偷在画画，没几个人在做笔记。卢老师走下来查看时，发现我们很多人都没有认真听讲，一副不以为意的样子，他生气了！只见他快步地走上讲台，脸色已经气得微红，胸膛一起一伏地喘着粗气，两手支开按着讲台，两只眼睛圆瞪着我们，似乎快要冒火了。他提高音调，激动地说："你们如果不认真听我的课，就没法真正学懂这些知识，我的课在外面是绝对买不到的……"听完卢老师的话，我们再也不敢掉以轻心了，纷纷认真地听课，用心地记笔记。

这就是我们的化学卢老师，一位让人敬佩的老师。

家长评语：写出了化学老师的教学特点和教学技巧，更写出了他的敬业精神。赞一个！

# 傅爸与周记

李卓欣

踏进实验上学不久，我最喜欢的老师就是傅爸。一是因为我——语文考得好啊！二是因为傅爸从不骂我。佛系教师，千载难逢。

但他的作业，花样多到出奇！起初觉得没啥，后来愈发增多，每每想起语文作业，那都是心口的一抹痛。

可没有傅爸，便没有现在这本周记，便没有我现在的所思所想。

傅爸是从某种意义上讲，惟一一个读过我周记的人。我性格不似"薛青竹""王精卫"那般，有佳作就舍得拿出来与大家分享。我习惯于隐去自己惹人注意的地方，甘愿做一个存在感最低的人，以至于到现在，即便每次大考语文都是班级第一，作文连着两年一等奖，还是会有很多同学不知道我的语文成绩好着呢。哎，太惨了！——直到有了傅爸，有了周记。

周记记录着我每周特别观察过的事物，记录着感触最深的东西，记录着我深入思考的问题……总之是我每一周的的所见所闻、所思所想。周记让我有了个出口，细描着我的思绪，宣泄着我的感情——我的快乐或我的忧愁。而傅爸，总是那个出口前，静静等候的一位守望者。他拦下我那急速涌去的文字，让时间在字里行间静止，让情绪在浩瀚宇宙中蔓延，倾听着，诉说着。

我曾经不相信文字能表达感情，一度认为作文只是考卷上的死物，直到我肯在周记中发泄不满，批判现实。我知道会有人看到，那就是傅爸，我最信赖的读者。我敢在周记里写电影观后感，写好书读后感。我知道会有人看到，那一定是傅爸，能读懂我所述说的东西的人。

我曾烦透了周记，因为它每次都要占用我两个小时。但想到有人能理解我的话语，我的心便不再焦躁。周记可谓我"心灵的窗口"，从细细的缝里，小心翼翼地塞出一本橙黄色的本子，塞给外面那个人，然后期待过两天后重返带着 A+ 的本子。

接过本子的手，满载对那个人的感激。

傅爸，谢谢您！

家长点评：理解了老师的教育思想，读懂了老师的良苦用心，写出了对老师的感激之情。

# 好一个手机控

廖培皓

我有一个朋友，暑假初期，他白天与我一起上辅导班，下课以后，又在我家里一起写作业，练书法……，我们几乎形影不离。

后来我发现他是一个手机控，好像有一种"没有手机就会死"的感觉。他已经几乎被手机完全控制，手机叫他干嘛他就干嘛，完全沉迷其中。

12 天补习课结束后，暑假剩下的时间，他几乎全是这样渡过的：早上十点多才醒，醒来第一件事就是拿起手机，刷刷微信，在各个游戏里签个到，拿个奖励，时间一晃就到了十一点多，起床直接吃午饭，午饭时还左手拿着手机，看一些八卦和娱乐新闻，结果经常一顿饭过后，地上、身上沾满汤和饭，像个幼儿园的小孩一样满，搞得到处都是。下午，他一般会看两部电影，晚上又跟他的那些网友吃吃鸡（玩绝地求生——刺激战场），抖音也停不住手，滑，滑，滑，一条条的滑，划到手酸都不会停下来，直到困意打败刷抖音的兴致。一天下来，除了睡觉，手机都不离手，连上侧所都拿着。用脚趾头都能想到到，他早上那么晚起，肯定是开夜车玩手机造成的。

手机已经严重的影响到了他的正常生活和学习学，他爸妈很着急，也常常劝他，说他，骂他，甚至有时还动手打他，可他还是不听，甚至还手。他父母根本管不住他了，只能背地里担心担、焦虑焦，他可能也想着，反正暑假还有那么久，就一天，没什么大不了的，结果就这样一天，一天的恶性循环……

直到八月八日的那一天，我爸爸跟他沟通了一个上午，讲明了深圳中考的严峻性，以及手机会给我们造成的危害，而且假期正是学业上弯道超车的好机会，而他却正在因为手机而被弯道超车。

他好像有所省悟，与我一起跟爸爸签订了"手机使用协议"，规定我们每天用手机时间只有 20 分钟（包括日常学习，打印试卷，对答案，微信上 /QQ 上沟通），而且一个月只能吃一次"鸡"，如果超时，每分钟罚款 50 元，捐给合法诚信的公益组织。就这样，他从一个手机控中离脱了出来，抢回了本应是用来学习的大好时光。

爸爸说得好："手机用得好，是一个很好的工具，但如果不自律，就很容易被它控判，被它偷去大好的青春，我们如果连手机都管控不了，也就无法管控好我们的人生"。

家长评语：培皓同学善于观察，并把自己观察到的手机对学习生活的负面影响生动的描绘出来，同时懂得借鉴总结，明白了自控自律的重要性，无自律无自由，相信你能珍惜大好的青春时光，努力学知识涨本领，有能力更好的造福社会，并因此开创和成就自己的美好人生！廖邕

# 万物更新

林宝怡

　　春天，你来了吗？好像是的吧，不知不觉就来了，今年好像开学的日子比以往提前了许多，我的错觉罢了，仔细一算就发现不仅放假的天数没少，反倒还多了两天呢！往年寒假都是 28 天，今年竟有 30 天，真不容易呢。

　　开学的日子步步逼紧，好像我昨天才放假，今天便又要上学了，按照我们学校的惯例开学大礼包自是必不可少，那就是一大堆考试和作业都是我们必须经历的"一场战斗"啊！意外的事情还蛮多的，我跟我同桌分开了，学校小卖部阿姨也换了人，还有很多我不知道的，希望以后我知道都是一些好消息。

　　今天，蓝色和白色组成了晴天的天空，我们学校也似乎粉刷成这两种赏心悦目的色彩，中央还种上了一棵大榕树，为单调的蓝白添上了一点的绿色，显得生机勃勃，只可惜冬天学校里的花草树木都进入休眠期，原先的参天大树只剩满头枯枝。

　　噫，窗外的叶榕怎么都长满了紫红色的小芽头？许多年未见到这幅景象了，原来是 2019 年的春天来了啊！没想到嫩绿的新叶在我夏天看到它们之前竟然是如此的好看，在夕阳下第一个芽苞都是红彤彤的，再加上阳光的照射下，时而能看到金光闪烁，比那盛开的花朵不知要强了多少倍，看来这正是春意快然、鸿运当头之象呢！希望 2019 年的中考生也定会受到春天的祝福大获全胜！

　　实验，是个创造奇迹的圣地！

　　家长点评：后面一句："实验，是个创造奇迹的圣地！"写得很好，人生一直以来都是各种挑战，各种不断的尝试，孩子才会吸取经验不断的成长。这次的中考就是孩子们一次人生重要的转折点，希望孩子要懂得这次的重要性，这次中考将会决定孩子未来的人生方向，努力吧，只有不断努力，才会有新的成绩，新的创造！

# 距离

刘丰睿

三年前的一个冬天，我和母亲路过集市里的小摊，那里大多是卖些奇花异草、名贵宠物什么的。我们却在拐角处发现了不一样的风景——那个摊主戴个"锅盔帽"，提着一袋饲料，地上放一个大框子，其中却不是什么名贵宠物，只是一些普通的巴西龟，似乎显得不这个集市格格不入。悄然间，就不其他的摊主之间产生了一种隐隐约约的距离。

我就喜好养一只宠物，反正那会儿小学生活清闲，加上这龟又不贵，就决定买下来一只。

这只乌龟不别的乌龟从外观上看，并没有什么距离，都是圆头圆壳，呆头呆脑的，散发出一种似"土"不"土"的"土气"，就是这土气，不其他的高大上的乌龟产生了规觉上的距离。

我家的鱼缸里曾经有一只黄头龟，价格比这乌龟贵了 8 倍有余，它每天就像一个小欢乐虫，在鱼缸里游来游去，无拘无束的，有时还会招惹鱼缸中的鱼。一天只见它把爪子往鱼身上打，搞得鱼实在受不了，就趁机残忍地杀害了乌龟，看到这一幕，我觉得既伤心又有些好笑。

反观买回来的这一只龟，从它呆在小盒里的第一天起，就不愿意规规矩矩地呆在里面。我们一走进它就把它的脑壳迅速伸出，打量着周围的世界，寻找逃开家门的突破口。不一会儿，它就化身成为一个"轻功大侠"，掏出爪子，鼓足干劲，一股脑儿地向小盒的顶端爬去，只可惜，潮湿的天气下，盒子边太过于光滑了，它每次举起小爪，都只差那么一点点就可以够到盒子的边缘，但这差之毫厘却失之千里，一步之间，却成了是天与地的距离。这个乌龟还是个贪吃的霸王，每次到饭点，它就会在盒子上发出咯咯的声音，着实让人头大，却又拿它没办法，就只好将它最爱的龟饲料倾泻而出。令人惊讶的是，它再怎么吃，好像都长不大还是一只小龟。看着别人家的龟个个都长得壮实，它的个头与别的龟又产生了距离。

我思索着，它的生活条件那么好，为什么就长不大呢？难道是因为它每天都向上爬，运动过量能量消耗得太多呢？

突然有一天，我发现它竟从盒子里爬了出来！这个一直无法冲破的囚笼，已然消失了！我一下子意识到，从三年前的那个冬日开始，它就一直在奋勇向上，不像其它乌龟呆在那里一动不动，它可能是全世界最有理想的龟！

想想我们人有时候也一样！在前进的途中，人之间产生了距离，那么我们一定要比前面的人跑得更快，这个距离才会慢慢消失，同时又有了追赶的乐趣。

小龟给我带来了很多的乐趣，这要谢谢拐角处的大叔，希望他越来越好！我想他朴实的外表下那种距离美，一定还有一颗炽热的、热爱生活的心！

家长评语：回家路上当你告诉我语文考试命题作文是《距离》，我就在想你会怎么写？后面你告诉我又写乌龟，我更是想不出你是如何用乌龟去切主题的。最后居然还让我猜猜看，着实猜不出，你说你参照了林清玄先生的笔法，通过乌龟的日常活动说明一个道理。看着你淡定的样子我想这一次乌龟又被你写得升华了，那该是多么幸福的一只龟啊，被小主人写了好几遍，而且每次写得还都不赖。这次作文小龟每天的健身运动——努力爬出盒子的情景又被你写得跃然纸上，我也觉得它就是世界上最有理想的乌龟了。为了一个小爪爪的距离，每天都在努力，努力之后将是盒子外面更精彩的世界，可以找一个喜欢的角落美美地睡大觉，也可以自由自在地溜达。所以我们也要像这只小龟一样不放弃任何要走向成功的距离，可能这个过程并不那么舒服，学着去享受追赶距离的乐趣，相信一定会有不一般的收获。

# 校中"五味"

鲁笑宇

在学校的生活一定很枯燥无味吧。不，你想错了——

自从踏进了（9）班的门，遇见了她——罗老师，我们的学校生活就变得"五味俱全"……

## 甜

也许是她超高的颜值，又或许是她身上发出的花香味，无不给同学们一种无形的亲切感。第一次见到她，心就被她甜甜的笑容和声音牵引了过去。我想，有这么一个班主任和英语老师真好，一定要认真听讲。果然，罗老师讲课的风格，是我理想型老师的风格，既严肃又幽默。英语课上吴迪经常问些可笑的问题，逗得全班哈哈大笑，而她也很默契地配合我们，用幽默的方式来回答吴迪。上课时也有看到她笑的时候，比如在学 Unit3 的时候，刚好讲到 bark（狗吠）这个词。这时 10 班的颜旭趁人静的时候莫名说了句"bark with sb."（和某人吠）。她一听，便大笑了起来，"bark with sb.？你要和谁一起吠啊？……"我们顿时笑得前仰后合，只有颜旭坐在座位上尴尬地笑了笑。班会课上，她偶尔会对我们撒娇，那种可爱的样子刻在我们心中，回想起来就像一个受宠的小公主。看到这样的她，我们的心就像吃了蜜一样甜。

## 酸

还记得前不久因历史课吵闹而被历史刘老师用教鞭打碎的电脑主屏上的玻璃。罗老师知道玻璃碎的消息后，怕我们班同学出事，急急忙忙跑到教室里看看。她本以为是我们不小心弄碎的玻璃，也就没说什么。但当她知道是因我们上课吵而被刘老师砸的玻璃后，脸色变得阴沉起来。可是，她还是心平气和地教训并告诉我们这件事会造成的后果。"这块玻璃之所以碎，其导火索是你们。因为这块玻璃碎了，我们班就拿不到期末的流动红旗了。"她这样平静的语态后一定是燃烧着熊熊大火的愤怒的心，但她没有将怒火发泄到我们身上。她还说让我们为了自己的安全不要去碰那块玻璃。这时，我的心在疼，在发酸。她一定在忍，在忍想对我们发火的冲动，在忍因为期末拿不到流动红旗几乎欲绝的心情。我心疼她，心疼她在那种情况下还为我们着想，同时也心疼发泄在玻璃上的刘老师，心疼那块因我们吵而破碎的玻璃，心疼那面拿不到的期末流动红旗，也心疼我们自作自受。

## 苦

听写要是不及格，就得把每个词罚抄十遍。像我这种偶尔抄一次的人往往抄得比经常抄的人要苦要累——没有经验，导致抄得慢，还容易抄错。我尽量让自己 100 分，但总逃不过不及格的"灾难"。还记得一次罚抄，什么同义词，很长的抄 10 遍，把我累得够呛。当时我的手是酸的，感觉左右都要比右手有力 100 倍！前两天的英语作业可以说是全班的一个"梗"，一个真实的"梗"。罗老师让我们抄《宝典》上的知识点，除了例题，中文英文全部抄！这对 B 班同学来说会相对比较轻松，可 A 班还有《新概念》背诵听写之类一大堆的额外作业……唉……

## 辣

罗老师既是个淑女，更是个"威猛"的小"老虎"。记得很久前因地理梳理课大吵大闹而被她留了堂。当时她一改温柔，变如老虎般凶巴巴地对我们吼。那个上午最后一节课了，也该吃饭了。因为我是没说话先走了，所有可能没有其他被留到底的同学一样那么有感触。但当下午回来时，问龚琦清他们被留到几点，她说——12：40！12：40 都中午清校了（午休同学留校不走），食堂饭都没了，不仅同学们吃不到，连罗老师自己也吃不到教师饭堂里可口的饭菜了。我大惊，原来这么温柔的她，居然如此严厉！

## 咸

那是一次阳光体育做操时，我鞋带掉了。我毫无察觉，可罗老师却走过来对我说："你鞋带掉了。"不知为什么，她表情很冷漠。我尴尬地在做操的人群中蹲下来系好鞋带。她的表情很复杂——冷漠中似乎夹杂着一丝关心和温暖的神情。当时还处于"尴尬"状态的我不知该怎样面对她的表情，总之来说心里咸咸的。

罗老师，是您让我们的性格更加活泼开朗；是您让我们的学习"更上一层楼"；是您让我们的在校生活更加丰富多彩……假如生活没有您，自然就少了校园里的乐趣。

罗老师，这一生中能够遇见您，是我的荣幸！您是我的榜样，更是我人生中最闪耀的那颗星！

家长评语：孩子们的世界也是充满了酸甜苦辣咸的，这些感觉大多来自于孩子们学习和生活中点点滴滴的小事。而这些看起来似乎微不足道的小事，例如一个英文单词的使用，又如历史老师盛怒下砸碎的玻璃，还有那个既是"老虎"又是淑女的班主任的言行，诸如此类，又何尝不是生活中体验这种五味杂陈的感觉的最直接的表现呢？对于孩子来说，生活中几乎被这类的小事充满了，正因为如此，孩子才能从中学习到知识、技能和做人的态度，才能健康的成长。

# 小事

罗清杨

我常在平静无风的午后到那家街角的书店寻觅。

店面不算大，摆起的厚重的图书令人感到有些拥挤。在这促狭的空间里，数盏散发着微微黄晕的复古油灯均匀的洒在每一个角落，你甚至能看见亮光下的尘埃石翻飞舞动，像是藏书阁中灵巧的小精灵，这激发了我探寻的欲望，在那儿一坐便是一下午。

书店里寻书，时常不是以买为目的。有些书可能闻所未闻，但这种陌生的新奇感令我驻足，若是喜欢，便会静静地读下去。

那天，仍是一个静谧温煦的午后，我缓踏进书店，寻找藏书阁中沉睡的精灵。

我的目光在不大的店里来回扫视，最后锁定在高高耸起的推荐"书山"，那些书总是最值得翻阅的。走近些，便被新书的纸页味薰得有些发昏，恍惚间看到在几本大部头的包围里，有一本与众不同的皮质书。它与一旁光鲜亮丽的崭新的书不同，墨绿色的皮面上落满了灰，似乎已许久不被人翻了。我用手揩去封皮上的灰，眯起眼一看，那是本《莎翁十四行诗》。这令我有些许兴奋，因为从前看过许多莎士比亚的戏剧著作，如今又见到了他的诗歌，一时间欣喜地翻开了潮湿不平的纸页。

莎士比亚的诗歌与戏剧作品有明显的不同。诗中短短的数十行文字来回品读，有莎翁独特的缱绻与缠绵。他的文字就像庄园里的葡萄酒，浓郁不失典雅。有时只有多读上几遍才能领会其中真实的含义。

我对它有些爱不释手，便询问店员有没有新本。店员的回答令我惊诧，那竟是店里的孤本！仅供阅读，不予授卖。

于是那个下午，我便沉醉在葡萄酒的馨香中，默默品读着莎翁的文字。时而抄录几段精彩的诗句来，为我的寻书之旅添上古典的一笔。

我的寻书之旅常发生在宁静的午后，那没有什么不寻常的，只是生活中一件小事，如同这间狭小的书店一样，在我生活的星空中斑驳闪烁。日日如此，夜夜皆然。

家长评语：赠人玫瑰，手有余香。当我们细品文字的清香，体会书中人物的喜悦，在科幻的世界中天马行空，我们更能用心去丈量。阅读让生活更美好，阅读助我们成长。

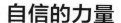

# 自信的力量

罗文玥

一个人，走路抬起头，嘴角始终挂着微笑，挺起胸，大步朝前走去。那种自信的样子，是一个女孩心目中的自己。

从小，这个女孩就不爱笑，不爱说话，班里的活动节目名单里从来没有她。小小个的女孩被不自信的黑暗笼罩着，一片灰暗。她的妈妈看到这样的她，很是难过，看了看缩在一旁看书的认真的女孩，给外头打了个电话。一个电话回来，她的妈妈走了过来，轻轻拍着女孩的背小声的说："妈妈还是帮你报名了比赛，我们只是试一试，不用进决赛都行的。给自己点自信，好吗？你很棒的。"小女孩当时望向妈妈的眼睛里，装满了迷茫，甚至是无助。选拔那天，女孩穿的简单，跟其他小姑娘相比实在是不起眼。轮到她时,她低着头上了台,眼里的无助和迷茫快要化成泪水流下,她忍住了,抬起了头,把头发别在耳后,张口,闭口,演讲结束。"呼,三分多钟好久啊,应该没有错吧。"女孩拍了拍胸口。不起眼的表演在女孩心中慢慢不见,可一周后她却被妈妈告知,自己凭着一口流利的英语进入了复赛。她惊,她喜,她的不自信被吓得褪去了三分。她开始认真认真对待,开始纠正发音,开始让自己的演讲富有感情,眼里的迷茫不再这么明显。在复赛上她发现,评委多了好多,观众也变多了,她的无助又开始放大,但心底的自信却早已发芽。深呼吸之后,演讲开始,很流利,发音经过一次次的练习已经逐渐完美,感情虽然没有太透彻,但那时的她已经尽力。最后一个单词落下,眼睛里已经有了点点星光,当时的她真的很害怕,但自信的小芽告诉她,她也可以很棒,她也可以抬头,眼里充满光。

很快,女孩迎来了属于她的决赛。小小的女孩跟着父母一起前往北京参加决赛,他们坐了三天的火车,跟着别的参赛者一起。人家在玩的时候女孩却在练习,加了动作和表情,虽然有点僵硬,但也接近完美。这一次的舞台更大,观众更多,两个多月的努力也使她更优秀。决赛前,妈妈给她穿上了漂亮洁白的公主裙,戴上小小的王冠,轻声说:"自信点,你很棒,你要成为自己心目中的模样。"登台前,回头,妈妈口型中的两个字深深印在了她的心中。台上的她,尽力做到最自然,将自己的每一句话,每一个动作都做到最好。亮白的灯光洒下,她抬头,眼神坚定,嘴角向上扬起自信的弧度,红扑扑的脸颊上还有一滴未干的泪,那是激动,自豪,自信的泪水啊。最后,女孩得了第三,赢得了属于她的第一块奖牌。

女孩儿,你自信的样子真的很美,希望以后的你也能有着这份自信,让这份自信给你力量,发出光芒,活成自己心目中的模样。

家长点评:这文章确实把你当时比赛的一些细节表现出来了,那时的你还小,胆怯的从来都没有扪心叩问过为什么。其实,只要你仔细回想以前的那些经历,你会发现,许多机遇都是因为你没有自信心而白白浪费掉的。只有认识到自信的好处的时候,你才会有意识地去自信起来。你用自己典型事例加以分析论证,在运用典型事例论证的同时,很好地处理了详略问题,结构严密,思路清晰,但爸爸觉得你文章中触人的点还是没完全在你的文笔中发挥出来,期待你有更好的文章给我欣赏阅读。

# 人生

罗智鑫

在上周的朗诵大会上，我们数学老师黄老师作了他在实验学校的第一次也是最后一次的演讲。令我感触很深。

人生犹如一杯五味茶，时而甜，时而酸，时而苦。

人生是什么？自古以来人们就一直在讨论几个问题：我从哪里来？又要从哪里去？我来这里做什么？这些问题终是反反复复的缠绕着人们，从未有人能揭开谜底。从哭啼的婴儿到冰冷的遗体，这一生到底是为了什么？

有些人一出生就有着一些远大的梦想，不是有些人，应该说是所有人。虽说是所有人，但是很多人对自己梦想的追求也是不大一样的。例如有一些人，为着自己的梦想去奋斗，努力，一步一步去靠近，接近它。即使有着身体缺陷也阻挡不了他们的步伐。就像霍金，儿时的梦想是当一位物理学家。但不幸的是他在牛津大学毕业后被诊断患了"卢伽雷病"，不久，就完全瘫痪了。1985 年，霍金又因肺炎进行了穿气管手术，此后，他完全不能说话，依靠安装在轮椅上的一个小对话机和语言合成器与人进行交谈；看书必须依赖一种翻书页的机器，读文献时需要请人将每一页都摊在大桌子上，然后他驱动轮椅如蚕吃桑叶般地逐页阅读……但他没有因为病痛的折磨而放弃学习，他正是在这种一般人难以置信的艰难中，成为世界公认的引力物理科学巨人。霍金在剑桥大学任牛顿曾担任过的卢卡逊数学讲座教授之职，他的黑洞蒸发理论和量子宇宙论不仅震动了自然科学界，并且对哲学和宗教也有深远影响。是的，他成功了！他用自己坚强的意志，和勤奋的汗水换来了成功。

但是，有些时候，事情并没有我们想象的那么美好。有一部分人，他们也为了自己的梦想去努力了，去拼搏了。但，却没有成功实现他们的梦想。有可能他们是有点倒霉，很多人肯定觉得他们的努力白费了。我想告诉你的是：不！你错了！他们虽然没有完成自己的梦想，但他们在追随梦想的旅途中的荆棘磨炼了他们的意志，也让他们学了很多知识，也懂了许多道理。这些都会使他们终身受益，即使没有成功，但他们努力了！努力总是会有回报的，可能他们现在看不到，但在将来或者在明天，他们的努力没有白费。即便没有实现梦想，他们也可以活出属于自己精彩的人生。

还有一些人，他们从小和别人一样定了属于自己的目标。但，他们却不去努力，不去奋斗。整天想着天上掉馅饼。可能他们也懂得我们所说的那些道理，只是觉得实现梦想太艰难，从没有想着去坚持。但我也想告诉他们：不经历风雨哪能见彩虹？

就像前几天年级大会的主题：积跬步，致千里。虽然梦想很远，但绝对不是不可能，没有人能在一天一周就能实现自己远大的梦想，但我们每天可以朝着自己的梦想进步一点点。虽然路途很远，但日积月累，你会发现梦想离我们其实并不远。

黄老师在年级大会上朗诵了刘墉的"人就这么一辈子"。对啊！人就这么一辈子，不去拼搏，不去奋斗，怎么可能会有一个精彩的人生？俗话说："少壮不努力，老大徒伤悲。"活出属于自己的真正的人生。

我想这才是人生的真谛吧。

家长点评：由黄老师的演讲体悟出人生的真谛，老师没有白教你，家长深感欣慰。

# 晒晒我的数学老师

马嘉翊

初三这一年，我们班换了一位数学老师。她叫张岭。她优雅、美丽、大方、善良、高贵……她的一举一动，举手投足间都散发着女人的魅力。她的课堂上，气氛活跃却不浮躁。她幽默风趣，课堂上能准确地抓住同学们的注意力。

一次课上，有一位同学正在喝着牛奶。张老师便微笑着对他说："断奶没？""哈哈……"全班同学都跟着一起笑了起来。那位同学也不好意思地笑了。看，张老师批评同学从来都是按自己的风格走。批评同学时，既能起到警示的作用，又不会让你觉得下不来台。在给足面子的同时也要让你知道下不为例和课堂纪律。

还有一次课上，张老师把一道蛮简单的题抛给了一位同学。按理说，以这位同学的水平和能力一定能够在极短的时间内给到了一个惊讶的答案——"啊？我不知道……"空气这时好像都尴尬的要凝固了一般，不料张老师宛然一笑说到刚刚干嘛去了，小猪？"噗哈哈哈，美丽的张老师又一次成功地破解了这尴尬的气氛。

可别看张老师上课这么幽默就认为她管的松。事实上，她可以算得上是数一数二的严师了。每隔两三天便有几道练习给我们做。对错题也是认真地要求我们写到方格纸上放到活页夹里。对没有完成作业的学生，她也会一道道耐心的解答。晚上放学后经常还能看到办公室张老师忙碌的背影。

张老师的认真负责和严勤认真，让我感受到了严师的风范。谢谢您张老师。

家长评语：对张老师的课堂教学描述入木三分，使家长都有种跃跃欲试想听张老师课的冲动。继续加油，努力学习好各门功课！

# 一路阳光一路情

倪嘉辰

初中三年，我有过很多老师。曾经有老师离开，也会迎来新的老师。其中，变动最大的是数学老师，每升到一个年级，都会换一位数学老师。这三位数学老师都有自己的特点，有些方面甚至是相反的。

黄老师是初一时期的数学老师，他已经快到退休年龄了，个子不高，瘦瘦的，脸上总是带着笑容，说话慢条斯理，还带点口音，不过这点口音不影响我们听课，有时候还会引发同学们的会心一笑。很多同学刚进入初一的时候不喜欢数学课，因为数学要动脑筋，难度也比其他科目大。我也是如此，但黄老师的耐心让我逐渐对数学感兴趣，不过，平时还是不喜欢做数学笔记，因为我写字很慢，又有点懒，现在回头想想，初一数学都是一堆概念，黄老师让我们写笔记，才能促进对数学概念的更好理解。

初二，黄老师退休了，我们依依不舍的告别了黄老师，迎来了来自黄冈中学的李老师。李老师四十多岁，嗓门大，精力足，因为爱打篮球，看上去也很健壮。虽然他来自黄冈中学，但一点也不凶，对学生非常友善，从来不生气。李老师对我们的要求更严格，习题量也比初一时增加了不少。

李老师常常对我们说：学数学要学会培养兴趣。正如李老师所说，开始的大半年都在耐心培养我们对数学的兴趣，在他的谆谆教导和鼓励下，我在数学上取得了显著的进步。

上了初三，我们又迎来了新的数学老师——张老师。张老师是一位干练的女老师，做事风风火火。她非常严厉，盯我们盯得很紧，每天一小测，每周一大测，忽然间同学们都对数学紧张起来。

张老师说起话不客气，常常"骂"我——作业太不认真！做题又马虎了等等。刚开学一两个月时，我很讨厌张老师，觉得碰到了一个恶魔老师，也吃不消每周的测试和排名。但是，逐渐习惯这种快节奏后，我发现接触数学的频率多了，做题多了就会总结归纳数学问题，测试多了就会注意到自己粗心马虎的地方，周测的成绩在不断地上升。我想通了一个道理，张老师这么严厉是为了我们能考上一个理想的高中，不让我们考完才后悔莫及没有好好努力。

这就是我的三位数学老师，和我一起度过了三年的学习时光。虽然每一位老师的教学风格，言谈举止都不同，但他们都一心扑在工作上，为我们的成长付出了极大的心血，我也从每个老师身上收获满满，学到了扎实的数学知识，对数学的兴趣也日渐浓厚。

感谢老师，一路阳光一路情！

家长点评：这篇文章记述了初中的三位数学老师。真实的笔触，熟悉的老师，情感真挚又层层递进，三年时光如梭，师恩难忘，读来极为亲切并引发共鸣。

# 我的老师们

强雨彤

生活就像一列火车，只要一到站，跟你结识的路人就会下车，他们只是你生活中的一部分，然后有更多的人会上车，你就会慢慢忘记那些曾经跟你坐在同一节车厢里的人。上初中后，不仅语数英老师教学的风格跟之前小学老师完全不同，而且科学也变成了史地生，这三门功课又使我的压力增加了许多，在慢慢适应初中生活的同时我也在逐步了解我的各科老师。

先说说我的语文老师——傅老师，他是实验中学有名的傅爸，对我们非常好，从不发脾气。傅爸教 9 班和 10 班的语文，他会从两个班级之间找出优点进行对比，经常激励我们取长补短。傅爸不仅字写的好而且讲课十分生动，使得 40 分钟感觉像几分钟一样，有时还没回过神就听到下课铃声响了。听了傅爸爸的课之后我对语文的兴趣提高了很多，就连之前最不愿意写的作文也有了提高，写作思路清晰了很多，语文成绩也蹭蹭向上涨，傅爸爸真是名不虚传啊！

再来说说我最"敬畏"的黄老师，他是我的数学老师，我不是因为怕黄老师骂我，而是因为我的数学成绩很不好，虽然上课很积极，但还是有些抵触数学，看到数学题就脑袋大，想想数学都可怕。黄老师对待作业要求极高，每天作业及时完成并批改订正，家长必须签名，否则——后果你是知道滴，黄老师是一个一丝不苟的老师，经过磨合之后我再不敢犯错了。

最后说一说我们又年轻又漂亮的班主任兼英语老师——Miss Luo( 罗老师 )。罗老师梳着长长的非常柔顺的马尾辫，带一副黑框眼镜，看起来很清秀很漂亮，人有些瘦但说话却非常干脆有力。她对我们的要求可是非常高：上学不允许迟到，不允许不带校徽，遇到垃圾必须马上捡起来，午托讲话立刻赶出去……从日常行为上处处严格规范我们，另外她对我们的英语作业要求也非常高，错题必须订正并且写标注，罗老师批改作业的速度简直是神速，一节课的时间两个班级的作业加作业记录本全部都改好。

这就是我的语数英三位老师，相信在三位老师的指导和熏陶下，我能够快速的适应初中学习生活，能够尽快把各科成绩提升起来。

家长点评：孩子来德国已经一年多了，但念念不忘的还是这些实验的老师们和实验的同学们。谢谢您，深圳实验！

# 从一幅漫画说开去

邃圳

近日从《读者》看到华群武先生于 1984 年 1 月所画的一幅漫画，如鲠在喉，不吐不快。

那是一个十分寒冷的早晨，北风呼呼地刮着。就在候车道里站着四个身强力壮、衣冠楚楚的大男人，而在候车道外却站着一对可怜兮兮的母子。那不是"母子上车处"吗？怎么会站着四个大男人？难道他们是文盲吗？不，他们不是文盲，我向你介绍一下他们的穿着打扮，你就会明白他们究竟是一群怎样的人了。

站在最前面的那个人，他像是一个干部，他身穿皮大衣，双手插在衣兜里，脚穿名牌皮鞋。跟在他后面的是一个研究生模样的男生，他头戴一顶礼帽，身穿一件大衣，头就这样一直低着，装作没看到那块牌子。紧跟在男生后面的是一个矮胖的中年人，他戴着眼镜，穿着很多件品牌衣服，旁若无人地站在那儿。在他后面站着一个面带口罩的人，想让人们会以为他是生病了，会谅解他。而站在候车道的那对母子见他们没一个肯让位，只好无奈地站在那儿。

在我看来，他们的的确确是"文盲"，不过我所指的是"文明"的"文"。一个泱泱大国，最需要的就是全民族的团结，最基本的就是文明、道德。这幅漫画是对这类人绝妙的讽刺。古人云：勿以善小而不为，勿以恶小而为之。改变生活，就要从身边的每一件小事出发，提高自身素质，让"文明之花"处处开放，使整个世界变成美好的人间！看完这幅漫画，我不禁陷入了沉思：但愿社会上像这样的"假文盲"越来越少……

家长评语：圳圳这篇文章是由一期的读者有感而发写的，还可以，但是对于现在社会的文盲现象说明太少，有提升空间。对于漫画中人物的细节描写很到位，可以持续发展。

# 《水浒传》读后感

任芊烨

《水浒传》是我国最早的长篇小说之一，成书于元末明初，是一部描写和歌颂农民起义的伟大史诗。它以发生于北宋末年的宋江起义为题材，生动地叙述了起义的发生，发展与结局，塑造了一系列的农民英雄形象，直接鼓舞了封建社会人民大众对统治者阶级的反抗斗争。它运用纯粹的白话，达到了绘声绘色，惟妙惟肖的艺术效果，确立了白话文体在小说创作中的优势，在中国文学史上有着崇高的地位，对后代文学也有着深远的影响。

《水浒传》真实反映了农民起义的全过程，它由相对独立，完整的各个故事连接成为一个整体，组成分为前，中，后三个部分的二十四话，层次分明而又统一连贯。作者首先叙述了林冲，晁盖，武松，鲁智深与宋江等人的故事，一方面表现了各种形式的"逼上梁山"，另一方面也表现了各路英雄逐渐聚集，梁山队伍由小到大，从弱到强的发展过程。随后，经过三打祝家庄，出兵救柴进，梁山声势甚大。接着又连续打退高太尉三路进剿，桃花山、二龙山和梁山三山会合，同归水泊。而后，晁盖不幸中箭身亡，卢俊义经历几多曲折也上了梁山。梁山义军大破曾头市，又打退了朝廷几次进攻，其中好些统兵将领也参加了梁山聚义。最后，梁山共招募了一百零八个好汉，排定了"三十六天罡，七十二地煞"的座次。这便是全书的高潮。在书的最后一部分，面对梁山义军越战越勇的形势，朝廷改变策略，派人招抚。于是，在宋江等人妥协思想的指导下，梁山全体接受招安，改编为赵宋王朝的军队。统治者采用"借刀杀人"的手段，命梁山好汉前去征辽、征方腊。连年的战事，弄得一百零八条好汉最后只剩下了二十七个人。然而，就是这些幸存者也未能逃脱接踵而至的厄运。统治者眼见梁山好汉们势孤力单，便在封官赏爵后不久，对宋江等人下了毒手：宋江、卢俊义被分别用药酒、水银毒死，李逵又被宋江临死时拉去陪葬，吴用、花荣也在蓼儿洼自缢身亡。一场轰轰烈烈的起义，就这样被扼杀了。

《水浒传》充满了官逼民反的悲壮和"替天行道"的豪情，是一曲"忠义"的悲歌。小说通过对宋江的描写，展现了北宋末年政治腐败，民不聊生，奸臣当道的社会面貌。作为对社会全景式的描述，在上层政治，有高俅，蔡京，童贯等一群祸国殃民的高官；在政治中层，又有梁士杰，高廉，贺太守等一大批贪婪暴虐的小官；在此之下，还有郑屠，西门庆，毛太公一类胡作非为，欺压良善之辈。如此广泛地揭露社会的黑暗面，是长篇小说诞生以来第一次出现。

《水浒传》是我国第一部以完全通俗的口语写作的长篇小说，它标志着古代通俗语言艺术的成熟。《水浒传》语言生动活泼，极富表现力，充满生活气息。无论是写人叙事，抑或是描景状物，其语言或细致入微，或简洁明快，或雄健豪放。在中国的古代小说中，《水浒传》是运用日常口语达到炉火纯青的艺术境界的典范，

《水浒传》是农民起义的壮丽史诗，更是中国古代英雄传奇的光辉故事。它以辉煌的艺术成就彪炳文学史册。

家长评语：这篇文章对水浒大致的情节进行了正确描述，也对水浒的文学意义和社会意义进行了一些评价。但是受限于作者的人生经验以及阅历，作者对于梁山起义的社会意义，梁山英雄的局限没有深入的认识。读水浒，一方面要欣赏其文字的优美洗练，短短几句话，几个动作，就能将人物的外貌，甚至性格都能描写出来，跃然纸上。另一方面，也要体会官逼民反的无奈，中国农民千年以来的软弱，退缩，不敢反抗的无奈，即使反抗，也是为了更好的招安的逆来顺受的性格。本文在这两方面都需要再阅读原文，也还需要扩展阅读，看看其他人是如何理解水浒，理解水浒中体现出来的人物性格，民族性格。

# 进步感悟

上官敬文

坚持把每一件小事做好，才会有收获。在初三这一年中，真得好好努力了！关系到未来的走向，十分重要，马虎不得。这次月考，进步了40名。我心里非常清楚自己为什么能进步，靠的是努力！在学校老师，补课老师，家长的共同努力和自身的配合下，成绩才会有所上升。可是，这一点进步是完全不够的，我感觉到，我还可以向前冲，瓶颈还未到，努力最重要。下次，进步40名，一点一点进步，好的高中，迎面而来。

这次的进步，与傅老师的良苦用心分不开。傅老师是一位很有师德的老师，从不放弃任何一个学生。每当我不努力，不上进时，傅老师总是用他那关爱的语气想让我改变。子不教，师之过？傅老师曾多次让我用拳头击打他的背，他觉得没把我教好是他的过失，深刻反省为什么教不好我这样的学生。在几千次的击打下，"我累了"，也深刻体会到傅老师的良苦用心了。"良药苦口利于病，忠言逆耳逆耳利于行"，天下哪还有如此用心的老师啊！

师生之间那些曾经的过往，虽都是"过去事"，却一件一件刻在脑中。现在，我已知傅老师的良苦用心，绝不辜负！唯有加倍努力，全力以赴！争取更大的进步！

家长评语：想对傅老师说：孩子在成长的道路上能遇到傅老师，确实是孩子的幸运！感恩傅老师对孩子的谆谆教导和良苦用心！想对敬文说：儿子，妈妈相信你！你一定可以如愿以偿！

# 我生之荣幸

宋美奂

她是我一见便产生好感，忍不住想与她亲近的人……

初见面，她一袭长发及腰，唇上薄薄一层唇釉，明艳动人。白皙的肌肤，黑色的眼镜，为她增添了一份书卷气。她一身黑色套裙，一双小皮鞋，俨然一副学霸的认真摸样。就是这样，使我忍不住对她升起几分好感。

端坐在小礼堂中柔软的椅子上，我忍不住多看了她几眼，然后就发现了她的不同。与其他老师不同，她的脸上，是漠然，或者说，是生人勿近，是拒人于千里之外，我想，可能她并不如我想的那般温柔罢……

果不其然，她带我们来到班级门口时，因为太吵，她的脸色瞬间沉了下来，似是忍不住了，我心里暗叫一声不好，只见她大声喊了一句让我们别吵，看脸色，明显是生气了的。

这是初印象——拒人于千里之外。

再后来，似是军训的时候，此前我对她的感情也没那么深，也许是还未习惯，甚至有时候是怨她的，但因为她长得实在让人生不起气，，也不会怨很久。直到那时，记得莫约是第三，四天时的一个下午，我们正在进行水上活动，在走一个吊桥。所有人都走完后，都在怂恿她上去，但是她那天穿的是裙子，不方便，风也不小，我想，她一定不会上去了。但是，出乎我的预料，她仍是上去了，即使被寒风吹着，害怕到身体发抖，她还是上去了，那个时候，望着她，我心底有根弦仿佛被触动了一下，眼底有些发酸，但最终只望着她那穿着裙子还有些发抖的单薄身子怔了一会儿……

似那时起，真正敞开了心扉，本就相邻的年纪，相差不过十余岁，很快就会因为她而笑，因为她而伤心……

今年妇女节前夕，全班召集在一起，为她精心策划了一个"女神节惊喜"，但她似乎早已察觉，只是故作不知，我想啊，她真的好聪明！

但当蛋糕出现的时候，她仍惊呼了一下，眼底的惊喜掩盖不住，我笑，为她眼底的喜意和掩饰不住的开心而笑。她真正住进了我心里，她笑起来好漂亮啊，我想着……

她很聪慧，但有时也流露出几分可爱。她不经意间对我们的撒娇，也会令我有些哭笑不得。

青春年华，遇见了年龄相仿的你，但愿你，是我们永远的良师益友！

遇见了你，是我生之荣幸！

家长点评：用心观察，描写细致，字里行间洋溢着对老师的爱。赞一个！

# 温暖就这么简单

*汤欣润*

小树离不开阳光的照耀，花儿离不开肥沃的土地，给你一个怀抱，温暖你的心灵，给你一个坐骑把你举得高高，你享受着温暖享受着关爱，你享受着独一无二的爱……

很快，雨就下了起来，天空中一片黑云，一上课就来到了培训机构，教室里有老师，有同学，我看着老师，心中默默地想，什么时候下课呀？什么时候能吃饭？妈妈什么时候来接我？晚上吃什么？所有的问题都在我脑中转，又勉强听了一会儿课，我不时的摸着肚子，心里一阵抱怨："什么时候中途下课休息啊？"我用力睁大眼睛，看着越下越大的雨，心里慌得很。我活动着我的身体，使自己的注意力回到书本上，我不去想其他的了。不久时间很快过去，下课了，我飞速的的跑出去，妈妈呢？她在哪？她有没有给我带晚餐？我寻视着周围，左看看右看看，都不见妈妈的影子，我失望的低下头，我在那里走来走去，不时望望旁边的阿姨，她们都给小孩买了饭盒，我看着别人津津有味地吃着饭，我还在想：妈妈呢？

我失望的准备往回走了，就在这时，一个穿黑色衣服的女子，走向我这个方向，我听出这是妈妈的脚步声，我猛得一回头，不顾四面八方的'注目礼'大喊一声："妈妈！"她也看到了我赶忙跑了过来，我看到衣服右边有些湿了，脸颊旁的头发也乱了，她拉着我到一旁坐着，高兴的说："赶紧吃吧，都是你最爱吃的菜！我看着别的同学，他们吃的都是餐厅里打包的饭。而我吃的却是妈妈亲手做的饭，我心里超级感动，看着妈妈喜笑颜开的笑容，顿时，不知该怎么说谢谢，我大口大口的吃着，我看到妈妈那凌乱的头发在空中飘起……这时，她说："快吃，多吃点……"

这就是温暖吧！小小的温暖，属于我的一份温暖，在那暴风雨的夜晚！

家长点评：温暖就这么简单，作文也是这么简单——写出真情实感，让自己感动，读者也会感动，这就是好文章。

# 走过，才明白

王 鼎

人生犹如一顿饭，酸、甜、苦、辣、咸一应俱全。人生短暂，每种味品尝的时间不会太长。

小时候，我是一个性格怪癖的人，不怎么爱说话，脾气古怪，不爱与人打交道。自然，这样一来，我那时也没有什么朋友。通常，我独自一个人坐在角落看看书，发发呆，或冥想一会儿。但我也喜欢这些时光——没有人打扰，与自己相处。

久而久之，我也渐渐没了笑，再接着，其他表情也接二连三地消失——以至于我板着脸过完了一整天而我自己却浑然不知。面对事情时也面不改色。

妈妈也许注意到了这一点，让比我大6岁的哥哥带着我玩。妈妈多次催促下哥哥才很不情愿地来"陪"我玩。大多是随便敷衍一下，有时甚至直接自己走了，留下我一个人——这样也好。

他比我大6岁，跟我玩不起来很正常。有时哥哥会跟他的一些朋友出去玩，妈妈也会请哥哥带上我。尽管一起"玩"，但我也只是当个"听众"或一个挑夫，有时还会被视为一个累赘，有事没事还会被捉弄一下，不过也没事，我也早就习惯了。

过了两年，哥哥出国了，我唯一的"玩伴"也走了，我也再不怎么出门了。有时，我一个人坐在房间里，一盆盆栽、一个模型或一张照片，通常都是我聊天的对象。以前，我一直以为只要对一个东西施以很多感情，它们就能活过来。但是，我错了。我曾经对一只模型恐龙倾尽了心血：跟它说话，跟他睡觉、做什么事情都带着它一起，而我的愿望最终没有实现——我凉透了心。

从此除了生活中必须说的话以外，其它一句我也不说。我也不再对任何东西施加心血，因为这也是对牛弹琴。这样，我也没了事做。我选择了锻炼，一天去跑几个小时，跑个大汗淋漓，成了我一天最开心的事。

上初中了，我依然保持着以前的状态，只有三个朋友。正因为他们仨，才一点撬开了我的心。不幸的是，其一却因感情断裂而失去。现在，确切的是，我有且只有一个最好的朋友。尽管依然不怎么爱笑，但感觉情感比以前丰富了许多。

现在，感觉生活平平淡淡，听音乐时，拂纸挥墨间，又隐约想起了以前那些点点滴滴，心头不禁冒上一丝喜悦感——伴随着一丝悲伤感。我不后悔，自己经历了这些，我也不后悔，自己这么做。

谢谢你，自己。

家长点评：读完文章，我心里默默的对你说：对不起你，谢谢你！你是一个外表不苟言笑内心柔软的孩子，你心怀感恩，心中有爱这些将使你成长为能有效处理生活中各种挑战并仍然快乐的人！

# 纯真的童话
## ——读《草房子》后感

王菁菁

午后的阳光，像轻柔的丝带，轻抚大地，赐予每个生命圣洁的力量，有如童话一般，梦幻美丽，空气中充斥着一股纯真，一股懵懂。

《草房子》——1997 年曹文轩创作小说。

刚翻开书，就不禁被书中的人物与故事情节深深吸引住了，全书都洋溢着一种别样的情怀，使人激情澎湃，思潮起伏。

本文叙述了男孩桑桑刻骨铭心，终身难忘的六年小学生活。六年中，他亲眼目睹或直接参与了一连串看似寻常但又催人泪下、感动人心的故事：少男少女之间毫无瑕疵的纯情，不幸少年与厄运相拼时的悲怆与优雅，垂暮老人在最后一瞬间所闪耀的人格光彩，在体验死亡中对生命的深切而优美的领悟，大人们之间扑朔迷离且又充满诗情画意的情感纠葛……这一切，既清楚又朦胧地展现在少年桑桑的世界里。这六年，是他接受人生启蒙教育的六年。

读完这篇文章，在我眼前立即勾画出这样一幅景象：弥漫着幽香，懵懂纯真，一个可望不可即，浪漫温馨的童话世界。

在本篇文章中，我最喜欢一个叫'桑桑'的男孩，他是油麻地小学的学生，好奇心极强想象力丰富，总喜欢做一些让人意想不到的事情，但他也是一个善良纯真，讲义气，勇敢，乐于助人的好孩子，特别是帮助保护纸月不被别的同学欺负。

在诸多章节中，最令我心弦一震的是一篇关于'秃鹤'的故事，叙述了：秃鹤因认为秃子是一种耻辱，而带着帽子上学。一次，桑桑和朋友们把秃鹤的帽子挂在了旗杆顶上，大家都在嘲笑他。之后秃鹤便不在戴帽子了，但在一次会操时老师要他戴帽子，可在途中他又忍不住扔掉了帽子……这一篇故事告诉我，不要因为自身的缺陷而自卑，要向前看，时刻提醒自己是最好的，是最棒的；要自信，不要在意他人的眼光，走自己的路，让别人说去吧！！！

曹文轩老师曾说过："美的力量绝不亚于思想的力量，一个再深刻的思想都可能变为常识，只有一个东西是永不衰老的，那就是美。我十分认同这一观点，但我更坚信"如果'爱'是时间的话，那你就是'永恒'！！！""

追随永恒，追随童真。

家长点评：爱读曹文轩的小说，并有所收获，好。愿你永远保持童真，永远幸福。

# 范范

王雅卓

夏日随着蝉鸣悄然而至，我们也与初三生涯不期而遇。在新的一学年里，最期待的除了初三的生活，还有就是新增的科目—化学。

暑假接近尾声时，初三新的课程表已经出炉了，我看到化学科任老师的名字——范伊婧。这让我不由得想起了八年级刚学过的一首诗，"所谓伊人，在水一方。""伊人"多指女性，指心中爱慕之人，我想，老师一定很好看，而"婧"多指女子的美好和有才能，看着她的名字，我不由得期待起来，期待着认识这位才貌双全的老师。

上第一节化学课前，我就一直看向门外，我按捺住自己的小激动，然后兴奋地搓了搓小手。过了一会儿，她终于来了。老师的身高目测一米六，扎着一个小马尾，脸圆圆的，眼睛大大的，戴着一副圆框的黑边眼镜。因为老师瘦瘦的，所以看起来特别的可爱。但是跟范范老师相处久了就会发现，原来可爱的人批改出来的作业也是超可爱的！

我们有一次的作业是订正考试错题并且写总结，作业发下来后我照例地去看作业的评判，一打开，就看见一个小小的表情包——是一个小人呈发射姿势发射出了一个大大的爱心，小人的上方还有老师写的鼓励的话："好的嘞！加油！"我顿时觉得范范老师就像珍宝一样，不得外传，不得外借，也不能告诉别人，只能把她藏在心里，就像只松鼠攒着满腮帮子的果仁儿般喜欢。

有范范这个小可爱，那化学成绩肯定得蹭蹭地往上涨啊！

家长点评：信其师而遵其道，如此喜欢、欣赏化学老师"范范"，我们有理由相信：你那化学成绩肯定得蹭蹭地往上涨啊！

# 敢想敢做，也许下一个奇迹创造者就是你

王艺博

大家好！

我是王艺博，今天能在这里给大家分享我写作的心路历程是我的荣幸。我究竟怎样才能将我的经验更多的分享给大家呢？

就先从我的一场比赛讲起吧。那是我第一次参加作文比赛，当我得知是初高中生不分等级同台竞技的时候，是的，我就抱着玩一样的心态去的，就觉得我肯定是不太可能被选上的了，我一个单单只是因为兴趣的才开始写小说的怎么可能会写得过那些个已经身经百战的高中生？

后来我通过了海选，进入仅 300 名的预赛。当时的我在惊讶之余，脑海里形成了一个很多人敢想不敢做的念头：我要拿第一。

300 进 100 那一场，我的发挥出奇的好，可以说是我在初中写的最好的一篇作文了。

然后在一边突击补充知识、突击训练一边参赛的情况下通过了 100 进 50，进入擂台赛。擂台赛的题目叫做《老规矩》。看到这个题目的时候我就愣住了，我写的题材走向是科幻，但是这……"老"这个字在我的潜意识里不断放大，又想到这次的擂台赛的对手是高中生，……很显然，我把这次作文搞砸了。

我怅然若失的走出赛场，把作文递给老师拿去复印，我觉得我完了。说好的拿第一呢？在赛后的反思中，我发现明明这个题目依旧可以引到科幻上去，并写得更好，可…就因为害怕，我不敢去做，不敢去尝试，我与我的梦想差点失之交臂。所幸对手这次没有发挥好，惜败。在之后的比赛中，我就会不断地提醒自己：你的目标是第一。你绝对能够做得比你想象的更好。就这样，我进到了决赛，成为全场第三，初中组第一。

是的，我承认这整个比赛中我有很大一部分运气成分在里面，但是如果没有要拿第一的这个信念，没有去勇敢地尝试去行动，而只是抱着一开始只是玩玩的心态去参赛的话，我绝对拿不到这个成绩。

这是我要告诉大家的第一件事：在你要做成一件事之前，一定要先定好一个目标，然后竭尽全力朝着这个目标前进，要敢想敢做，要记住，我们每个人都有着无限的可能性。

大家应该都知道我这次的捐书，那借着这次的契机，我也告诉大家一下我出版的这第一本小说的心路历程。这本小说的名字叫《控脑游戏》，灵感来自于《端脑》，讲述的是一群科学家要摆脱被强制读取脑内思维而成为幕后黑手的工具的故事。写故事的时间是初二升初三的那个假期，说来惭愧，我花了大半个假期去构思出了一整套关于这个世界观的体系，然而以我当时的能力所能呈现到纸上不足十分之一，而这也是我的一次大胆的尝试，虽然没有达到我的期待值，但是却是我在努力走向创新的一大步。

现在这个社会在提倡一种叫做创客思维的东西，是什么意思呢？就是说要学会创新，比如说别人写了一个一，你就可以跟着写上那个一，然后再在后面加一个二。不是说鼓励抄袭，而是说你要学会创新。你看别人写时间穿梭类的科幻一般都会涉及时间悖论，就像阿西莫夫的《永恒的终结》，罗伯特·海因莱恩的《你们这些回魂尸》等。

那我们就可以在时间这个题材下换个思路，不写时间悖论，将时间作为一个物质写。这也是我在北大培文杯半决赛进决赛时写的题材，讲的是时间这个物质即将耗尽，人类将面临史上最大危机。我也就是依靠这个进入了决赛，是我觉得自己写得很好的一部作品。现在这个世界变革的关键，就在于这个"创客思维"，可回收火箭 space x 的创始人埃隆·马斯克就是一位创客。他敢想，敢做，敢于去实现其他人认为没可能的事情，最终获得了成功。

这个世界不缺少奇迹，缺少的是实现奇迹的人，先定一个与常人不同的小目标，然后全力以赴的去实现它，敢想敢做，也许下一个奇迹创造者就是你。

# 读"三体"有感

温淦新

《三体》，主要讲的是在探寻外星文明的绝密计划，叶文洁通过"红岸"系统前几天，我看了刘慈欣的科幻小说《三体》，全书总共有三部，每一部都能自成一体，无论从哪部开始看，都不会觉得不通顺，但是每一部与后一部又都有一丝关系。合在一起看时，会感到非常流畅。

这本书不仅仅是写了令人赞叹的故事，它也在揭示着一些东西，时间一转而逝，就如同第三部中的二人因为冬眠，而去到了宇宙的尽头，也是宇宙的重新开始，而在女主角本来将要与那位因为自己虚无缥缈的爱便送出一颗恒星，但是却因为意外而过了，将近百万年，而那个人也就再也没了，所以在我们仍然能够掌控自己的时候，多珍惜，而不是只有等到他们离开时才遗憾。

在第二部中罗辑通过了一个所有人都嘲笑的'咒语'而毁灭了一个星球，人类便将他当作救世主，觉得他能拯救自己时却忘了当初自己是如何嘲笑这句话的，而在罗辑通过黑暗森林威慑使三体星妥协之后成为了执剑人，却也有人却又因为他发出的那个咒语使那个可能有生命的星球毁灭，而去苛责他说他说全世界最大的刽子手，而这些人能说这些话是因为那位所谓的刽子手将他们所有人给救了，他们总是站在道德的制高点来批评对方，这就像是很多现实世界中的"键盘侠"抨击别人，却也搞不清自己这一辈子到底有什么价值，最大的价值只是能使评论中多上一条。

第三部有一段说地球在被降维打击的过程中，所有人都慢慢变成了一幅画，只有用有光速的飞船才能逃离，而在那时地球只有一艘光速飞船，所以当它用出了光速时，每个人都意识到只有那艘飞船才能救自己一命，但却没有办法追上，他们并不会觉得至少人类还留有希望，而是去攻击那艘飞船，他们的思想都应该是，既然我活不了那我也不能让其他人活下去，没有人伸出援手，人的自私的本性体现的淋漓尽致。

在三体中出现了一种冬眠的技术，也就是可以保持自己的生命直到久远的未来，假设这种技术真的发生了，它会使什么事情发生？可能冬眠会使你觉得可以去到未来多好，但如果在普及了之后呢，所有人都会想去未来没有人会想留在现在，因为所有现在的建设都只是为了以后的人，那有这样一个机会，所有人都会抢破头，到那时又应该怎么办？所以科技的发展是好的，但也未必不会使人倒退。

所以我觉得未来才是令人最期待的

家长评语：该篇文章对所看科幻小说《三体》三部中的每一部的精彩内容都作了描述，小作者对当中的一些现象联系生活实际发表了个人的一些看法，写得不错。如果在语言组织通顺方面、个人想法方面再丰富一点、在文章的结尾方面有更多的体会就更好！

# 晒晒我的班主任蔡老师

吴城旭

在我们班里，有这样一位老师，她就是我们的物理老师蔡老师，同时，她也是我们的班主任，担负着管理班级内务和作业等重要工作。

从初二的时候，蔡老师就开始教我们班物理了，升至初三，原来的班主任老班安排到其他年级教书，蔡老师就担起管理我班大事的重任。

蔡老师是一位温柔、善良、又博学的老师，不仅仅是我们的班主任，同时也是我们最好的朋友，不仅仅是学习上的，生活中的烦心事，我们都会课下一起讨论。

好不容易到假期了，我们都高高兴兴地背着书包回家，而蔡老师要整理作业和试卷，并且还帮我们规划下周的任务布置。

如果说，在初中的课堂，除了记笔记，看黑板之类的，那么到了蔡老师的课堂，将会有所不同。在物理课上，老师不光让我们记笔记，在讲到乏味点的时候，蔡老师就会开开玩笑，重新把课堂的生动气氛带动起来。

虽然蔡老师不会布置太多的作业，但她布置的作业都是每堂课的要点，含金量最高的题，这样我们做作业就能起到事半功倍的作用，既减小了作业压力，又提高了作业效率，我觉得这是许多老师值得学习的地方。

如今快要中考了，我们跟蔡老师相处的时间也在一天天缩短，即使升上了高中，我也会永远记得这位曾经照亮了我们学习道路的班主任——蔡老师，是她教给我们方法，给予我们自信，让我能在接下来的考试中，保持良好的心态。

对于作业来说，一直是我们班头疼的问题，每次都给蔡老师很沉重的负担，认真想想，一位老师不仅要管理班级，还要管理六科作业，这真的想都不敢想，但蔡老师却依然认真的批改作业，而且还认真的批改讲评，蔡老师这种无微不至的精神令人敬佩。

我永远都会记得我曾经的班主任——蔡老师。

家长评语：看到孩子写的班主任，不经意想起我的班主任，老师是最值得我们尊敬的人，蔡老师是物理科的授课老师，她的教学方法让课堂生动，让学生们能够对物理保持兴趣，孩子不止一次回来说起她，内心很感动和敬仰，一个好的老师足够影响孩子们一生，遇见也是我们的福气，孩子可以通过文章来表达自己对老师的喜欢实在是感人，只是孩子还需多方面进行对蔡老师的在课堂上对自己对其他同学的教导与关爱进行描述，抓住孩子们内心的话语，怎么激励我们爱学习的方式，这样描述更能体现出对蔡老师对我们的爱，蔡老师担任初三毕业班的班主任，和学生们一起面对人生中第一次重要考试"中考"，她不仅是一位老师也是出色的班主任，影响着我们的孩子给予陪伴与鼓励传授知识与能力，感恩我们的蔡老师！同时也对实验所有的老师致敬，感恩你们辛苦的教导与帮助，你们是最伟大的灵魂工程师！谢谢老师们！

# 原来关爱一直在我身边

吴一柏

我常常会忽略生活中的很多美好，因而总是抱怨缺少关爱，可很多时候关爱就藏在身边人的小小行为，当我用心去观察，我发现原来关爱一直在我身边。

上了初中以后，我总感觉同学、老师间的关系淡了许多。中考压在肩膀上，每天唉声叹气的来到学校，浑浑噩噩的过上一天，又拖着疲惫的身子回到家，本来以为初中的故事就这么平淡的过去，直到有一天才猛然发现那些小小的细节是"爱的"开始……

我是一个懒散的人，上课总是爱趴在桌子上，无精打采的，看上去很不雅观。长久以来也没有人特别提醒过我，自然也就不在意，直到一位老师的出现。每天早上他手持教鞭，优哉游哉的走进教室，脚沉稳的一踏，教鞭在空中挥一圈，高声朗诵起诗文，满面笑意的走进教室。我漫不经心的移动了一下身体，拿出课本无精打采的开始朗读。老师望向我，迈开步子走了过来，吓得我赶忙从从桌子上爬起来，但出乎意料，我没有受到责骂，老师用他那双大手轻轻的托起我的背，将我的脊梁扶正。然后轻声细语的说"：一柏坐直，要不时间长了不舒服"。在那一瞬间，我一下子精神起来，心中无比的温暖，因为我感到老师那浓浓的关爱之情，而他就是我们的语文老师——傅爸，傅爸他不仅仅希望我学的好，更希望我能养成好习惯，做一个"正直"的人。

同样让我感到温暖的还有同学间的关爱。美术课上我的手不小心被割伤，为了避免麻烦，我用手紧紧的捏住伤口，因为痛嘴唇被自己咬得发白。这时同桌发现我的异样，关切的问我要不要紧，需不需要去看校医，我挥手说："没事。"但同学们已经开始帮我找绷带，找棉签，找校医，给我拿水喝，安慰我。看着她们手脚忙乱，呼前喊后焦急模样，顿时眼泪在我眼眶里打转，因为心里感到温暖无比，长大后的我总是选择性的忽略,很多一直深藏在身边的美好,总是忘记自己是被关爱包容着。其实关爱就在身边的小事当中。

时光飞逝的太快,温暖需要我们去感受,关爱需要我们用心体会,当我们接受别人的关爱时,也从小事做起,去关爱我们身边的每一个人吧!

家长点评:能够观察并体会到关爱就在身边了,说明你长大懂事了。爸妈真心为你高兴。赞一个!

# 为了母亲的微笑
## ——邓志峰博士在线访谈录

邓志峰简介:湖南双峰县人。初三时在双峰朝阳中学获全省物理竞赛二等奖、娄底地区生物竞赛一等奖。1995 年考入长沙一中理科实验班。1997 年在全国中学生物理竞赛中获得第一名,1998 年在冰岛举行的国际物理奥赛中一举夺得金牌。同年被保送到北大物理系。2002 年至 2006 年在美国斯坦福大学硕博连读,获博士学位。他研究的"超高精度磁力扫描显微镜"显示精度为 15 纳米,处于当时世界最高水平,拥有"粒子束控制纳米管的方向"美国专利。2006 年回国后,在香港注册成立青松投资并任董事,在北京和湖南分别成立正源康健科技有限公司、青松环保科技有限公司并任董事长。

近日《小荷在线》记者小荷专访了北京正源康健科技有限公司董事长邓志峰博士(以下简称"邓博"),实录如下。

小荷:尊敬的学长邓博士您好!非常感谢您百忙中参加我们小荷文学社"为了母亲的微笑"的主题采访活动!

邓博:不用谢。因为我们都是傅芳觉老师的弟子。接受你们的采访,是傅老师交给我的作业,使我仿佛回到了傅老师的身边,倍感亲切和光荣!我一定认真完成。

小荷:采访前我们从网上获悉:1998 年,也就是我们出生那年,您就成为我国参加第 29 届国际中学生物理奥赛的正式选手,赴冰岛比赛,并一举夺得金牌。您是我们心目中为国争光的英雄啊!时至今日,您能否给我们说说当年风光和荣耀背后的故事或感悟?有哪些学习经验、比赛诀窍传授给我们?请看在傅爸的面子上给我们传授一二?谢谢!

邓博:这么巧?!我和你们又增进一份亲近感了。我拿奥赛金牌那年正好你们出生,看来是你们给我带来了好运气啊。谢谢你们!

小荷：您说的太客气了。肯定是您拿了金牌给我们的父母带来了福气，增添了喜气啊！

现在先请您说说，您当年是怎样从一所农村初中考上百年名校长沙一中的？

邓博：说起读书学习，我自然就想起我的母亲了。我母亲读初中时以非常优异的成绩考上了高中，可是在文革极左路线干扰下，因为家庭成分不好被剥夺了读高中的资格。到我们读书的时候，文革早就结束了。母亲对我读书格外重视。从每天上学时对我的千叮咛万嘱咐中，从放学时对我满意的微笑中，我读懂了母亲对我的殷殷期望。我特别珍惜有书可读的幸福生活，以此回报母亲的微笑和嘱托。初三时我获得全省物理竞赛二等奖、娄底地区生物竞赛一等奖，并且以数学最高分（101分）考入长沙一中理科实验班。拿到录取通知时，母亲幸福自豪的微笑至今经常浮现在我眼前，是我勇于面对各种困难和挑战，产生灵感的力量源泉。

小荷：请您简要地谈谈当年在长沙一中理科实验班刻苦学习备战国际奥赛的酸甜苦辣。

邓博：当时我们班的同学都是从全省各地（包括长沙一中初中部）考来的尖子生，高一就学完了整个高中的所有课程，高二前的暑假就要留校进行奥赛培训了。而我是一个农家子弟，家里还有稻田要抢收抢种。我就去找班主任傅老师和物理教练武建谋老师请假。老师觉得奇怪，其他同学都二话没说留下来，你为什么要请假？我说要回去搞"双抢"，老师说种田双抢那是你父母的事。我说父亲忙不过来，母亲病痛缠身（腰间盘突出，限于医疗条件当时不知道是什么病）无法正常劳动，我一定要回家参加"双抢"，请老师将暑假上课的讲义发给我，要求告诉我，我在家一边劳动，一边利用休息时间自学。有问题开学再找老师请教。老师只好勉强同意了。回到家我顶着37℃~38℃的酷暑高温跟父母一起抢收抢种，利用休息时间我按要求拿出老师的讲义自学，母亲亲切的眼神和微笑陪伴着我，我感觉学习效率特别高，做题特有灵感。双抢一搞完，我就立马背起行囊回一中上学了，在开学考试时我的物理成绩还考了个第一名。这时我就想起母亲亲切的微笑和叮咛，我就在心里对自己说要记住母亲的话：要珍惜！要争气！要争光！

小荷：好感人啊！请您说说您在斯坦福大学的求学生涯好吗？我们对这所世界名校充满好奇、心向往之啊！

邓博：我是因拿到国际物理奥赛金牌被保送到北大，然后去斯坦福硕博连读的。可是到斯坦福以后我并没有将全部精力投入到物理学科，开学几个月我都没有去找导师，导师很奇怪，找人叫我去见他。导师问我干什么去了？我说听生物课去了，我想研究人体力学，回国后给我母亲治病。导师听后表示赞同和支持，要我自行开设这一新的专业课程研究。所以在斯坦福毕业后我毫不犹豫地选择了回国。在北京安顿好以后，我立即回湖南将母亲接到北京我的新家。我要亲自治好母亲的腰椎间盘突出病。我每天坚持给母亲推拿按摩理疗。功夫不负有心人。母亲的腰椎逐渐康复，身体一天天好起来，露出了胜利的笑容。后来竟然能够到深圳给我妹妹带小孩了。现在又回到北京帮我打理家务带小孩了。

小荷：这个奇迹是不是因为上天被您的孝心所感动而创造的？

邓博：也许兼而有之吧。

小荷：据我们所知，凭着您的学位学识、奖牌专利等等，很多高校科研院所高薪聘请您，很多财团国企诚邀您加盟，您却对这些稳定的优厚的待遇不感兴趣，自己在北京、湖南等地开环保公司、办农场，这又何苦来着？有没有想想您母亲的感受？取得她老人家的认同和支持？

邓博：正如我小时候很听母亲的话一样，现在我的母亲也很听我的话。当我回国说出自己创业的理想时，母亲微笑着点了点头，给了我坚定地信念和勇气。当时很多亲戚朋友都不理解。但我毅然决然地办起了农场。后来"三聚氰胺"毒奶事件爆发了。大家又都认同我支持我了。我的小孩喝着自家农场的鲜牛奶，我母亲和岳母都露出了欣慰的笑容，我孩子的母亲更是露出自豪的笑容。现在我在北京的亲戚朋友吃的都是出自我农场的粮食、蔬菜和水果，他们的小孩和家人也都喝我们农场的鲜牛奶，不必像许多人那样辗转香港和国外买进口奶粉。

小荷：您从事的是环保工作，是全世界公认的阳光产业。有没有想过今后回美国去发展，拓展更加广阔的前景？

邓博：当年我在斯坦福毕业时，我的感觉母亲祖国、家乡故土就像一个巨大的磁场吸引着我，母亲的微笑召唤着我回来了。我想，母亲的微笑必将激励我继续我在国内的事业。

我目前重点开发的是食品安全产业。我认为，食品安全是人最基本的需求。吃啥直接影响身体健康，情绪，智力的发展等等，甚至事关人类的生存发展。所以有"民以食为天"的说法。没有食品安全就没有人身安全。为了更多母亲的微笑，我要发展壮大我的食品安全事业。我现在已经在北京办了几个绝对绿色环保农场，在湖南的也已开始投产。下一步还想开发到深圳等地。

小荷：好啊好啊！欢迎您到深圳来投资发展食品安全产业。我们热烈期盼着。今天的采访即将结束，您对我们还有什么期待和要求？

邓博：我特别希望同学们积极锻炼身体，健康强壮的身体是开创事业的本钱。我记
　　　得在长沙一中读书时，学校晨练抓得很紧，赖床的同学都会被老师掀被子。
　　　我那时投掷项目很不错，尤其是实心球。当时体育考试投实心球考试满分是
　　　11 米，我可以投到 15 米。我现在不管多忙，都坚持打太极拳等健身活动。
　　　有健康强壮的身体，学习工作就会事半功倍。祝同学们身体健康，茁壮成长！

小荷：好！我们一定记住您的忠告。再次谢谢您！

邓博：不用谢。再见！

小荷：再见！深圳见！

# 校园的小叶榕

熊晓琳

从未见过这么优雅的树，初次见面，便是惊艳。

不像其它我所见过的榕树那般粗壮笨重，一副老态龙钟的样子。她的枝条纤细，
轻盈，好似划过一道道柔美的弧线。她独霸着校园中间那一方天地，没有了其它树
的拥挤，她的身体均匀的向四周舒展着，开出一把绿色的圆伞。这伞也不闷人，不
像有些参天的榕树自私地、生怕被别人抢走一样地把阳光捂得严严实实。她叶儿小
巧、精致，很有讲究地点缀在那些柔嫩的棕色线条上。最喜人，便是在那暖洋洋的
午后，枝与叶儿的影子投到地上，形成一幅由明与暗组成的，扭曲复杂，似乎是蕴
含着些许深意的几何图形。放学时，两三点人影在其间晃动着，有时还会掠过一只
鸟影，整个图案便活了起来，唯美之间又添了几分生气。

多少次在楼上驻足凝望，看这微风轻拂，树影摇曳。暖阳模糊了树的身影，模
糊了我们的青葱岁月。

光阴荏苒，两年半的时间很长，它承载了太多太多我们的欢笑与泪水；它也很
短，蓦然回首，那榕树依旧在微风中静静矗立着，风华依旧。她像一个守护着，对
她来说这两年半如同已经逝去的几十年一样，她执着地坚守在原地，始终如一。她
每天被书香浸润着，被读书声和欢笑声包围着，就在这和谐的气氛里，她默默地修
养着自己的身性。她也坚守着自己的本分，春天抽芽，赠人们一片新绿；夏天茂盛，
赠人们几丝绿荫；秋天落叶，赠人们些许萧瑟。学生们进来了，长大了，又走了，
她都看在眼里，不知道她是否会在某个寂静的深夜里暗自神伤？

学校里总是能见到毕业生回来看望母校，这其中有高中生、大学生，甚至还有中年人。"三、二、一、茄子！"在榕树下合照的他们每个脸上都洋溢着似孩童般真挚灿烂的笑容。恍惚间，我看见这榕树却也在笑着，她心里清楚，大家都还记得她呢。她从来就不是孤独的。那一刻，画面定格，照片上是一群追忆青春的人们和一棵全世界最幸福的树。

向美而立，向阳而生，校园的小叶榕陪伴着一代又一代人的青春，任它时光流转，岁月蹉跎，自守一方天地。

家长评语：通过借物抒情的方法，向人娓娓道来，笔触细腻，又有一点小清新。一棵树见证了青葱少年的奋斗岁月，见证了大家的喜怒哀乐。

# 我的历史老师

薛旖

此时还能忆起金秋九月踏入班门的情景，对于"历史"的好奇，便暗暗推测这老师的模样与教学方式。"历史老师呀，我觉得他定是老人，刻板得很，两鬓斑白，双眼总是能透过镜片找到那调皮捣蛋的学生。手中的教鞭被抽得'啪啪'响……"

我连忙打断了自己的可怕想法，要真是这样，那还得了？

怀着忐忑的心情，仿佛等待着审判一般，这位"可怕"的历史老师缓缓踏入教室，一时班里鸦雀无声，一下子停止了躁动。我侧耳听着，脚步平缓沉稳，不疾不徐，倒是觉着有种"运筹帷幄"的气势。不禁把视线往上挪一些，噢，与我初时想象中"打理得一丝不苟的西装"一模一样，我开始不安，再往上看，噢，顿时放下心。

该如何去形容刘老师的长相呢？他的眉眼有着岁月的柔和，纵使被时间划过也不会留下痕迹，好像不谙世事。眼睛亮亮的，像是智者散发的光芒。没有所谓的"刻板得很，两鬓斑白。"他把自己打理得干净，令人心生好感。

他授课的时候让人觉得像是画一般，动作行云如水，娴熟极了；他的声音听起来有些酥软，却不失底气，如沉淀已久的青铜器重现于世；他的表情很丰富，随着讲课的内容不同，时而挑眉，时而垮脸……不过更多时候他还是笑着的，提起浅浅的酒窝，像个孩子般。

不死扣课本，这是我最喜欢的课堂方式，刘老师有。最近学到隋朝一课，见着时间还有余，便给我们拓展了"胭脂井"的故事，了解陈后主是如此昏庸，才造成了如此灭朝的悲剧。他对待教学的认真负责，这学期专门为同学们重新选了教材，使大家视野得到增广，知识得到巩固，又不失趣味。

我不止一次觉得刘老师真的天生就是教历史的，他和历史很像，不骄不躁，平易近人。历史是沉稳的、祥和的，如谦谦君子，刘老师亦如此，举手投足，得当体贴。被这样的老师悉心指导，真是幸运极了！

家长评语：文章首先对历史老师的种种揣测不安到庐山真面目，最后到作者对老师的授课方式非常喜欢，理论和实际相结合，通过故事让学生进一步了解历史，更能让学生对历史的知识充满好奇与兴趣！

# 一路春风一路歌

薛旖

说实话，刚进实验，是有很大压力的。什么"四大名校"，"校风校规严格"等等直往头脑里灌，晕乎乎地踏入校园。就感觉好像所有人的头上都有光环，唯独我没有一样，害怕且自卑。于是当语文老师在开学时宣告说一周两篇作文后，心情颇为复杂。那还得了？就我这能力……

黯然神伤了好一会，也只得硬着头皮去写，翻了许多名人的散文，细节描写"收入囊中"，自己再修改运用，磕磕巴巴地完成了作业。

意料之外，我被表扬了。现在回想，也只记得同学们羡慕的目光，老师的赞赏以及我浑浑噩噩的步伐，不知是幸运还是噩运，我成了语文老师的关注对象。于是办公室中，总能听见我与老师的讨论："我觉得你这个地方换个词语会好点。""不不不，换了的话反而会变了味。"老师挑眉勾唇轻笑，我又皱眉撇嘴不服，但每次出来却觉得大有所益，文笔在这好几次"口舌之争"中倒也越发精湛。当时正值征文大赛，果不其然，通过之前的积累，我的作文顺利入选了"莲花杯"。

分明是金秋九月，我却如沐春风。

"我就知道你是个好苗子。"老师颇为欣慰，十指相扣放在腹部，默了片刻给我递了本书："这本书对你的参赛应该会有很大的帮助，你拿回去看，自己琢磨，遇到困难就来问我。"我便反反复复的看，取其精华补己之短，三天的"废寝忘食"

后，我有气无力地拿着文档上交，忐忑不安。见着他只是盯着内容不说话，不由得一阵心慌，小心翼翼地探头："是不是不太好，我再拿回去修修？"不想老师啧啧惊叹，嘴角漾起一抹欣喜，拿着作文纸在手中晃了晃，头也微微跟着摇晃，双眼微眯："写得挺好的啊，文章有深度，看来给你的书很有作用嘛。"

于是我再一次没有辜负他的期望，又是几番讨论后，以二者意见结合告终，将作品上交，捧了个二等奖回来。他神采奕奕，眉梢都染上骄傲，努努嘴："你看，把它改成'它包含了多少悲欢离合，爱恨情仇……'会更好一些吧？"

再往后，学校展开朗诵比赛，他摸摸下巴，似有些迟疑，问全班同学："她怎么样？"同学们七嘴八舌附和："可好了，可好了。"老师有些吃惊，最终还是点头道："好，那就你了。"我瞪大眼，连忙摇头摆手表示拒绝，在一起参加朗诵的同学的陪伴下一脸茫然走进办公室。他把一张纸递给我，略有些期待："读读看。"我就只好使尽我自认为最好的声音，最丰富的情感去朗读。他边听边沉思，末了抚掌大笑："我果然没看错人，你呀你，语感把握得当，声音又合适。唉，还好我当初发现你咯……"

心情就像飞鸟冲上了云霄，不可思议，结结巴巴："啊……啊？"但不可否认的，被人欣赏真的是件很棒的事情，这说明我得到了肯定、认可，有一种扬眉吐气的快感，觉得自己总算有用武之地了！

实验之路春常在，一路悉心地培养与帮助，我终是破土而出，伴着春风徐来，展开笑颜，放声高歌由自己谱写出的美妙人生！

# 时光会记得

杨奕帆

2010 年 9 月 1 日，9 年前的夏天，在父母的陪同下，我来到一个陌生的地方、遇见一群陌生的同龄人以及一位"母亲"般存在的长者。当时脑中一片空白，唯一得到的相关信息只有两个字"小学"。

入校的第一天，看着全新的环境，一种从没有过的情绪油然而生，后来才知道，这是"迷茫"。一年级的日子过得很糊涂，起初上课还不知道要认真听讲，小汽车形状的文具盒、橡皮擦、带图案的铅笔都是玩具。下了课就是画画、和同学们说话、打闹。现在想起来，自己都觉得好笑。有一次，同学们你说一句、我说一句，然后有人就莫名其妙地哭了起来，老师还以为是打了架要找家长谈话呢。直到六年级毕业晚会上，这件事才有人承认是一着急咬了舌头！

随着时光匆匆，我们也逐渐成长。班级里开始形成几个小群体。关系好的男生总是抱团扎堆，上课下课形影不离，就连上厕所都是组队五连蹲。女生小分队叽叽喳喳，聊哪部电视剧好看、哪部动漫感人、哪部小说文笔独特。到了四年级，男生们天方夜谭地幻想未来能在 NBA 打篮球，也会讨论毕业的去向。女生们开始追星，买同款围巾、发带。五六年级时，班上开始有同学彼此爱慕，有人大方告白了，也有人死活不承认，开他们的玩笑便成了那时最大的乐趣。最后，无一例外，全部被叫去老师办公室谈话了，经过打压，大家不敢随便乱传八卦了，表面风平浪静，最初的好感都放在了心里。虽然毕业后同学们见面少了，有的人甚至没有了音讯，但曾经哭过、笑过、美好过，足矣。

曾经以为毕业遥遥无期，转眼就各奔东西。课桌里的小纸条是谁喜欢过谁的画面，当年的流行歌成了 KTV 聚会里的泪点，校服藏在衣柜里很丑但总会惦记，运动会的进行曲比老情歌还让人怀念。相聚的时光早已用尽，大家天各一方，曾经的情谊，但愿时光会记得。

*家长评语：青葱岁月，总是让人怀念。中学时，怀念小学时光的纯真；大学时，也许怀念中学时光的拼搏；工作了，更加怀念学生时光的纯粹。文章有真情，有童趣，也有思考。怀念过去，更要珍惜现在。时间没有尽头，把握好每一个阶段，书写自己精彩、勇敢、无悔的青春。*

# 距离

叶雅琳

　　升入初三，学业紧张。我窝在课桌下的"老寒腿"已许久没有活动开了。我每天的行程仅限于去上学及回家，除此之外，便只剩下看书学习了。到了暑假，我更是连动都不想动了。

　　暑假第一天，熬夜学习了一晚的我刚睡下，父亲就打开了我的房间门。父亲有晨跑的习惯我是知道的，他已经穿好了运动服。果不其然，父亲说道："听说你马上要体育中考了，我来陪你练习一下吧！"接着我便被父亲拉到了花园。父亲指定两棵相距约二百米的跑道作为起止点，一声令下便开跑了。我还没反应过来，父亲已经蹦出去三四米了。我咬紧牙关，奋力追赶父亲，可是脚却像灌了铅一般费尽全身力量都迈不开。这三米被越拉越长，几乎到达三十米了，最终毫无疑问是父亲赢了。

　　胜负欲极强的我自然是不服输。这之后的每一天，我都会和父亲来到我们的"跑道"上决一胜负。我们之间的距离不再是定数——我虽然从没超过父亲，却也在逐渐地缩短距离，父亲不再遥不可及。

　　这天，我像往常一样早早起床去叫醒父亲。草率地洗漱完毕，我兴致冲冲地拉上父亲到花园里。昨天，我离父亲仅剩一步之遥，养足了精神的我想要今天一举超越父亲。又是一声令下，父亲的反应极快，只是眨了一下眼，父亲就已经跑到了我的前面。我也只能紧紧跟着父亲。而当到达半程的时候，父亲逐渐减慢了速度。我心中一喜，得知我的机会来了。没有多想，我拼尽自己最后一丝力量超过父亲。冲线的那一刻，我和父亲之间仍是一步的距离，而这次是我在前面。我高兴地欢呼起来，父亲气喘不停，却仍微笑着走上前来拍了拍我的肩膀。

　　这天晚上，许久没熬过夜的我竟开心的睡不着觉。已经深夜，我忽然觉得口渴，便打算去客厅喝口水。打开房门，我发现客厅的灯竟然还亮着，隐隐约约传来父母的交谈声。

　　"是不是又发作了？""没关系，抹点药就好了，别那么大惊小怪的。""真的不去医院看看？严重的话会……""真没事，我的腰我还不知道？再说了，咱又不是没去医院看过。我明天还要陪咱女儿跑步呢！对了我跟你说啊，今儿咱女儿可厉害了！都超过我了……"

父亲无所谓的话语与母亲的低泣声传入我的耳朵，心中的喜悦全部消失。我悄悄地走回房间，倒头就睡。

第二天，我仍是如此早起，父亲仍在呼呼大睡。我走出房间，悄无声息地，独自前往花园。

家长评语：没想到那天晚上的谈话被雅琳听到了。这篇作文我看着也感触颇深，现在雅琳的跑步也越来越好了，不用我们操心了。加油！希望你越来越好！

# 思想性是文章最有价值的东西

尹杭

大家好！

我是尹杭，今天很荣幸能在这里与大家共同分享文学和写作方面的一点心得。

如果说写作需要依靠灵光一现，那么阅读就是在为所有的灵光一现提供基础。人生不会因为哪一个节点而突然变得不同，所有的幸运都是过往努力的积攒。我们的阅读速度往往会影响到储备积累资源的速度，浩如烟海的书库让人难以穷尽，所以坚持读书就显得尤为重要。

我爱读"闲书"。"闲书"就是课外书，是按照兴趣选择的书，范围很广。

我认为读"闲书"是非常重要的。

首先，如果总是围绕考试，就需要读课文，顶多还有一些教辅，是不可能有阅读兴趣、拓展阅读面、提高语文素养、提升作文水平的。即使对考试而言，这也是下策。对于语文来说，阅读量非常重要，有一定的阅读量，才有语感，阅读能力、语文素养也才能得以提高。

读"闲书"是自主选择的阅读，是目的性不那么强的阅读，甚至是漫不经心的、带有娱乐性质的阅读。读"闲书"，就等于在浩瀚的书海之中穿越，体会自由穿梭"历险"的快乐。读"闲书"能让我们自己的爱好与潜力在相对宽松的个性化阅读中发展。人文素质高了，其实也是有利于考试取得好成绩的。

其次，想让自己的人生更有附加值，让自己在未来的工作中更有竞争力，完全取决于我们在求学过程中给了无用的事情多少空间。白岩松曾经说过："一个人的工资是与他的不可替代性成正比，什么让你变得不可替代？不一样才会让你变得不可替代。那你怎么变得不一样，把所有教科书都看完了但是一点闲书都没看的，你能变得不一样吗？"

从这点看来，"闲书"不闲。

那么如何读"闲书"呢？首先要保证量，也就是厚积，没有一定量的积累，是没法薄发的。同时要有兴趣。兴趣不仅仅是好玩，有趣，更重要的是能保证这种阅读是可理解性输入。因为没有人能对自己不懂的东西感兴趣，特别感兴趣的东西肯定是自己的能力能够很好驾驭的。我们可以选择自己最感兴趣的来读，读不下去的书就暂时不要强迫自己读，即使读了也得不到什么益处。因为读不下去就说明这本书不适合自己，或是生活阅历不够、或是人文修养不足。放一放，等能读下去的时候再读也不迟。

我爱读的"闲书"除了文学名著之外，还有百科、历史等方面的书，这些书能开阔视野、拓宽知识面。我尤其爱读名人传记，读名人传记能提高语言运用能力和文学素养，为写作积累素材；能增长见识、启迪智慧；能吸取别人成功的经验和失败的教训；能提升自我的思想境界，培养明辨是非的能力，并且引导我们对人生、历史、社会做更广阔更深入的思考……一举多得。另外，传记属于非虚构的作品，它更具现实性、思辩性，书页中闪烁着哲理的光华。

一般来说，大部头的书我放到假期，平时主要读一些散文和杂文等。

我也很喜欢听读，就是听一些有声读物，讲座等等。我还喜欢看电影，尤其是由名著改编的电影，喜欢听音乐，揣摩诗一般凝练的歌词。

而一个人读的是什么书，就会有什么样的写作；有什么样的写作，就可以知道这个人读的是什么书。

阅读能使人不由自主的想写作。读书到一定的时候，就需要写作来表达自己。书读得越多，就越想写，也能在不知不觉中写得越来越好。

我认为，写作最重要的并非技巧和语言，最重要的是你的世界观、你的价值观能否在文字里找到一个稳稳当当的落脚点，你是否形成了自己独特的视角来观察这个复杂的世界。把道理想清楚了，对自己所写的事件才能有独到的认识。立意是写作的灵魂，但立意并不是写作技巧的问题，而是思想的体现。有思想才能有认识，才能立好意，才能写好文章，所谓"功夫在诗外"也就是这个道理。思想性是文章最有价值的东西，有思想才有灵魂，没有或缺乏思想性，文章就会显得苍白无力，即便文采再好，也只能是漂亮的文字游戏。

真情实感这是最重要的，写文章首先就是要敢写，我手写我心。这说起来容易，实际上没那么简单。因为各个时代都有自己的"八股"，老"八股"走了，新"八股"又来了。只有真正能够坚持自我的人，才能从中跳出来。而对于写作来说，所谓的坚持自我，就是表达自己，以及用自己的方式表达。

另外，就是要大胆地想别人没想过的事，说别人没说过的话。要敢于创新。例如在体裁上创新——书信体、说明书、病历、自问独白式、人物对话式、网贴式、电视直播式、小品式、诗词串联式……在角度上创新——主题角度、选材角度、表现事物的角度等等。

我的写作还有一个特点就是不走寻常路。我对很大众、主流的事情不是很喜欢，只要是我脑子里第一个想到的东西，或者是大家都会想到的主意，我就会去另辟蹊径，久而久之，每次我想到的东西都会比较不一样。其实这并不是一件很轻松的事情。

就好像写作文的时候，可能一般人想到一个主意就会直接写下来，但是我可能每次都会把第一个念头给撇掉。甚至第二个主意都会撇掉。我可能要想到一个自己很满意的东西才会开始写，绝对不会将就。

我觉得观点的新颖度决定了你的意见的受欢迎程度。因为大部分人都是喜欢新颖的东西，这决定了你的价值。

还有就是要在语言上提高和创新。要想快速提高语言表达水平，一定要尊重自己的感觉，寻找适合自己的语言风格。在这里，我对男同学有一个建议，我们并不一定要追求那种细腻多感的文风，对于大部分男同学来说，语言可以平实质朴，可以灵动飞扬，可以雄浑豪放，可以音律和谐，可以整散结合等不一而足。

在有了大量的阅读积累之后，每次写作都要对自己的语言提出高一些的要求，想办法用更准确更有表现力的语言。慢慢地，随着积累越来越丰富，体会越来越深刻，自己的写作也会越来越有感觉，也就会发觉已经不再需要刻意模仿，甚至有时会达到如庄周梦蝶的奇妙感觉，搞不清楚笔下的文字是自己读来的还是自己写出的。

投稿作品的发表也有利于你重新审视自己、提高自己。我常常捧着发表我作品的刊物，不敢直视曾经写过的文章，为那稚嫩的文笔和肤浅的思想而愧惜。正因如此，我也为今天的我不再是昨天的我而感到欣慰，因为我知道，自己没有陷于昨天的荣誉而停滞不前。

这些年来，我沉湎过的事物不计其数，然而往往无疾而终。幸运的是，写作是我未曾改变过的初心与永不止歇的渴望。虽因学习繁忙几度搁笔，但执笔作文之意念，如细水流深，不可断绝。

我承认，笔杆子很轻，但写作很累，是的，累，但是壮怀激励。

我也常常想，文学，它如此虚妄，饥不可食，寒不能衣，然而，我在过去的这些年，却始终挣扎徘徊在这样的虚妄之中，试图思考，试图表达。这份坚持离不开培养和帮助我的学校领导和老师的鼓励和培养，感谢我的母校深圳实验学校，感谢傅芳觉老师，感谢给与我机会参与这次交流机会的湖南省教育部门的领导和老师们。最后，祝各位同学们能够坚持阅读，享受阅读，激扬文字，笔耕不辍！谢谢大家！

# 转折

于博尧

人的一生有许多的转折点。在我青少年时期的一个转折点是我热爱的一个项目——我们这一个队伍代表深圳去打省运会。

这将会是我们人生的一个重要转折点。成败在此一举。如果我们成功地拿下冠军的话，我们的前途将不可限量。

在我们打小组赛的时候都是一帆风顺的，以一场 5：0 和一场 4：0 拿下对手。之后我们便进入了淘汰赛。1/4 淘汰赛的对手是佛山队。我们之前并没有打过佛山队。而且他们还是一支外教带的队伍。所以这是一场遭遇战，我们必须用百分之百的努力去赢得胜利。我们在开局打的并不是很顺利。之后我们便调整阵型打长传冲吊的猛攻。之后就很快取得了效果，打进了一球。之后我们便好打了许多。最后以 3：0 拿下对手。接着我们进入了半决赛。对手便是我们之前的老对手广州队。之前两届省比赛的时候，我们都是半决赛遇到他了。但并没有一次胜利。这次我们必须要力挽狂澜。在上半场，我们双方都没有进球。到了下半场我们进行了换人。这一个换人，很快就起了效果。之后我们便进了一球。在高兴时刻我们必须要稳扎稳打。在比赛最后时刻对手有一粒角球。发进来之后给了一个二点球。对手直接上来射门攻破我们的大门。比赛便进入了点球大战。在前三轮我们都是稳扎稳打的射门，在第四轮我们的射门就被门将扑出。然后对手接着打进。最后一轮我们的发球队员也被对手门将猜到了心理。最后，我们输掉了这场比赛。我们就不能争夺冠军。

不过这只是我们人生的一次挫折，一个转折点。我们应该继续前行。不忘初心。

家长点评：这是于博尧的心声，也是孩子对事情的理解，对生活的理解，希望他能不忘初心，继续努力前行！感谢傅爸和罗老师这三年来对博尧的关心和教育！离毕业会考只有一百天了！希望博尧能好好努力复习！不要辜负老师们对他的期望！感谢各位老师！

# 十班"十侠"

张柏涵

我们十班第一侠——"老班"，是一个有很多知识且令人感到惊奇的人，因为"老班"文武双全：七科他全都会。他有一招名曰："打狗棍法"的招数，没人敢对他有一丝不恭不敬；"老班"有时仿佛孙悟空，腾云驾雾地赶到班上；"老班"从不迟到。晚上六七点，你甚至还可以见到还在辛苦工作的"老班"；"老班"是一个坚持不懈的人，他的精神我们要传承下去！

第二侠——傅爸，他走起路来咚咚咚，仿佛大地都在震动。他是一个刻苦的人，他培养出了许多写作高手：比如薛旖、熊晓琳、我（张柏涵）、王雅卓、王新锐、罗智鑫等十几位同学；傅爸着实很辛苦，没背书的同学，傅爸等同学背书到六七点才回家。傅爸是一个历经沧桑且朴实无华的人，他有伟人的那种精神；我要高声赞美傅爸！

第三侠——"大文豪"薛旖，她写诗作文简直是李白再世；她的文笔和李白宛如合并。她写的作文给人们力量、给人勇气、给人安慰，仿佛天女降世；给我们班带来了希望。她的作文无人可比，我为我们班有"大文豪"存在感到高兴！

第四侠——"灵猴"刘星麟：他是个不高不矮的学霸，我的朋友；他是一个乐于助人的人。小学时，他经常推我坐轮椅到处走；他速度很快，很像一只"灵猴"。什么"小姐"、"洪景逸"，都配不上"灵猴"这个称谓，他有时戴上眼镜化身解题达人；有时化身他们团的团长，他也算是一位长相帅气的同学。他是真学霸。

第五侠——"土豆"杜宥成，自从"品味青春"班会之后；老杜红了。大家对老杜的认识有了一种新的体会，相声达人！老杜演绎的相声既幽默又严肃，他还帮助我改掉了抄答案不良习惯。他跟我的友谊日渐加深，我上上个星期送了他一本书；他还对我竖起大拇指。他是我们班的开心果，也是颜值担当！

第六侠——"迅猛龙"颜旭，他是队长；也是英语课代表。他是一个每天都很快乐的人，他还经常帮助我；在学习上、在上楼上。他是学习标杆之一，为什么叫他"迅猛龙"；因为他对学习毫无放松，迅速解决。他也是一位学神！有他，我们班更加充实！

第七侠——"千面战神"王新锐，王新锐文采很好；读起书来仿佛有条龙在他身上。我从五楼下来的时候，他经常和同学帮我抬轮椅。在这里，我要对他说一声谢谢！放寒假的时候，我会去迪士尼玩，给他和另外几个同学买纪念品；我的朋友！王新锐！感谢你两年来对我的帮助！

第八侠——"关羽"关宇真，说起关宇真；我跟他又是朋友又是同学。他对我也有极大的帮助，他现在还记得我和他说的暗号；我的好朋友之一。没有你的帮助，我就上不了五楼！

第九侠——"国王"钟浩然，我和他从一年级就认识了；我和他是一个写字班的，他是一个长相帅气的人；他也是我的挚友。感谢有你一直陪伴！

第十侠——"轮椅侠"张柏涵，我虽然历史、生物、语文这三科好；其它不好，但我给我的朋友们带吃的，我见到垃圾就扔到垃圾桶里。我也用作文给班级争光，我也感谢同学们对我的帮助；用行动告诉大家，我是一个重情谊的人！

因此，有了十侠，我们班才更充实、理美好！感谢十侠，加油！

*家长点评：字里行间洋溢着对老师和同学们的敬佩和感激之情。希望你好好珍惜幸福生活、快乐时光！不要辜负老师和同学们对你的美好期望。*

# 光影

张熙钰

考试结束，教室瞬间被各种各样的讨论声充满，女孩也一边收拾书包一边与好友抱怨考试太难……"唉，不提这糟心的考试了，我们去喝奶茶吧！"好友的脸上一脸兴奋，仿佛已经在食物的世界遨游。女孩闻言，放下手中的书，眸里的目光也暗淡了一圈，长叹一声道："我也想啊，但今天貌似不行。"好友眨眨眼，"你妈妈回来了？"女孩没心思回答，只是凝望着远方。

女孩打开家门，随即见到了正皱着眉头打电话的妈妈，似乎电话里的事情很烦心。她脸色不快，"嗯嗯"的回应声里带着堪比空调的冷气，腰背绷得紧紧的，左手攥着电话，右手在一张纸上不停地记着什么，周身散发着凝重的气息。女孩瞟了一眼母亲，并不是很理解，因为她知道，电话里的事不是什么生死攸关的大事，也不是什么严重到无药可救的错误，但母亲总是这么严肃。女孩摇了摇头，转身走进冲凉房，试图用水清洗掉自己今天的不快。水，从她身上流下，雾气也从她身上蒸出，女孩不由自主地哼起了歌……"母亲不让我唱这些歌……"女孩随即闭了嘴，脸上的肌肉也僵硬了起来。女孩感受到了脸上肌肉的不协调，笑了笑，揉了揉脸。

等女孩冲完凉出来时，母亲正在从外卖小哥手中接过晚餐，见到女孩，对她点了点头，又转身将钱递给外卖小哥。又是外卖，母亲似乎从来没有时间给她做一顿饭……女孩为此失落了一下。为母亲拉开椅子后，又随手拉开自己的椅子，坐了上去，等会又是长达半个小时的教导吧。"你这次数学考得怎样？"母亲的每个问题都是关于学习。"这次90，满分100，班里第七，我觉得还是挺稳定的。"女孩秀气的脸上没有一丝表情，甚至有一些冷淡。"嗯，不过稳定还是不如稳步上升，不进则退，这个道理我也说过很多次了。"女孩低着头，沉默了许久，她似乎在母亲眼里，总是一件未雕刻完的艺术品，但雕刻者，总是随意雕几刀，又放置下去……母亲是很优秀，高等大学硕士毕业，在世界五百强的公司任职，职务也很高，但常年在外地出差，对女孩的陪伴就几乎没有。女孩现在的成绩，在母亲的光影下显得一文不值……

沉默了许久，母亲终是忍不住了，咳了一声，道"吃吧，今天你刚考完试，也累了。"女孩夹起了今天的第一口菜，明明是一道很重味的菜，在女孩嘴里，却是一样平淡无味，吃了小半碗，忽然觉得没什么胃口，便停了筷子。女孩没有起身，因为她知道母亲肯定要教导她……果不其然，母亲又给她讲了许多大道理，也与她说了许多自己的经历，可，女孩这次没有听，她的心飞到了万里之外，想象自己的未来……"自己会考上什么大学？会在哪里工作？会……"母亲发现了女孩的失神，抬手拍了一下桌子，女孩闻声抬头。意识到了自己的失神，女孩略表歉意，却也没有过多的内疚，因为在她的内心，认为母亲现在的生活，并没有意义，她并不想步母亲的后尘，但处在母亲的光影下，总觉得，自己以后也会与母亲一样。女孩其实希望，自己以后，可以开一个小小的咖啡馆，自己当老板，虽然搬运很苦，但累的时候，还可以自己泡一杯咖啡，随手拿一本书，又或者望望窗外匆匆走过的"白领""金领"们，暗自庆幸自己可以如此悠闲。

我要逃出母亲的光影，做我自己……

家长评语：熙熙通过丰富的人物语言、动作以及神态，衬托出文章中的女孩的人物品质。文章中的故事情节很连贯，叙述自然生动，文章的中心突出，心理描写也很细腻。

熙熙喜欢以第三人称去描写一些故事，你对于自己一些想记录的或着是你想不明白的东西，会想以故事的形式记录下来。

相信你记录故事的习惯，会让你对更多事情有更深的理解，每次记录的时候即是一次娱乐，也是一次学习，希望你能在娱乐中学习，写出更好的文章，期待你！

# 读《狼王梦》有感

张鑫城

书犹药也善读之可以医愚"。在我的生活里永远都少不了图书的参与。令我印象最深刻的当然要属著名的动物小说作家——沈石溪写的《狼王梦》了。下面就让我来给你介绍介绍吧！

这本书讲述着在尕玛尔草原上一段段悲惨动人的故事。母狼紫岚在与猎狗机智斗勇中艰难的产下了五只小狼，她决定要把他们培养成新一代的狼王。但希望的蜡烛随着现实一个个凄惨的破灭：一匹小狼刚出世就被冻死了；黑仔出去捕猎的时候，被老鹰叼走了；蓝魂儿中了猎人的圈套——捕兽夹，也死了；双毛在和狼王洛戛决斗时，牺牲了。紫岚把最后一线希望交给了媚媚，希望媚媚生出的孩子可以成为狼王，为了让她顺利生出小狼崽，与金雕同归于尽了

母狼紫岚为了自己的儿女而付出一切，在必要的时刻甚至可以食子、杀子。在

我们的生活中，有哪一位父母不希望自己的孩子成龙成凤。白天他们要辛苦地工作，晚上还要关心我们的学习，他们一直都在默默地奉献着，不求我们回报，只要我们好好学习。母爱是无私的、伟大的。

她们愿意付出生命的代价来保护我们，不让我们受到任何伤害。但是我们是否珍惜过母亲对我们的爱呢？有时候她会打你，或者骂你几句，这都是母亲对我们的爱，只要你用心去体会、去理解、去发现。便会知道母爱是多么的伟大啊！

家长点评：鑫城从《狼王梦》的故事中想到母爱的伟大，让我很感动。父母的爱都是无私、不求回报的，希望鑫城能更好。文章条理清晰，由母狼紫岚对孩子的爱想到父母对自己的爱，文字较流畅，但有一些细节描写有欠缺，望鑫城以后继续努力写出更好的文章。

# 仰望

张羽菲

我们都住在阴沟里，但仍有人仰望星空。——王尔德

小的时候我总有个习惯，那就是走到哪里都随身带着一本书，不论是出去游玩还是家庭聚会，甚至连去医院看医生的时候，小小的手掌里也总会紧紧地抓着一本书。

读书育人，这是妈妈很早就告诉我的一件事情。一开始还并不明白，只是模糊地感觉到，这填满密密麻麻文字的小本子，可以让人成长，让人向上，向前看。直到如今我渐渐长大，我才慢慢地明白：书，有着令人仰望的能力。

仰望的是什么？仰望的是自己。从好的书中，你能获得令自己意向不到的东西。它能引领你思考，告诉你自己的优点和不足，去正确认识自己，教你要懂得去怀疑，看清这个世界。你若好好用它，它便能在你身后长出绿荫结出沉甸甸的果实。

仰望的是什么？仰望的是经典。不是所有的书都能被叫作经典的，只有那些历经历史长河经过淘洗仍然被人们奉为圭臬的作品才当得起这样的称号，它们是人类永恒的感动。我在看过一些书之后，重读了《古文观止》，未及翻完，嘴巴已是张得老大，其中的文章写得令人连叹无数个"妙"，但有多妙，你也只有读过了，明白了才能真正地体会得到。

仰望的是什么？仰望的是作者。他们是人类文明的传承者，是托尔斯泰的严肃与幽默，是曹雪芹痴迷不悟的心性，是千千万万作者写出的千千万万的故事，让我们可以回望曾经的自我。看了作品，你便也算是看了一回作者身后的世界，没有一个相似，却都一样的精彩。

仰望的是什么？仰望的是整个世界。你未见过的地方，你未经历过的事情，你未曾触及过的灵魂，书中皆有。有非洲草原的季节变换，有大西洋上红发的女船长和独眼的海盗，有南极大陆的寂静，有的是全世界的奇观与超出这世界的想象。大千世界，尽在其中。

仰望其实是一种超越，仰头向上看时，你也一直在向前走，一边走一边收获着独属于自己的感受。

当我望够这一切之后，我便要向上走去，去摘下那一颗颗发着光的星星，放入自己的心中。

家长评语：当我看到这篇作文的标题时，我首先想到了德国哲学家康德的那一句名言——这个世界上唯有两样东西能让我们的心灵感到深深的震撼：一是我们头上灿烂的星空，一是我们内心崇高的道德法则。

在这篇七百多字的文章中，作者似乎发现了另一个值得人们仰望的事物，那就经典。通过排比段落和层层递进的手法作者试图带领我们去认识经典，阐述经典值得我们仰望的理由。由自己－作品－作者－世界，逻辑层次分明，思路也较为清晰，文章立意有创新，有自己想表达的内容。缺点是文字表达方面稍有欠缺，还需要锤炼。建议：自己写完之后再细细地读一遍，可以避免一些不必要的错误。

# 我的化学老师

张羽菲

　　每次在化学课的上课铃敲响之前，在同学们还在打闹的时候，我们班的化学老师便会风风火火地从走廊一路小跑着过来，风雨无阻，以至于现在我们都不用看课表了，只要看见课前讲台旁站着一位个子矮矮的女老师时，就知道等一下要上化学课了。

　　这位化学老师，也就是我们去年刚认识的范老师，她在同学们的心中占据着很重要的一块位置。我们都爱叫她"范范"，因为她有着一张娃娃脸，说话也轻轻柔柔的。"范范"每次上课都带着她的粉色扩音器，当管不住我们的时候，她的脸会涨得红红的，努力地大声让我们平静一下，然后还会抱起双臂，瘪着嘴，似是在指责我们一般，那表情别提多可爱了。

　　我们班可是一块"风水宝地"，好几次课堂化学实验都没成功。看着我们台下一群人吐槽实验失败，她没办法，只能盯着实验器材，口中还小声地辩解着，"哎呀，反正就是这个结果，我在实验室都成功了，到这里怎么失败了呢？"

　　但很显然，范范不是一个甘于失败的人。有一天的化学梳理课，她干脆搬来了所有曾经在"这片土地"上做失败的实验器材来到了这里。看着她豪气地一下子把所有瓶瓶杯杯的东西啪的一声放到了桌上，我和同桌不由地张大了嘴巴，大眼瞪小眼。全班同学都小声地嘀咕着，透露出的只有同一个惊讶的声音：天呐，她竟然来真的！

　　似是为了消除众人的疑惑，她叫上几个人帮她打下手，而她则熟练地从蓝色筐子里取出试管，拿出镊子夹取实验用的药品送进去，递给旁边的同学拿着，等待反应发生，然后又转过身子去找另一个实验的材料。而此刻讲台已经被围得密不透风，大家都在等着"范范"要给我们看的证明。忽然，刚刚握着试管的同学大叫几声，"快来摸呀，发热了。"

　　同学们闻声而动，纷纷伸出手去感受那灼人的热度。奇迹接踵而来，原先未在班级里出现的实验反应，一个一个呈现出来，三楼的小楼梯口，被不绝于耳的叫声与掌声淹没了。

　　看着"范范"满意地点着头，倚在门框上，我的内心充满了自豪感。我们的化学老师为了让学生们真切地感受到化学的奥妙，竟然不厌其烦地为我们完成以前曾失败的实验，真是太好了吧；她这种不服输的劲儿，何尝不也是一种教学呢？不知道这个教室里会不会有几个同学心里暗想，以后一定要学好化学呢！

不等上课铃打响，又是一道纤细的身影站在了门口，要上化学课了。

家长点评：这篇小文章写得短小紧凑，叙事层次分明，有章法，尤其是擅长运用各种描写来突出人物特点和气氛。通过"娃娃脸""轻轻柔柔""脸会涨得红红的""瘪着嘴"这些词语以及"粉色扩音器"这个小细节，我看到了人物的自然特征，这是一个很可爱的年轻女教师；通过"风风火火""一路小跑""风雨无阻"这些描写，我们又了解这是一个做事利落认真负责的老师；除此之外，作者对现场的描写，对人物心理的描写都进行了很好的尝试。通过作者的描写，我们仿佛看到了一个可爱的认真的不甘失败的化学老师的形象。

# 陈老班

钟浩然

他是一个以一己之力，就可以改变班风班纪的男人。他手里掌握着四十三名学生的"生杀大权"。他就是我们班的班主任——陈兆华，我们都尊称他为"老班"。

老班这个人，给我的第一印象就是脾气很好，刚开学时，老班那温儒尔雅的形象就印刻在我的脑海里，挥之不去。正当我开始憧憬未来校园生活时，在第二天，老班就如同变了一个人一样，嘴角没有一丝弧度，两只隐藏在镜片之后的小眼时不时闪动着危险的光芒，给人一种拒人于千里之外的感觉。

老班缓缓走上讲台，面色庄重，眼光平视前方，轻咳一声，开始了讲话："同学们！"声音不大，却透露着一丝丝让人心惊肉跳的威势。老班如同一头择人而噬的凶兽，走到哪里，哪里就是一片哀嚎。我心中顿感疑惑，明明昨天还笑眯眯的，今天怎么就跟变了一个人一样呢？

当老班走到我身边时，停了一下，我顿时感到周身一阵阴冷，动作和表情稍稍僵了僵。"钟浩然！"严厉的声音在我耳边回荡。我抬头一看，只见老班的手正在我的头顶上空。完了，我心想着，只能认命地闭上了眼，谁知老班只是用手轻轻抚过我的头发，并且说道："头发过长，需要剪短。"我暗暗松了一口气，心中的大石头终于落地了。一摸后背，衣服都汗湿了！当天放学后，我所做的第一件事，就是赶紧去把头发剪了，以免再次遭受此等煎熬。

老班，一个普普通通的称呼，却牵动着我们 10 班所有孩子和家长的心。

家长点评：写出了班主任老师不怒自威的气质特点，为你点赞！

# 笑对人生失败

周鑫科

有一句歌词是这样写的"不经历风雨，怎么见彩虹？没有人能随随便便成功"。在人的一生中，遇到挫折和失败是不可避免的，关键在于要从失败中总结经验，把失败和挫折能转换为前进的动力，树立信心，才能迎接成功。有了这样的理念和心态，我们就将必获成功。

就像这次运动会一样，因为这是初中三年的最后一次运动会，我不由得紧张和不安起来，热身运动没做好，导致肌肉拉伤，双脚一直处于疼痛的状态，加上跟自己一组比拼的都是学校的运动健将，使我更加焦虑烦躁。但我没有放弃，坚持着把 4*100 米跑完，最后我们的成绩并不是很理想，但看见我们班同学都来为我们加油助威，我沉重的心情突然变得轻松了起来。我必须要去勇敢面对它，失败并不可怕，面对失败我们就应该以微笑来迎接，在未来的日子里我们将会一次次从失败中总结经验，经验也是一个人成长的财富。时常怀着感恩的心，感谢人生对自己的又一次磨练，不要怨天尤人，要勇敢地和困难拼搏一番，永不绝望，你会发现，困难也不过如此。

在接下来的时间里我将面对人生中的一次重大转折，参加 2019 年的中考，希望通过自己的努力考上理想的学校，加油吧，我相信自己一定能成功！

家长点评：作为父母很希望你能一步一个脚印的踏踏实实的走下去，努力地读书，努力地培养学习的自觉性和主动性，增强学习的责任感，带着所有的期望，勇敢地向前走去，愿你用自己的双手创造出属于自己的未来，为你的青春填上浓墨的一笔。人生的路上也许是荆棘，坎坷；也许是鲜花，掌声；也许是平淡，庸碌；但父母对你无尽的爱将永远伴随你，希望你永远快乐，勇敢，自信，博爱。

# 和学习较劲

周宇深

如今的初三生活，作为一名学生，学习便不再如小学一般，在安全和健康的前提下，做好学业此乃重中之重。然而，这学习似敌似友，时而疏远我，时而贴紧我，好似过山车一般起伏动荡，没个定数。

怎么办呢？这个困惑犹如心魔一般，一半是海水，一半是火焰，我便琢磨着降"妖"的不二法门。

俗话说得好！三人行，必有我师。

因此，我拜访的第一个"师傅"就是我们班的成绩优秀同学，从同学口中套出只言片语可谓难似登天，他们大多白天心不在焉，讨论各种闲余杂事，可在晚上这帮家伙变像遨游在知识的海洋中肆无忌惮的吸吮智慧的甘露。我却被坑蒙拐骗两年之久。我上下打点，如宋濂一般尊"师"。换来的却是什么努力没用等应付之言，我倍感伤痛。

恼怒之余，忽然想起身处如此优秀之学习环境，必有好的人来引导，这导师不就是各科任老师吗？我猛的一拍大腿，似大彻大悟般冲去办公室，可前脚踏入，后脚悬空之时，我怔住了，"没问题"成何体统，乖乖退出来。不过再累，一想到学习这个顽皮小儿在我面前时，我越发着急。

随后几天中，腿脚似乎勤快起来了，可意志如反比例函数一般加速下滑，实则开启了"大跃进"，无论干多干少得到的都一样，便是每日掠一眼，抽几个问题一问，囫囵吞枣般草草了事，我在劲头上破了个洞，在这个回合便败下阵来。

正如所料在那个傍晚只能见到一弯明月，一个疲惫伤心的学生，负着沉重的书包，拖着一张雪白的印了个红数字的卷子，淹没在无尽的黑暗之中。

一月一度的"批斗大会"开始了，父母连珠炮似的嘴正张开着，学习给了我当头一棒，一蹶不振好久。。。

闪电终于划过晦暗的夜空，光明即将照耀天地。这是我第一次认识到只有靠自己。正所谓"师傅领进门，修行靠个人"，更何况靠山山会倒，靠人人会跑，只有自己内心有所觉悟，方能有所成就。

在这新政的推行下，我的实力稳步提升，听老师的话很重要，"行甚于言"学习这个大魔头可算是被降服了一阵子，能否"较"过学习，还得看中考。

　　不过与学习较劲，使我能领悟到各种人生哲理，小到细枝末节，大到为人处世，无一不沐浴在挚爱的阳光里。自己做方能赢得天下，这是多么曼妙的东西啊！人生也应该如此。

　　它给予我无尽的力量，使我有机会一击击到学习的窍门，让他对我俯首称臣。

　　家长寄语：成长的记忆里，有一些青涩的味道，未必不是一件好事。

# 为了母亲的微笑

邹婉乔

　　那是一个忙碌的六月。应该算是我们这一届学生家长第一次要为了我们之后路而操心的时候吧。想必大家都知道，初中这个阶段，对于学生来说是一个非常重要的时期。能去到一个好的初中，它的校风便会随之影响你，让你变成一个更加优秀的人。那个时候，我的家长为了我上初中的事操透了心。每天都会忙的焦头烂额，好像无时无刻都在为我上初中的事情操心。爸爸妈妈希望我能去一个好的学校读书，可是呢他们也没办法保证我一定能去名校读书，所以还得费尽心思的帮我找后路。也因为如此，妈妈的脸上很少会出现发自内心的笑容。就是从那个时候起，我就暗暗下决心一定不能辜负妈妈对我的期望。

　　因为我已经决定了要靠自己的一技之长去拼一拼。所以从那时起我就每天很努力的在练习音乐，学习乐理，尽自己可能的去提高自己的歌唱技巧和视唱练耳的能力。要求自己一定要比前一天的自己进步些。在学习方面更不可以松懈怠慢，毕竟特长生也是要靠文化成绩的。除了这些基本的东西以外，我还得去搜集网上特长生面试的相关会问到的一些问题，并且会去总结各个问题的最佳回答，以免到时候面试时出什么差错。就这样日复一日的练习，终于到了考试的那一天，果然是功夫不负有心人，我顺利的通过了考试。

　　中考就要来临，我们应该更加努力学习，去实现自己心中的目标。为了自己的目标，我一直在努力着让自己每一次考试都有进步。也因此，我也改正了许多不好的习惯。以前的我，有时上课难免会走神，上着上着那心思便不在老师的课堂上了，要么就是去写一些其他的东西，可是现在，我已经意识到了这个习惯的坏处，并且尽自己的努力去改正。所以现在我每每上课，都是全身心投入到课堂里面。但是即便是这样，某些科目的成绩还是很难有快速的提高。后来想了想，问题应该是出在我的学习方法上面，在之后的日子里，我会总结每一次考试的经验，接着整理出一个最适合自己的学习方案。还要把学习效率提高，我相信，这样下来一定会有进步的！为了母亲的微笑，加油！

# 这位老师不一般

尹杭

"傅爸，来一首！""傅爸，来一个！"在敬老院慰问老人时，同学们热情地喊着傅老师为大家唱一首歌。看到这里，你一定会"友邦惊诧"，和老师这么亲，这位老师可不一般哦！没错，他就是不一般的傅老师——我们的语文老师，我们的傅爸。

傅爸一身书香之气，初次见面时我还以为回到了民国。他的头发梳得光亮整齐，言谈举止谦和、儒雅而洒脱。如果穿上长褂，他绝对是朱自清先生再世。他善写五七言诗、善对楹联。校庆时，他作为教师代表朗诵其贺诗，满含深情，头向后拗过去、拗过去，那投入的神态让我至今历历在目。他善于教研，善写课本剧、小品、段子，样样精通。

然而他虽才华横溢却并不清高孤傲。他讲起课来，意气风发，满腹经纶，既有"夫子"的韵味，又有青春的活力。相处一段时间之后，我感觉他更像是王安石。他在我们班上进行了王安石般翻天覆地的改革。先是背诵比赛，又是作文竞赛，现在又是"八仙过海语文知能竞赛"。他的花样儿真多，他总是千方百计地让课堂"活"起来，变着样地给我们"加餐"——听记答题是最典型的了，就是他一次念好多词语，念的时候不准记笔记，念完了再要我们一次全写下来。记得刚开始的时候，这份"加餐"对我这个记忆力"达人"来说可真是痛苦万分啊，我简直是记不下来几个。可是，过了一段时间，我这个"达人"居然慢慢"达"起来了。傅爸就是这样一位善于发掘学生潜力的好老师！

他又特别平易近人。他不是我们班的班主任，可是我们班每次有集体活动，他都乐呵呵地跑来，给我们加油、助威和喝彩。他对每个同学都是一视同仁地关心；他的耐心像海水般永不枯竭；他就像扫描仪一样，能全方位地扫描到可能连你自己都没发现的优点（有一次，他夸我的周记里漫画画得好）；他的赞许和鼓励就像是冬天的浓汤，从里到外都让人暖和着。

傅爸以爱为根，以德为本，给我们诠释了什么叫做"德高为师，身正为范"，让我们领会到原来当老师还可以当到这种不一般的境界。不一般的傅老师，亦父亦师亦友的亲爱的傅爸，祝您永远快乐！

2014 年 12 月发表于《作文周刊》21 期

家长评语：第一感觉总是最准的。还记得吗？那是到实验中学的第一天放学后，你兴奋地对我讲述你对各位老师的观感，你说，你觉得傅老师就是朱自清先生在你心目中的感觉。后来的点点滴滴，更是逐渐印证了这种感觉。你是如此幸运，有傅爸这样的名师对你提携、指导，无论是人品上，还是在为文上。

# 朝晖娘娘印象记

邓炳皓

初中时代，在我所见过的教师中，第一印象给人最深刻的老师就要属徐朝晖老师了。尽管徐老师只教了我们地理一学年，她雷厉风行的行事风格还是给我带来了不可磨灭的印象。

徐老师的出场方式，可真是惊艳到了全场。新学年的第一节地理课之前的课间，全班都在纷纷议论着新的地理老师，大家对神秘的地理老师很是好奇与激动。很快，十分钟的课间结束了，上课铃声响了，可是班里早是一锅烧开的沸水，哪能安静下来。在这噪杂的混乱中，突然一阵急促的高跟鞋声将大家的注意力转向了教室门口。不一会，一个尖锐的女声从门口传来："你们六班怎么这么吵！"就这一喊，连班里几个最顽皮的同学都瞬间哑火。待徐老师从门口进来，全班已经鸦雀无声。徐老师扫视了我们一眼，眼睛里闪现着"凶光"，几个同学与她对视之后，竟被吓得缩缩脖子，那双眼睛似乎能将人吞了似的。

徐老师跨上了讲台，便要开口说话。我以为她要说："同学们好，我叫XXX。"然而，我还是不了解这位老师的独特。她在讲台上的第一句话又是一声破口大骂："你们班平时上课都这样吗？要是没人管，我来收拾你们！"在窗户抖了两抖之后，全班竟没人敢哼一哼，也难怪，我们恐怕从未听过如此霸道的声音。她的嗓音尖锐却又有穿透力，跟放空警报恐怕有的一比。

之后，徐老师拍了一下讲台，又用她独特的嗓音宣布了她课上的堂规。除了普遍的认真听讲之外，她还有着非常奇葩的规定，其中一条"作业自批不准用小勾而是用大勾"让我感到奇怪。我正想提问，却听她说："理由有两个：一，我检查的时候眼睛不花；二，漂亮。"她这一说，我刚到嘴边的话又吞了回去，心想这老师也真够任性的。讲完这些班规后，她终于介绍了自己的名字。介绍方式也是简单粗暴，就六个字：我姓徐，名朝晖。尽管她没有外号，日后我们班还是给她取了个霸气侧漏的外号。

徐老师的严厉，就如教官一样。每天跟她在一起上课总是快节奏，然而上她的课我们却无法不专心，因为她那嗓音实在是太"魔性"了，任何白日梦都会瞬间被那声音穿破。课下的作业，她也是查的滴水不漏。尽管她要求我们自批，第二天她仍然会仔细查看我们的自批。看看有没有谁在作假。起初还有人想放水，但在被徐老师请到办公室看"喝茶"之后，就再也不敢以身试险了。徐老师让我们明白了一个道理：什么作业都可以不做，反正地理作业必须做，还要认真做。

徐老师的外号，叫"朝晖娘娘"。我对这个外号一直赞口不绝。这娘娘二字跟徐老师太贴切了。要说徐老师的气场，那与后宫之主有得一拼，就是一个大姐大。而她的气质，与世界名模没什么两样。她走路带风，高挑的身材让她把教师服穿的像旗袍一样，再配上一对高跟鞋，将她显得格外火爆，无人敢在她面前放肆。

家长点评：从深圳实验学校毕业，出国留学已经两年多了，你还能满怀深情地写下这样一篇使人如临其境如见"朝晖娘娘"的佳作，可见实验学校对你的影响之大，可见你们的师生情谊之深。为你点赞，更为实验学校的老师点赞！

# 第三辑

# 知困篇 半亩方塘

与香港教育界同仁切磋

向四川地震灾区捐赠我们自己的书

参加全国首届校园网络文学论坛

四川省驻深办的感谢信

与参加校园网络文学论坛同仁合影

与同事们赴南京学习

# 语文素养七四三一结构浅说

傅芳觉

我国传统的语文教学，初始于私塾、书院等。在相当长的一段时期由于科举取士、分数指挥棒的驱使、应试教育的影响，几乎都是以语文知识传授为目的，死记硬背、题海战术和应试技巧的训练充斥着整个教学过程。只见分数名次不见学生，只见知识灌注不见教书育人，导致语文学科的人文情怀、审美情趣、育人功能等严重缺失。"人文精神、人文教育的危机暴露的正是基础教育在'人'的教育问题上的危机，亦是中小学文学教育的危机。"（引自黄耀红《百年中小学文学教育史论》P8)

语文课到底应该教什么？语文素养的内涵有哪些？语文的核心素养到底是什么？本文以"人"为出发点和落脚点由表及里勾勒出语文素养七四三一结构图，拟对语文素养及其核心作一探究。

语文教学的核心素养到底是什么？回答这个问题之前必须探讨当今教育培养什么人的问题。也就是说21世纪培养的学生应该具备哪些最核心的知识、能力与情感态度，才能成功地融入未来社会，才能在满足个人自我实现需要的同时推动社会发展？

2015年3月30日，《教育部关于全面深化课程改革落实立德树人根本任务的意见》中提出了要加快"核心素养体系"建设。从该文件我们不难解读出：所谓"核心素养"就是指学生应具备的适应终身发展和社会发展需要的必备品格和关键能力，突出强调个人修养、社会关爱、家国情怀，更加注重自主发展、合作参与、创新实践。

而作为基础教育的基础学科，语文素养及其核心是什么呢？

《九年义务教育语文课程标准》指出："语文课程是一门学习语言文字运用的综合性、实践性课程。""工具性与人文性的统一，是语文课程的基本特点"。在知识教学时代，曾提出过"字、词、句、篇、语、修、逻"的说法，也有"字、词、句、语、修、逻、文"的说法，意思基本一致，只是排序略有不同。就是把语文学科素养用这七个维度的内容进行了概括。语文的课堂教学也基本上都是紧扣这七个维度的问题进行"授业解惑"。应该说这七个维度是语文素养必不可少的基础。

建立在"字、词、句、篇、语、修、逻"这七个维度的基础之上，听说读写四个方面的能力，也是当代中学生必备的语文素养。

对于这个问题，语文教育专家张志公先生曾在《关于改革语文课、语文教材、语文教学的一些初步设想》中描述说："他们普遍需要的将是如历史上描写智力超常的'才子'们那种'出口成章'的能力，因为他们要用自然的口头语言处理工作、指挥机器干活；那种'一目十行、过目成诵'的阅读能力，因为他们需要读的东西太多了；那种'下笔千言，倚马可待'的写作能力，因为他们的时间很珍贵，必须在尽可能短的时间里写出他们生活和工作中需要写的东西。那时候社会上还需要有'低吟长啸'的诗人，'斟词酌句，反复推敲'的语言大师，人们还需要文学。不过，处理生活和工作中实际问题的敏捷准确的高效率的口头和书面语言能力，将成为每个人的需要。"

这是张志公先生对当代中学必备的听说读写四种能力的形象概括，也是张志公先生对现代化社会里中学生所应具备的语文学科素养的生动阐述。

在具备"字、词、句、篇、语、修、逻"这七个维度的语文基础和听说读写四个方面的能力等素养的同时，当代中学生还必备以下三项更重要的语文核心素养，才能成功地融入未来社会，才能在满足个人自我实现需要的同时推动社会发展。所谓三项语文核心素养如下：

## 1、良好的思维品质

思维最初是人脑借助于语言对客观事物的概括和间接的反应过程。思维品质反映了每个个体智力或思维水平的差异。良好的思维品质来源于良好的逻辑思维能力。学生从孩童逐步成长到青少年，其思维发展是从具体形象思维逐步向抽象逻辑思维过渡，比较稳定的抽象思维能力开始形成。青少年期思维的发展过程中抽象逻辑思维逐步占优势，辩证逻辑思维得到发展。语文教师要根据学生的身心特征以及思维发展的特点来确定教学内容、改变教学方法，抓住这个阶段是从初级的具体形象思维向抽象逻辑思维过渡的关键时期，进行有效教学，培养学生良好的思维品质。

## 2、高雅的审美情趣

《九年义务教育语文课程标准》要求：语文教学应提供优秀文化的熏陶感染，促进学生的和谐发展，使他们提高思想道德修养和审美情趣，逐步形成良好的个性和健全的人格。语文学科是汉语与文学的复合体，打开语文课本，我们就会阅读到一个个文学文本，文学作品就是艺术化地组织语言的一种作品，语文教学以"审美鉴赏与创造"为核心素养，其宗旨就在于满足人性的需求，让学生体验到文学带给人的愉悦、情趣，唤醒学生对文学的渴望与热爱，在审美鉴赏过程中陶冶情操、发展个性。

### 3、不断创新的精神

当前中学语文教学中，知识就是一切，教的是知识，学的是知识，考的是知识，学生的情感、人格被忽视了，自我发展的空间被挤占了。分数是"素质"的代名词，成绩是"成功"的标志，应付考试是教育的全部含义。教师以榨取"剩余"时间拼"质量"，学校以拼比高考分数求生存。几乎所有名校在宣传其教育质量时最后打出来的王牌，无一不是高考分数和升学率。扛素质教育之大纛，行应试教育之能事，乐此不疲，洋洋自得。学生们一个个成了盛装知识的容器和演绎试题的机器，学生的人文意识、生命意识都被扼杀，更不用说创新精神的培养。

江泽民同志指出："创新是一个民族进步的灵魂，是国家兴旺发达的不竭动力。"要培养具有创新精神和创新能力的新一代中学生，作为基础基础教育的基础学科，中学语文教学就必须彻底打破传统观念的禁锢，探索创造性的教学方法与学习方法，营造有利于创新的环境氛围，激励和培养中学生的创新精神，一批批具有创新精神的中学生才会脱颖而出，中华民族的伟大复兴才会大有希望。

应该说，学生学习语文知识，运用语文的过程，也是提高能力，丰富情感，陶冶情操，培养健康个性和健全人格的过程。然而，一段时间以来，由于人们对语文教育认识的偏颇，片面强调语文的工具性，迎合应试教育的功利主义，导致了语文教学中人文情怀的缺失，全民人文素养的下降。新的课程标准指出："语文是最重要的交际工具，是人类文化的重要组成部分。工具性和人文性的统一，是语文课程的基本特点。"无疑是重新认识并强调了人文性，及其在语文教育中客观要求的迫切性，为我们广大语文教育工作者指明了前进的方向。

面向 21 世纪，我们的教育培养的应该是身心健康、人格健全的人而不是奴隶，是科学性和人文性都得到充分发展的人。而语文教育对于培养学生的人文精神有着独特的优势。因此，语文教育应该以"人"为出发点和落脚点，将"人"作为语文教育的核心素养的内核。关注人的发展，进行以人为本的语文教育，是每一位语文教育工作者都必须践行的义务和责任。

（本文 2016 年 12 月发表于《教育科学》P178，并获全国优秀论文一等奖）

**附：语文素养七四三一结构图**

# 学生是第一教育资源

谈到教育资源，一些人往往首先想到的是先进的教育设施设备、现代化的网络资源等等；打开所有的"教育资源"网站，所谓的资源不外乎都是一些"课件下载、音像素材、备课教案、试卷下载、参考资料"等等。这些"资源"固然是不错的，但人们却往往忽视了最根本的教育资源——人的资源。这些有失偏颇的、片面的现象、意识和习惯往往将人们带入舍本求末的教育工作误区。

什么是教育资源？概括起来讲，各学科教材课本、新闻媒体及耳闻目睹的一些社会现象、自然环境，学生学习的方法、态度、能力，教师的教育教学观念、个人修养、师教手段等等，我们都可以称为对学生实施教育的资源。从我国目前的教育改革的趋势来看，凡是有利于促进学生主动学习，和谐发展的资源都应该加以开发与利用。作为新世纪的教育工作者应有强烈的资源意识，努力开发与利用好现有的教育资源，切实提高教学效果，提高学生终身受用的学习能力。

而要充分开发和利用各种教育资源，就有必要对其进行分析和比较，弄清孰轻孰重，孰先孰后，孰主孰次，其开发和利用就会得心应手，左右逢源。教育效率倍增，学生终身受益，更有利于国家民族的长远利益和长足发展。

我认为：诸种教育资源可以分为两大类：物力资源和人力资源。物力资源即各种教育设施设备，各学科教材课本及自然环境和条件等。人力资源即包括学生、老师和家长等在内的受教者和施教者。在这两大教育资源中，人力资源是更重要的资源，而学生又是其中的第一教育资源。

## 一、人力资源是比物力资源更重要的教育资源

随着国民经济的迅猛发展，我们国家对于教育的投资越来越多，教育的物力资源越来越丰富：一幢幢配套齐全的现代化教学楼、实验楼、科技馆、图书馆如雨后春笋拔地而起；一件件代表最新科技成果的电教设备不断地在教室、图书室、实验室更新换代。这些可喜的现象在大中城市、在重点学校尤为突出。然而当我们冷静下来考察、分析和比较其教育的投入与产出后却发现，很多物力资源的投入并没有得到应有的教育效益的回报！某些地区和学校的教育教学质量并没有比一些物质条件相对较差的地区和学校高出多少，有些甚至还形成强烈的反差！其原因何在？一些人热衷于物力资源的开发、整合与提高，而忽视了最根本的最核心的人力资源的开发、整合与提高。忽视了教师地位和积极性的提高，忽视了师资的培训和优化，

尤其是忽视了生源的开发与利用。君不见，每到寒暑假，一些学校就大兴土木，扩展校舍，装修翻新，盲目增加或更新设备设施（中饱私囊者尚且别论）。而忽略了学校最根本和最基本的要素和资源——教师和学生。一到放假，教师和学生就成了与学校无关的游民。既不组织教师考察学习和休整提高，又不指导和安排学生的假日活动。让这些最重要的教育资源长期地白白地浪费和流失。由此可见，我们某些教育工作者其"教育"并没有"及于人的本体"，教育的目标在许多时候被人的本体之外的某些相关事物所左右。

毛泽东同志在《论持久战》中写道："武器是战争的重要的因素，但不是决定的因素，决定的因素是人不是物。"同理，在现代教育事业中，物力资源是教育的重要因素，但不是决定的因素，决定的因素是人力资源而不是物力资源。因而一些有远见卓识的校长将教育的目标较好地对准"人的本体"，把人力资源的开发、整合和提高摆在比物力资源更重要的位置上。千方百计招贤纳良，引进优秀师资，把"事业留人、待遇留人、感情留人"做到了实处，非常重视师资的整合与提高；将学生作为最重要的教育资源，不断开发、整合、利用、优化，切实提高教育质量，真正做到"低进高出，高进优出"。

## 二、学生是所有教育资源中的第一教育资源

在强调人力资源是比物力资源更重要的教育资源的基础上，我们还要进一步强调：学生又是所有人力资源中最重要的教育资源。为什么要作这样的阐释和强调呢？

因为在我们目前的教育工作中不难找到偏离教育初衷的情形。尽管教育工作者有着教育人的意识，但在实际教育工作中却可能并没有把教育的效果落实到人——教育对象上面。正如美国教育哲学家杜威所指出的，传统"学校的重心是在儿童之外，在教师、在教科书或是其他你所高兴的任何地方，唯独不在儿童随时代变化而变化的天性之中。"的确，我们每天面对着教育对象，面对着这一座座"金山银山"，却不知道这就是取之不尽、用之不竭的第一教育资源！传统的观念使我们对教育对象的认识，仅仅把它作为缺少生命力的知识容器而不是当作活生生的人。我们不乏对教师、教材、课件的研究，唯独缺少对我们的第一教育资源——学生的研究与开发，尤其是缺少对学生群体的潜力和资源的研究与开发！

对于教师与学生在教育的人力资源方面孰主孰次的不同认识，决定着不同的教育实践和结果。以教师为主的教学是以知识为本，强调知识的传授，即"师者，传道授业解惑也"。以学生为主的教学，重在发展学生的创造力，要求教师指导学生学习，教会学生学习，让学生更多地获取和掌握知识。前者比较注重对知识的继承、传授和掌握，后者要求使学生在知识、能力、素质各方面全面协调地发展。以学生

为主不是向学生传授现成的知识，而是向他们提供所需要的一些事实、事例或问题，引导他们主动积极地思考，独立开展探索，自行发现并掌握相应的原理或结论。因为，在信息时代，"学会学习"比"学到知识"更为重要。教给学生解决问题的学习策略，更让他们终身受益。

有一定教育工作经验的人都知道：在集体中教育、在活动中教育、学生教育学生往往比教师单向教育学生其效率和效力都要高出不知多少倍。因此，有经验的老师往往非常重视集体建设、班风建设、舆论引导，开发学生自身资源，使学生教育学生，学生影响学生，学生改变学生。这样无论是教育还是教学都能起到事半功倍的效果。

近年来的两个突出现象从不同的角度证明：学生是所有教育资源中的第一教育资源。

一是"生源大战"。每年暑假，是各高校、高中、初中甚至小学"生源大战"的白热化时期。香港高校不惜几十万的高额奖学金吸引内地高材生是高校抢夺生源的突出一例。各地中小学校屡有抢夺生源的高招令人拍案叫绝。相比之下，各地招贤纳良引进优秀师资的力度就相形见绌了。为什么？——因为生源是比师资更重要的教育资源。

二是"择校现象"。近年来各地都有家长不惜重金以"赞助费"等各种名目千方百计让子女选择重点学校就读的现象。个中缘由，重点学校有名师名校长固然是一方面，而更重要的原因就是某些家长所说的：重点学校有更多的优秀学生，"近朱者赤，近墨者黑"，家长想让自己的小孩与优秀的伙伴互相学习，共同进步。家长们朴实的话语和行动从另一个角度证明：学生是所有教育资源中的第一教育资源。

### 三、学生既是教育资源中最重要的人力资源，也是具体教学活动中第一课程资源。

基础教育课程改革需要课程资源的支撑，课程资源的开发和利用，是实现基础教育课程改革目标的重要环节。传统课程资源的开发和利用，不注重学生自身的教学资源。学生是教学的主体，是活生生的个体，学习是学生的个性化行为。学生自身的语言素养、灵巧天赋、生活阅历、艺术特长、知识经验、个性差异为学生理解知识、思考社会、创新发展积累了一定的经验，奠定了知识基础，是难得的教学资源。

新课程标准指出：课程资源包括课堂教学资源和可以利用的课外学习资源。传统课程资源的开发和利用，往往只着眼于图书、音像、风光、文物、民情、信息、社区、家庭、社会实践活动及其材料，开发与利用的主体，往往又是学校之外的课程专家和学科专家。

课程标准的主要实施者是一线的教师，教师对课程资源进行鉴别、开发、积累和使用，他们对于哪些课程资源可以进入课堂，转化为现实的课程要素起决定性作用。进行课程改革以来，广大教师有了课程资源的概念，有了课程资源的需求。但是，由于习惯势力使然，很多学校很多教师（包括社会、家长及网络）关注的仍然是传统的课程资源。所谓备课，不外乎还是停留在研究教材教法、抄写教案、制作课件等等，没有将重点放在研究学生学法、学生身心发展规律及其兴趣特点，不注重开发和利用学生自身的教育教学资源。这与新课程标准所倡导的尊重主体、体现个性、发展特长的精神相距甚远。

新课程标准明确指出：学生是学习和发展的主体。必须根据学生身心发展和学习的特点，关注学生的个体差异和不同的学习需求，爱护学生的好奇心、求知欲，充分激发学生的主动意识和进取精神，倡导自主、合作、探究的学习方式。教学内容的确定，教学方法的选择，评价方法的选择，都应有助于这种学习方式的形成。

综上所述，人力资源是比物力资源更重要的教育资源，而学生又是所有教育资源中的最根本、最核心的第一教育资源，也是具体教学活动中第一课程资源。我们要深刻认识和强化"学生是第一教育资源"这一观念和主张，充分挖掘和开发"第一教育资源"，使教育教学的效率和质量得到更大更快的提高。

**参阅资料：教育部"新课程标准"、郭思乐《本体教育模式论》等。**

本文发表于《特区教育》2011 年 7-8 期"专稿"头版，
并获全国基础教育系统年度课改成果二等奖。

# 导入最佳心境，开发学习潜能

傅芳觉

何谓心境？心境是一种微弱而持久的、影响人整个精神生活的情绪状态，如心情舒畅、闷闷不乐、恬静、烦躁等等。人们总是在各种不同的心境中学习和工作的。生活中我们不难发现，当一个人心境舒畅时，他说起话来和颜悦色，做起事来，轻快利落，遇到什么事情都感到满意；当他闷闷不乐时，则觉得什么东西部笼罩着一层"灰色"情调，使他不顺眼。教学中我们不难发现，学生一旦处于舒畅的、积极的最佳学习心境，其智力水平就能得到"超常"（看似超常，实则正常）的发挥：平时听力不强者，可能会全神贯注，入耳不忘；平时不擅辞令者，可能会侃侃而谈、滔滔不绝；平时对阅读材料熟视无睹者可能一目十行，心领神会；平时文笔笨拙者，可能洋洋洒洒，下笔成文。由此可以推论：在教学中，教师想方设法诱导学生进入最佳学习心境，长此以往，必能达到积累效应——变"超常"为"正常"，学习成绩迅速提高，学习潜能得以开发。导入最佳学习心境对于开发学习潜能具有重要意义，我们在教学中怎样将学生导入最佳心境呢？下面就这一问题作几点探讨。

## 一、帮助树立信心

作为一种心理现象，信心直接影响着一个人的心境。教学中，我们发现，一般学生，尤其是后进生，最令我们头疼的并不是成绩差，而是他们缺乏信心。要转变后进生，大面积提高教学质量，大面积开发学生的潜能，首先要帮助学生树立信心，让他们克服自卑心理，看到自己的进步和长处，感到前途大有希望。及时补救自己在以往学习中的失误，始终充满信心地学习，进入最佳学习心境，充分发掘学习潜能，提高学习效率。

1985 年下学期，我教的文科毕业班转来了一名插班生，该生因在一所省重点中学成绩跟不上班而转学，情绪一度低落，上课无精打采，心境极差。发现这一问题后，我立即在他刚作的一篇作文《献给前线战士的歌》中寻找"闪光点"：奇特的构思、精彩的段落、生动的词语等等。作文课我重点讲评了这篇作文的优点。课后，我又找他谈心，帮助他看到自己的许多长处和优势，对他曾发表过作品大加赞赏，对人的潜能予以介绍，并向他介绍本校辉煌的历史和近年来取得的可喜成绩，介绍了给他们班任教的老师的教学水平和成就，使他增强了作为这个学校学生的自豪感，对老师的崇拜感、对学习的自信心。学习心境迅速向好的方面转化，上课聚精会神，积极思考，大胆发言，学习成绩由插班时的最后几名进入前二十名，毕业后被大学录取。大学毕业参加工作后，他屡遭挫折，但始终充满信心，艰苦努力，自己创办了湖南省唯一的一所智力开发学校——长沙胡思智力开发学校，研究发明了"奇特心象联想记忆法"，面向全国函授教学，获得成功。中央电视台、《中国青年报》、《中国教育报》等五十余家新闻单位报道过他的事迹。他深有感触地说："我搞'奇特心象联想记忆法'教学之所以获得轰动效应，一个最重要的原因就是，我的第一课、第一次训练就是帮助学员树立信心，使学员进入了最佳学习心境。"

## 二、激发学习兴趣

孔子曾强调："知之者不如好之者，好之者不如乐之者。"乐之于学习某种学科，就是对这一学科的强烈兴趣。爱因斯坦曾说："只有热爱是最好的老师。"当代著名物理学家杨振宁也说过："成功的秘诀是兴趣。"有兴趣，就能入迷，就能进入学习的最佳心境，就会使出所有看家本领分析问题、解决问题，聪明才智得以发挥，潜能得以挖掘。所以有人说："天才就是强烈的兴趣和顽强的入迷"。

1992年下学期，我在教完《从百草园到三味书屋》一课后上了一堂游戏作文课。这堂课分五步进行：首先要求每个学生写一句最能体现秋天景物特征的句子；然后四人小组（语文学习小组）仿照"不必说……也不必说……单是……"的句式组成一段语意连贯、中心突出的话；接着进一步写出"单是"后面某个秋天景物的无限趣味来；然后每个小组派出一名代表上台朗读集体修改整理后的文章；请第一排的同学任裁判，用去掉最高分和最低分，取五位裁判评分之和作总分的办法，评出最佳文章，当场宣布结果，并给奖。整个课堂自始至终洋溢着紧张、热烈的气氛，活而不乱。同学们在老师的诱导下，愉快合作，公平竞争，学习上有了内驱力，心境极佳，爆发出无限的聪明才智。平时不爱动脑筋的同学也开动了脑筋，平时没东西写的同学有东西写了，平时不爱发言的也爱发言了。可以这样说，这堂作文课将孩子们从枯燥无味的"三味书屋"带到了生机盎然的"百草园"，进入了最佳学习心境，其写作水平得到了超常发挥。

## 三、训练有意注意

人的意识集中于无数刺激中的某种现象，同时抑制其他种刺激出现，这种心理活动集中于意识焦点的努力，称之为注意。注意是学习不可缺少的条件，因为学习是对心境的积极反应，失去注意就无法学习。注意愈深刻，意识愈清明，心境愈佳，观察、记忆、推理等各种心智活动的成效愈强，学习效率愈高，潜能开发愈多。

注意可分为无意注意、有意注意、习惯注意三种。无意注意是事先没有预定目的和不需作意志努力的注意。有意注意是出于个人意志的活动，包含精神的紧张写努力，它是受个人动力的支配的，例如学生为应考而读书，人们在大街上行路而注意汽车等等。习惯注意是有意注意发展到极至时，不意识到意识的活动与努力，如儿童看漫画书，美术家参观美展，津津有味，可以连续几小时而无倦意。这种习惯注意不费精力并且维持长久，是注意的上乘。教育的最大功用之一，就是培养各种问题与学习的习惯注意。但是养成习惯注意却没有捷径可走，每个人都必须经历一个努力的阶段——有意注意。

为了使学生上课养成习惯注意，我特意对学生进行了有意注意的训练，其中主要手段就是听记答题训练。

每学完一个单元，我便根据本单元教学目标编拟几道试题（覆盖本单元主要知识点），让学生听记答题。步骤如下：

(1) 教师宣布听记答题开始，学生端坐，闭目静心（端正身心才容易唤起注意、记忆、思想等各种心理历程，否则不宜作积极的学习活动，不易集中注意）；
(2) 教师以平时讲课的语言频率读题，一次读完（不重复，学生只听记，不做笔记）；
(3) 学生回忆老师所读的检测题，笔答；
(4) 教师检查、评价最先答完的几份试卷；
(5) 教师宣布答案，讲析试题，学生互评或自评。

第一次听记答题的数量是三、四道，以后增至七、八题，十几题，词汇量由最初每次七、八个词增至五、六十个，学生大多能完成，这看似"超常"，实则是循序渐进的有意注意训练的必然结果。实践证明，这种训练不仅复习了以往学过的知识，提高了学生的记忆力，而且无形中养成了集中注意力听课的习惯。美国教育家克伯屈曾说过有关学习的名言："The whole cat catches a rat."这句话的意思就是说"整个的猫在捉老鼠"。猫要想捉到老鼠，必须整个身心合一，全神贯注。学习也必须这样身心合一。聚精会神，才能获得成功。通过长期的有意注意的训练逐步过渡、升华到习惯注意——身心合一，全神贯注，进入最佳学习心境，其记忆、观察、推理等心智活动的潜能就得到更多的开发。

## 四、养成质疑习惯

质疑，就是要敢于思考、检查、考证前人的即使是已成定论的经验成果等等的正确性，敢于挑出"毛病"，提出疑问。教学中鼓励学生质疑，有利于提高学生思考问题的积极性，诱导学生进入最佳学习心境。

上学期我教初二册《宇宙里有些什么》一文，C922班有个成绩较差的学生提问："老师，'宇宙里有一千万万个星星'一句中，'万万'是多少？同学们哄堂大笑，提问的同学满脸通红，不知所措，难堪至极。我马上请他坐下去，然后认真地说道："这个同学肯动脑筋，问题也提得好，不错，一'万万'就是一'亿'，可是作者为什么不用'亿'这一个字而要用'万万'两个字呢？这是不是不够精练呢？"这样一说，同学们都认为这个问题值得思考，便热烈地讨论起来了，那个提问的同学也大大方方地参与了讨论，我又请他站起来发表意见，他说："我总觉得，'万万'给人的感觉比'亿'多。"我问同学们看法如何，大家都深有同感，我于是又问，这种感觉是怎么产生的呢？同学们自然想到了"迭字"效应。一个使人难堪的问题，一经教师诱导，便使得难堪的同学的心境由极差到最佳，智力水平由不知"万万"为多少，到能悟出此处作者遣词造句的妙处，这就是因为学生被导入了最佳学习心境。

诱导学生进入最佳学习心境的方法和途径多种多样，诸如：适当施加压力；帮助自我完善；示意机遇到来；展示学习进步等等。这些都有待我们进一步探讨和总结，以利于更多地开发学生的学习潜能。

本文获首届中华圣陶杯中青年教师论文大赛二等奖 (1994.5)，长沙市一等奖。
先后被《读写月报》(1995.9) 和《新语文》(1995.11) 发表和转载。

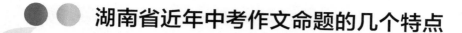

# 湖南省近年中考作文命题的几个特点

傅芳觉

进入九十年代以来，湖南中考语文试题在加强学科德育渗透、减轻学生负担、培养学生能力、促进基础教育等方面在全省起到了较好的导向作用，在全国也有一定影响，各种语文杂志对这些试题的选编率很高。这些试题在一定程度上体现了湘楚文化中基础教育的某些特色。其中的作文试题对我们中学作文教学更是具有导向作用和启示意义。

## 一、主题导向积极健康

主题是文章的灵魂和统帅，作文命题要注意教育作用和思想性，要引导学生写主题积极健康的文章，这是由整个语文教学的目的、任务决定的。《中学语文教学大纲》要求学生写文章做到"思想感情真实、健康"，"语文教学要进行思想教育，思想教育要依据语文学科的特点，在语文训练中进行。要着重于思想感情的陶冶，道德品质的培养，使学生提高社会主义觉悟，初步具有辨别是非、善恶、美丑的能力。熏陶渐染，潜移默化、循环往复，逐步加深。"作文命题要注意教育作用和思想性，并不是说每次命题都要有强烈的政治色彩，要紧跟目前政治形势。而是说命题的时候应该想到引导学生写出主题积极健康的文章来。

湖南省近六年中考作文命题注意引导学生写主题积极健康的文章，学生不会由命题产生灰色的、消极的、格调低沉的立意来。《伸出友谊的手》('90)、《同学，你不能这样》('91)、《明天的我》('92)、《我要读书》('93 长沙题)、《深深的母爱》('94)、《×× 的故事》('95)，无不体现这一特点。如 '91 命题《同学，你不能这样》，考生在作文中要针对某同学的某种错误的言或行予以分析批评。考生批评教育同学、帮助同学辨别是非的过程，就是自己的思想认识提高、灵魂得到净化和升华的过程。显而易见，这个命题的思想导向是健康的、积极的。又如 '90 命题《伸出友谊的手》，从阅卷反馈的情况看，考生有的写同学、同事、邻里、朋友、师生、干群之间的友谊，有的歌颂社会主义大家庭一方有难、八方支援的好风尚，有的歌颂民族友谊、国际友谊等等，绝大多数文章的主题是积极、健康的。

作文命题的这一特点给我们以启示：作文教学一定要渗透德育，强调文以载道。青少年学生正处于身心发育成长时期，思想意识、道德品质的可塑性很强。对于这些世界观正在逐渐形成的中学生，我们在作文教学中引导他们写积极健康的东西，适合他们的年龄特征，有利于他们健康成长。作文教学中，如果命题立意导向不明，某些学生就有可能写出主题不积极、不健康的文章来，其写作过程，可能就是某些消极思想，错误认识滋生、发泄、蔓延的过程。因此，我们在作文教学中，要重视命题立意的思想导向性，要教育学生从小养成良好的写作习惯：不动笔则罢，一动笔就写主题积极健康的东西。从小注意作文的社会效益，正确认识为人与为文的关系。使他们成长为"有理想、有道德、有文化、有纪律的社会主义公民。"(摘自九年义务教育《语文教学大纲》)。

## 二、题材取向与社会生活息息相关

湖南省近年中考作文试题题材取向与社会生活息息相关。如1994年是国际家庭年，《深深的母爱》写亲情，切住了时代脉博，为关注社会生活的同学提供了用武之地。再如1993年《我要读书》这一作文题至少有两方面与当时的社会现实密切相关：一方面是不少"老、少、边、穷"地区一些学生读不起书，想读书，这个作文题无疑正是他们内心深处的呼喊。另一方面是一批学生受"读书无用"的社会风气的影响，对读书抱无所谓的态度，而这个作文题无疑正是提请他们思考：要不要读书？他们不得不对这一问题进行审视和反思。经过考场上严肃认真的思考，答案无疑是肯定的（主题导向也是积极的）。

贴近学生的生活实际，着眼于实际运用，是这些作文题的又一特点。谈友谊、谈理想，是中学生的热门话题。《伸出友谊的手》、《明天的我》这两道作文题，可以说是提供给他们一个探讨友谊、理想的园地。《××的故事》一题，家庭社会之事，无不可作为文章材料。《同学，你不能这样》一题叙述和议论的内容就是身边同学的某种错误言行，这样的题材学生们俯拾即是，当然就会跃跃欲试了。总之，这些题材内容与中学生活实际非常贴近，为中学生喜闻乐见、津津乐道。

这些特点给我们的启示是：作文教学中要引导学生积极关注社会时事，善于观察身边的生活。

## 三、能力考查注重思辩和想象

中学《语文教学大纲》要求：要"指导学生运用比较、分析、归纳等方法，发展他们的观察力、记忆力、思考力、想象力"。青少年学生潜藏的思辩能力和想象力是很强的。鲁迅先生曾叹道："孩子是可以敬服的，他常常想到星月以上的境界，想到地面上的情形，想到花卉的用处，想到昆虫的言语，他想飞上天空，他想潜入蚁穴。"想象是"人们预见未来的一种神奇的力量"（高尔基语）。青少年学生是最富于想象的，但想象能力各有差异。我们要重视学生想象力的培养。如果不予珍视、重视、培养，这种"预见未来"的"神奇的力量"将会逐渐减弱甚至消失。

近几年湖南省中考作文题都限而不死，留有广阔的想象余地。如《明天的我》一题，就给学生提供了展示想象能力的广阔天地。又如《我要读书》《伸出友谊的手》《××的故事》等，如果考生善于想象，必能使文章熠熠生辉。

思辩能力，也是近年湖南省中考作文试题考查的思维能力之一。如写《同学，你不能这样》一文，考生首先必须分辨是非："这样"说或做对不对？为什么不能"这样"说或做？如果自己都分辨不清究竟错在哪儿，就不可能帮助同学辨明是非，提高认识，也就不可能写出好文章。

## 四、难度大小控制适宜，区分度明显

中考具有水平考试的功能，又具有选拔考试的功能。中考作文必须考虑到这种考试的双重性质，既要控制好写作难度，又要有一定的区分度。湖南省近年中考作文题难度大小控制适宜，区分度较高。水平较低的考生不致因题意不明、题材不熟而无从着笔，在规定时间内，他们都能够谋篇成文。而写作水平较高的考生更有展现才华的余地，这样就适当拉开了"评分距离"。如《深深的母爱》一题，题意明确易懂，没有哪个考生不明题意；题面宽窄适宜；题材范围广泛，每个考生都有熟悉的材料可写。从阅卷反馈的情况看，有的写自己生病时母亲无微不至的关怀；有的写母亲如何节衣缩食抚养"我"成长；有的写母亲如何关心"我"的学习……没有离题，语句通顺，结构完整，大多能够得到及格以上分数。而写作水平较高的同学则在"深深"二字上狠下功夫。有一考生是这样写的：母亲平时最爱吃桔子，病危中接过女儿好不容易弄来的桔子时突然追问桔子是怎么来的。来历不明，她便坚决不吃。并教育女儿，别人的东西未经许可不能拿，更不能撒谎，做人要诚实……，女儿将桔子送还给人家回来后，母亲才永远地闭上眼……作者紧扣主题，追忆母亲在生命最后一刻，严格教育女儿的感人情景，开掘出了深深的母爱，以情感人，催人泪下。这样取材立意当然能得高分。

本文发表于《读写月报》(1996.6)，获长沙市一等奖，全国二等奖。

# 重视人文素质考查，引导基础教育转轨
## ——'96 高考语文试卷浅析

傅芳觉

对于 '96 高考语文试卷，社会反响很大，褒贬不一。本人认为，'96 试卷突出的优点是强调了人文素质的考查，这对于引导基础教育由应试教育向素质教育转轨有着现实的积极意义，其主要缺点是对人文素质考查的范围、尺度把握不够准确。本文首先对其优点分析如下：

## 一、稳中有变，"变"有特点

高考的目的是为高校选拔人才，但也不可避免对中学教育产生影响，因此试题必须相对稳定。'96 试卷从形式上看，基本上是稳定的，全卷由六大题组成，含33题，题目类型可分为选择、简答、填空和写作四种，与前几年大致相同。从内容上看，考查面比往年加宽了，增加了文学鉴赏的阅读和写作、分析及表达能力考查的分量，写作方面兼顾了不同文体写作能力的考查（这一点与往年相同），并一改前几年议论文写作大多是读后感之类的状况，要求写对比性的文学评论文。试卷的材料和设题都没有了往年的科技论文及逻辑推理题，突出了"专业"——语文学科本身的特点。前几年的高考试题，强调考学生能力，这无疑是正确的，但对怎样考，却有失偏颇：选文大多是科技说明文、科研论文，许多题目是考抽象的逻辑思维能力，有些题纯粹是考逻辑推理，结果是语文水平较高的文科生比没有多少语文功底的理科生考得还要差，这些语文试题不姓"语"了，没有学科特点。'96 试卷突出了考查语文能力，从选文材料到试题设计都突出了考查语言文字的理解和运用能力。考查考生的基本语文素养。如前三大题考查语文知识及能力和阅读理解能力；第四、五大题为文学鉴赏和文化、文学常识题，都是围绕考查语文基本素质和语文能力而选材和设题的；第六大题作文，考查考生文艺鉴赏和文字表达的基本素质，这些变化都充分体现了语文学科本身的特点。

## 二、"变"有新意，"变"有方向

当代中学生是未来世纪的主人，他们的素质如何，将直接影响我国现代化建设的进程。《中国教育改革和发展纲要》指出："中小学要由'应试教育'转向全面提高国民素质的轨道。"，这是当前我们基础教育必须遵循的根本指导思想，是面向未来世纪进行教育改革的主旋律，也应是中学教学及其改革的"指挥棒"——高考命题的"指挥棒"，'96 高考语文试卷充分体现了这一指导思想和主旋律，"变"

有新意，"变"有方向：增强了人文素质的考查。如第四题要求在阅读《贝多芬之谜》一文的基础上答题，这就便于音乐艺术素养较高的考生更好的深入理解分析问题，从某个侧面考查了考生的音乐素养；第五题考查名言警句的记诵和"四书五经"、"文房四宝"、"科举考试"及"干支纪年"等有关文化常识（这些都是我们汉民族文化中特有的东西），以及修改病句的能力，这些都是对一个中学生的基本文化素养的考查；第六题要求观察两幅漫画后以《我更喜欢漫画》为题写一篇议论文，这就在考查语言基本功的同时，考查了考生的文艺鉴赏水平。这些试题都充分体现了'96高考语文试卷的特色和方向：更加突出语文学科的特点，强调人文素质的考查，引导中学语文教育从应试教育向素质教育转轨。这无疑对中学语文教学乃至其他学科有着巨大的影响，这个"指挥棒"指挥得好，它促使我们中学语文教育要面向现代化，面向世界，面向未来，加强人文素质教育，全面提高学生素质，培养全面发展的高素质人才，而不是读死书的书呆子。

**三、难易适当，区分度明显**

从湖南师大中文系阅卷点随机抽样的200份人工卷来看，最高分84分，最低分18分（而往年最高分70幻80分，最低分20幻30分），及格率为51%（往年42%幻48%）。由此看来，今年高考语文试题难度比往年略有增加，区分度更大。特别是第六大题的议论文写作题，题意非常清楚，考生不至于因审不清题意而无话可写，从阅卷情况看，绝大多数考生都写出了600字以上的一篇结构基本完整的议论文，可以从这600字以上的文中考查出学生的语言功底的高低。而审题严，思辩能力强，文艺鉴赏水平高的考生更有展现才华的用武之地，可以得高分，这样就更有利于高校选拔高素质人才。

以上是本人对'96高考语文试卷主要优点的几点小结，对其主要的不足之处本人认为可以归结到一点上：个别题目对人文素质考查的范围、尺度把握不准，表现在：

*一、糟粕与精华取舍不当*

例如第五大题第30题考查古代文化常识，其中第(1)、(2)、(4)小题考"四书五经"、"文房四宝"、"干支纪年"等都是必要的和无可非议的，但第(3)小题考查古代科举制度中殿试一甲、第二、第三名分别称为什么，此题未免太偏。中华民族传统文化博大精深，需要当代中学生吸取之精华可谓多矣，何苦硬要这跨世纪的一代死死记住这殿试一甲、第二、三名分别称为什么？我看考生能记住这殿试一甲第一名为状元就足矣。命题人应将高考试卷中这有限的分值尽量投放到有关优秀传统文化常识考查上来，这样才能更有利于选拔高素质人才。

## 二、选文不典型，命题不严密

作为高考试题，阅读选文应该是比较典范的文章，命题应是严密科学的。但'96试卷中第四大阅读题材料《贝多芬之谜》一文本身逻辑性不强，题目设置欠严密，答案主观随意性太大，25、26、27答案有相互包容之处，25题问"最有深度的音乐"所指何物，答成"充满惊人的活力和激情"是可以给分的；26题问贝多芬音乐成为一个"谜"的原因是什么，"充满惊人的活力和激情"亦可作为原因之一；27题要求概括从巴赫到莫扎特到贝多芬在音乐创作上的发展变化，答题时亦可将贝多芬的音乐创作上的主要特点概括为"充满惊人的活力和激情"。一句话或一个短语居然可以作为连续三道题的答案或部分答案。如此选文和命题怎能用来考查和检测学生素质？

## 三、评分标准不够合理

这一点首先表现在大、小作文评分标准没有将语言因素放在应有的位置，小作文评分标准将语言项放在第三位，大作文评分标准将语言项放在第二位（且最多仅占13分），这一点显然是欠妥的。作为高考作文评分标准，理所当然地应该将语言因素摆在第一位，因为语言是思维的外壳，思想的外衣，所谓语文能力，说到底应该就是运用语言文字的能力。

其次，第五题之30题要求填写名言警句和文化常识，评分标准定为有错别字则该题不记分。这一标准不合理。如"四书""文房四宝"写错一字便无分（即便考生全部答出来了）与对这些常识一无所知者（将"四书"答成《我的大学》、《三字经》或四大古典小说，将"四宝"答成四大发明或根本未填）毫无区别，这是不合理不科学的。对于错别字（如将"学"字头写成"常"字头、将"武"字加一撇，"纸"字下加一点等）我们都是深恶痛绝的，但较之一无所知者，我又觉得这些能答出来（只是有个别错别字）的考生还不错，至少他知道这么一回事，要他口头回答（或选择题笔答）他定会完全答对，某些字写错了（有时甚至是笔误）输入到电脑中自然会解决的，这些考生的素质比一无所知者明显要高一些。作为国家级的考试——高校选拔人才的考试，应该能够科学地区别开来。

以上是本人对'96高考语文卷某些特点和变化的浅陋分析。总之，本人认为'96高考语文卷加重了人文素质的考查，有利于引导中学语文教学从应试教育向素质教育转轨，为中学语文教改指明了方向。但怎样把握中学教育中人文素质教育的范围、尺度这个问题，仍需我们继续探讨。希望来年高考试卷继续如柳斌同志所言："把素质教育的旗帜举得高高的，把素质教育的舆论造得浓浓的，把素质教育的劲头鼓得足足的。"在引导教育转轨方面发挥更大、更好的作用。

本文发表于《新语文》(1997.4)

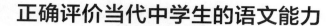

# 正确评价当代中学生的语文能力

傅芳觉

1983 年，邓小平同志为景山学校题词："教育要面向现代化，面向世界，面向未来。"对于这一题词，笔者曾不以为然，认为此话广而泛之，不如毛泽东同志当年指出的教育方针那么具体明确。《中国青年报》今年以来"对中小学生语文教育现状的调查与思考"的系列报道，引起了笔者对语文教育现状怎样评价及其出路何在的思考，苦苦求索之中，邓小平同志"三个面向"的题词，如醍醐灌顶，使人茅塞顿开：坚持"三个面向"才能科学合理地评价当前的语文教育现状，坚持"三个面向"才是走出目前语文教改误区的唯一出路。

下面仅就如何评价语文教育中当代中学生语文能力现状谈一些看法，至于如何评价近年高考语文试卷、现行语文教材教法等，将另作讨论。

今年 3 月 12 日《中国青年报》载：1997 年高考，北京西城区 56 所中学语文平均分及格的只有两所学校，其余学校全部在及格线以下，全市平均分只有 77.8 分（满分为 150 分）。北京如此，上海情况也不容乐观，上海阅卷处负责人、华东师大中文系副教授巢宗祺抽查了 4 包基础知识试卷，及格率分别为 48%、26%、12%、44%。

有人以此确凿数据认为当代中学生语文能力太低下。这个评价是否科学合理呢？我们承认这些数据事实，但不能同意这个结论。因为高考试卷考查的难度、范围、内容等是人为的，既然专家学者和教授做这些试卷也还有不及格现象，那么，高中生考不及格也就不足为怪了，又怎能以此说明中学生语文能力低下呢？

笔者曾在某市教育局目睹这样一件事：一位学生家长拿着学生试卷到教育局反映，孩子小学、初中语文考试总是 90 分以上，到了高中却往往难于及格，你们语文老师怎么越教越使孩子的语文水平降低了（实在是罪莫大焉！）？孩子退步了，你们要负责！教育局领导和老师解释说，高中语文要求提高了，试卷难度提高了。但家长仍不相信，拿来孩子的作文本，高中语文老师用红笔划出来的病句比小学初中时还多，这可是事实吧？

能否据此说明这个学生高中时的语文能力和水平比小学、初中时还低呢？不能。因为，语言是思维的外壳，一般地说来，学生的思维、语言从小学、初中到高中总是向前进步、向前发展的，随着阅历的增加、思维的发展，其思想越来越丰富、复杂、深刻，而其语言的发展可能相对滞后，要用相对滞后的语言表达相对复杂深刻的思想，学生就感到力不从心了，因而辞不达意、句式杂糅等病句频频出现的现象就在所难免了。

那么到底该怎样评价当代中学生的语文能力呢？笔者认为，关键在于现代社会需要怎样的语文，世界需要怎样的语文，未来需要怎样的语文，当代中学生是否达到了这些要求。

而为适应未来社会的需要，中学生应当具备怎样的语文能力呢？

对于这个问题，语文教育专家张志公先生曾在《关于改革语文课、语文教材、语文教学的一些初步设想》一文中描述说："他们普遍需要的将是如历史上描写智力超常的'才子'们那种'出口成章'的能力，因为他们要用自然的口头语言处理工作、指挥机器干活；那种'一目十行、过目成诵'的阅读能力，因为他们需要读的东西太多了；那种'下笔千言，倚马可待'的写作能力，因为他们的时间很珍贵，必须在尽可能短的时间里写出他们生活和工作中需要写的东西。那时候社会上还需要有'低吟长啸'的诗人，'斟词酌句，反复推敲'的语言大师，人们还需要文学。不过，处理生活和工作中实际问题的敏捷准确的高效率的口头和书面语言能力，将成为每个人的需要。"

这是张志公先生"面向现代化，面向世界，面向未来"对"语文教学科学化"的培养目标的深刻思索，也是张志公先生对现代化社会里中学生所应具备的语文能力的阐述。是我们评价当代中学生语文能力应当采用的标准，也是我们中学语文教改的方向。依据这个标准来评价当代中学生语文能力才是科学的合理的。

当代中学生语文能力是否能达到这些要求呢？当代中学生语文能力的现状如何呢？

应该说，"文革"结束，恢复高考制度以来，教育的公平性和竞争性，激发了广大教师和学生的教学积极性，语文和其他学科一样，教学质量得到了大幅度提高。语文学科是各基础学科的基础，如果没有广大中学生语文能力的大幅度提高，怎么会有其他学科教学质量的大幅度提高呢？广大中学生的语文功底和语文能力明显高于文革时期的中学生，这是大家有目共睹的事实。特别是改革开放以来，在社会各界和有关教育专家的支持和指导下，通过广大语文教师的不懈努力和当代中学生的自身努力，广大中学生的听说读写能力得到了空前的发展。许多语文教育改革实验充分证明了当代中学生能够达到张志公先生提出的"语文教学科学化"的培养目标，而且许多学生不同程度地具备了这些能力。如著名语文教育改革家张富老师"开发学习潜能"的教改实验在全国许多省市的大面积推广，就用铁的事实说明当代中学生应有的或已有的听说读写诸方面的能力（"张富教学法"使初中生就能大量听记、能快速阅读、能现想现说、能下笔成文。详情请见《张富教学法——关于开发学生学习潜能的实验报告》等专著及有关报道）。

随着社会的飞速发展，当代中学生从各种现代媒体和交际中接触到的语言信息量大得惊人，因而其处理的语言信息（包括听、说、读、写，尤其是听和读）的速度和能力无疑要超过前人许多甚至许多倍。如从历年作文竞赛和中考、高考有限的时间中产生出许多令人拍案叫绝的好作文，在校中学生发表诗歌散文小说、出版诗集文集甚或写出电视剧，许多中学举办各种精彩的辩论赛，特别是九十年代姜丰等大学生舌战狮城，令世人瞩目，更加有力的证明了他们在中学阶段就培养了较强的语文能力。从社会发展的角度来看，一代胜过一代，这是铁打不动的事实。

时代在前进，社会在发展，语言也随着时代社会在发展，我们不能仅仅用老师的眼光或一成不变的老学究的标准来衡量当代中学生的语文能力。例如，我们不能以许多高中生不会写对联来说明现在的高中生语文能力不及文革前的初中生、不及解放前的小学生。其实，语文能力应该是多方面的。由于生活阅历不同，他们讲出来、写出来的某些东西，我们也许觉得没有什么意义，但他们却觉得非常有意思。现在的中学生的语文世界是丰富多彩的，他们的语言最有生命力，常常"领导语文世界新潮流"，他们有许多新的语言特点，甚至有某些新的语汇，非常符合他们表情达意的需要。而这些语言表达出来的思想，如果用一些老学究的语言去表达，他们反而会觉得索然无味，苍白无力，甚至辞不达意或不可思议。

当然，由于社会经济发展的不平衡，教育发展的不平衡，导致了当代中学生语文能力发展的不平衡。因此，当代中学生语文能力既有令人欣喜的一面，也有令人堪忧的一面。如：传统的文化知识、文学常识匮乏，语文功底浅，语言的规范性（无论是口头表达还是书面表达）不强，更谈不上严密。许多病句充斥于"大作"之中却浑然不知，老师找其面批，他们往往大吃一惊：这也算病句吗？直到老师耐心的疏导一番，他们才恍然大悟，点头称是。

北京市教研中心语文教研员孙荻芬的介绍很能说明问题。前不久，他们在中学进行语文学习现状调查时，按照教学大纲的要求，从应掌握的 3500 字中挑出 200 个最常见的字，要求两所区重点校高二学生准确认读，结果，全对的学生仅 47%。还有一道题目是，要求学生将一篇 400 字的短文抄下来，几百份问卷中竟然找不到一份全部抄对的。另外，答卷中字迹潦草、语句不通、用词不准确、不规范的更不是少数。由此可见当代中学生语文能力方面存在的一些严重问题。

　　轻视语文基础知识的积累，不肯背诵记忆更是当代中学生的一个通病。将知识与能力对立起来，将理解记忆与死记硬背混为一谈，这些误导也给他们的语文学习带来不少危害，导致当代中学生某些语文能力的严重匮乏（而这些现象都是与当今浮躁的社会风气紧密相关的）。受应试教育的影响，他们往往只习惯于选择或判断某些现成的答案，却不肯开动脑筋自己分析和概括，因而制约了他们的创造性思维能力的发展。

　　从以上分析看来，当代中学生语文信息接受多而快但失之于浅，善于选择判断而不善于分析概括，语言丰富多彩而不够规范严谨，更缺少深层次的理解和运用。这是笔者根据"三个面向"的精神对当代中学生语文能力现状作的一些粗浅评价。

　　当代中学生语文能力令人欣喜的一面和令人堪忧的一面都是有其深刻的社会原因和历史原因的，与近年的高考语文试题、现行语文教材教法是密切相关的。各种困惑和困难摆在我们面前，形成一个个的怪圈，使我们无所适从，怎么办？只有坚持"面向现代化，面向世界，面向未来"，才是我们走出目前语文教改误区中的各种怪圈的唯一出路。

　　（本文发表于《湖南教育》1999年第3期，被收入中国人民大学报刊复印资料索引，并获全国一等奖，2000年被哈尔滨工程大学出版社编入《语文教学创新研究》一书）

# 我看语文新大纲

傅芳觉

　　国家教育部决定从 2000 年秋季起，在全国实施新大纲并使用新教材。新颁中学《语文教学大纲》突出的特点和进步表现在以下几个方面：

## 一、语文学科的性质、任务得以进一步明确。

　　对于语文的性质，旧大纲历来只是沿用叶圣陶先生的工具说，近年引来不少人的质疑和争论，广大语文工作者对语文的性质的认识颇有分歧，或是颇为模糊。新大纲对语文的性质作了这样的表述："语文是最重要的交际工具，是人类文化的重要组成部分。"这就突出了人文性，避免了纯工具倾向，使广大语文工作者在语文的性质上得到认同。在教学目的中，不仅要培养学生听说读写能力，还强调要让学生"养成自学语文的习惯，培养发现、探究、解决问题的能力，为继续学习和终身发展打好基础。"同时强调"要进一步培养学生热爱祖国语言文字、热爱中华民族优秀文化的感情，培养社会主义思想道德和爱国主义精神，培养高尚的审美情趣和一定的审美能力，发展健康个性，形成健全人格"。注重培养道德情操、思维品质、文化品位、审美情趣、创新精神，以便形成健全人格。这样使广大语文工作者对语文教学的任务有了进一步明确的认识。

## 二、学生学习负担得以明显减轻。

　　新大纲在减轻学生负担方面主要体现在学生最感头疼的文言文教学中。旧大纲中，文言文教学包括介绍阅读文言文的方法，教学文言文基础知识，文言文基础知识包括文言实词和虚词、词的活用、文言句式、一词多义、古今异义和通假字。文言实词列出了 340 个，文言虚词列出了 32 个。而新大纲却只要求"诵读古典诗词和浅易文言文，理解词句的含义和作品的思想内容，背诵一定数量的名篇。"重点掌握的文言实词减少到 150 个，文言虚词减少到 18 个。除主要文言句式外，对其他文言文基础知识未作要求。

　　另外，新大纲还进一步淡化了汉语基础知识和文体知识，使学生避免死记硬背一些名词术语和训练体系痛苦。

## 三、素质教育精神进一步得到具体体现。

　　以往大纲选出的课文曾出现过摇摆，有时特别强调政治思想教育，而忽略语文能力的培养；有时又强调了语文能力，而忽视了思想文化和文学教育。新大纲进一步加强了文化和文学教育，选进了许多文化内涵丰厚的古代作品和古今中外的文学名著，在全部课文中文学作品占 60%。

加强文学的比重，一是可以更好地进行语言教育。文学作品的语言丰富、优美，保留了语言艺术的精华。二是有利于德育和美育。文学作品有认识、教育和审美作用。三是有利于发展学生的形象思维。形象、想象又是和创造能力密切相关的。总之，加强文学的比重，更有利于学生人文素质和创新精神的培养。

在阅读方面，随着信息量的增加，未来社会越来越强调阅读速度。新大纲第一次把筛选信息、概括重点作为训练重点，把培养判断、选择和处理语言信息的能力，放在阅读训练的重要位置上。新大纲要求"具有一定的阅读速度（阅读一般的现代文每分钟不少于 600 字）。"由此可见，新大纲更加着眼于培养学生适应未来社会需要的能力和素质。

新颁高中《语文教学大纲》根据素质教育的精神，在教育理念上有了很大的改变和进步，比旧大纲在各方面有了更加明确具体的要求，但我们仍有某些难以实施的困惑。

一、新大纲"教学内容和要求"中要求学生"课外自读文学名著（10 部以上）、科普书刊和其他读物，不少于 300 万字。"这一要求符合素质教育的精神，有利于学生人文素质的培养。问题是：现在学校的课程越开越多，除教育部规定开设的课程外，许多学校还开有提高学生素质的自己的特色课，诸如棋艺课、形体课、陶艺课、游泳课、器乐课等等这样一些都要考试或考查的课，还有丰富多彩的课外活动，诸如合唱节、艺术节、科技节、运动会、春季社会考察日、秋季社会实践周、春秋两季队列检阅、环境周、推普周、数学周、外语周等等，这一系列活动又都列入教师特别是班主任评价中和班级管理评分之中，师生万万不可懈怠。因此，在目前这样一种急功近利的浮躁的社会风气之中，在各种打着素质教育旗号的活动的冲击之下，在赶完一大堆数理化作业之后，广大学生能有多少时间和心思坐下来读这些作品？由此看来，新大纲这一要求虽然出发点是好的，要求也具体明确又不过分，但却难以落实，所以只能是纸上谈兵。

二、新大纲增加了教学评估和教学设备的要求，这是一项创新之举。新大纲"教学评估"中要求"对教师的评估要重视教师的教学过程和教学效果，不要以学生的分数作为唯一的评估的依据"，这一要求可以说是广大语文教师的共同心声。各种教育尤其是语文教学效果是决不能以学生的考试分数作为唯一的评估依据的。问题是语文教师的教学不是语文教师自评或互评，而是有校长、主任和教育行政部门领导来评估，而这些教育行政领导又有几个会具体学习某一学科的教学大纲？因此这一要求写进大纲让语文教师来学习，确实是不看对象，自然就难以落实了。

三、新大纲对语文教学设备也提出了一些具体要求，这也是其突出进步之处。目前学校、社会对语文教学的要求是很高的（基础学科、"3+X"中的三科之一），强调是"重中之重"，但投入却是最少的。数理化生、音体美、史地政各科的辅助器材和现代化设备都比语文多。许多学科还有专门的多媒体多功能教室。而语文科除了一枝粉笔、一本教参和几盒过时的录音带、录像带之外，根本谈不上什么现代化设备了。新大纲增加了教学设备的要求，可谓切中时弊，切中要害，可这些要求写进大纲要求语文教师学习，同样是不看对象，难以落实，无补于事。

总之，新颁高中《语文教学大纲》进一步明确了语文学科的性质、任务，明显减轻了学生负担，素质教育的精神得以更加充分的体现，为新世纪的语文教学指明了方向，并注入了一缕曙光，而具体落实起来，可谓困难重重，任重道远。

（此文发表于《湖南教育》2000 年 19 期）

# 高考语文试卷题量刍议

傅芳觉

近年来，对于高考语文试卷评价的文章很多，但这些文章对于高考语文试卷的题量、赋分等问题却大多忽略了。笔者认为对这一问题应引起高度重视。

2000 年高考语文科《考试说明》"三删十增一大变"，其命题指导思想为新世纪的语文教学注入了一缕曙光。其中"考试形式及试卷结构"部分新增了对试卷题量的明确说明，指出"试卷共有 28 道题"。首次将题量以考试说明的形式确定下来，使整个试卷框架结构更加透明，无疑会要受到广大考生及其家长、老师的欢迎。但是，一项国家级的考试，事关国家高校选拔人才，事关全国中学语文教学导向，时量达 150 分钟的大考，竟只考 28 道题（且除作文外其中大部分是单项选择题），这是否科学合理呢？高考语文命题必须慎重对待这一问题。

笔者认为，高考语文题量盲目地减少，只是表面上迎合了降低教学难度，减轻学生负担的潮流，实际上则是降低了高考语文试卷的信度，不利于高校选拔人才，对中学语文教学也是一种误导。

辩证唯物主义认为，一定的量才能体现一定的质。没有一定的科学合理的题量，就不能比较准确地测试考生的语文综合素质和能力。1990 年前后，高考语文试卷题量多 (40 至 50 道题 )，信息量大，提高了语文试题的信度。但也产生了一些盲目地增加题量的现象：1988 年全国高考广东卷共 62 道题 (60 道单选题，一大一小两道作文题 )，全卷共 24 千字左右；1989 年全国高考广东卷共 53 道题 (50 道单选题，两大主观题，一道作文题 )，全卷共 18 千字左右。特别是各种复习资料铺天盖地、长篇累牍，大量的题海战术，无疑加重了学生不必要的负担，高考时许多考生做不完题，某些题基本上成了无效题，因而降低了试题的信度和区分度，所以有必要纠偏减负。

但是，矫枉往往容易过正。1999 年高考语文试卷题量显然太少，2000 年重蹈覆辙，必将降低高考语文试卷的信度。

近年高考语文试卷题量及部分选择题赋分情况如下：

1997 年共 33 题 ( 包括一大一小两道作文题 )，全卷 15 千字左右。其中有 8 道选择题每题分值 2 分，其余 15 道选择题每题分值 3 分。

1998 年共 35 题 ( 包括一大一小两道作文题 )，全卷 13.6 千字左右。其中有 18 道选择题每题分值 2 分，其余 8 道选择题每题分值 3 分。

1999 年共 28 题 ( 包括一道作文题 )，全卷 12.8 千字左右。因为题量少，选择题分值都是 3 分。

由此可以看出，从去年起，也许是迫于当时各种媒体舆论对于中学语文教学和高考语文试卷的一片非议，高考语文试卷题量盲目地减少了。

因这一影响，上海某区又推波助澜，中考语文只考一题——作文。这不仅不是创新，反而是一种倒退。因为写作固然能反映考生的诸多素质，但现代社会需要的语文素质却不是一篇作文能够体现出来的，现代社会需要写作能力以外的其他许多语文素质和能力。既然还有其他题型可以从不同的角度较全面地测试考生语文素质，我们为什么不适当地增加题量和题型，以提高高考的信度呢？

华东师大倪文锦教授在对 1987 年上海高考试卷作了详细的定量分析后曾指出："这次高考语文的信度之所以较高 ( 其信度为 0.917)，主要是试卷的题量较大，有大小得分点 55 个 (1 分以下不单独计算 )，试题质量也较高，不仅没有偏题、怪题和毫无实际测量意义的题目，而且知识覆盖面较宽。这里应该说明的是，试卷增加题量以减少考生得分的偶然因素，是提高信度的主要手段……"[①]

1999 年高考后，笔者对两个高三毕业班进行了调查，93% 的考生做完试题后还有 30 至 50 分钟无所事事，反复检查，但没有多少实质效果。有些较难的选择题，语文综合素质和能力较强的学生思考了半天都没选中，而某些语文综合素质和能力较差的学生题目没看懂，随意选一个，却是歪打正着。而试卷中一道选择题至少是 3 分。题目越少，分值越高，这种偶然得分或失分的可能性就更大。由此可见盲目减少试卷题量对于试卷信度的消极影响。

再者，阅读和写作的速度也是考生理解、判断、分析、综合各种语文素质和能力的体现，高考语文完全忽视答题速度的测试，怎么能谈得上"三个面向"呢？

国家考试中心韩家勋先生指出："高考改革是在教育改革的大背景下进行的，对中学实施素质教育影响深远……试题更应注重能力和素质的考查。"[2]而诸如阅读速度、写作速度等语文素质和能力正是现代社会尤其是未来社会不可忽视的一种竞争力。国家考试中心马世晔先生说得好："其实竞争也是一种素质，在本世纪社会竞争越来越激烈的情况下，年轻一代需要具备一定的竞争能力，这对于他们今后进入社会是必要的。"[3]

为了提高高考语文试卷的信度，提高对考生语文综合素质的考查，笔者认为高考语文试卷要适当增加题量，如果题型与近年高考差不多，则总题量控制在 40 题左右、字数控制在 18 千字左右为宜。与此同时，自然就要减少每题赋分，特别是要减少选择题的分值，这样就会减少得分和失分的偶然因素；另外一定要降低试题的难度，最大限度地减少、最好是杜绝连大学中文系教授、著名学者、作家都莫名其妙、莫衷一是的考题。至少使大部分题目能被大部分大学毕业的语文教师能有把握做出来。这样才有可能测试出考生真正的语文素质和能力，真正提高高考语文试卷的信度。

《中国考试》杂志社刘昕先生指出："考试追求内容的'有效性'和成绩的'可信性'的最佳统一……为配合素质教育，考试更要加强对能力的考查，以配合和促进教育思想、教育观念、教材、教法的改革，促进素质教育目标的实现。"[4]因此，我们要加强高考试卷题量的研究，尽量使高考语文试卷的题量科学合理，从而提高高考语文试题的信度，为高校选拔人才服务，为中学语文教学正确导向。

① 倪文锦《语文考试论》第 182 页。

②③《中国考试》2000 第 4 期第 4 页。

④《中国考试》2000 第 4 期第 5 页。

本文收集于《新时期教育改革论文选》( 学苑出版社 )P172

# 正视现实增强自信

傅芳觉

要点：

（一）引导高中生正视现实，增强自信的重要意义

（二）引导高中生正视现实，增强自信的几点探索

　　　1、正视现实，找出差距，及时矫正。

　　　2、正视现实，分析原因，对症下药。

　　　3、正视现实，自我肯定，自我完善。

　　未来的国际竞争集中表现为人的素质的竞争，即民族素质的竞争。我们要在竞争中取得主动，就必须全面提高中小学生的素质。他们要成为我国社会主义事业的建设者和接班人，不但要有强健的体魄和较高的科学文化素质，而且还要有良好的心理素质。江泽民总书记曾指出："一个民族的新一代没有强健的体魄和良好的心理素质，这个民族就没有力量，就不可能屹立于世界民族之林。"《中共中央关于进一步加强和改进学校德育工作的若干意见》中要求："通过多种方式对不同年龄层次的学生进行心理健康教育和指导，帮助学生提高心理素质，健全人格，增强承受挫折、适应环境的能力。"

　　现代高中生的"自我意识"逐渐增强，要求别人了解、理解和尊重自己，自我评价比初中、小学阶段充实、客观，有的学生自尊心过强，"自我中心意识"突出，一遇挫折就可能转化为自卑。并且，较之初中生、小学生其自信心更难恢复和增强。因为他们往往是在现实中一再受挫而失去自信心的，而他们对于自信心的重要意义在理论上似乎有很深的认识，也能举出一些重拾自信，取得成功的实例，甚至能将有关自信的名言警句背得滚瓜烂熟。而面对自己的失意、失败等现实状况却非常无奈。怎样使高中生从根本上恢复和增强自信？笔者认为：引导他们承认现实，正视现实，找出差距，分析原因，对症下药，及时矫正，学会自我肯定，自我完善，才是使他们真正恢复和增强自信心的根本措施。

## 一、正视现实，找出差距，及时矫正。

　　现代高中生的"自我意识"越来越强烈，他们往往以自我为中心，自我感觉良好，有时某些方面远远落后于人却茫然无知，或不肯承认现实，或是怨天尤人，或

是就此自暴自弃。这时就需要我们引导他们正确认清形势，关心他人，正确评价他人，正视现实，找出差距。只有在这个基础上，他们才能克服盲目乐观或怨天尤人、自暴自弃的心态，重拾自信，重振雄风。

上学期开学之初，我接任高一 (3) 班班主任。开学后第一次年级大会总结去年工作，每个奖项其他班都有六七个同学受到表彰，而 (3) 班却只有两三名，明显地比其他班低一大截。会后，同学们有的不以为然，大有吃不到葡萄说它酸的意思；有的愤愤不平，怨天尤人。一个个眼睛红红地耷拉着脑袋走进教室，我也迈着沉重的脚步走上讲台，在与同学们对视的片刻，我看到的是他们不甘落后甚至是不承认落后而又无可奈何的眼神。半晌，我说："我们的心情都一样沉重，都不好受。我们承认我们落后的一面，但是我们并非各方面都是末流，我们也有很多突出的优点和优势，某些方面甚至超过其他班，我们不能自甘末流，我们班的同学有强烈的自尊心和强烈的集体荣誉感，我们要自强！"接着我引导大家回顾进入高中以来本班取得的一些成绩，然后引导同学们查找我们班与其他班的差距，如窗台上积有灰尘、课桌摆放不整齐、课间操不及时到位、作业迟缺交现象严重等等。面对这些落后的现实，在强烈的自尊心和强烈的集体荣誉感的感召下，大家痛心疾首，"点点滴滴找差距"，有的同学甚至声泪俱下，表示今后一定不能给班级抹黑，一定要为集体争光。这次班会开成了一次面对现实，正视现实，重拾班级信心，重振 (3) 班雄风的誓师大会。以后每隔一两周，我们就开展一次针对现实"点点滴滴找差距，点点滴滴看进步"的班会活动，同学们面对现实，正视现实，找到差距，看到进步，同学们自信心不断增强，学风班风不断改进。班级日常行为管理评分不断提高。

## 二、正视现实，分析原因，对症下药。

有时，一些高中生尤其是一些女生，看到了与别人的差距，承认现实，却不知落后或失败的真正原因，往往认为自己智商低，能力不如别人，因而自暴自弃，自甘末流。此时如果仅仅用心理学教材上的知识或例子，说绝大多数人智商不相上下等等如此说教一番，并不能使他们心服口服，并不能从根本上解决问题。而应该针对实际情况，引导学生作深入的客观分析，查出落后、失败受挫的原因，制订切实可行的措施，才会使学生真正看到希望，重拾信心。走上充满希望和自信的人生成功之路。

本班袁 ×× 同学曾在寒假期间写了一篇题为《一名后进生的自述》的文章，发表在《特区教育》杂志上。文章写自己"连滚带爬似地挤进了深圳实验高中"，几经拼搏之后，"那仅有的一点自信也荡然无存"，"一次一次的考试，一次一次的失败，一次一次的灰心，一次一次的振作，再又是一次一次的失败，几乎构成了恶性循环……"期末，面对学生手册上那刺眼的分数，"爸爸什么也没说，我心里怕得要死。……一片沉默之后，爸爸突然说：'哦，是死了脸了。'……我像是沉入了黑暗的海底，不知道什么时候能游到海面，也许永远都游不上来，也许真的就要溺死了……"文章结尾虽也有几句关于自信的名言，但却显得苍白无力，反而加重了百无聊奈、失望自嘲的意味。开学初，班长向我反映：同学们看到该文后，情绪更加低落，有几个女同学或许是"同病相怜"，与袁××同学抱头痛哭。针对这种情况，我走访了袁××同学的原班主任，查阅了她初中及高一的有关材料，然后去家访。与家长交换了意见之后，我便请她出来坐下交谈，家长用有关自信的理论教育她，还只说出上半句，她便说出了下半句。失望、回避、敷衍之情溢于言表。我请她冷静下来，面对历次考试失利的现实，与家长一同客观地分析各科失利的原因，诸如男女生学习能力的差异，每个同学都有各自的学习特点，她自己学习的优势和劣势，上次期考，她的优势学科试题太易，其优势没能得到发挥，劣势学科试题太难，拉开了她和同学们的距离，加之意志薄弱、急躁和自卑心理的影响等等，考试失利便是理所当然的了。冷静地客观地分析了失利的原因之后，我和家长一起帮她制订了计划，研究了一些切实可行的补救措施，使她明确了方向，增强了信心。一个学期以来，她的精神面貌大为改观，带动了一批女同学，班上学习气氛日益浓厚。第二学期期考，本班有 16 人成绩在年级有突出进步，袁××同学由上期年级的 220名一跃而进入 95 名。更重要的是她养成了处变不惊、沉稳自信的品性。

**三、正视现实，自我肯定，自我完善。**

由于中学生的自我评价不稳定，当自我评价"过高"时，会自我陶醉，以至狂妄，忽视自己的缺陷，对挫折缺少足够的心理准备，其结果往往会是遇到失败而失望。当自我评价"过低"，即过多地看到自己的落后和失败，很少肯定或不敢承认自己的成功时，则会引起自卑以至缺乏自我完善的勇气。

高一第二学期将近期末，我们班被深圳市团委授予市级"先进团支部"光荣称号。这本是一个值得庆祝和高兴的事，是一个激发同学们自信心的极好的"机遇"，在对外公开团队活动会上，我抓住这个"机遇"，充分利用这个"机会"，回顾我们过去取得的成绩和进步，鼓励大家不断增强自信，戒骄戒躁，珍惜这份荣誉，继续努力，争取更大光荣。活动过后，我查看活动记录时，发现负责记录的同学在记录本上莫名其妙地写着"人算不如天算"等旁批。我找来负责记录的同学询问原因，这位平时就有点逆反心理的女生直言不讳地说，这个奖牌本来就是捡来的，因为学校推荐、上报市级"先进团支部"材料的班级还有某班，而全校只有一个名额，恰好某班因一个团员同学犯了严重错误而被取消。要不，我们班就很难评上。这不是

"人算不如天算"吗？有什么值得庆祝和高兴的？看来，这种逆反心理像一颗毒瘤严重地侵蚀着我们班集体自信的机体。本来是一服激发同学们自信心的"兴奋剂"，很可能成为挫伤同学们自信心的"杀手锏"，因此，很有必要统一全班同学对我班被授予市级"先进团支部"这一光荣称号的再认识。第二天班会，我就把学校推荐、评选市级先进团支部的过程和结果给同学们讲了，请大家谈谈对这一问题的看法。有的同学说：从常规管理得分、争夺流动红旗等情况来看，我班取得的巨大进步和成绩是不争的事实，凭这一点，即使没评上市级先进，我们也对本班充满自豪感和自信心。有的同学说：学校推荐我们团支部，本身就是看到了我们的进步和成绩。有的同学说：某班因为有个别团员同学犯了错误，不符合评选市先进团支部的标准被拉下了。我班即算是候补，也补上了，全校几十个班，为什么就补上我们班？这不正说明我们班取得了巨大进步和成绩，符合市先进的标准吗？有的同学说：我们班评为市先进，是值得庆祝和高兴的，但我们也还存在一些问题，应戒骄戒躁，乘胜前进。通过热烈讨论，大家统一了认识，看到了进步和希望，坚定了信念，提高了竞争意识，同时看到了本班的不足和自己的一些问题，提高了自我完善意识。有关研究表明，无论是学校生活还是毕业后的生活中，自信通常是成功的关键，是人生旅途中一种非常重要的心理素质。有较强自信心的学生往往比自信心较弱的学生更充分地参与学校活动，更理想地完成学习任务，更主动地表现出积极的行为，从而取得各方面更大的成就。因此，培养学生自尊和自信的良好的心理品质是非常重要的。然而，自信并非天生的，它在人的生活经验中逐渐形成，青春初期的经历对自信心的形成能产生特别的影响，而青春期也是一个自信心特别容易受挫的时期。对于自信心受挫的高中生，不能采用简单的理论说教，更不能采用阿Q式的"精神胜利法"回避现实。而应该一方面加强理想信念的教育，一方面引导他们正视现实，找出问题，分析原因，采取具体可行的措施解决问题，使他们不断提高克服困难、战胜困难的勇气，在今后的人生道路上，不断增强自信，不断自我完善，自强不息、百折不挠。

此文被收录于班主任工作论文集《心血》

# 中学生感统失调后遗症及其矫治

傅芳觉

感觉统合理论是由美国南加州大学的 Ayres 博士提出的，它是指人体器官将各部分感觉信息输入，在脑干部组合，经大脑统合作用，完成对外界的正确反应。只有经过感觉统合，神经系统的不同部分才能协调地、整体地工作，使个体与环境接触顺利。当前由于家庭结构（普遍为独生子女）、社会环境等多方面影响，使一些孩子的心理和行为产生了问题，如胆小、紧张、焦虑过度、退缩、不合群、多动、攻击性行为、动作不协调、手脚笨拙等，而这些问题在很大程度上是与感觉统合失调有关。升入中学后，有些学生随着年龄的增长这些现象和症状有所克服和改变。有些学生却因为进入青春期，青春的躁动加上叛逆心理的增强，感觉统合失调表现的症状并未得到矫治，有的甚至还更加严重。有的自控力极差，有的过于自卑，有的狂妄无比，有的性格孤僻，有的固执任性，有的无故打人，甚至拉帮结派，无视法纪，明知故犯，或是动辄离家出走，甚或触犯刑法。本文作者将这些症状称之为"感觉统合失调后遗症"。面对这一症状，仅仅从道德层面或法纪层面进行教育，其收效甚微：家长威逼利诱，老师苦口婆心，学校三令五申，自己信誓旦旦，大多无济于事。本文作者认为，对待患有感觉统合后遗症的中学生除了进行必要的道德法纪教育外，更重要的是要进行心理的诱导、感觉统合的协调训练和集体舆论的营造。这样中学生感统失调后遗症就会得到比较有效的矫治。

## 一、中学生心理问题与感统失调后遗症的调查与分析

为了使中学生的心理和行为问题得到矫治，本文作者对所教班级学生进行了心理卫生问题筛查，全班 49 人，有与感统失调相关的心理问题的学生占 22.2%。主要表现在：

1、胆小退缩而又多动、多攻击性行为。例一：本班赵某（女），看上去是一位胆小、腼腆的女孩。可是，入学不久的一次课间，她就无故一脚踢向同班一男生的阴部，致使该男生在地上打滚，半天起不来。老师问她为何踢人，她又胀红着脸说不出原由来。据与她小学同班的学生反映，她小学时就经常犯这类莫名其妙的错误。例二：本班张某（男），平时沉默寡言，常常不经意地给人一拳或一脚。一次本班两位女生并肩而行，他走在后面冲上去将她俩的头撞在一起。老师请来家长一起探究原由，家长反映该生在家里也经常冷不丁地敲打爸妈一下，然后跑开。

2、动作不谐调、手脚笨拙、语言发展迟缓、数字概念较差。例：本班林某（男）、

罗某（女），根据其小学老师在《学生在校情况》中的记载和家长反映，他们小学时语言表达能力和数字概念明显低于同龄人。上中学后虽经各种努力大有改观，但还是能从学习生活中看出小学遗留下来的问题和痕迹。

3、肌张力较差、易于疲劳、常趴在桌上。例：本班钟某（男），上课真正集中注意力的时间只有几分钟，不是揉脖子，就是揉眼睛，要不就趴在课桌上，长期给人疲惫感。

根据心理学家的分析，上幼儿园和小学的孩子有上述现象，其生理基础大多是感觉统合失调。如果这些孩子上中学后还有此类现象，我们认为这就是感觉统合失调后遗症。

心理学家认为，前庭器官是主要的平衡器官，前庭比其他感觉器官更敏锐、更基础，而其信息对环境的顺应性反应也最为重要，故前庭活动的过度与不足，将影响其他感觉信息的处理。如果前庭与本体感觉系统统合不好，孩子的姿势反应就会发展缓慢。有的动作显得不协调，手脚笨拙，且肌张力也差，易于疲劳，常趴在桌上。有的孩子胆小退缩，而有的孩子又过分活跃，非常好动，无法专心做任何事，或存在攻击性行为。有的孩子存在发育期运用障碍，到了相应的年龄还学不会同龄孩子早就会做的事情，如穿衣服、扣扣子，动作非常笨拙，并且非常顽固，很不合作，这是一种脑组织功能失常，妨碍了触觉的组合，影响前庭平衡和肌肉关节动觉，同时妨碍了动作计划的能力。

这些基本功能发展不良，将导致人际关系困难和学习障碍。会影响孩子的智力发育和学习能力发展，造成孩子学习基础差、心理发育迟缓和人际关系障碍，进而出现厌学、逃学、撒谎等行为问题，甚至会出现品行障碍，长大了就会延续为人格障碍，变成犯罪的易感人群。由此看来，及时矫治孩子感统失调及其后遗症是当前幼儿园和中小学生理教育、心理教育不可忽视的重要问题。

## 二、中学生心理问题与感统失调后遗症矫治的尝试

### 1、增强宽容、理解和沟通

患有感统失调后遗症的学生往往是很痛苦的，他们也不知道自己为什么屡屡犯错，想改又往往改不了。这时他们最需要的就是老师、家长和同学的宽容、理解和沟通。他们往往又容易自暴自弃，破罐子破摔。其实他们此时尤其需要家长、老师和同学的耐心帮助。老师和家长要帮助他们寻找原因，引导他们树立矫治的信心，探索矫治的方法。且要持之以恒，不断努力。

### 2、加强感觉统合训练

感觉统合治疗，在于提供内耳前庭、肌肉关节动觉（本体感受）和皮肤接触等感觉刺激的输入，并予以适当的控制，使少年儿童能自动形成顺应性反应，改善过度敏感和笨拙的情形，产生良性互动，并促使对这些感觉的组合和统一。因此，适当的体育活动和劳动、手工制作等都是很好的感觉统合训练，有利于感觉统合失调及其后遗症的矫治。

本班自入学以来，一直特别重视劳动课、体育课、手工制作课、陶艺课等。每次劳动课班主任必到场，除强调劳动课的一般意义外，更强调其对感统失调后遗症的矫治作用，鼓励学生做好劳动，并写好劳动心得。每次体育课，本班学生都提前到场。因此，本班劳动和体育课评分总是较高的，手工制作课和陶艺课学生的作品频频获奖。更重要的是，学生的感统失调后遗症得到了比较有效的矫治。尤其是每次社会实践周（军训等）、运动会后，学生的感觉统合能力都有明显的提高。

### 3、加强家校联系，关注学生节假日生活。

当班主任的老师大多有这样的体验，双休日过后特别是长假过后，学生的行为习惯等往往又要出一些问题。某些感觉统合异常的孩子本来已经矫治了的一些现象又死灰复原了。究其原因何在？答曰：主要由于生活方式的改变。

感觉统合异常的孩子因为平常有父母、老师、甚至是同学的监督，一些影响学习及生活的不当行为（不专心、过动、旋转或咬指甲等自我刺激行为）会被压抑下来。一到节假日，没有老师及同学的督促，父母忙着走亲戚或办年货等，孩子的自由空间变大了，对于自我控制力较差的孩子，这时候容易使不良的症状毫无限制地表现出来。因此节假日来临之际，老师有必要与某些家长联系或者家访。对于感觉统合异常的孩子，老师给其家长一些建议：

(1) 每天抽空与孩子进行活动，可以让孩子仍然感受到父母的关注。

(2) 让孩子参与家中的工作。如贴春联、办年货及准备年菜时，可以依据孩子的能力要求帮忙，并同时教导孩子关于过年的习俗与故事等。

(3) 事前沟通说明。在有客人到访、或要到朋友家拜年之前，先和孩子沟通说明，并鼓励他说出他的感受，不必刻意要求孩子做不想做的事（说"恭喜发财"、穿不喜欢的新衣），但可以用契约方式、也就是条件交换，鼓励孩子去做。

(4) 维持正常作息。许多孩子一放假就变得晚睡晚起，零食也比平时吃得多。作息的改变会影响孩子的情绪及行为，除非必要，尽量维持正常作息。

(5) 听孩子说。因为孩子放假，缺乏讲话的对象，所以会突然缠着父母或兄弟姐妹。建议父母多抽空与孩子说说话，即使不能在孩子要与您说话的时候停下来听他说，可以建议孩子把要说的话记录下来，至少在今天结束前，一定要与孩子说说话。

每到节假日，班主任就这样有针对性的家访，帮助家长理解孩子看似反常的举动，以免采取简单粗暴的方法，探究矫治的最佳途径和方法。很多家长从中尝到了甜头，积极与老师联系，或自觉学习教育心理学，科学有效地诱导孩子矫治感统失调后遗症，颇有成效。

通过两年的探索和实验，占本班人数达 22.2% 的感统失调后遗症学生半数以上得到了明显的矫治，另外半数也得到一定成效的矫治。虽然还偶有突发事件发生，但整体上升趋势却是不争的事实，由问题多多的班级逐渐上升为优秀班集体甚至成为红旗班集体。

# 班主任工作中的有教无类与因材施教

傅芳觉

我国古代伟大的教育家孔子云："有教无类。"（《论语·卫灵公》）又曰："自行束修以上，吾未尝无诲焉。"（《论语·述而》）他对学生不分贵贱，不分智愚，不分长幼，不分勤惰，不分恩怨，一概热心教诲，鼓励他们进取。而程朱理学的代表人物程颐、朱熹又都说"孔子教人，各因其才。"（《二程遗书·卷十九》）如何处理有教无类与因材施教的关系，是我们当代教育工作者尤其是班主任应该认真解决的重要课题。下面是作者结合自身的班主任工作经验谈一些体会和认识。

我国社会主义教育事业，既是国家的事业，又是人民群众的事业。中央和各级政府、教育行政部门办教育要有教无类，面向全体，全面提高，就是要真正重视发展教育事业，努力为人民大众，特别是为全体少年儿童，提供平等的受教育的机会。要使受教育者在德育、智育、体育几方面都得到生动活泼的主动的发展。各级各类学校办学有教无类，面向全体，全面提高，就是要全面贯彻教育方针，全面提高教育质量，为适应当地经济发展和精神文明建设的需要，多出人才，出好人才。有教无类，面向全体，全面提高是人民当家作主的社会主义社会的必然要求，是党的群众路线在教育上的体现，也是社会主义教育的基本特性。

因为教育的对象是人，是学生，而且是每一个达到受教年龄的学生——不分男女，贫富、贵贱，不论智、愚、优、劣，甚至正常或特殊……均是教育所要施予的对象——有教无类。所以再如何笨，如何桀骜不驯的学生，作为教育工作者，尤其是班主任，我们绝不能放弃任何一位学生，惟有透过教育的力量，才能使他们找到人生的希望。本班有一位女生Y某，性格乖戾，桀骜不驯。有一次上自习课无理取闹，把班长弄哭了，影响相当恶劣。按照校规和常理，同学们强烈要求她向班长赔礼道歉。可她却拒不认错，学校请来家长共同教育，她反而更加嚣张，对着家长大吼一顿，家长无可奈何地劝老师放弃对她的教育。然后一走了之。过两天又从家里打来电话，说自己与某校长是什么特殊关系，让他家小孩向班长赔礼道歉，简直"太过分了"。这样小孩更加有恃无恐，置校规校纪和做人的基本道德于不顾。处于这样一个尴尬境地，我们坚持有教无类，一视同仁，决不放弃对她的挽救和教育。耐心细致地对该生进行心理疏导、道德教育及法纪教育，动之以情，晓之以理。该生最终被我们感动了，认识到了自己的错误及其危害，非常诚恳地向班长公开赔礼道歉，由衷地感谢老师同学们对她的挽救、教育和帮助，并在周记中写下了深刻的忏悔和今后做人的态度及决心。这样既维护了学校纪律的严肃性、公平性和公正性，又从根本上挽救了这个小孩。

"因材施教"在我国教育史上有着丰富的经验。"孔子教人，各因其材"，《学记》写道："教也者，长善而救失者也。"可见古人很注重发扬学生的优点，克服学生的缺点。今人讲的"因材施教"则是在马克思主义教育思想指导下，建立在现代心理学、生理学基础上的科学的教育教学方法和态度。因材施教是从学生实际出发，实际情况是，在学生集体中，例如在一个班级中，他们的智力、能力、知识程度都有差异，他们的动机、兴趣、努力程度，学习习惯和方法也各不相同。结合实际情况，确定调整教学内容，选择教学方法，这才是实事求是的科学态度，认真负责的教学态度，也才能收到预期的教学效果，使每个学生的才能和特长都得到充分的发展。

孔子主张教育学生既要有统一要求，又要注重学生的个性特点，从学生的实际情况出发因材而教之。孔子善于了解学生，主要通过观察和谈话两种方法来进行的。通过观察，看学生言行表现如何。"听其言而观其行"。"视其所以，观其所由，察其所安"。谈话，有个别谈，有聚众谈，藉以了解学生内心所想。所以，他对学生的各方面情况非常熟悉，并能用精练的语言准确地概括出各个学生的个性特点。在了解学生的基础上，孔子针对不同情况，分别进行不同内容和不同方式的教育。学生同样问仁、问孝、问政、问礼，而他的回答往往是难易、深浅、详略各不相同，有时甚至截然相反。可见，因材施教的关键是了解学生，只有全面深刻地了解学生，准确地把握学生各方面的情况，才能对症下药，有针对性地进行教育。这也就所谓的"一把钥匙开一把锁"的道理。

有教无类与因材施教，说的是集体教育与个别指导的结合，共性与个性的统一。这个论题虽不新鲜，但绝非陈旧、当今实施素质教育、全面贯彻教育方针，全面提高教育质量，正确认识面向全体与因材施教的关系，有着深刻的现实意义。

有教无类与因材施教的关系，是共性与个性的矛盾统一的关系。我们知道，共性存在于个性之中，个性离不开共性。共性是个性之中共同的、本质的东西的概括。要把握学生的共性，就必须深入学生之中调查研究，了解情况，从多种多样的学生个性中概括他们共同的、本质的东西。他们相近的智力水平、认识能力，相近的学习兴趣、习惯以及相近的知识积累，便是学生的共性。我们面向全体提出统一要求，班级的奋斗目标，集体教学的措施，就是主要建立在学生共性的基础上的。但是共性寓于个性之中，并且共性只能大致地而不能完全地包括一切个性。个性虽然离不开共性，但个性又总有许多自己独有的未被共性所包容的特点，我们要掌握学生的个性，就是要切实了解班上每一个学生的知识基础、智力水平、学习态度、兴趣爱好、意志性格、思想纪律、健康状况、家庭环境和社会关系等等，特别是要及时洞察到学生思想上、学习上变化的苗头和发展趋势及其原因，我们才可以"择种种适当之方法以助之"。每个班级，每个学生都是共性与个性的统一体。有学生共性，才能提出统一要求，进行集体教学；有学生个性，而且是丰富的，千差万别的个性，才需要因材施教，个别辅导，以使"长善救失"。

正确认识和处理共性与个性的矛盾关系，坚持面向全体与因材施教结合的原则，就能够既使统一的要求得到保证，又使每个学生的个性得到充分的发展。

有教无类与因材施教之教育理想如鸟之双翼，唯有二者平衡发展，始能邀翔于教育的天空。唯有二者平衡发展，才是真正的以人为本，始能开发人的潜能，进而造福人群社会，提升国家、民族的竞争力。

# 润物细无声
## ——浅谈语文教学中的情感滋养

傅芳觉

华东师范大学教授、著名教育学理论研究者叶澜指出："教育是直面人的生命、为了人的生命质量的提高而进行的社会活动，是以人为本的社会中最体现生命关怀的一项事业"。伟大的教育家苏霍姆林斯基说过："在人的心灵深处，都有一种根深蒂固的需要，这就是希望自己是一个发现者、研究者和探索者。"在语文教学中对学生进行情感滋养正是让学生去做这样一个"发现者、研究者、探索者"。语文教师的责任之一，就是通过这样的方式把以人为本教育理念落到实处。语文教学应该重视激发学生的情感体验，强调学生在教学过程中的心灵感悟、情感滋养、道德提高已经成为共识。也可以这样说，强调以人为本是教育行为的核心；注重情感滋养，是语文学科的特点所在。在长期的语文教学中，本人尝试着从以下几个方面有意识地对学生进行情感滋养。

## 一、在课堂教学中进行情感滋养

语文审美教育中的"以情动情"有着丰富的内涵。第一个"情"字，主要是指课文由语言文字的音、形、义共同表现的感情，包括感情内容和感情状态。其次是指教师的表情或其他朗读者的感情，不过，教师等人的表达紧扣教材，他们的感情是建立在教材感情内容基础上的。第二个"情"字是指受教育者学生的感情，包括情绪和情感，这样看来，"以情动情"就是利用课文中的情感因素，并经过教师等人的突出渲染，从而打动和激发学生的感情，达到感情滋养的目的。由此可见，要对学生进行情感滋养，前提是必须准确把握教材中的感情，同时联系学生自己的生活实际，拨动学生情感的琴弦。

例如在上《背影》一课时，我们引导学生思考：为什么本文如此感人？学生自然会指出文中对于父亲背影的细节描写的作用。我于是趁热打铁，要求学生回忆他们父母在日常生活中关爱儿女的细节，小组同学讨论交流，让学生在课堂交流中体会深深的父爱和母爱，从而学会感动和感恩。

## 二、在活动课中进行情感滋养

在上完胡适《我的母亲》一文以后，恰逢三方八妇女节来临，我们在语文课举办了《献给母亲的歌》主题班会，步骤大致如下：

### （一）道不尽的母爱

请同学们分为几个小组，从以下几个方面搜集资料并编辑成册，再为它们起一个恰当的名字，在班上交流。

(1) 描写母爱的诗歌、小说、散文等文学作品。

(2) 新闻媒体报道过的与母亲有关的感人事迹。

(3) 描写动物世界母子之情的作品。

(4) 展现母亲形象的绘画、摄影、歌曲、电影、广告等作品。

(5) 与母亲有关的格言、俗语。

### （二）采访母亲记

找时间采访母亲，写一篇采访记录。采访内容可以包括以下几个方面：

(1) 请母亲谈谈她的童年和青少年时代的生活经历，她对事业和生活的梦想和追求；

(2) 请母亲说说怀上"我"后的感觉和反应，以及一朝分娩的甘苦；

(3) 请母亲回忆在养育"我"的过程中的酸甜苦辣；

(4) 请母亲对"我"提出希望和要求。

采访时可以找出母亲往日的照片，请她讲一讲照片背后的故事；还可以为生活中的母亲拍照，争取为她拍出最能表现她的特点的照片，并根据自己对母亲的了解，为每张照片题写标题。采访结束后，整理好采访记录。

### （三）报得三春晖

以"献给母亲的歌"为题召开一次主题班会。主要内容有：

(1) 配乐朗诵有关母爱的诗歌；

(2) 演讲有关母爱的故事；

(3) 展示有关母爱的图片；

(4) 介绍有关母爱的文学作品；

(5) 观看有关母爱的电影片段；

(6) 采访母亲记录及体会交流；

(7) 有关母爱的格言、俗语等竞赛；

(8) 合唱有关母爱的歌曲等。

在这些活动中让学生体会深深的母爱，使其情感得以滋养，得以升华。

## 三、在作文教学中进行情感滋养

作文训练既是提高学生语言表达能力的机会，又是对学生进行情感滋养的好时机。

本学期学校举行"实验杯"排球赛，本班男生一向阳刚之气不足，对这类活动不感兴趣，提不起精神。我除了进行集体动员和个别谈话引导之外，有意识地引导学生以这次排球赛为话题作文。因此每周都有同学将排球赛写进周记里，利用语文课进行交流，随即在班级里刮起了一股排球"旋风"。很多男生起初不愿意上场训练，后来经不起女生软磨硬泡，扭扭捏捏上场了。到后来自觉上场了，再到后来就主动约队员们课余时间练排球、谈排球，切磋球艺。甚至在周记里写参加排球赛的体会和感受，无论比赛是赢还是输，同学们都能够正确对待，由过去总喜欢相互抱怨，到后来总是相互支持、相互勉励。通过作文训练与排球训练相结合，提高了全班学生尤其是男同学的集体荣誉感和凝聚力，增进了同学友谊，激发了学生上进心，陶冶了情操，滋养了情感。

## 四、在诗文朗诵中进行情感滋养

语文课程标准中第二部分"课程目标"中强调指出，7-9 年级的学生应该"能用普通话正确、流利、有感情地朗读。""能较熟练地运用略读和浏览的方法，扩大阅读范围，拓展自己的视野。""欣赏文学作品，能有自己的情感体验，初步领悟作品的内涵，从中获得对自然、社会、人生的有益启示------"既然如此，笔者以为语文教师在实际教学工作中切不可将"诵读欣赏"弃置一旁，而应该将此板块的教学与评价作为教学的重点工作来抓。

人教版《语文》七册上第三单元是一个描写四季景色的散文单元。笔者从中挑选了四篇精美文段，进行朗诵教学。教学步骤大致如下：( 暂且将四段文字命名为 A、B、C、D 四段 )

第一课时：

(1) 教师配乐范读 A 段。
(2) 教师提问：朗读应注意哪些事项？学生回答后，师生共同定出评价表。
(3) 教师示范赏析点评 A 段。
(4) 教师提问；欣赏文段应注意哪些事项？学生回答后，师生共同定出评价表。
(5) 学生分组点评 B、C、D 三段。划出最欣赏的词、句并在空白处点评。
(6) 各小组派出代表配乐诵读及赏析文段，其他同学评分并写出意见。
(7) 布置作业：从课外精选自己最喜欢的文章，有感情地朗读并配乐录音。要求有文章标题、乐曲名、朗读者姓名、文章朗读及作品赏析。

第二课时：

(1) 录音磁带或磁盘欣赏：以小组为单位，互评。
(2) 挑出评分高的录音带或盘请同学欣赏。

(3) 统计每段录音朗读者的支持率 ( 以举手人数为准 )。

(4) 同学点评，指出其突出优点及不足。

(5) 教师总结。

通过这样经常的朗读训练，学生不仅提高了朗诵水平，更重要的是他们在朗读中接受了美好的情感熏陶和滋养，提高了他们的情感境界。

## 五、在考试命题中进行情感滋养

语文材料本来就是认知元素与情感元素的集合体，在进行认知性教学的时候，自然要渗透感情教育的内容，舍此不成其为语文的认知性教学；在进行情感性教学的时候，又必须以语文认知为依托，舍此不成其为情感性教学。但时至今日，如何进行改造或抵制"无情教育"并倡导和实施"有情教育"，仍是教学工作特别是考试命题工作尤其应该予以重视的课题。笔者近年来在考试命题中有意进行情感滋养，以期学生通过考试也能有高尚的情感体验，得到美好情感的熏陶、滋养和提升。如：

例 (1)：请写出两句我国古诗文中关心民间疾苦、同情劳动人民的佳句。

例 (2)：中国国民党前主席连战、亲民党主席宋楚瑜的大陆之行，又一次证明：故乡，人的生命之根。请写出两句表达乡情乡愁的古代诗歌名句。

例 (3)：我国古诗文中有许多表达雄心壮志的名句，如曹操的"烈士暮年，壮心不已"、顾炎武的"天下兴亡，匹夫有责"，现请你默写出文天祥、范仲淹表达雄心壮志的名句各一句。

例 (4)：阅读《藏羚羊跪拜》一文后用波浪线在文中划出你感受最深的一个语段或句子，并谈谈你的体会。

例 (5)：阅读《藏羚羊跪拜》一文后根据文章中心，你认为人类应该怎样正确看待人与动物的关系？

学生回答这些问题的过程本身就是一些美好情感的体验过程。如：关心民间疾苦、热爱劳动人民、热爱家乡、热爱祖国、胸怀远大理想、善待野生动物、爱护环境等等美好情感、高尚情操让学生得以滋养和陶冶。常言道："考试是学生学习的指挥棒"，学生在平时的学习生活中也就会更加关注这些问题，其美好的道德情操就会得以滋养和强化。

以上只是近年来本人在语文教学中进行情感滋养的几点粗浅做法，以期抛砖引玉，得到大方之家的指点。谢谢！

# 明月共海潮
## ——《赶海弄潮——教学相长集》跋

时值中秋。入夜，我坐在窗前给《赶海弄潮——教学相长集》定稿。

窗外，广漠的天幕上悬挂着一轮金黄的圆月，放射出令人注目的清辉。深圳湾浪涛滚滚，环绕在滨海大道、香港、蛇口港周围的那一串串灯光，倒映在海面上，随着波浪晃动着、闪动着，仿佛一串串珍珠在流动，与悬挂在苍穹的中秋圆月交相辉映，真可谓"滟滟随波千万里"！

面对这明月与海潮相涌相生的壮观景象，我的记忆不禁沉浸到了自己与学生相辅相长的二十三年的教学生涯。

1983年之秋，二十出头的我从湖南师大中文系毕业，就被统分在偏僻而古老的浏阳七中连续教了几届高中毕业班。从此与讲台、与学生结下了不解之缘。

那时一些学生与我年龄相仿，喜欢到我的住房兼办公室侃大山。有一天，一位从外校转来的调皮男生对我说："傅老师，别看我做学生不咋地，但要我做老师甚至当校长准行！你可不要对我指手画脚，我见过的老师可多着哩！人家老师的一些好经验让我今后慢慢教你吧！"坐在一旁的其他同学大笑起来，我当时也只是将这当作几句调侃和自嘲罢了。但二十几年的教学实践，使我越来越深深地感觉到这几句话却不无道理：老师在教育帮助学生时，学生也教育帮助了老师，教学相长，不亦乐乎！

记得参加工作的第二年，恰逢市里要求每所中学至少申报一个教改课题。我可是"初生牛犊不畏虎"，申报了"高三作文审题训练"实验课题。学校领导和同事都握着我的手调侃道：有了你，我们学校就不会当"白卷英雄"了！

谁知我的学生听说我申报了课题，比我还来劲！几位高个男生拥到我房里对我说："老师大胆上，我们支持你！"上级教研部门要来听课了，一位姓周的同学紧握我的手道："你放心，我已经跟哥们几个打招呼了，都会热烈讨论积极发言的，不会让你丢脸！"

几年过去了，在上级教研部门的指导下，在领导和同事的支持帮助下，凭着一股子闯劲，依靠学生的热情参与，教改课题还颇有"成效"，其"成果表现形式"为：预考、高考成绩名列前茅和学生评价比较高。

在今天看来是微不足道的"成绩"，在当时却给我带来了不少的荣誉和机会：我被评为长沙市教改积极分子、长沙市优秀德育工作者等等，还被调到浏阳教研室任中学语文教研员。

从此我干劲倍增。在教研室刘定邦主任带领下开展农村应用文教学研究，学习和宣传叶圣陶教育思想，研究和实践布卢姆发展教育观，进行初中语文目标教学实验等等，还请来了全国著名特级教师、语文教育专家钱梦龙老师讲学、授课，推介语文导读法。钱老讲学、授课期间表现出来的与学生的亲和力及其"教学相长"的教育思想使我深受启发。临别时钱老还题诗勉励我：

不见摩天岭，双峰自足奇。未登最高处，已觉众山低。俗境随尘远，飞鸿与眼齐。还须凌绝顶，莫待夕阳西。

钱老对我的指导和勉励有如醍醐灌顶，使我眼界大开，甚至使我有重返教学一线进行教改实验的冲动。

此后不久，我调到长沙一中。首先教了一届初中实验班 (C9209 班 ) 的语文，接着教了一届高中理科实验班 (K9510 班：奥赛班 ) 语文兼班主任。理科实验班的学生是从全省各地市选拔来学科竞赛尖子生 ( 自然也有本校初中实验班毕业的优秀尖子生 )。他们来自不同的地域，不同的家庭，贫富悬殊，性格迥异。我与这些学生磨合切磋，摸爬滚打，风雨同舟。

我从被评为全省"六佳青年"的夏毅身上理解了什么是真正的爱心——他买来洗涤品分发给寝室的全体同学，为了使买不起洗涤品的同学欣然接受，他谎称是他爸单位的职工福利，家里用不完就拿来大家用；

我从国际物理奥赛金牌得主邓志锋身上读懂了什么是尊重的技巧——国际物理奥赛金牌教练武老师跟我说：我最"怕"邓志锋，他能闭着眼睛听作图演示，只要见到他一个善意的微笑，我就知道此时我讲错了或者没讲好，下课他就会给我指出来或与我讨论……

就是这一届优秀学生和同事使我获得了湖南省"九芝"英才导师奖。

更令我享受到教学相长之乐的是深圳实验学校的学生。

1998 年我来到"深圳实验"这所全国名校任教。人到中年，与学生就有了"代沟"，但我恪守实验学校"尊重学生，尊重学生的差异，特别是尊重在发展中的差异"的理念，得到学生无私的、纯真的支持帮助，使我这个已过"不惑"之年的人了无"代沟"之感，终得其乐。

中途接任 K9803 班班主任工作，颇感棘手。是该班足球队的队员们给我信心和支持，给全班同学以信心和支持，使该班不仅获得"校长杯"足球赛冠军，而且还获得了深圳市团委授予的"优秀团支部"光荣称号。

令人尤为感动的还有发生在 C0406 班的一幕幕：

军训时有一同学违纪，教官惩罚他来回蛙跳两三百米，他跳了一半就累得气喘吁吁难以为继了，不知是哪位同学说了一声：让我们以蛙跳去迎接他吧。就这样，全班同学自发地陪他跳完了全程。

在"春季队列检阅"出列受检前，不知是谁小声地传出一句话："把腿踢高，声音喊出来"，同学们暗暗鼓劲，互相轻声提醒，这句话传到了每一位同学耳里，全班步伐矫健，吼声震天，终于获得了"优秀班集体"的光荣称号。

每天一大早，白石和林彬同学最早到校，站在教室门口提醒同学做值日；

陈霖霖、杨璐、张纤纤等同学忙着擦窗台、讲台等；

学习委员钟诗宁、郑慧中拿着"作业情况登记本"穿梭在教室里；

班长张珺珂敦促同学们开始早读；

上课前，邵淑仪同学忙着把电教设备打开；

放学了，魏劼同学打开工具柜，督促、检查值日，最后一个离开教室……

2005 年，深圳实验学校成立二十周年，我们班别出心裁，所有任课老师和每一位同学及家长都参与，由我主编了图文并茂的《从这里出发》一书，并举办校庆主题观摩班会，给校庆献上了一份独特的厚礼！

语文周，我们小荷文学社自编自导的《超女的快乐与烦恼》一举获得全校特等奖！

忘不了，有个学生发现了《从这里出发》有些错别字没有校对出来，立即拿著书来找我调侃道：老师，您看这里是不是"通假字"？

忘不了，戴思娴在周记本上提醒我：老师，今天您的思绪（头发）有些乱；

忘不了，下课后欧阳明昊走到讲台前轻声而又"严肃"地对我说：老师，您今天没有刮胡子；

忘不了，那天几个学生来到办公室：老师，最近老上文言文不好玩，太累了，写写作文吧，好久没有作文讲评了。

忘不了，那天我嗓子哑了，在 C0402 班比画着用手语和板书上课，同学们配合默契，效果出奇的好。课后还有学生默默地送来了"金嗓子喉宝"克克

我就这样每天被学生簇拥着、感动着、鞭策着、激励着克克

最近，我向同学们推介了"一本改变美国人学习方法和习惯的重要之作"——《学习的艺术》（沃尔特方皮特金着），建议每个同学写一篇探讨学习方法的短文，并请家长写上点评。这些方法，有模仿的、有"改装"的、有自创的，无不闪现出智慧的火花和灵光。有些不免显得幼稚或笨拙，但都是他们亲身摸索总结出来的，因而弥足珍贵。于是我将这些短文和他们最近发表的、获奖的作文以及老师有关教学论文等结集出版，以便师生更好地互相切磋、相互促进，并请广大读者、专家指导。在今天这个中秋月圆之夜，本书终于定稿了！

窗外涛声依旧伴随着人们赏月的欢笑声，这时我似乎听见几个中学生的声音：明儿我们几个到大梅沙去冲浪好吗？好啊，好啊！

甜美的对话使我不禁联想到了海上的弄潮儿——是啊，我们的莘莘学子不正是新时代的弄潮儿吗？他们勇立潮头，虽然并非人人"手把红旗旗不湿"，但他们不畏艰难，勇于挑战，大胆创新的精神不正是我们呼唤的时代精神吗？让我们为新时代的弄潮儿加油鼓劲、橹喊助威吧！

而作为一名赶海者，我在教海拾贝，也偶有所得，欣喜不已。这些贝壳，比不上名家珍珠碧玉，但有自己的形态和色彩。我学习鲁迅当年在深夜的街头摆个地摊那样，在深化课程改革的教坛边，放上几颗小小的贝壳，以期抛砖引玉，激起人们探求教海的兴趣。

窗外明月清风为我见证：二十三年来我与学生同甘共苦、相辅相长，两袖清风栽桃李，满腔热血写春秋！

大海滚滚浪潮为我橹喊助威：再接再厉，穷且益坚，奉献讲坛，无悔人生！

谨以此书感谢我的亲人，我的老师和领导，我的同事和朋友，我的学生及家长们长期以来对我的关爱、教育、帮扶、指导与支持！

由于时间和水平所限，书中错漏之处，敬请不吝赐教，本人不胜感激！

2006 年 10 月 6 日

# 绿叶护花瓜瓞绵
## ——拜读蔡老《绿叶斋诗稿》（二）有感

傅芳觉

手捧《绿叶斋诗稿二》（打印初稿），我的思绪不禁回到了有幸结识蔡老的往事之中。

那是 2006 年的下半年，长沙一中的几位老同事退休了，便如闲云野鹤般来深圳旅游，约我们调来深圳的同事前往位于景田的毛家饭店餐叙。

在深圳见到几年不曾谋面的长者，自然是兴奋不已，而这几位长者似乎都返老还童了，比我们这批"血气方刚"的"中青年教师"还兴奋——首先是一声高叫，握手之后还拥抱，接着又叫绰号，一边说来一边笑！——真真是不亦乐乎！

这批退休教师中，杨善尤老师是我任教长沙一中教改实验班 C9209 班的老搭档。我们还未落座，她便兴奋地给我介绍今天做东道主的两位长者："这位是曹慧中老师，我的大学同学"——一位中等身材，戴着眼镜，慈祥和蔼的中学女教师形象伫立在我的眼前；然后指着曹老师身旁一位身材颀长、鹤发童颜、精神矍铄的长者道："曹老师的丈夫蔡校长，原益阳二中的语文老师，是你们湖南师大中文系的老校友喔。"我连忙上前作揖、握手——他也戴着眼镜，眼睛慈祥而有神，跟他握手，我深深地感到了火一样的热情和山一样的厚重，感受到了一种长者的风范，甚至有一种如遇故交、如遇恩师之感——他使我想起了上世纪七十年代末我在浏阳六中的几位语文老师、八十年代在浏阳七中语文组的几位老同事以及浏阳教委中语会的一些老会员、九十年代在长沙一中语文组的几位老同事。他们大都是"文革"前毕业于师范院校中文系，或是"老三届"中自学成才者等。他们历经坎坷、德才兼备，有的孤芳自赏、自命清高，有的乐观豁达、随遇而安，有的怀才不遇、牢骚满腹。虽性格各异，但都是我尊敬和崇拜的德高望重的长辈。

交谈中得知，蔡老的大学同学中果然有几位是我在长沙任教时的老同事、忘年交，我们自然有了更多的"共同语言"。餐叙过后，我们意犹未尽，深感特别投缘，真有"三生有幸、相见恨晚"之感。于是乎，留下电话号码等联系方式。

2007 年春节，我打电话给他们夫妇拜年，他兴奋地告诉我，他正好读完我的《赶海弄潮——教学相长集》，并写了七绝四首《读傅芳觉老师〈教学相长集〉有感》发到我的邮箱。受到他的称赞和鼓励，我夜不能寐，便将平日里"附庸风雅"写的几首拙诗发给他，谁知他竟认认真真地一一评析、指导，让我有如坐春风之感。去年，我母亲八十大寿之后，我将撰写的条幅对联、自制的台历送他指导，他们夫妇一个劲地夸奖，说我真是"有才更有心"，我母亲有这样的好儿子真幸福。让我颇有成就感和幸福感。

这几天正值期末工作繁忙之际，但我还是挤时间将《绿叶斋诗稿二》(打印初稿)拜读完了。透过这些字里行间，我们基本上可以看到蔡老的人生轨迹、心路历程、人生历练，而这些又可以说就是他们这一代教育工作者的缩影。而我作为他的同乡晚辈，拜读着大学长的著作，确实是颇有心得，感慨良多。正是：鹏城幸识乡前辈，读罢诗书喜有缘。

蔡老1960年湖南师大中文系毕业后即被分配到具有数百年历史的三湘名校益阳二中(其前身为460年前的龙洲学府)。这所学校历经数百年沧桑巨变，创造了不平凡的业绩，造就出许多在政治、经济、科技、文化、教育等社会各界杰出人才。著名历史学家周谷城、著名马克思主义文艺理论家周扬、著名作家周立波、著名华侨教育家张国基等现许多代文化名人都是发轫于斯、平步青云的。蔡老在这所名师荟萃、贤达迭出的名校一干就是36年！语文教师、班主任、教研组长、教务主任、校长书记他都干过。这36年间，我们国家从"苦日子"到"文革"到"复课闹革命"到"批林批孔"到"反击右倾翻案风"到"四五运动"到"打倒四人帮"到"十一届三中全会"到"恢复高考"到"改革开放"到"尊师重教"到"教育改革"……经历了多少运动、多少风雨、多少变故！我们可以想象，"根正苗红"、"德才兼备"、"人脉发达"的蔡老师又有多少改行从政、下海经商的机会。可是，蔡老就是像对待爱情和家庭一样对待教育事业，"曾经沧海难为水，除却巫山不是云"，"从一而终"，始终默默地耕耘在教室，奉献在校园。我们还可以想象，就是"论资排辈""循序渐渐"，他也可能早就被循章安排个什么"局长""厅级""巡视员"或者顺手捞个"特级"称号或享受什么"专家""劳模"的什么待遇、什么"特殊津贴"之类的。可他，什么也不是、什么也没有、什么也不要！他有的是《家国兴隆满情怀》《鸿篇巨帙话平生》，他要的是《继往开来，为进一步振兴龙洲而奋斗》(在益阳龙洲学府440周年校庆大典上的讲话，益阳二中前身乃龙洲学府)。他不是高官(甚或是不想、不愿、不屑做高官)，但他在许多高官面前可是一言九鼎、气冲斗牛，表现出"安能摧眉折腰事权贵，使我不得开心颜"的气度！他没有厚禄，陶渊明"不为五斗米折腰"，蔡老也可"不为五斗金低头"！一身正气、两袖清风的他享受着闲云野鹤般的神仙日子，更有桃李芬芳满天下的慰藉和自豪！

2006年10月，30年前的益阳二中高37班师生聚会。特邀已长住深圳女儿女婿家的蔡老出席。蔡老当场欣然赋诗九首《忆当年》，特别难能可贵的是他将当时该班任课老师和62名同学姓名一个不漏地全部附于诗后。

《忆当年》其一诗云：电传喜讯思潮滚，学子当年二八郎。弹指挥间三十载，今朝事业正辉煌。其九云：无须遗憾无须怨，实践真知百世芳。眼界放开观世界，各行各业有贤良。据其附录载：此次聚会除个别特殊情况外，百分之九十以上师生出席。可以想见，此次聚会场面之热烈与感人，其中有多少学子对恩师蔡老的多少回忆多少感动多少祝福啊！《忆当年》其二云：特殊时代特殊情，办学开门始有逢。珍惜当年曾共处，同尝艰苦谊长存。字里行间可以看出蔡老当年是怎样与学生打成一片，风雨同舟，与学生们亦师亦友，甘苦与共啊！而这次聚会只不过是蔡老这么多年这么多届学生"桃李芬芳，弦歌一堂"的一个缩影罢了。

蔡老在《莲花颂》一诗云：根寄污泥浊水深，不随世俗不争春。冰清玉润一身净，操守坚贞弗染心。我想，这不正是蔡老自己人格的真实写照吗？

令我们崇拜的蔡老真可谓：泽及菁莪称典范，功垂桑梓颂清廉。

蔡老夫人曹慧中老师亦毕业于湖南师大，教数学。他俩一文一理终身从教，可谓珠联璧合，佳偶天成。他们"相濡以沫几十年，白头到老喜相连"，从《写在妻华诞的日子里》等诗作中，我们可以看到曹老师这位传统型的知识女性怎样与蔡老同甘共苦夫唱妇随，伉俪情深举案齐眉。《答友人》诗中云：吾生七十身犹可，吃喝睡眠尚正常。阅报欣知时势好，读书喜享菜根香。诗魂未泯闲思索，书艺无成悔浅尝。愧晋稀龄惭谓老，偕妻保健总双双。这些诗再现了他们夫妇安享天伦之乐的情形。

让我们感到特别有情趣的是《汉俳诗五十首》，全是外孙祺心（超超，一岁至一岁十个月时段）的成长小记。如《学步》：学步可真乖，有如酒醉两边歪，跌倒爬起来。《看水果书》：看书也很乖，神情专注近乎呆，果果吻腮腮。《跳舞》（一）：跳舞也真乖，出神入定步音阶，可爱聪明孩。《顽皮》：顽皮也算乖，亲人严者不喜爱，靠近连呼"拜"。《写字》：嚷着要写字，左手右手不分明，乱画字不成。《学语》：学语发音清，伶牙俐齿众人称，可惜限双声。《背唐诗》：唐诗"鹅鹅鹅"，例如"春眠不觉晓"，背得可真好。一岁多的孩子活泼快乐、顽皮可爱的点点滴滴跃然纸上，让人好生疼爱。小超超就是在父母和祖辈们的精心呵护下健康快乐地成长起来的。去年12月，超超在新莲小学运动会上跳绳比赛获金牌，蔡老即赋儿歌一首勉之：金牌挂胸前，心里蜜甜甜。体育能夺冠，德智当比肩。今年1月，超超参加第十六届香港——亚洲钢琴公开赛（深圳赛区初赛）获金牌，蔡老又赋诗一首：从容不迫喜登台，口齿清清初露才。随即琴声愉悦耳，弹完一曲获金牌。

蔡老夫妇不仅对自己的孙辈疼爱有加，还将街坊邻居的孙辈当成自己的孙辈一样来疼爱，一样来欣赏。《童童——我们家小邻居》：天真可爱胖娃娃，笑口常开灿若霞。"姐姐超超"甜蜜蜜，对门对户两支花。此诗体现出一名德高望重的传统文化传承者"老吾老以及人之老，幼吾幼以及人之幼"的博爱情怀。

儿童是祖国的花朵，学生是民族的未来，爱学生就是教育工作者爱国情怀的集中体现。正是这种大爱无疆使蔡老夫妇几十年如一日，给予学生以父爱母爱，精心呵护，使他们的后代和学生茁壮成长、瓜瓞绵绵。蔡老夫妇真是：稀龄举案松篁茂，绿叶护花瓜瓞绵。

蔡老夫妇退休后长住深圳，改革开放的窗口像一个大相框，留下了他们夫妇很多温馨的夕阳照，更留下了蔡老赞颂特区精神风貌的一些诗歌。如《浣溪沙——夜游深南大道》《红树林赞》《深圳市市花勒杜鹃赞》《庆祝深圳特区成立三十周年》（五言长句）等。

他们夫妇曾随"千名老人下江南"，启航武汉，"放舟黄鹤大江边"；即赴黄山，"凭借缆车登绝顶"；再至扬州"缅怀郑老头（郑板桥）"；"到镇江，尝小吃"；奔上海，登金茂大厦；逛苏州登枫桥；去南京谒中山陵……行万里路，读万卷书，寄情山水，乐此不疲。

他们人老心不老，结识新朋友，不忘老朋友，且友情历久弥深，历久弥新。

虽近十年长住深圳，但家乡的师生亲友却常有来往，更有吟诗作对的雅趣。如《一剪梅——祝蔡济湘老师九十三岁寿》《祝学友周金明七十寿》《读胡坚老〈风雨八十年〉四首》《喜贾公辅民老先生惠寄大作》等。通过蔡老的诗作，我们结识到了益阳诗书界的一些前贤新秀，而且透过这些诗作我们欣赏到了他们令人景仰的道德文章。麓山红叶，资水龙洲，益阳的发小故交，长沙的亲友同窗……都在蔡老的诗中，更在蔡老的心中。

蔡老夫妇退休十多年的生活可谓丰富多彩、情趣多多。游山玩水、走亲访友、含饴弄孙、吟诗作对、挥毫泼墨、打牌下棋……时时处处体现出他们对生活的热爱和追求。

古风《老友相聚玩牌记》让你赞叹不已：休闲砌长城，有约便出行。……糊牌极高兴，得炮亦小赢。胜者心窃喜，连云"碰子经"。败者非所愿，略有叹息声。……边玩边笑语，过程自轻松。时间过得快，悠尔日西倾。东家可客气，早已饭菜烹。入席不谦让，饮酒显神通。席间觥筹错，酒酣满面红。玩好又吃好，宾主喜盈盈。天下没有不散的筵席，各自将要奔西东。最后举杯共祝福，国泰民康宁！

如此生活，此乐何极！现在蔡老又将自己把玩的这些诗作编辑成《绿叶斋诗稿》

(二) 以飨读者, 我们敬爱的老顽童蔡老头真是: "山水寄情春永在, 夕阳无限写新篇"啊!

不揣冒昧, 试将上面几段话的要点集句成诗: 鹏城幸识乡前辈, 读罢诗书喜有缘。泽及菁莪称典范, 功垂桑梓颂清廉。稀龄举案松篁茂, 绿叶护花瓜瓞绵。山水寄情春永在, 夕阳无限写新篇。

拙诗可否作为我拜读蔡老《绿叶斋诗稿》(二) 读后感的小结? 敬呈蔡老和读者诸君雅正。谢谢!

祝蔡老夫妇健康长寿!

2011 年 7 月于深圳益田村

# 个性飞扬的的贺礼

傅芳觉

正当第 26 届世界大学生夏季运动会在深圳上演着一场又一场不一样的精彩之际，我们深圳实验学校 C1001 班作文集《才露尖尖角》和 C1002 班作文集《不一样的精彩》与读者见面了，演绎出与大运不一样的精彩，向大运献出一份个性飞扬的贺礼！

打开书，你会发现：这是深圳实验学校的一座"百花园"。园里没有奇葩异草，却也姹紫嫣红。这些盛开着的小花：红、黄、蓝、白、紫……杂样儿，有名字的，没名字的，散在草丛里像眼睛，像星星，还眨呀眨的。它们虽然没有高贵的名分，然而却朵朵挺立，沐浴着阳光雨露，迎风摇曳，让人怦然心动；它们浑身散发出一股自然清新的气息，洋溢着一种独特的青春活力，让你不得不驻足欣赏，流连忘返。

不是吗？信手采撷一朵，你就会发现，它虽稚嫩，却沁人心脾。"清水出芙蓉，天然去雕饰"，小作者们用自己一颗纯真的心，一枝饱蘸感情的笔，培植着这满园的小花。他们自己播种浇水、自己施肥耕耘、自己收获果实，自我陶醉于这满园春色之中。作为他们的"傅爸"，我敬佩他们的精神，我尊重他们的劳动，我特别欣赏他们种下的这些无名小花！

的确，与名家大作相比，这本小册子确实显得粗糙和幼稚。但它正如一本镶着无数张生活彩照的相册。打开它，你就会看到里面蕴藏着一个多么精彩的世界！活跃在这个世界里的一个个少年朝气蓬勃、意气风发！他们都个性飞扬，各有各的精彩！他们生活中的喜怒哀乐、他们学习上的酸甜苦辣，都摄入在这本影集里。翻开它，你会觉得一缕清风扑面而来，一丝甘甜让你回味无穷！一个个天真阳光的少年让你看不够，让你爱不够！我理解他们，我羡慕他们，我热爱这一群"同学少年"！

因此，当孙可菲、雷小菲、张海锋、钟乐琳、史家豪、杨沐原等同学提出编印这两个文集的时候，我立即非常激动地表示坚决的支持！在这个热辣辣的暑期七月和这个红红火火的八月大运期间，上述同学及其家长为编印这本书付出了许多心血和汗水，在此我们谨向他们表示特别的敬意和谢意！

亲爱的同学们，未来的大学生们！深圳和世界没有距离，青春没有距离。在这大运之年，让我们自豪地将深圳这座城市、将实验这所学校，将我们的班级，将我们的学习和生活都写成诗，绘成画，谱成曲，永远铭刻在心中吧！

让我们永远记住：大运之年 Start here ！ Make a difference ！从这里开始，我们曾经拥有过不一样的精彩！我们还将演绎出更多的不一样的精彩！

2011 年 8 月 23 日
于深圳市益田村

# 春风醉桃李
## ——在国旗下的发言

傅芳觉

尊敬的校长及各位领导同事、亲爱的同学们：

大家好！

在全校师生共祝校庆、全国人民喜迎奥运圣火之际，我和几位同事荣获为学校服务满十周年金质奖牌，心情格外激动！在此，请允许我代表所有获奖者向大家表示亲切的节日问好！向我们亲爱的学校表示深深的祝福！

十年前，我们从祖国的四面八方来到改革开放的前沿阵地深圳，在这片神奇的热土上转了一个圈，最终不约而同地选择了实验学校这所全国名校作为我们献身教育事业的理想园地，"实验"以她广博的胸怀、热情的双臂拥抱了我们！

弹指一挥间！我们到实验学校工作已整整十年了！

十年来，在实验精神的感召下，我们和学校所有的老师象春蚕一般辛勤地工作着：早上六点踏着晨曦来校，晚上六点披着晚霞回家，甚至回家还要备课、批改作业或试卷、与家长电话沟通等等。我们要认真上好每一节课，我们要精心组织好每一次活动，我们的每一节课、每一次活动都要让学生作为生命的一部分受到教育和陶冶。总之：做实验的学生很幸福！很幸福！做实验的老师很辛苦！很辛苦！

青丝染白发，眼角眉梢都写上了岁月的风霜。但是我们无怨无悔！乐此不疲！

我们知道："用最优秀的人才培养更优秀的人才"是实验学校选任教师的标准和目的，更是时代和社会、国家和民族对教育事业的必然要求！

十年来，我们跟着"实验"的脉搏一起跳动，跟着"实验"一起成长、壮大！人是需要打造的，实验学校就是打造优秀人才的一座大熔炉！

我们深知：学生的未来就是国家的未来，热爱学生就是我们老师爱国主义精神最好的表现！我们热爱每一个学生，我们既欣赏红花的艳丽动人，也欣赏绿叶的朴实无华；我们包容学生暂时的落后和错误，甚至容忍其对立和叛逆。在实验老师的呵护和引领下，实验学生的心中永远是春天，身边充满着感动和创造，眼前到处是鲜花和阳光！

亲爱的同学们，我们十分羡慕你们，羡慕你们在实验学校就读；我们非常欣赏你们，从你们身上感受到青春的活力，感受到无比的信心和力量！当然我们更爱你们——因为从你们的成长和进步中我们体验到了教师工作的意义和生命的价值！你们是实验的希望和骄傲，是祖国的未来和希望！

路上春色正好，天上太阳正晴！让我们全校师生员工携起手来，在校长办学思想的引领下，从这里出发，走向更加光辉灿烂的明天！

# 珍惜身边的爱

傅芳觉

各位尊敬的老师、亲爱的同学们：

早上好！

首先，我想问同学们几个问题：

早餐吃好了没？衣服穿好了么？作业带齐了吗？

再问大家一个问题：每天早上是谁总向你没完没了地唠叨这几个问题？

是的，是你的妈妈你的爸爸你的爷爷奶奶你的外公外婆，还有老师。这就是你身边的幸福身边的爱啊！我今天发言的题目就是《珍惜身边的爱》。

同学们，除了刚才我们说到的今天早上家人给你的关爱之外，你是否还能体察到流淌在你身边的点点滴滴的爱？

亲爱的同学，某天早上你不舒服，家长打来电话给你请病假的时候，也许你的班主任老师的孩子也感冒了不能上学，或许班主任自己身体不适，但是老师只字不提，一边匆匆赶往学校，一边电话里向你嘘寒问暖；某次课间，老师见你对办公桌上的牛奶面包垂涎欲滴时，慷慨地对你说拿去吃吧，也许这正是她尽管饥肠辘辘却忙于督促你们早读而没来得及享用的早餐；某次家访，班主任奉劝你的父母不管工作再忙，应酬再多也要挤出时间来多多陪陪孩子时，却让自己的孩子独自在家做饭读书……

每次统考，教务处老师又要加班加点制卷、合分与统计，便于各科老师分析研究提高教学质量；每天中午，班主任和学生处的老师要来巡视检查各班午休情况……

当你运动受伤来到医务室时，校医们就顾不上自己吃饭或要下班了，耐心地给你检查敷药包扎，打电话等你家长来接你……

处于青春期躁动叛逆的同学有时闹得不可开交甚至恶语相向、大打出手时，老师闻讯赶来或许立即呵斥制止，或是好言相劝停止武斗……

同学们，这些都是流淌在我们身边的爱啊！

可是，我们某些同学却熟视无睹，麻木不仁。个别同学甚至无理取闹、谩骂师长，面对这些同学，我们老师理解包容，耐心教育，决不放弃。时而像慈母一样苦口婆心、循循善诱、春风化雨；时而像严父一般怒不可遏地告诫你：老师是人不是神，也会有发火的时候，当你触犯了某一底线之时，老师恨铁不成钢，给你当头棒喝，让你悬崖勒马！

亲爱的同学，请你好好体察身边的爱，珍惜身边的爱吧！

早上离家时父母的叮咛唠叨多么温馨，来到学校师生间的问好多么亲切，身体不适时老师的抚慰多么温暖，当你取得进步时同学们的掌声多么真诚热烈，当你失败气馁时老师的安慰和鼓励多么催人奋进，当你畏缩不前、犹豫不决时老师的眼神给了你多么坚定的信念……

亲爱的同学们，好好观察身边的爱，感悟身边的爱，珍惜身边的爱，带着身边的爱一路前行，鲜花和笑脸就在人生大道的两旁，成功和幸福在前方向你招手！祝福你，每一位实验的老师和同学！谢谢你一路相伴同行！

2013/12/16 晨会

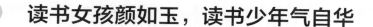

# 读书女孩颜如玉，读书少年气自华

傅芳觉

亲爱的同学们，敬爱的老师们：

大家好！今天我发言的题目是《读书女孩颜如玉，读书少年气自华》。

首先，我想问同学们，我们读书是为什么啊？

为自己、为父母、为工作，为了出人头地、光宗耀祖，为了中华之崛起、为了实现中国梦……这些回答都有一定的道理，但都有一定的局限性。

我认为：读书，小而言之可以为自己，增智怡情，修身养性，提升自身素质和人生价值；大而言之就是可以为国家为人民作出更大的贡献。这两者之间是并行不悖、相辅相成的。

由此我想起了我校雨霁文学社社长、高中部的欧阳婧祎同学。2012 年，第四届"十佳文学少年"评比时，她说自己"读了七遍红楼梦"，一位老编辑当场考问——随便说了几个情节，让她说出故事发生在哪一章回，章回题目是什么——结果，欧阳婧祎对答如流，震惊四座。她自幼广泛涉猎中外经典名著，中学期间系统研究中国古典文学，创作发表《红楼梦》、《诗经》心得数十篇，由此结集的国内首部中学生中国古典文学研究专著《情越千年》即将问世。她因此被新闻界、学术界誉为世纪之交诞生的"奇才美女"。

深圳实验学校是美女帅男成长的摇篮。2009 年度"澳门小姐"冠军李若滢，2000 年毕业于我校。在小学部保留的李若滢学籍表中有这样的记录："该生在一年级读了一个月后跳级进入二年级。她兴趣广泛，酷爱读书。"初中时，她对艺术节化妆秀活动特别来劲，语文周更是编演课本剧积极分子；高中语文周活动时，她反复阅读、多次改编《茶花女》……

全国知名品牌企业京基集团曾在深圳发起寻找"京基"同龄人活动，评选"京基少年"作为其形象代言人。实验学子李博奥一举夺魁。该生就是初中部 09 届毕业生。在比赛现场，一位摄影记者指着场上的李博奥对我赞叹道：翩翩少年，冠军非他莫属啊！我不禁问他何以见得？答曰：腹有诗书气自华！

今年香港书展期间，我应邀参加红出版集团读者分享会。一位香港读者握着我的手说，你们深圳实验学校的学生好漂亮好帅气喔！我问，您怎么知道？他说，从你们学生作文就可以看出其阅读的品位，字里行间都洋溢着书卷气；从文集的照片里可以看到其灿烂的笑容和高雅的气质。

　　亲爱的同学，如果你还不知道为何要读书，你就读书吧，书中自有令你满意的答案；如果你为自己身材比例不够恰当、五官布局不够合理而苦恼时，你就读书吧，书中自有颜如玉；如果你为自己帅呆了酷毙了、漂亮极了而自我陶醉不已时，请你读书吧，你就会知道真正的美在心灵、在内涵、在气质！当你为自己出身卑微家境贫寒而痛苦，或者住在豪宅别墅却不知幸福在哪里时，请你读书吧，书中自有黄金屋，幸福就在你心中！读书吧孩子，为了心中的那个美梦，为了我们共同的中国梦！

**附：**

# 追求周记结构的最优化——点评傅芳觉老师的"学生周记写作模式"

黄河远

　　语文老师布置学生写周记，实在是一项司空见惯的工作。同样是布置写周记，有的仅仅把它当成一种常规，一种任务，有的却把周记当成一种特殊文本，把周记写作当成一项特殊的语文活动。前不久，笔者见到深圳实验学校傅芳觉老师所设计的一种周记模式，它从学生生活、学生心理情感状态和语文能力养成的视角将一次周记分解成若干部分，从而追求周记结构最佳模式。以下是这种周记写作模式：

第　　周　　　月　　　日　　　天气：秋高气爽

**一、名言警句（抄写 5 条）**

如：　1、天下兴亡，匹夫有责。——顾炎武

　　　2、国将兴，必贵师而重傅；……国将衰，必贱师而轻傅。——荀况

　　　3、金钱是善仆，也是恶主。——培根

　　　4、人生自古谁无死，留取丹心照汗青。——文天祥

　　　5、为中华之崛起而读书。——周恩来

**二、成语摘抄（抄写 5—10 条）**

如：　一马当先不亦乐乎万家灯火志在必得天马行空

　　　暗送秋波安步当车在所不惜不耻下问跋山涉水

**三、本周新闻**

1、　　国际国内风云：

　　　　泰国南部六连爆；全国各地 9·18 警钟长鸣

2、　　学校班级要闻：

　　　　学校安全教育周；班长出任全校学生会主席

3、　　家庭个人琐事

　　　　爸爸从美国回来了；我的周记被评为优秀

**四、本周小结**

　　　思想：因为足球赛的事与守门员闹别扭。

　　　生活：爸爸妈妈都出差，我这几天都吃快餐。

　　　学习：数学学到相似形，感到挺有趣。

**五、观察笔记**

　　　《校园一角——植物园》

## 六、杂感

《中学生为何不能带手机进课堂？》

## 七、佳作欣赏

《两首〈沁园春〉，一样爱国心》
——读毛泽东两首《沁园春》有感
（以上五、六、七任选两项写作即可）

## 八、补白

在文后空白处题上（或抄写）一首小诗，或画上一幅小插图均可。


从傅芳觉老师所设计的周记结构看，其着眼点在于培养学生良好的语文学习习惯，使其终身受益。我们不难从这些板块的安排中，从这些环境顺序的设计里，得到诸多教育学、心理学诠释。

周记首先要求学生摘录名言。这有什么好处呢？人们的情绪时高时低，经常用一些警句格言激励自己，鞭策自己，是学生保持良好心态，积极上进，自我教育的好方法。同时坚持从小积累一些成语、格言，对于提高其语言表达水平和能力，大有裨益。

周记引导学生时刻关注生活。

既培养学生从小养成关注社会、关心国家大事的习惯，又培养他们学会体察身边小事，养成观察和思考的习惯，提高观察能力和写作水平。

周记重视培养学生回顾与反思的习惯。自我反省、自我教育是育人的根本。就语文学习来说，观察笔记、杂谈与作品欣赏可谓三种有代表性的文章样式。教师以此为重点，培养学生勤于观察、勤于思考、勤于积累的习惯，并且使之学会阅读，学会欣赏，同时做生活的有心人，保持闲适的心情，把周记写作活动当成一项美的创造活动。

（本文原载于《湖南教育》2006 年第 11 期）

# 激之以趣，导之以法
## ——观摩樊北溟老师名著导读课点评及感言

傅芳觉

各位老师、各位专家、各级领导：

上午好！今天我们来到韶山实验中学，倍感亲切！深圳实验学校与韶山实验中学——经济特区与革命老区的两所实验学校手牵手，心连心！

在评课之前，应大家的要求，我首先简单地介绍一下我们深圳实验学校及樊北溟老师。

深圳实验学校创建于 1985 年 5 月 3 日，是深圳经济特区成立后由政府举办的首所公办市直属学校，广东省首批一级学校，所属高中部系广东省首批国家级示范性高中。2014 年重点率在广东省率先"破九"（突破 90%），并且现在每年还在不断攀升。

截至 2012 年，深圳实验学校有两大校区（西丽校区和百花校区）、四个学部（高中部、中学部、初中部和小学部），共有教职工近七百人，在校学生近七千名（不包括外围学校和最近正在收归我校管理的新学校）。

樊北溟老师出生于改革开放总设计师邓小平南巡的 1992 年，并且是赶在 12 月26 日生出来给伟大领袖毛爷爷拜寿！所以说樊老师是一位给我们带来福气和运气的"南巡宝宝""实验福娃娃"！并且她是从我校高中毕业考入东北师大后又分配回实验学校任教的"实验人"！

樊北溟老师热爱读书并坚持写作，旁征博引和生动有趣的教学风格深受学生喜爱。她将日常教学中的点滴思考进行了梳理和记录，在"豆瓣阅读"开设专栏——初中教学笔记，现已连载至第 39 期。《南方教育时报》2016 年 11 月 25 日以《樊北溟："假小子"的语文课人人爱》为题在"达人教师"专栏予以报道。

2016 年 10 月，深圳市教育局举行"初中语文名著导读教学大赛"，樊北溟老师和来自全市各区的十位优秀青年教师同台竞技，最终凭借一堂精彩的《名人传》导读课，摘得本次名著导读教学大赛桂冠。

2016 年 12 月樊北溟老师以一节精彩的"舞台小天地天地大舞台——《威尼斯商人》名著导读"课，获得广东省初中语文"名著导读"教学优秀课例观摩活动一等奖。

今天樊北溟老师千里迢迢来到一代伟人故里韶山实验中学，就是将这堂展示课作为向革命老区的"教育人"、"实验人"学习和交流的汇报课。下面，我就用《激之以趣，导之以法》为题作一个简单的点评，以期抛砖引玉，就教于各位大方之家。

新《课标》明确提出：中学生要"具有广泛的阅读兴趣，努力扩大阅读视野。学会正确、自主地选择阅读材料，读好书，读整本书，丰富自己的精神世界，提高文化品位。叶圣陶说，"课文无非是个例子。"课内学习的目的最终还是为了教会学生自己阅读。独立阅读能力是一个人终身学习和发展的需要，现代信息社会的特点已经决定了这一点。新课标教材中"名著导读"与"阅读鉴赏""表达交流""梳理探究"并列而成为新课标教材的重要组成部分，其重要性毋庸置疑。遗憾的是，至今还有一些学校和老师对此要么熟视无睹，要么无所适从，这确实与课标精神相去甚远。

樊老师这节课没有预先安排学生阅读《威尼斯商人》，是课前导读课，以学生在老师的引导下自读为主。面对素未谋面的学生她以亲切诙谐的语言赢得了学生的喜爱，迅速自然与学生互动。针对学生从未读过的名著，从让学生猜测作者入手，接着通过运用精准巧妙的设问和切中肯綮的点拨，让学生大胆地猜读情节发展，继而分三人小组各自表演（剩下的两个小组各 4 人，樊老师灵活机动地让这两个小组各安排一名导演），而后让两个小组自告奋勇先后上台表演。这样充分激发了学生的兴趣，调动了学生的表现力，让每一位学生都动起来了。进而使每一位学生都明白：名著的魅力在于文字，阅读名著的魅力在于创造性地品味名著精彩的语言，再现名著的经典形象，领会名著的精神内涵。课堂的后半部分让学生品味莎士比亚的精彩语言，介绍歌德和莫辛等人对莎氏的评价，归纳有关戏剧知识，特别是向学生推介阅读计划和阅读记录卡等读书方法。让学生在猜读中评议，激起学生课后阅读名著的渴望，将这堂名著导读课推向一个又一个高潮。

学生们意犹未尽地离开了课堂，观摩的老师好评如潮。刚才各位的发言更是给予了高度的赞扬。纷纷表示这是一堂使学生受益终身的好课，是引领教师自觉投身发展与创新教改事业的示范课。

谢谢大家对樊老师这节课的高度评价及对樊老师的热情指导和鼓励。与此同时，我们还应该充分认识到，这节课并不是一堂完美无缺的示范课，在对于材料的取舍，节奏的把握，具体方法的引导等等方面还可以做得更好，或者说还应该有更多更高层次的探索。而这节课的最大价值在于它的启示意义，即在新课标精神的指引下，我们如何重视名著导读，进而探讨名著导读指导方法。使学生养成终身阅读的好习惯，并找到适合自己的好方法。

　　书籍是人类进步的阶梯。每一本书都是一台造梦机。培根说，"在人类的一切消遣活动中，阅读无疑是最高尚的。"良好的阅读习惯是影响到一个人成熟乃至成功的重要因素。引导学生课外阅读，有助于培养学生良好的阅读习惯。学生本身具有的惰性，网络文化的影响，再加上中学生课业负担的沉重，都需要语文教师科学的引导，使阅读成为学生获取信息，汲取知识，怡情养性，进而丰富生活、享受生活的良好途径。让我们在"发展与创新"课题进一步推广实施的过程中，将"名著导读"课认真上好，落地生根。使我们的学生爱读书，会读书，为使我们的民族成为一个崇尚阅读的民族，成为一个真正内心强大的高尚的民族，作出我们应有的贡献！

　　以上是我对这节课的粗浅点评和感言，恭请各位批评指正。谢谢！

本文系作者在全国"发展与创新教育"课题组韶山会议上的发言稿
2017.3.28

# 第四辑

# 自强篇 清辉菡苕

与 67 班学生称兄道弟

所教首届文科班

所教第二届文科班

长沙一中 C9209 班（实验班）师生合影

# 平等交流 互相欣赏 创设教学相长新境界
## ——评傅芳觉老师四部《教学相长集》

丁伴牛

　　编一本优秀作文集容易，编一本有全体学生、每一位学生家长以及教师、社会成员共同参与的优秀作文、教育论文集难，历时十二年，为四届毕业生连续编写四部有全体学生、每一位学生家长以及教师、社会成员共同参与的优秀作文、教育论文集难上加难。

　　深圳实验学校傅芳觉老师编写的《教学相长集》四部（《赶海弄潮》《菁菁校园》《春风桃李》《守望荷塘》），共计百余万字，就是这样的宏编巨制。

　　这四部书的主要作者是他所教的四届毕业生及其家长。不能说每一篇入选的作文都是无可挑剔的佳作，但是，对每一个学生而言，都是他们初中阶段的巅峰之作；都是他们语文学习进步的标志。一个人在初中阶段就有写书的经历，无疑充满自豪感并将激励他们一生。不能说家长的每一则评语都是金玉良言，但却记载了他们和孩子交流思想、相互学习和陪伴孩子成长的宝贵经历。

　　这是一个伟大的创举。它生动地诠释了深圳实验学校"尊重学生，尊重学生差异，特别是尊重学生在发展中的差异"的校训。

　　傅芳觉老师继承和弘扬了"教学相长"的宝贵思想，视学生为"第一教育资源"，精心营造"学生教育学生，学生影响学生，学生改变学生"的教育环境，同一个班的学生之间可以这样，昔日的学生和今天的学生之间也是这样。

　　傅芳觉老师认为，"学生是学习和发展的主体，必须根据学生身心发展和学习的特点，关注学生的个体差异和不同的学习需求，爱护学生的好奇心和求知欲，充分激发学生的主体意识和进取精神，提倡自主、合作、探究的学习"。学生的发展水平有高有低，个性差异千差万别，学习需求各不相同。但是，学校和教师必须给予同样的关注，提供同样的发展机遇和成功的舞台，而不能厚此薄彼。傅老师在课内课外的教学过程中，始终秉持着这种教育理念。

　　《教学相长集》四部，创设了语文教育的理想境界：学生与教师，学生与家长，学生与学生，家长与家长，家长与教师，教师、学生、家长与社会，在相互欣赏、和谐温馨的环境中，平等互换，交流学习，彼此欣赏，实现教学相长的目标。这就是我阅读《教学相长集》四部最真切的感受和最宝贵的收获。

　　十二年的坚持，傅芳觉老师默默地守望着荷塘，伴小荷尖尖，赏接天莲叶，迎曙光月色，看云卷云舒。他始终如此淡定，执着，在语文教育改革的道路上前行。我不禁为他点赞。

## 冬日暖阳元旦好 赠书千里手余香
## ——小荷文学社代表赴韶山参加赠书仪式暨与读者分享会

陈叙含

2017年12月30日至2018年1月1日，我校少年人文学院副院长、小荷文学社总指导暨《教学相长集》编著者傅芳觉老师率领《控脑游戏》作者王艺博同学、《我玩故我在》作者尹杭同学、小荷文学社总干事陈叙含等师生一行，应邀参加深圳实验学校向湖南省少年儿童图书馆、韶山市图书馆、韶山市教育局赠书仪式暨与读者分享会。

2017年，我校先后分两批次向韶山市教育局、韶山市图书馆和湖南省少年儿童图书馆赠送小荷文集《教学相长集》第三辑《春风桃李》和第四辑《守望荷塘》、散文集《我玩故我在》及长篇科幻小说《控脑游戏》共计2800多册。

12月31日，捐赠仪式在韶山市图书馆举行。韶山市文体局王静副局长主持仪式。湖南省少年儿童图书馆馆长金铁龙、韶山市政协副主席兼市教育局副局长庞石林、韶山市图书馆馆长朱艳红先后致辞。金馆长对我校小荷文学社一行表示热烈欢迎和衷心感谢，对小荷文学社取得的一系列成绩表示热烈祝贺，并对我们的捐赠活动给予盛赞。他认为我们的义举和善举表现了深圳实验学校不愧为深圳特区教育改革的旗帜和窗口，体现了深圳特区师生对革命老区师生的深情厚谊，特别是给韶山实验中学新疆班学生每位同学赠送一套三册小荷文集，更是具有民族团结的象征意义，深圳经济特区的文学少年在湖南革命老区伟人故里韶山与新疆边区民族学生分享读书作文成长之心得，则更是这次活动中浓墨重彩的一笔！

傅芳觉老师代表小荷文学社致辞并赠送其本人编着的《教学相长集》第三辑《春风桃李》和第四辑《守望荷塘》，尹杭同学和王艺博同学也分别向上述三个单位赠送其散文集《我玩故我在》和长篇科幻小说《控脑游戏》，陈叙含同学代表小荷文学社赠送我校刊物《实验路》《实验人文》《濯清涟》等。

尹杭同学和王艺博同学分别与韶山实验中学新疆班学生分享了他们在小荷文学社成长的故事，以及创作散、小说的心路历程和幸福体验。

湖南省少年儿童图书馆、韶山市图书馆分别向傅芳觉老师、王艺博同学和尹杭同学颁发图书收藏证书，陈叙含同学代表小荷文学社接受韶山市教育局赠送的锦旗。锦旗题联：深圳小荷香扑鼻，韶山庠序远益清。

在韶山期间，小荷文学社师生代表怀着对伟大导师的无比崇敬之情和对革命先辈的感激之情，参观了韶山革命烈士陵园、毛泽东故居和毛泽东遗物馆，瞻仰了毛泽东铜像并敬献了花篮。

此次活动得益于韶山市教研室的大力支持和精心策划，韶山市教研室彭辉主任在病假期间精心安排和协调，教研室周文东副主任不但忙前忙后拍照，还亲自下厨给我们做地道的韶山农家饭菜，让我们在伟人故里倍感温暖和亲切。特别是韶山实验中学正高级语文老师周强健老师给我们做导游，讲湖湘文化的源远流长，讲韶山先贤烈士的感人故事等等，让我们更加亲近地感受湖湘文化的博大精深，韶山故里的风土人情。周老师还给我们赠送了他的大作《诗意的魅影》，好有诗意的一本书，我们捧回家一定要好好拜读。

湘潭市图书李翠平馆长、湘潭县图书馆刘平馆长、韶山市图书馆李路沙老师等也全程参加了此次活动，他们一致希望我们今后多开展一些类似活动，捐赠这样一些同龄人有共同话题、共同阅读取向的书籍，举办读书交流分享活动等等。

辞旧迎新的元旦假期，冬日暖阳的韶山之行，让我们收获满满、幸福多多。再见，韶山！韶山，再见！（文：何叙 / 图：方韶）

# 读《教学相长集》有感

蔡葵斌[1]

七绝四首呈忘年乡亲、校友傅芳觉老师雅正

（一）

赶海弄潮逐浪高，全凭水手善撑篙。

莘莘学子风华茂，得益良师心血浇。

（二）

一卷瑶章细细尝，春风润物暖洋洋。

名师帐里高徒出，千古格言诠释详。

（三）

鹏城得幸会乡亲，教学有方德服人。

读罢习文多感慨[2]，满园桃李吐芳芬。

（四）

设计构思巧运裁，师生互动个中来[3]。

新招铺就成才路，万里东风曙色开。

---

注

① 作者系湖南师大校友、原益阳市第二中学校长，退休后居深圳。

② 习文，指学生的习作（作文）。

③ 指《教学相长集》的内容既有老师的教学论文与经验总结，也有学生的习作，学生的习作又有老师、家长中肯而具体的点评。

2007 年春节于深圳

# "傅爸爸"为什么这样富
## ——读《教学相长集》之《春风桃李》

丁傍牛

"傅爸爸"既未参加过世界富豪榜排名，又未公开过巨额财产，何以"富"名远播，有口皆传呢？笔者近日细读《教学相长集》第三集《春风桃李》，方悟出个中缘由。

"傅爸爸"自诩"放牛娃"，至今已从牧三十年，放牧过的"初生牛犊"成百上千。当年那些牛犊，至今都成了"奔牛""金牛""拓荒牛""孺子牛""不含三聚氰胺的奶牛"……一个个牛气冲天，驰骋大江南北五洲四海，可谓价值连城。正在放牧的牛群，透过那些洋溢着"才气""牛气"的稚嫩的文字，看看他们"小试牛刀""初生牛犊不怕虎"的架势，就可推知他们的前途不可估量，说不定还要出一批敢"执牛耳"的帅才！千金易得，一牛难求！坚持走中国路，实现中国梦，缺的就是"我以我血荐轩辕""俯首甘为孺子牛"拓荒不止的"牛才"！刚过天命之年的"傅爸爸"，已不再是当年的放牛娃，而是牧牛大亨了！他的旗下，牛源滚滚，达三江，通四海，富甲鹏城，如日中天。"傅爸爸"不仅"牛力资本"雄厚，而且有丰富的"牧场资源"。笔架山前，银湖水畔，校园内外，课堂家庭，书刊媒体，网络手机，社团活动，旅游观光……到处是水草丰美广阔无垠的"牧场"，任他的牛犊饱餐畅饮，自由驰骋。

"傅爸爸"不仅拥有巨额有形资产，还有无法计量的无形资产。作为资深牧牛人，他深谙牧牛经。从孔夫子的"教学相长"到叶圣陶的"教是为了不教"，到钱梦龙的"语文导读法"，到贺思礼的"成功教育"，到周庆元在终身学习背景下对教学相长的科学诠释，他一概拿来，学习研究，比较思考，应用于语文教育实践。湖南师大——浏阳七中——浏阳教委——长沙一中——深圳实验学校，经历了一条理论——实践——理论——实践的反复循环的认识路线，从而升华出对教学相长的完美诠释：对不同地域，不同家庭背景，性格迥异的学生一律平等相待，磨合切磋，风雨同舟；尊重学生，尊重学生的差异，特别是发展中的差异；热爱学生，信赖学生，相互激励，相互启发，共同探索，共同创造，共同享受成功的欢乐。

"傅爸爸"的富有还在于他有获取成功的气度与胸怀。青年时代，他以老一辈语文教育家钱梦龙为榜样，立下了"还须临绝顶，莫待夕阳西"的高远志向；九十年代末，又置身于改革开放的前沿阵地，投入实验中学开拓创新实践，如鱼得水，尽展风流，真正进入了"两袖清风栽桃李，满腔热血写春秋"的崇高境界。

　　"傅爸爸"富了不炫富，不忘帮人致富，拥有越积越厚的人脉资源。同事朋友、家长校友、社会名流自不待说，大家齐心协力将"致富经"—《教学相长集》赠与"5·12"地震灾区、重庆山区、家乡浏阳农村中学的师生，与他们乃至全国各地的同行们分享交流。四川省都江堰市教育局的《感谢信》称《教学相长集》"为我市的教师实现自身的专业化成长提供了丰富的精神粮食，同时也为他们培养个性张扬、和谐发展的学生提供了鲜活、生动、成功的范例，为我市的莘莘学子送来了学习语文的好方法"。四川省人民政府驻深办更是称颂这"是给经历过冬天的人们送来了阳光的温暖和无私的爱心"！"傅爸爸"为什么这样富？原来他的身后有一个庞大的"富豪"群体，一个一心追求祖国富强和人民富裕而相互支持相互学习无私奉献奋斗不息的群体！

作者丁傍牛，香港红出版特约书评作者
写于 2013 年香港书展第三天 (7 月 20 日 )
《南方教育时报》2014 年 3 月 21 日发表

# 状元父母家教经

易俊

尊敬的傅老师：

您好！

遵嘱将我在惠州市城区妇联举办的"教儿育女大家谈"会上的发言稿《为人父母怎样肩负家教重任》主要内容及《南方都市报》《惠州日报》《东江时报》上关于女儿易芬琳考上惠州市高考文科状元后的有关报道发过来，请您再次给我这个二十五年前的学生批改作业吧。如果这些作业对您与现在的学生家长探讨教书育人有些许参考作用的话，那就作为我感念师恩的一种释怀，或可作为我女儿谢师宴上给您再敬的一杯薄酒吧（这可不是我要赖哟）。

弹指一挥廿五载，师生兄弟友情深。举杯同庆于网络，把酒临风一口闷！

幸甚至哉！

您的学生：易俊

2009 年 10 月 18 日

**附一：《为人父母怎样肩负家教重任》 （易俊）**

今天，受城区妇联邀请，来这里与大家一起探讨子女的家庭教育问题，感到十分荣幸，也特别开心。我现在既不是老师，更不是家庭教育专家，作为一名刚刚将女儿送进大学的家长，我就讲讲我在家庭教育中的心得体会，也许能够起个抛砖引玉的作用吧。（发言要点如下）

**（一）教育思想全家统一**

易芬琳是父母惟一的掌上明珠，也是爷爷奶奶的宝贝，但她没有得到家庭成员的溺爱。从小我们全家就统一教育思想，谁都不要溺爱小孩。家长要让孩子懂得，犯错误就要承认，并且承担错误的后果。同时家庭成员也要统一认识，坚定一定要把孩子养育成才的信念。我不相信所谓"树大自然直"，只坚信"虎父无犬子，严父出孝子"。

**（二）教育应该从小抓起**

易芬琳小学一年级下学期转学来到惠州。但她只上了几天就哭着给我打电话（当时我还在长沙办事处工作），要求回湖南上学，原因是同学她都不认识。但经我一番追问，她说出想离开的真正原因是没有当上班长。原来在湖南读书时，易芬琳是班长，老师也喜欢她。刚到惠州来，她没有得到这些，于是她就不愿意继续呆下去。

这说明她已有争先创优的思想。我就教育她，要一步一个脚印地努力，从小组长做起，用努力和成绩赢得老师和同学的认可。于是她非常努力表现自己，上课主动发言，考试成绩优秀。到三年级的时候，她终于当上了班长。

所谓三岁定八十，家长要教育孩子自小有争先创优的思想，让孩子从小树立人生目标。这样一来，孩子以后的路也会好走一些。

## （三）高压式教育不可取

"什么可以做，什么必须做到，什么不可以做，什么一定不能做，这些准则必须让小孩心里有数。"虽然我们对女儿有着种种限制，但教育以"讲道理"为主。

每个孩子都有调皮的时候，易芬琳幼时也很淘气，曾把好朋友反锁在屋里。我们知道这件事情后，马上陪她前去道歉。孩子犯错误后就教育他们怎样正视错误，并解决问题，而不是采取打骂的高压教育方式。

在青春期，小孩会出现一些心理变化，也会对异性产生好感。对于这个问题，父母首先要认识到这是青春期内体现出来的正常现象，然后教育小孩对此种心理变化有彻底的认识和了解，让他们明白这只是好感，而不是爱情。过了青春期后，小孩自然也就会觉醒过来。

## （四）父母分工参与管教

男女的思维方式有所区别，所以小孩就不能只由母亲来管教，父亲的关怀和教育也尤其重要。无论工作有多忙，我都会每天和女儿谈话，有时就抓紧吃饭的时间说。我让女儿讲述学校发生的任何事情，汇报成绩，获得好成绩就表扬女儿。

我们家里每个人的分工很清晰。我相当于学校的德育处主任，把握教育女儿主导方向，规划人生主方向。我太太是教导处主任，解决女儿遇到的难题，并规范女儿学习生活习惯。

## （五）优秀可以成为习惯。

我小孩不是什么神童，她的智商水平也只能算中上，她为什么在各方面表现相对优秀呢？道理很简单，我们平时总是以比较高的标准要求、引导与培养她，让优秀成为一种习惯。就拿演讲来说吧，开始的时候她并不是那种特别口齿伶俐的学生，她读小学三年级的时候，班上竞选班长，不知道如何写演讲稿参加竞选，回家问我，我就帮她写，教她演讲，结果一竞成功，当上了班长。不久学校竞选中队长，就要让她自己写，然后帮忙改，她又一次获得成功。再后来学校竞选大队长，她照样获得了成功。上初一后，女儿居然可以当着上千家长的面演讲！演后掌声如潮，经久不息！后来，市委市政府召开高考庆功会，她的讲话掌声最热烈；今年参加北大英语演讲获得第一名。

　　以上就是我在家庭教育中的一些心得体会，由于时间关系，我对今天的发言没有进行全面的分析和整理，不当之处敬请各位领导以及家长指导！衷心祝愿在座各位家庭教育做得比我们更好，小孩更有出息！我的发言到此结束，谢谢大家！

**附二：《七律一首·与易俊先生清玩》（傅芳觉）**

俊明下海谈何易？① 　　泾渭二川寻浊清。②

破釜沉舟为环保， 　　将雏挈妇讨公平。③

芬芳桃李惠州府，④ 　　满目琳琅心玉冰。⑤

沐雨经风丰羽翼， 　　腾飞指日振家声。

注：

①易俊又名易俊明。上世纪九十年代初弃教下海，从湖南长沙来到广东惠州从事环保技术设备工作。

②易俊先生下海后历经声色犬马、灯红酒绿考验，仍然保持刚正不阿、纯朴厚道之为人本性；夫人寻二清随夫调入惠州惠阳区妇联工作。

③寻二清从事妇联工作，长期为保护妇女儿童合法权益而奔波。

④惠州一中历史悠久，人才辈出，在惠州首屈一指，乃广东省重点中学，在省内外享有盛誉。易俊女儿易芬琳就读于该校，2007年高考以文史类、政治类两科第一摘取惠州高考文科状元，进入北大。

⑤2004年易芬琳取得惠州中考状元，包括华南师大附中在内的许多广东高中名校以各种优惠条件招录，易芬琳不为所动，坚持在惠州一中就读，有人戏称"一片冰心在玉壶"。

# 多年同事成兄弟

黄耀红

在我心里，傅芳觉是那种特能给人安全与信赖的大哥形象。私下里认他为兄，见了面还得恭恭敬敬地叫他傅老师。不知为什么，他有大哥般的亲和力，但他不抽烟，不嗜酒，不打牌，要与他勾肩搭背又似乎有点距离。每每看到他那张透着帅气的国字脸，看他那一抹始终荡漾在脸上的微笑，看他的浓眉大眼，看他修剪得整整齐齐的头发和打得精精致致的领带，就感觉到他身上确乎有一种香远益清的气质，正如弥漫在春天田野里的芬芳。

第一次见到傅芳觉，是上世纪九十年代初。在长沙一中科学馆的那间阶梯教室，傅芳觉自我介绍说，他姓傅名芳觉，芬芳的芳。我当时坐在他后面若干排，随口就将芳觉两个字默念了几遍，心里开始嘀咕：这傅芳觉，好歹也是条身材魁梧、线条硬朗的汉子，多少也是个模样周正的帅哥，干嘛用这么个缺乏阳刚的名字呢？多年共事之后，才觉得这名字实在是好，傅芳觉也是人如其名，柔中夹刚，此系后话。

我们同在长沙一中语文组混了好几年，在白玉兰与香樟树掩映的老式教学楼里，当时我正被几十个穿着蓝色校服成天叽叽喳喳的孩子弄得像个"救火队员"，傅芳觉就在我楼上办公，我竟很少去他那里。也难怪，语文老师的桌子上永远都是堆积如山的周记与作文，特别是当了班主任的语文老师，一地鸡毛式的琐碎常遮蔽了生活中油绿的诗意。偶尔在校园的花坛边或林荫道上，或者在我宿舍里的那张花色长沙发上，我跟傅芳觉也有过一些交流与讨论。记忆中，总是我跟他表达对环境、对学生、对周围人事的诸多牢骚与怨气。非常奇怪的是，他既不附和，也不反对，只是静静地听着，微微地笑着，表现出一种气定神闲的超然气度。

现在回想起来，傅芳觉真的是个好老师，他是那种有真爱、有责任心、有自己想法的老师。要不，他放着相对轻松的教研员不做，跑到压力重重的重点学校来干嘛呢？我听说他夫人曾亚红女士当时在浏阳人民医院的专业发展也表现出很好的势头，但为了跟着先生调长沙，她只能忍痛割爱，在一中小小的医务室里屈就。我想，如果不是对教师这个职业怀有一份执着的话，傅芳觉也不会作出这样的选择吧。

我并没有跟傅芳觉交流过这个话题，只是觉得他是典型的行胜于言的实干者，他不喜欢"抛头露面"，更不擅长哗众取宠。他一直坚持在自己的课堂里搞实验，小孩子特别喜欢他，喜欢跟他在一起，有时下了课，总有一群孩子围着他问这问那，而他呢，脸上总是阳光明媚，总喜欢用他宽大的手掌摸着一粒粒油光水滑的小脑袋。

在青年男女中曾流传着这样的说法，与相爱者牵手旅游，最能明了对方的性情。我与傅芳觉的兄弟情份也与几次旅游分不开。现在，我的相册里还有跟傅老兄的诸多合影。有青岛海边的，有曲阜孔庙前的，有泰山极顶的，也有颐和园、八达岭的。

与傅芳觉一道出游，得益于我们都能写一种"自以为是"的教学论文。我当时学历低，又没谈女朋友，喜欢关在房里"闭门造车"；傅芳觉呢，他不一样，他毕竟做过教研员，一直保持着总结、反思与研究的习惯。恐怕十多年前吧，我们不约而同地把自己的论文寄到了北京的《中学语文教学》杂志，当时，这个杂志正面向全国举办首届"圣陶杯"中青年教师论文大赛。有趣的是，当时在长沙一中，傅芳觉和我的文章都获了奖。据说颁奖会议在人民大会堂召开，我们在小范围内着实风光了一回。

平生第一次去北京，就是跟着傅芳觉去人民大会堂领奖。在北京，傅芳觉真的像大哥一样待我。我们住在最简陋的旅社，在街边的推车上吃早点，乘公车去西单买果脯，用湖南普通话跟京腔京韵们讨价还价。我们一大早就赶去天安门广场看升旗，一起逛故宫，登长城，游颐和圆……那时侃侃还在上幼儿园吧，总是缠着爸爸妈妈要这要那，傅芳觉天生一副好脾气，从没听他在妻儿面前说过一句重话，总是那么宽容，那么一笑了之。我想，傅芳觉的这种性格与为人跟他的经历有关。他读中学时，父亲就逝世了，在永安乡下，在与母亲相依为命的日子里，他早已深切地体味到人生的无常，生活的艰难吧。如果跟傅芳觉谈得来的话，他总喜欢提醒你，他是地道的"农家子弟"。

北京之行最大的遗憾的是我的照像水平臭不可闻。当时，从亲戚那里借了个手动像机，临时抱佛脚，学了几招，到了旅游景点却怎么也捣弄不好。结果浪费好多胶卷，也错过了傅芳觉一家和谐而美好的诸多瞬间。真是罪过罪过。

好像又过了几年吧，还是跟着傅芳觉一家，我们去了山东泰安参加全国中学青语会成立大会。那回印象最深的是在去曲阜的火车上。那恐怕是生平坐过的最为拥挤的一趟慢车。当时，车上人挤人，人碰人，整个车厢热得像只蒸笼，不少男人都是光着膊子，甚至还有人缩到了行李架上。傅老师当时把小侃侃护在胸前，后来，几个山东大汉猛地一挤，大概是碰到了侃侃。这一回，我听到了温文尔雅的傅芳觉一声怒吼把那几个山东大个给镇住了。那个夜晚真是叫熬完的，第二天凌晨终于到达曲阜。痛痛快快洗了个澡，我们才清清爽爽租了个当地的"漫漫游"虔诚地朝拜了孔庙。之后，我们好像还去了青岛、崂山与泰山。

人生是充满了无数偶然的过程，人呢，则是一个不停的行者。在山水文化间行走，在文化典籍里行走。行走之中，最能看出一个人的性情。有幸跟傅芳觉开会旅游，我真正见证了他一家子最浪漫的事。在我眼里，他与曾医生之间总是那般恩爱，轻松而和谐。曾医生偶尔有些嗔怪，但从没有真正生气的时候。傅芳觉这个"新好男人"的形象那时就在我心里扎了根。因此，当我在春节联欢晚会上听到《吉祥三宝》这首歌的时候，立马就想起了深圳的傅芳觉，想起他们一家三口，只是此时的傅昌侃已不再是操着脆脆童声的小不点了，他长成了一米七几的小帅哥，此刻或许正一个人关在书房里读韩少功的《马桥辞典》吧？

傅芳觉去深圳好多年了，其间，我们并不常联系。但是，倘若有事找他，他就把你的事当成自己的事，一副古道热肠。人生聚散匆匆，当年在一起时，游山玩水，海阔天空，如今他居深圳，我蜇长沙，节假日偶尔发点信息，打打电话，人未见，心相通，这就是兄弟的缘分。

有时我想：一个人的生存条件与生存空间，生活方式与生活质量总会发生这样那样的变化，但一个人的性情不容易改变。三十多年前在浏阳乡下的傅芳觉与现在穿行于现代都市的傅芳觉，两个傅芳觉在本质上是一样的。也许他现在正坐在某一栋窗明几净的高楼里，也许正操着一口普通话跟人聊天，但我知道，他再完美的表达也会泄露出他的湖南口音；他再怎么变得洋气，都改变不了质朴、善良与仁爱的本性。

傅芳觉，好兄弟，想你！

（本文发表于华东师范大学出版社《教师的第九个小时》"朋友：淡如水，醇若酒"一栏，作者系中国高等教育学会语文教学专业委员会理事、语文课程与教学论博士、湖南教育报刊社副编审、《湖南教育》编辑部副主任）

# 南国花海一枝春
## ——读傅芳觉老师《教学相长集》第二部《菁菁校园》

楚琼

迎春花蕾初绽的时候，深圳实验学校的傅芳觉老师邮来他的新作《菁菁校园》，淡淡的的油墨芳香送来了浓浓的暖意。这是他的语文教育专辑《教学相长集》的第二部，第一部《赶海弄潮》早在三年多前就出版了。

这部书由著名的语文教育专家、湖南师大周庆元教授作序，收集了傅老师的语文教育论著和学生优秀习作、家长评语，还有他的师友同事、过去的学生和他一起研讨教育教学问题的文章与书信，并配有许多反映教育教学活动的精美照片，图文并茂，生动活泼，充满了生机勃勃的校园气息。全书分为"不足"、"自反"、"知困"、"自强"四篇，凸显了"教学相长"的主旨："学然后知不足，教然后知困。知不足，然后能自反也；知困，然后能自强也。"而周教授在《序》中给"教学相长"做出了精辟的现代版的诠释："教与学是相互依存、紧密相联的连续性活动过程，它们之所以能够在一定的场域中相互展开、相互促进，其根本动力并非来自外在的规约或环境的逼使，而是源于教和学两个主体所存在的共同的心理动因——在交互中实现自我超越。"

"超越"是这部书的主题词，"超越"是教育教学活动的理想境界，"超越"是每一个家庭对美好未来的寄托，"超越"是一个国家和民族的希望。这部书提供的大量的教育教学活动的感性材料，不仅让人感受到学生在教师家长的启发激励下与日俱增的学习兴趣和求知欲望，而且可以聆听到他们反思学习经历，探究学习规律，感悟人生哲理，实现自我超越的心灵独白。学生们在习作中表达了对老师、学科、学校生活、同学、家长、家乡、祖国和优秀的民族文化传统的了解和热爱；也反映了以"傅爸爸"为代表的教师群体和家长对学生付出的无私的深沉的挚爱。对教师来说，热爱学生是爱国主义精神最好的表现。用不着统计傅老师获得了多少奖牌和荣誉称号，用不着细数他的教学成果和感人事迹。金杯银杯不如学生的口碑，只要看几则学生给他的原创短信就足以掂出他在学生心上的分量：

"傅老师，在这些日子，我深深地被您打动了。使您让我成长，变乖，。日后，梦想中谈得最多的可能就是您，话题中谈得最多的可能仍是您。感恩老师让我快乐，让我幸福。"——谭钰琪

"老师用他的手，捧出我们的笑脸；老师用他的汗水，滋润着我们的心田；老

师用他的爱，关注着我们成长；老师用他的辛勤，换来了我们美好的未来。"——黄思婕

"老师，我们将您的心用 10 的 n 次方个爱筑起；我们，是您用 10 的 n 次方颗心积起的精灵。"——钟沁怡

"如果我是水珠，那么您就是阳光，我们在一起形成绚丽的彩虹。"——吴锦东

"如果我是一只虎，那就是您给我插上一双翅膀，从此有了'如虎添翼'；如果我是一匹野马，那您就是骑手和马鞭，这就叫'快马加鞭'。"——张浩鹏

……

据此，不难理解傅老师和他的学生存在的共同的心理动因——在交互中实现自我超越！

无论在农村中学还是在县级教研机构，无论在内地省级重点中学还是在改革开放的窗口——深圳实验中学，20 多年来，他始终保持着昂扬的进取精神和敢于超越自我的人生态度。他的超越是在教育教学教研的实践和反思中实现的。他坚守"有教无类"、"因材施教"、"教学相长"的传统理念，执着追求公平、民主、科学的教育理想；崇尚现代教育科学理论。杜威的"儿童中心"论和布卢姆的学习发展观（即"成功教育理论"），苏霍姆林斯基"在人的心灵深处，都有一种根深蒂固的需要，就是希望自己是一个发现者、研究者和探索者"的科学论断，邓小平的"教育要面向现代化，面向世界，面向未来"的伟大理论，叶圣陶的语文教育理论和"教是为了不教"的思想，张志公的"语文教育现代化"的观点，都被他奉为圭臬，潜心钻研、努力躬行；他把钱梦龙、于漪、魏书生等特级教师的教育教学经验视若珍宝，虚心吸纳、消化运用。他善于学习、借鉴、继承和发展现代教育科学理论，形成了自己的教育思想和独特的教学风格。他认为"学生是所有教育资源中的第一教育资源"，"也是具体教学活动中的第一课程资源"，恪守"尊重学生、尊重学生的差异，特别是尊重学生发展中的差异"的理念，倾听学生的心声，创设平等沟通的环境，吸取学生的智慧，与学生风雨同舟，相辅相长；他主张"语文无处不在"，强调语文教学与社会生活、校园活动相结合，创造"学生周记写作模式"，开展"文学社"、"主题班会"、采访调查等丰富多彩的学习活动，并动员激励家长参与教学过程；他重视语文教学中的"情感滋养"，以情动情，以情益智，导入最佳心境，开发学习潜能；他以全面提高素质，培养自学能力为标的，注意启发引导学生反思学习经验，发现学习规律。

傅老师认为，"老师在教育帮助学生时，学生也教育帮助了老师"（《〈守望集〉

寄语》）。他深情地对学生说，"你们也是一本书。我从你们身上读到了一颗颗纯洁、美好、鲜活的心灵，感受到了浓浓的挥之不去的幸福体验，同样也学到了很多东西"（《明月共海潮》）。一位教师能进入到这种与学生明月海潮相拥相生、秋水共长天一色的美妙境界，且能用生动活泼的语言文字系统表述出来，奉献给师生和社会，丰富教育科学理论宝库，实在可以称之为教育家。国家和民族的希望在教育，教育的希望在教师，优秀的教师和教育家是优质教育资源之本。建设公平、民主、科学的社会主义现代化教育需要造就大量的优秀教师和教育家。我之所以愿意向老教师、校长、家长和担负领导责任的同志推荐这部书，是希望大家共同为优秀教师和教育家的成长创造优良环境，并向乐于奉献、勤于学习，敢于超越，善于创造的老师表达诚挚的敬意。

傅老师 1983 年从师范大学毕业，是在改革开放中成长起来的优秀教师。《湖南教育》杂志慧眼识英才，早在上世纪末就发现了他，着手扶持他，而且一直关注着他，如同改革开放之初扶持宣传众多优秀教师、教育专家一样。她确实履行了教育媒体的责任，承担了为教育改革鸣锣开道为教师成才搭建舞台的光荣使命，功不可没。我们期待全国的教育报刊和新闻媒体都能像《湖南教育》一样，更加热情关注中青年教师的成长，关注教育科学理论和教育实践创新，共同创造一个教育事业百花齐放、百家争鸣的春天。

此刻，三湘大地桃红李白，深圳早该是花潮涌动万紫千红了。我捧着《菁菁校园》遥望南国，似乎看到了深圳实验中学校园里张张笑脸簇拥下的一枝奇葩！

《湖南教育》2010 年 4 月（中）

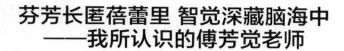

# 芬芳长匿蓓蕾里 智觉深藏脑海中
## ——我所认识的傅芳觉老师

刘定邦

那是 1988 年，我在浏阳教委担任教研室主任，教研室有位中学语文教研员即将退休，教委委托我为首选拔补缺人员。经过层层筛选，最后两人入圈。两人都是湖南师大中文系 79 级本科生、现任高三把关教师。而其中一位的对象在浏阳人民医院工作，正好要解决两地分居的问题，经教育局批准，就顺利地进了教研室，他就是傅芳觉老师。从此我便和傅芳觉老师一起从事语文教学研究，一起学习和宣传叶圣陶教育思想，研究和实践布卢姆发展教育观，推介钱梦龙语文导读法，进行初中语文目标教学实验，开展农村应用文教学研究，有过一段紧张而愉快的合作，成了忘年交。我于八十年代末去了师范学校，他也于九十年代初调入长沙一中。1995 年，我赴任长沙广播电视大学，他和胡思来看我。但不久，他又去深圳实验学校履新了。2004 年夏天，我和老伴去鹏城看望儿子儿媳，傅老师闻讯驾车接我们去益田他的寓所叙谈。得知他们夫妇都在深圳教育战线工作，小孩已上初三，他在教育教学和研究中屡获硕果，我钦佩不已。去年暑假，我们再去鹏城，芳觉夫妇又登门看望。谈及儿子侃侃对贝司和哲学的兴趣，谈到他新编了一本由学生作文作画，家长、教师点评的优秀作文集等等，我觉得很有意思，向他索要，他欣然允诺。最近，我先后读了他主编的《从这里出发》和《赶海弄潮——教学相长集》（样稿），一次又一次被他的执着和成功所感动。

芳觉最大的特点莫过于对他人的尊重。

芳觉酷爱读书，古今中外的文学名著自不待说，尤对教育及语文教育论著情有独钟。他的案头经常摆着《学记》、《论语》、《叶圣陶语文教育论集》、钱梦龙《语文导读法探索》之类书籍和语文教育期刊。他对先贤的经典著作、对前辈和同仁的学术成果十分敬重，怀着一颗虔诚的心潜心研读、含英咀华，与自己教育教学的实践化合，生成教育智慧和灵感。他敏锐，但不跟风；有主见，但不张扬；爱独立思考，但不自以为是。

芳觉人缘好，十分尊重同行和同事。善于与人沟通，善于倾听他人的意见，喜欢帮助别人。当年在教研室，大家都乐于和他共事合作。

年轻时，学生与傅老师亲如兄弟；步入中年后，他被尊称为"傅爸爸"。芳觉对事业对学生的挚爱，源于他对所倾心服务的对象——学生生命个体的尊重。他看到了每一个学生的未来。他尊重每一个学生，坚持"有教无类"，不分聪颖和鲁钝，不论乖巧与顽劣；他欣赏蓓蕾的娇艳，也欣赏桃李的芬芳；他包容孩子们暂时的落后和错误，甚至容忍他们的对立和叛逆。在他的护翼下，学生心中永远是春天，身边到处是鲜花和阳光，生活充满感动和创造，眼前海阔天空，一片光明。

理解并尊重家长的意愿并吸引全体家长热情参与教育教学活动，是傅老师教育艺术的一大亮色。由于全体家长的倾心投入，不仅促进了学校与家庭、教师与家长的互动，拓展了教育场的时空，而切使得教育活动更加多姿多彩，卓有成效。

海纳百川，有容乃大。芳觉对先贤、前辈、他人与学生的尊重，使他源源不断地获得智觉和激情，获得自尊与自信，获得自由发展的广阔空间，也获得了同事、学生、家长的理解与尊重。曾长期从事教育工作的联合国第三任秘书长吴丹有句名言："每个人，无论他生于何方，长在何处，都应该受到尊重。尊重他人应该甚于尊重自己。"这句话不难理解，然而能切切实实一以贯之地践行也不容易。傅芳觉老师却比较彻底地做到了。正如他在诗里所写的：芬芳长匿蓓蕾里，智觉深藏脑海中。

"用最优秀的人才培养更优秀的人才"，华为董事长孙亚芳女士的呼唤，在傅芳觉老师身上，在深圳实验学校得到了最响亮的回应。

（本文作者系长沙广播电视大学原副校长、副教授）

# 傅爸

喻广香

"傅爸"被喊得叽响叽响蔼脆蔼脆。其实"傅爸"不是这些娃的"爸",喊"傅爸"的不是他儿。一群少男少女整天"傅爸"的,都是他弟子。"光天化日"下亲儿亲女也没这么亲热,"娃娃头"当到这个份上,够水平的了!哪个老师听了不妒忌?"傅爸"者,何许人也?深圳实验学校教师傅芳觉。

"傅爸"上世纪末从湖南名校长沙一中"闯"深圳实验学校来的。我比他早两年来深圳,在深圳华强中学。

"山不转水转"——1998年9月实验学校和华强中学合并。那年头我和"傅爸"都没属咗自己的"窝",拖家带口暂住深圳鹏盛村陋室,同一幢楼,同一层楼,隔壁左右。他上班在实验中学部,我上班在实验初中部。"傅爸"天天踩着蹀唧蹀唧响的单车,后座上跨坐他那胖乎乎可爱的昌侃崽;我天天骑着除铃不响都响的单车,后座上侧坐我那瘦猴的不琢儿。我俩雷同的职业,雷同的"专车",雷同的身份(担任送崽上学的"专职司机")。上上下下出出进进,彼此焉知对方姓氏名谁,于楼道或停车场间常会心一笑,算打招呼了;常用眼神赞赏对方的车技,算相识了。实可谓"相逢何必曾相识",同是"天涯幸福人"。我对"傅爸"第一印象:肤色稍黝眼神凝重不苟言笑,头发茂密慈眉善目颇显帅气。

"水不转路转"——本世纪初"傅爸"从中学部调初中部。我俩同一个年级,同一个办公室,同一个科目。那年代电脑绝对类似熊猫属稀罕物。"傅爸"在键盘上能蹦跳自如羡煞我。我像第三世界,对原子弹想都不敢想。"傅爸"善解人意,看出点我的意思,轻飘说了句:"简单,我教你怎么用。"手把手示范,哪个键盘管哪。做梦没料到我近半百之人很快入门电脑了。"傅爸"面带微笑真诚地说:"有啥问题,共同切磋。"在他悉心指导下,我竟能自如制作语文课件,及时跟上深圳教师的节拍了。如今一见电脑,就油然而生谢意——我的电脑启蒙恩师"傅爸"。

"路不转人转"——2002年"傅爸"的公子成了我的弟子,"傅爸"成了我的学生家长。按理说作为同事,私下会打个招呼,提出点关照。"傅爸"却钉是钉铆是铆,无任何要求。反之他教育孩子"独特"的方法让我大开眼界。"傅爸"在儿面前一点不像"爸",倒像"崽"般顺从。原来他采用"无为而为,顺从自然"蕴涵道家之智慧的教育方式。崽儿要学乐器,大几千元上万元。"傅爸"只用征询式的口吻问了句:"考虑好没?"傅公子回答干脆:"决定了!""傅爸"即和崽儿一道将乐器扛回。傅公子说要练书法，"傅爸"没说二话鼎力支持，买回一堆"文房四宝"。傅公子真不含糊"行必果"，练就一手"傅体"好字，让书法老师都咂舌。上初二时傅公子不知是否受上法国作家都德《最后一课》的影响，突然发疯似爱上了法语。当时，我作为班主任和语文老师，心里以为傅公子属一时心血来潮，的确没在意。这若一般家长绝对会当"神经病"制止，"傅爸"却万分尊重崽儿兴趣，理解并加以鼓励。傅公子果真绝非一时冲动，不负父望，坚持课余自学法语，奇迹终出现。高考那年，傅公子和成年人一道参加法国教育部在广州领事馆举办的TCF、TEF 法语考试，以高分录取，不用经过中介和法语培训预科班学习，直接进入法国具有五百年历史的名校斯特拉斯堡大学本科学习，且学费全免。我听了差点被镇晕。可知晓，傅公子当时是参加国内高考后，高考分已达"一本线"上几十分，且被录取的情况下，采用休学方式走此路的。我想，除了"傅爸"这类超级开明的父亲外，恐怕是没人敢接受并支持儿子这种主张的。真叹服。之后出国签证等一切手续，都是独自办理，连选择大学专业都是傅公子自己决定。我曾询问过"傅爸"他公子的专业，他真还说不清只说崽儿喜欢，大概与化学有关。我感叹"傅爸"这个爹当得如此潇洒。一晃四年，傅公子在法国大学的本科即将毕业，听说又有主张，说要考此校研究生。"傅爸"对崽儿的决定，永远是俩字：支持。乖乖，真厉害！我由衷佩服好一个神奇的家长"傅爸"。

"傅爸"在自己专业上可不是"无为"了，而是追求学者型教师。他在内地教学就喜欢"琢磨"学术，又是高中语文把关教师，教的弟子一拨一拨不少跨进名校学府。如今他当年的弟子，有的比他小不了多少，但都还把他当"傅爸"。"傅爸"走到哪弟子前呼后拥，车接车送风光死了。"傅爸"书教得好，文章更一绝，已有两本专著问世。我们已是哥们，著作将付梓都会第一时间告知，大作发行一定会签上大名加有"斧正"字样送我一本。拜读后我敬佩惭愧不已。好一个"有为"的"傅爸"。

"傅爸"带班风格属父子型。学校搞活动，他的弟子像一群儿女为爹争脸似的，个个呱呱叫，让同行羡煞。"傅爸"也近半百，看上去却像四十不到。我想，他保养之术绝对符合古人养生最高境界："养生先养心"。你看他整天在学生堆里笑呵呵的。同事间有啥事只要吱个声，"傅爸"一个字"行"。好一个学生爱，心态和，同事亲，乐助人的"傅爸"。

"傅爸"书法龙飞凤舞，五七言诗信手拈来、对楹联是高手。如今又利用手机创作"时事打油诗"，成了实验初中部茶前饭后一绝，时不时针砭时尚"阴影"即兴一首群发，无不令人捧腹醍畅怡情。好一个多才的"傅爸"。"傅爸"深明百善孝为先"的圣理。慈母八十大寿，他带妻连夜赶回老家，一手操办庆典。"傅爸"人缘好弟子多，想低调都不行。一场"孝义"轰轰烈烈。为子孝，为师慈，为人厚，"傅爸"平日文雅话不多。去年他送我一张他高中同学毕业三十周年聚会的光碟。哇不得了。"傅爸"是主持人和组织者之一。聚会场面浩大，他出口成章幽默风趣。原来读高中时他就是"学生领袖"。看完碟，惊叹不已。好一个藏而不露，风趣有口才，有组织能力的"傅爸"。

　　本想写篇一千来字的拙文，以示和"傅爸"弹指一"生肖轮回"间，从同事到朋友相逢相识相处的缘分。岂料不动笔则已，一动笔竟打不住了。来日方有时，暂且强止吧。

　　　　　　　　　　　　　（2012.4、7 零点草，摘自《人人网》，略有增删）

# 傅老师的幸福指数

胡思

一个女孩对我说："傅老师好帅哦。"看她的眼睛，有点星星点灯的感觉。

那是 1994 年的冬夜，我领着一位女孩——我办的一所民办学校的职员去拜访傅老师。

傅老师穿着一件火红的棉衣，随意披开。有几分洒脱，有几分儒雅，有几分踌躇满志的师心、文心。

辞别傅老师，这个女孩就迫不及待地赞美傅老师的帅气、才气，直让我在冬风里自惭形秽——我是傅老师的学生，比他年轻为何没有帅哥的称谓，我是她的上司，至少可以给她一个泥饭碗，还可以多给她夹几片红烧肉，可就是捞不到一点满足虚荣的小小感觉。

如果这个女孩赞美起别的男士——当着我的面一副崇拜的样子，我对天发誓我要把她的泥饭碗砸了，但是礼赞傅老师，我无话可说，不得不服气。

我跌跌撞撞地从小学混到所谓的大学，对语文老师、写作老师并不抱更多的奢望。我是一个至今仍在谓之为神圣的文坛之外独行的自由撰稿人，对太多的事太多的人抱着像云像雾又像风的感叹，可对于傅老师，我总能默默地领悟到一缕清风一轮明月的优雅诗情。

常言说，兴趣是最好的老师，能培养学生兴趣的老师，岂不是老师的"老师"。

傅老师只教过我们一年的语文，但有许多激动学生兴趣的细节，像泉水，汩汩在我心里流淌。

那是压抑、苦闷、憧憬的高三。快到中秋了，傅老师布置我们写一篇有关中秋的作文。

年年月儿圆，中秋早已写滥了。我随意写了一篇应付了事，自以为同学们也没有超人的能力写出李白的才气，可在作文交上去的几天后，我就有了一种"震撼"的感觉。

傅老师雄纠纠、气昂昂地跨上讲台，颇有志愿军的豪情。我却心理窃笑，肯定又是陈词滥调的中秋赏月的习作，看你吹破天也掂量不出一篇划时代的杰作。你口若悬河也不能拿出一篇作文来点评。

我心不在焉之际，傅老师说出的一个作文题《中秋月不圆》就彻底摧毁了我自以为是的心态。

他说这是宋岱寰同学写的，他说他要朗读一遍。同学们的眼光都扫向这个不显山不露水的"鸟人"。

如果傅老师朗诵水平比赵忠祥还赵忠祥，如果朗诵的该文比杰作还杰作，我无话可说，可傅老师朗诵的是一个学生的习作——一个高三学生，中秋之夜骑单车回家，不小心刮擦别人，别人成了恶人，唇语咆哮，只差没拳脚相加，美好的中秋之夜，团圆的月圆之夜，在一瞬间，那嫦娥，那玉兔的美好象征之月，残缺不全。末了，作者感叹，人啊，为何不文明一点？

傅老师意气风发，言语滔滔，在我现在看来，比主持人还更蛊惑、更煽动人心——同学们，谁都希望写出好作文，只要你换一个角度，换一种视角，换一种心态，你们都能写出令人眼前一亮的作品。作文贵在求新、求异……

傅老师的话还没说完，那些时不时扫向宋岱寰同学的眼神不约而同地聚焦在老师的身上——老师年轻，才气满溢，富有感染力，亦师亦兄。

后来，不要说我的"大作"常被傅老师在作文课上"点评"，也不要说我在高考的阴霾中，傅老师让我在黑夜里寻找希望，我只想说——

那是 1990 年。当时，我背着一个黄色书包，书包里装着我唯一的资本——发表的一些散文、诗歌、新闻作品，在各出版社及报社、杂志社荡来荡去，期望有伯乐慧眼识"珠"，将我招至其麾下，完成我的作家梦、记者梦。然而，现实无情，我背着空空的行囊、疲惫的心情，从省城灰溜溜地逃回老家浏阳。

当时傅老师已从我只读了一年高三的中学调至教委教研室工作。当我以一个落难弟子的身份见到傅老师时，他热情邀请我到他家里去，我便得以在他的新家，饱餐一顿师母的厨艺，让我饥肠辘辘的胃感受美味的充实。

那时，大学同班同学均已上班近半年啦。在浏阳，我像没头苍蝇乱窜。如果还不服从分配，去当老师，那就等待失业的噩梦。

傅老师领着我，办好了体检手续。他安慰我说，写作是终生的事业，不要过分在乎职业，只要有梦，利用教书的业余时间写作，也同样精彩。现在首要的是生存，现实第一。

我没有任何的背景和关系，我当时唯一的"靠山"就是傅老师。我说，教书就教书吧，我想找离长沙市区近一点的学校，以便容易往返长沙与学校，寻找回省城的契机。

　　傅老师不是官员，仅仅是教研室的教研员，但他还是领着我，挤上了浏阳城开往小镇的破烂肮脏的班车。凛冽的冬风固执地从缝隙中刺人，车上的人瑟瑟发抖。我们没有座位，手抓冰冷的扶杆。看着傅老师沉着而又温暖的眼神，我的心热乎乎的，我觉得自己并不孤独，因为有一位热情的老师兼帅气的兄长陪伴我。

　　下车后，傅老师带着我马不停蹄地找教育办领导，找校长，竭力举荐我写作方面的"才华"。看了我发表的作品，校方似乎也很满意。

　　后来，由于多方面的原因，我还是被"充军"到了一所偏僻的破庙一般的小学。我羞愧，觉得无地自容，精神沮丧到了极点。有多少次，我想骑车到镇上的邮局，给傅老师打电话，倾诉心中的郁闷。

　　不在绝望中崛起，就在绝望中死亡。我想起了傅老师的激情、期望。不，我一定要奋起。

　　一年多之后，我凭借着苦心编创的"奇特心象联想"记忆法，乘着多家媒体报道的春风，重回省城。

　　当我得知傅老师已调进长沙市一中，便迫不及待地去拜访他。他仍是那样的激情似火，风度翩翩。他谈起他所教的班级，谈及他的学生，谈起他发表、获奖的教学论文，眸子里闪烁着钻石一般辉煌——那是他对教育的挚爱，那是他对弟子的殷殷的期望。

　　我谈起想办一所民办学校，但对开办的手续一无所知。傅老师的热情消融了我的迷惑。他利用他有限的"资源"，四处为我打听、联系。在他的帮助下，我得以创办了长沙胡思智力开发学校，一所以自己笔名命名的培训机构。

　　往事悠悠，当我提笔写这篇短文的时候，傅老师的笑容就像一缕阳光穿过玻璃，照在写字台上；傅老师爽朗的声音在我的手指间，在键盘上跳荡。一丝温馨，一腔真情。

　　傅老师从浏阳到长沙，再到深圳，一直在教育战线幸福地耕耘，他的爱心是种子，他的才智是阳光，他蓬勃的青春朝气是校园里的清风。

　　傅老师是我尊敬的老师，也是热情的兄长。什么时候，我在自己的"一亩三分地"里，也能像农夫一样，收获傅老师那么高的幸福指数呢！

　　（胡思，原名刘国平。自由撰稿人。着有诗集《大排挡诗情》，长篇报告文学《大学生，愈堕落愈快活》等。编创"奇特心像联想记忆法"在全国引起较大反响。）

# 忆芳觉老师

郑永忠

高中二年级的时候，芳觉老师教我语文。那时，他从湖南师大毕业不久，是我们学校难得的高学历教师。印象中，芳觉老师非常帅气，一米七几的个头，一口流利的普通话，尽管学校非常偏僻，我们丝毫看不出老师有什么情绪，感觉他一直快乐地工作快乐地生活着。

上语文课的时候，他总喜欢给我们朗诵一段，读得抑扬顿挫，好听极了，下课没人的时候，我还忍不住要学着他的模样再朗诵一番。那时候的我，除了语文，几乎没有一门功课好的，芳觉老师在班上念念我的作文，就是我一周中最好的享受了。因为只有在这个时候，我才觉得在同学之中我还有那么一点价值，能让同学们回头看上我一眼。所以，我每次都会努力去写好作文。几十年之后，芳觉老师仍记得我写的《六国新论》，让我非常感动，那时我对于写作还是非常用功的。

后来我进了芳觉老师的母校，这是我万万没有想到的。这也要感谢芳觉老师。记得当年要进高三的时候，我除了语文之外，没有一门功课及格，可芳觉老师却一直鼓励我说"你有希望"，并力劝我进高三文科班。我却听从了父亲的劝告，决定留级到高二继续打基础。也许是命运的安排，回家秋收捡油茶子的时候，已经中专毕业的姑姑也回来了，她说我走错了路，不应该重读高二，说我应该去读高三，我只是觉得她说的道理和芳觉老师不谋而合，于是我的心开始动摇了，秋收之后我决定去找芳觉老师。这个时候，一个在高二读了半期的后进生想再进高三，难度可想而知。芳觉老师说他没有把握但他愿意为我去说，后来我还是如愿以偿地进了芳觉老师执教语文的高三文科班。除了芳觉老师我想不出第二个人会愿意为我去说情了。之后的事情产生了一些戏剧性，记得那天我刚刚将课桌搬进教室，就被另一老师发现（现在想来可能这位老师当时不知情），叫我出去，问我成绩那么差进高三来干什么，此情此景让我终身难忘。我当时非常难堪，同学们都看着我，神情异样，于是我暗暗发誓，一定要争这口气。因此我坚决护住我的课桌，死皮赖脸地在高三的教室里坐了下来。让我自己也感到吃惊的是，不到两个月，我那从没有及过格的英语开始打满分，英语老师开始表扬我，后来各科成绩都跟着上来了，经过九个月左右的努力，我的高考成绩在班里居然排到第四名。特别让我高兴的是，高考语文我打了 108 分（满分 120 分），没有给芳觉老师丢脸，顺利被湖南师大中文系录取，和芳觉老师还成了校友。

回想起来，高中时代，我的确是一个不够自信的学生，因为有芳觉老师这样的良师益友对我不离不弃，我才没有失去对学习的信心。后来芳觉老师在教育事业上不断取得成就，我一点也不感到吃惊，反而我后悔自己没能像恩师一样去教书育人。但我经常告诫自己一定要像芳觉老师一样做人，学会关心人、帮助人。

（郑永忠职业律师，供职于湖南碧灏律师事务所，浏阳七中 67 班毕业）

## 那些记忆

周映华

我的初中班集体长沙一中 C922 班，同学和老师感情非常好。初中毕业以后，同学们每年都聚两次，寒暑假各一次，看看当年教我们的老师，回忆当年在长沙一中那栋木质教学楼读书的日子。尽管每次聚会都重复着过去的故事，但大家还是津津乐道。

今年过年，已经是我们毕业的第十一个年头了，已经工作的，还在读书的，还有很多带着另一半，聚会的队伍又壮大了。大家聚到一块，除了聊聊近况，最多的就是回忆当年发生在 C922 班的趣事了。谁最爱上课讲小话，谁最喜欢在课堂上发言，谁把数学老师惹怒了，谁在教室里玩扑克被老师逮着了，谁因为男生踢输球掉眼泪了，……

如今数学老师已经退休在家，语文老师去了深圳教书，多年不见，但大家聊起来，仿佛 C922 的日子就在昨天。

"以前傅芳觉老师早自习的时候常要我们做的那个练习叫什么来着？"

"对，对！就是那个他一次念好多题，念的时候不准做笔记，念完了再要我们一次全写下来的，忘了名字了。"

"毛绪前每次都闭着眼睛听，最认真，哈哈！"

"好像是叫默记吧。"

"叫听记答题吧？"

"记不住名字了，反正那个练习挺好玩的。"

"刚开始的时候，我都是拿张纸放在腿上，偷偷的记答案。"

"我也是的，哈哈，可是偷记也记不完整。"

"全班就属毛绪前最认真，坐在我旁边，闭着眼睛，好像在练功一样。呵呵，看他那么认真，搞得我后来偷记都觉得不好意思了。"

"毛绪前是傅老师的得意门生嘛！"

"我当时是觉得既然老师这么要求，就当然要按老师交待的做了，做假有什么意思呢。不过后来发现，这个练习真的很好，训练多了，能记住的题目就越来越多了。"

"是啊，我也有这个感觉。刚开始的时候，记住后面的就忘记前面的，第一大题的那些词语就能记住三、四个。后来就基本都能记住了。"

"嗯，大家刚开始的时候都笑毛绪前，可是后来发现自己像他那样闭上眼睛，全神贯注地听，记住的内容比偷偷拿笔跟着记的还多。"

"读高中以后还挺怀念这个练习的，呵呵。"

"是啊，我们高中的语文课可闷了！"

"现在想想，傅老师那时的语文课还真的挺多花样的哦。"

"我记得还搞过一次辩论呢，全班分成两组，是学哪一篇课文来着？反正毛绪前和周班长两个人争得面红耳赤，最后还是傅老师出面才收场，哈哈。"

"我们那时没有争得这么严重吧，只是阐述不同观点啦。"

"还有一次，也是分两组的，好像是按照课后的练习题要求提问对方，提问者可以任意点对方的同学回答，如果对方回答不出来，提问者就要把正确的答案答出来。"

"对，我记起来了，最厉害的题目就是要对方背课文了，不过这个题目风险也很大，对方背不出的时候，自己必须全部背诵一遍。"

"是啊，我当时新转学来，乖乖的坐在那里，想着也不会有人点我回答问题，谁知道就被陈培点起来背课文了。"

"为了提这个问题，我可是回家反反复复背了好多遍课文的，那真是到了炉火纯青的地步喔。"

"当时到底是哪一组赢了啊？"

"不记得了。"

"是啊，输赢谁还记得啊。反正当时那堂课气氛是异常活跃啊！"

"不是，是异常紧张才对，担心自己被对方点到，要站起来回答问题啊，哈哈！"

"呵呵，傅老师就轻松了，坐山观虎斗。"

"……"

而今，不论当年学习认真的，还是调皮捣蛋的，大家在各自选择的道路上都很出色。上课老是迟到的那个当上了飞行员；课堂上乖乖听讲从不说小话的那个成了人民教师；课堂上讲小话最多的那个穿上了白大褂；体育最棒的那个从事 IT 业了；成绩最好的几个女生出国读博士了，说不定将来就是我们儿时梦想中的科学家了……

（本文发表于《年轻人》2006 年第九期。作者系中山大学管理学博士，现就职于广东省检察院）

# 学生书简之一

姜超

傅老师：

您好！

首先我得说明我是出于无奈，才给您写这封信的。我斗胆问一句，您怎么会想到在给我们的暑假作业加上一条：寄给语文老师的一封信呢？是为了提高我们的写作技能，还是为了在你闲着的时候能够拿我们的信来消遣呢？如果是前者，我到是觉得没有必要，您还不如让我们多写两篇作文（节约邮费）；如果是后者，那我们可以给您想一个更好的办法：干脆布置每个同学都天天给您打电话，那您就不会闲着了。

对您的"不满"还挺多，但我觉得首先应该感谢您给我语文 96 的高分，虽然我曾经和您说过，我语文能打 99 分，只错了一道判断题，您是否还记得？说出那句话以后，我才想起我还有许多题没有把握，我真怕考得差给您抓住把柄。不过上天有眼，保佑我只丢了4分，让我继续有脸面对老师您了。不过，高兴之余，我又得反省反省，我还有3分丢得不明不白——也不知是不是您老人家给"贪污"了！我希望您能帮我找回来。

作为您的学生，我感到幸福。这也许与您经常"深入基层调查"有很大关系。我总觉得除了班主任陈老师以外，就是您和我们靠得最近了。您光是专门找我谈话就有3次了。起初，我觉得没什么好谈的，可后来越谈越有趣，越谈就越觉得我们摆脱了"师生"这两个字的束缚，甚至有时候，我们还想"亲自"找您去谈，有时谈得喜笑颜开，有时谈得面红耳赤，有时谈得昏天黑地，不亦乐乎！

我总觉得上帝安排我们相处的时间只有3年未免太短了，何况您还经常出差。特别是您这个学期去参加全省会考命题那40天，我可想死您了，代课老师给我们上的那些课，我几乎没怎么听，（这4分肯定是那样丢的），其实，他们上课也不错，可我就是觉得没有您那种味道。要是您上课，上到某个地方，肯定会做动作或者是说句什么话，就像您教《杨修之死》时候说的："这个时候，他就得说这句话，如果他不说，那他就不是他了。"可代课老师就不说您那样的话，我听起课来有种失落感。

暑假里，我过得很快乐，也过得很舒服（要是您布置的作业再少一点就更舒服），不知道您过得怎样？我对老师的暑假生活一无所知，老师不教书，又没东西玩，会干什么呢？您总不能天天看信吧？要是我也能给您布置一点作业就好了，您就会尝到做作业的"甜头"了，以后，也许就会少布置一点作业吧？

我有时间会和同学一起去看您的。

愿老师暑假快乐！

学生：姜超

1994·7·9

# 十二年后的来信

姜超

傅老师：

您好！

这应该是我第二次给您写信。而距离那遥远的第一封信已经过去了整整十二年。欣赏了您的集子《赶海弄潮——教学相长集》中的我十二年前的"大作"，心情复杂，无以言表。激动、感慨、惊喜……而我现在最想对您说的是：感谢！感谢您让我在人生的海潮中重新拾起了一只珍贵的贝壳，一种儿时的无忌，一份真挚的师生情谊！

理工科出身的我，不知是否还保留着您曾经赐予我的作文水平。而长年与键盘打交道的我，鼓足了勇气才抓起这支久违了的笔，向我敬爱的傅老师再交一次语文作业。

傅老师，时光如逝，转眼离开您的课堂已经一轮生肖。在您的记忆中我是否还是那个十五岁的懵懂少年？而我的脑海里您已定格为那个风度翩翩、能言善辩的语文老师。您当年要我们背得滚瓜烂熟的名言名篇我已经想不起多少字句，但您为我们课前朗读时的神态举止我却依然在目。只是不知您现在的学生们跟您讨价还价的时候，您是否还用着当年的那句口头禅："不存在啊！"

翻阅着您的集子，深深体会到一位老师对每个学生的爱，每个学生对老师的情。如果可能的话，我要对师弟师妹们说："不要厌倦课堂，因为人生就是一个大课堂。不要害怕考试，因为每天都要面对一场新的考试！能作为您的学生是一种幸运，您教会我们如何乐对人生，冷静处世！"

我要珍藏您送给我的这本集子。十几年后，我可以拿出来向我的小孩子炫耀："你爸当年的初中作文编到书里了！"但我又怕孩子的回答是："那是因为你碰上了善教作文、会收藏学生作文的老师！"

还是用那个十二年前的那个约定吧：我有时间会和同学一起去看您的。

愿老师永远快乐！

您永远的学生：姜超

2006.12.19 于上海

# 我和芳觉的一段"语文缘"

郑鸿鉴

1998年春，傅芳觉老师前来应聘。当时我在深圳实验学校中学部担任语文学科主任。那时候，深圳实验学校在深圳名声特别响亮，仅语文学科，几乎每天都有全国各地的老师前来应聘。这些老师大多数男性，３５岁至４５岁，来自各地省城重点中学。均是至少带过一、两轮高中循环，有着丰富实践经验的优秀骨干教师。他们之中有研究生学历的，有现任副校长、教导主任的，也不乏号称是全国优秀教师的。我受校长委托，在教务处杨主任的领导下负责对语文教师应聘者进行教学业务能力的考察。

为了建立一支一流的语文教师队伍，我校对进人的考察特别严格。除了试讲听课之外，还有业务知识面试等程序，而且都先并不通知本人。更使傅芳觉老师倍感压力的是他来应聘的时机十分不凑巧，因为同一天恰好有一个手持"全国优秀教师"证书的女副校长也前来应聘，两人同时试讲，同时考察，且只录取一人。这对芳觉来说，真是一个严峻考验啊！

说起来也真有意思，当我和傅芳觉老师见第一面的时候，一下子就喜欢上了这个英俊、朴实而精干的小伙子。虽然年龄相差十几岁，却觉着很投缘。心想，这小伙一定是一把语文教学的好手，否则，我这双眼睛就不算是会识人的了！就像战国时四君子平原君赵胜说的："从此吾不复相人矣！"

果不如我所料，经过一道道复杂的考察程序，终于，傅芳觉以他骄人的业绩、深厚的语文功底、朴实稳重的教态和丰富的教学经验，战胜对手，脱颖而出了！当名单报上去后，教务处、人事处都顺利通过，校长也很快签字批准了。

从此我便和傅芳觉老师在同一个学校、同一个语文组里共事了很多年。我俩因为性格脾气很投缘，便常合作从事语文教学研究，一起进行教学实验，有过一段非常忙碌而愉快的合作。

傅老师上课总是对同学亲切和蔼的，从不摆什么师道尊严的架子，创造一种特别轻松的气氛，让孩子们完全解除心理上的压力。讲课深入浅出，能把很深刻的道理讲得叫人觉得很容易懂。

傅老师上课充满激情，讲课语言生动，有形象性，有时慷慨激昂，把同学们的情绪煽动起来；有时把一个词语、一种情景惟妙惟肖地、很到位的模拟出来；有时举出同学们身边亲切可感的例子来说明。

他很重视阅读，精心编制了《读书目录》，既是名著名篇，又有极强的可读性；推荐的第一本书至关重要，它可能燃烧起，也可能熄灭一个孩子的读书兴趣；

要求学生每周写读书笔记，形成读书习惯；发现好的读书笔记，立即在全班朗读。

初学写作，最要紧的是自信。老师真诚的夸奖、由衷地赞叹、热情的鼓励对一个初出茅庐的学生其作用大得无法比拟。傅老师总是多赞美，少贬抑；多鼓励，少指责；多圈红，少砍削；发现好的作品特别是后进生写了好的文章，立即打印，放出来在全班范读和讲评。

去年，我光荣退休了。在语文学科组开完欢送会后，芳觉和江田、德怀等几位同事又邀我一同去梅林餐馆喝酒聊天。当时有茅台酒、五粮液和西凤酒供我们选择，芳觉随即帮我们选择了 68 度的西凤酒，可谓正中下怀——这是我正宗的家乡酒，美不美，家乡水，更何况我的家乡酒！由此可见，芳觉是多么善解人意啊！"酒逢知己千杯少"，我们几个划拳行令，谈天说地，喝得个酩酊大醉，不亦乐乎！

人海茫茫缘分难得，山高水长友谊万岁！芳觉既是孩子们心目中的"傅爸爸"，又是一位好老师，更是与我特别投缘的好朋友。

# 有趣的"傅爸爸"

刘江田

有一阵子，《穷爸爸，富爸爸》一书非常流行，大家竞相传阅，谈论热烈。不知是哪个学生的发明，把"傅爸爸"的称呼送给了傅老师。一时间，在学生、老师中，时髦、响亮的"傅爸爸"，顺理成章地超过了"傅老师"。

去年 11 月 18 日，由中国作协、全国中学语文学会、深圳市教育局、深圳市文联主办，《特区文学》、《新新阅读》杂志社承办的首届全国校园文学论坛在深圳举行。论坛荟萃了来自全国各地的作家、学者以及校园文学社团，共同探讨中国校园文学的发展之路。曹文轩、秦文君等多位著名作家、文学评论家莅临。因其在校园文学方面的突出成就，傅老师也应邀出席。

会后留影里，他站在第二排中间位置，目光悠远，神情从容。果然不久，在繁忙的工作之余，他就列出了《赶海弄潮——教学相长集》的框架。这将是他到深圳以来，在短短的几年时间里，编辑出版的第三本集子。

实验学校的日子，永远是忙碌。好不容易过个周末，总有各种名目的社会监考如约而至。累是累了点儿，但平日里衣着严谨的老师们，特别是女教工，这时便有了上演时装秀的机会。男士们大开眼界之余，也不甘示弱。这时的傅老师，杏黄体恤衫，苹果牛仔裤，膏不润而颊红，发不烫而微卷，翩翩然一英俊少年！

傅老师的办公室书橱里，存放着历届学生们节日里敬送的贺卡，有的还是自己手工制作；上面有各式的留言，字体有的歪扭，有的工整，大体是"教师节快乐""老师辛苦了"云云，偶尔也有跟他幽上一默的；桌面上一个很漂亮的小茶杯，也印有"老师您是蜡烛"等字样，也不知是哪个有心的孩子偷偷送来的；最显眼的是一个工艺葫芦，说是一个学生到新疆旅游，似乎是受老师讲课文《核舟记》的影响，千里迢迢带回来的。葫芦上刻一方很熟悉的毛主席的侧面头像，一侧是他老人家的《沁园春雪》，字体苍劲有力，让人遥想起那些流失的岁月，想起长沙湘水，想起故乡浏阳。办公室每年一次搬动，杂七杂八的东西扔掉了不少，但这些小物件总是端置案头。

去年五月，时值实验校庆 20 周年。繁忙的办公室里忽然飘过一缕墨香，傅老师抱一大摞崭新的书册进来。原来是他奇思异想，由他们班老师、同学和家长共同合作，编辑出版了一本班级文集，取名《从这里出发》，作为献给校庆的一份特别礼物。

小册子设计图文并茂，自出心裁。先是老师寄语，言辞恳切；接下来是学生成长感悟，纯真稚气；后面是家长点评，充满欣喜、鼓励，对学校和老师的感激也溢于言表。

翻开其中一页，是一位名叫林彬的学生写的一首诗，其中有这样几句
……

老师
您是大树，
我们就是你的叶片，
哪怕秋冬之季落下，
也落在你的怀里；

老师
您是高山，
我们就是一粒粒石子，
就是铺成了路，
也都牵连着您；

读了这些出自学生的诗句，再看一眼葫芦上老同乡"数风流人物，还看今朝"的诗句，也就不难理解，为什么同学们称他"傅爸爸"了。

# 觉叔贵人

宜小米（香港）

傅芳觉，人多称傅老师，而我从小叫他"觉叔"，一直叫到如今。我家与他家是三代"友好睦邻"。他比我年长约七、八岁，我就按辈份叫他觉叔。我们两家一墙之隔，来往十分密切，小时候我常常手里端着饭碗去吃他家里的饭菜，尤其是他的父亲，是我童年一份香喷喷的记忆，因为每次到这位叔公那里，他总要买肉馅的包子给我吃，香喷喷的。

这位觉叔，从小在村子里就被大人小孩喜爱，长大后很受敬重，他沉稳踏实，又幽默风趣，写一手好字，兼一表人才。回想我们的成长过程中，会遇到一些人，互相之间只是一些琐碎的交往和一些轻微的细节，但那些细节便成了影响我们一生的关健，他对你的生命无形中起了一种建立、造就、往前推一把的作用，我们中国人的习俗里把这些给我们生命带来益处的人，称为"贵人"，而与他们的交往，中国人又俗称"遇贵人"，我的这位邻居觉叔，恐怕算是上天为我所安排的一个贵人。

1987 年读高三的时候，我忽发奇想，想转到觉叔任教的学校去读书，我找到校长说我是傅芳觉老师的亲戚，他们居然接收了我，我就在觉叔的手下读了一个学期，他成了我的班主任兼语文老师。我转到他班上去的时候，全班考第四十名，但很奇妙，学期结束的时候，我排到前十名了，为什么会进步那么快，我也总结不出什么，但有一点无疑，觉叔常常对我说一些鞭策鼓励的话。

那年夏天我参加高考，却发挥失常，与预考和平时成绩大相径庭，最终以三分之差未能上本科线。当时长沙市教委在浏阳办了一个定向电大英语班，给我发了录取通知书。是去读电大好呢，还是重读一年考大学好呢？十八岁的我，很难对自己前面该走的路作出选择，连我父母也不知如何为我抉择。我母亲就说到浏阳去找觉叔，看觉叔有什么意见。当时觉叔正在浏阳人民医院养病，我母亲带了我找到觉叔，问他：你看我们家霞霞是去读电大好呢，还是重读一年去考大学好？他没有回答我母亲的问题，闲聊了一阵，觉叔送我们走，一路上和我们闲聊，他只字不提我母亲提的问题，走到街上，到了一个十字路口，要分手的时候，他停下来，对我母亲说：读电大还是复读，你们拿不定主意，我也不能帮你们定夺。你们就"抽签"决定吧。然后他看着我，一字一顿地说，你们抽了我这支"签"那就是——霞霞再读一年高三，去考大学吧。

我听了觉叔的意见，就去重读高三。一年后，我考进广州一所大学。后来觉叔调到深圳来工作，我也移居到香港，我和觉叔所居住的城市就只隔了一座罗湖桥。去年我出了两本小书，我马上就去送给他，虽然错别字不少，他也没有介意，反倒说了很多称赞的话。

有时候我也会想，假设二十年前，觉叔为我指的是另一条路，我如今会在哪里过着什么样的生活呢？或者当年为我指路的不是觉叔，而是另一个人，我的人生又走到什么地方去了呢？其实这些假设是不存在的，因为觉叔为我指那样一条路，这个细节本身就是早已预定了的。只是，我偶尔也会想起，他当时为什么要我再去读一年高三考大学呢？他当时心里有什么样的思量呢？这些问题，我有时也会想去追问一下，如果追问，他那里应该还是有答案的。

周庆元先生说得好，他说教师是一种守望的职业，教师就像一个牧羊人，守望、引导、喂养，好的教师，他不单教学，也育人；他不单拿起教材言传，也用自己的生命身教。套用周庆元先生文中引用的话：得天下英才而教之，不亦乐乎！从一个学生的角度来说，得良师而受教，何幸之有！祝愿觉叔用人生的智慧与真理牧养、指引更多的学生，把他们引领到一片宽阔的青草地上。

（宜小米，原浏阳七中 64 班李美霞，居香港，自由撰稿人）

# 给眼泪加冰
## ——读宜小米作品佚事异趣

傅芳觉

11 月 17 日（星期天）上午，我和老婆孩子正在家里等待两位过去的老同事和老乡请我们去喝早茶。家里电话铃响了。

"喂，您好！"

"喂，您好！您是 F 老师吗？我是您以前的学生，现正在皇岗口岸附近，准备送两本我写的书给您，您能猜出我是谁吗？"

——以前的学生，说普通话，我猜不出是谁。

"我是您二十年前的学生。"电话那头来了一句长沙话。

"喔，我猜出来了，你是李 XX ！"

"恭喜您答对了！奖品是我亲笔签名的两本书！"

李 XX，上个世纪八十年代中期我教的高三文科班的学生，是我老家邻居的一个小女孩，叫我"觉叔"，可以说她是我看着长大的。当时重点高中的学位非常紧张，她在高三那年才因为是我家邻居的关系转到我们学校文科班来。她不怎么说话，上课从不主动发言，非要老师同学点名她才发表几句"高见"，用现在的话说就是很低调。班上才子才女较多，活跃分子不少。她不是很显眼，乃至现在师生们邂逅或聚会很少想起她提及她。

但她从电话里要我猜二十年前的学生，我还是能猜出她来的。一是因为她发言时的那中沉着和善解人意的语气，二是因为她的作文颇有特色和思想，三是因为她是我邻居家的小孩，还有可能是她那比较特别的字迹给我的印象太深刻……

给我送两本她写的书？会是什么样的书？——我和老婆都在猜：

会不会是商场生意经？——她当年读的是广东商学院，毕业后曾在上海、香港等地相关部门工作，是不是写了些商海沉浮的经验、启示抑或奇闻异事？

会不会是学习《圣经》的心得体会？——2000 年我与学校一些老师去香港参观有关学校时，她到我们下榻的宾馆来看我，就送给我一本《新约全书》。后来听老家的人说，她每次回家乡都传播耶稣教，并慷慨解囊，扶贫济困，不遗余力……

她来到我家，虽然眼角眉梢都已刻上了岁月的年轮，但她跟我们说话时仍然是邻居家的小女孩跟大叔大婶聊天的语气。她说自己这几年在香港某宾馆工作的同时，在《深圳晚报》《晶报》等报刊专栏上发表了一些署名为"宜小米"的小说和散文等，最近内地某出版社经她本人同意结集出版了。

"新书刚到手，我就趁新鲜立马到深圳送两本给你们'尝鲜'。"

她随即从包里拿出两本32开本的书递给我：

"书中有不少错别字，请不要笑话我——我没有校稿。"

我接过两本书——一本小说集《给眼泪加冰》，一本散文集《泥质的女人》。

一眼看去——雅致、精致——就是我对这两本书的第一印象。

打开扉页，赫然写着："觉叔指正。宜小米。"

宜小米？似乎曾在《深圳晚报》还是在哪份报纸专栏上看过她的几篇文章，但当时怎么也没有将其与眼前的她联系起来。

我随即打开书翻了翻，小说集《给眼泪加冰》大致写的是有关亲情、友情、爱情的智慧思考，散文集《泥质的女人》大致写的是作者的生活感悟、感情独白。我看了看目录标题和插图等，感觉真是够得上"有韵味！"

寒暄了一阵之后，请我们去喝早茶的电话来了。于是我们邀请她同去作客，她自然、欣然一同前往。

今天做东的是我当年的同事，一位地理老师。当我为她们作介绍时，这位老师怎么也记不起眼前这位过去的"李XX"——今天的"宜小米"也还暂时未知。谈起该班学生过去的一些笑话、趣事，现今的一些风云人物近况，这位地理老师却如数家珍，娓娓道来。这似乎并没有引起宜小米丝毫的失落感，她仿佛还有很多亲切感。尤其是那位老师谈到当年两对"早恋"的同学参加工作后终成眷属时，她立即插嘴说——

他们这两对"早恋"者，真的要好好谢谢F老师当年的开明和妥善引导解决，否则按照当时的校规"棒打鸳鸯"的话，真不知要生出什么事来！……

往事如烟，往事并不如烟！

不知不觉，边喝茶，边聊天，两个多小时过去了，宜小米要赶到香港那边上班去了。

散席之时，宜小米打趣地要求我在"百忙之中"、"百无聊奈"之时也要将她送的两本书看个八九不离十，并"不吝赐教"，她过一段时间要来"洗耳恭听"。

我当然答应了。

下午，我和老婆在家一人一本认真"拜读"起来。

我首先选读了《给眼泪加冰》中 P29-P36 的《童年斑驳的记忆》和《寄居荷花镇的日子》。

通过阅读《童年斑驳的记忆》，我确认了"宜小米"就是"李 XX"，"李 XX"确实就是"宜小米"。

——因为"小瓦罐里的香喷喷的白粥和锅巴"、"石砌天井里的老柚树"、"高而厚的门槛上铺着的青石板条"、"女孩子坐在门槛上要被大人们呵斥"、"一整块樟木做成的桌面"等等的的确确就发生在"李 XX"的童年和家里——我是她的邻居和长辈——"她是我看着长大的！"——无论现在的"宜小米"怎样改名换姓，无论她怎样"移花接木"艺术加工，一个人的胎记和骨子里的东西他（她）是不会改变也无法改变的。

通过阅读《寄居荷花镇的日子》，我也仿佛回到了故乡。也许我对故乡的感受与宜小米有所不同，但她对故乡的风土人情的描写、对故乡发生变化的慨叹无不引起我的神往与共鸣，故乡的童谣也在我的耳边萦绕。

憨厚老实的蔡公公、开时装店的艳大娘、东家的梅婶梅叔、韩二叔、三毛、四老板，这些人我都似乎见过，还很熟稔，跟他们一起吃过饭、喝过茶、聊过天甚至吵过架……

"傍晚时分，农家的男人荷锄牵牛归了，女人在那里呼儿唤狗。炊烟袅袅，饭菜飘香。我一家一家串过去，从张家到李家到陈家，循着菜香味径直往人家厨房里去。站到主妇的灶台边，和她闲聊着，帮她在灶膛里添柴火，有好吃的菜，我就用手拈了往嘴里送。……"这完全是宜小米故乡生活的真实再现。读来让人倍感亲切，回味无穷。

接着我又翻到 P8，开始读《不是我的上海，不是我的香港》一文：

"……1996 年，我有一个伟大的计划——独身环游中国。……我从广州出发，经过了南昌，去了温州，甚至去了温州的一个海边小城苍南县。……接着我去了杭州，住在浙大。在那里认识了一个兰州大学来的女孩……然后又一起结伴到上海。她想在上海联系一份工作。我陪她一起逛了一个人才市场。……巧合就在这里，那个招聘的人似乎对我更有兴趣，主动找我谈，这是一家香港公司，因为我会讲白话，仅此而已。……上海，这个都市，诱惑我放弃了那个伟大而浪漫的计划。没有实施这个计划，也许将成为终生的遗憾。上海，我为什么要喜欢上海，要把浪漫的脚步停留在这个城市？"……

这个作品完全是以作者自己坎坷的生活经历为素材，我们可以隐隐约约看到宜小米在上海、在香港摸爬滚打的影子，也可以从中领略到她浪漫、坚强的性格。

《给眼泪加冰》这个标题很能吸引我的眼球。其最后一段特别耐人寻味：

"jerry 可怜，我可悲，生活很无奈，小米这样想。然后就有眼泪流下来，流了很多，有几颗滴在了苏打水杯子里，小米又喝了一口掺了眼泪的苏打水，别人无论如何想象不到她的苏打水味道。给苏打水加些柠檬，给眼泪加些冰，那种滋味……小米喝了一口又一口，把那杯掺了眼泪的苏打水喝完了。"

小米独特的内心世界和个性特点非常形象而又模糊得令读者玩味不已。

令我惊叹和玩赏不已的更有宜小米作品的语言风格和魅力。其幽默风趣耐人玩味的语言特点洋溢在直白率真的描写叙述里，蕴藏于朴实无华的人物对话中。其语言特点可以概括为一个字：俗。简直是"俗"到家了——俗中见真，俗中见情，寓雅于俗，寄趣于俗。试略举二三：

**例一**

东家梅婶说艳大娘是公共汽车，镇上的男人都坐过。哎，好女人和好文章都应该是耐得住寂寞的，可寂寞实在难耐呀。

——《寄居荷花镇的日子》

**例二**

从前只听过女人最好的质地应该是冰清玉洁，倒是第一次听说女人最好是泥的质地。想想也是，太干净太贵重的东西总是经不起折腾。冰清玉洁就不免易破易碎，到了世间做女人，就免不了为人妻为人母，免不了人间烟火。免不了有风有雨，受苦受痛。做女人，总要受得一番拿捏的委屈，这么想来，女人是要泥的身份，只有泥，才能与俗世同流合污，冰清玉洁，如何经得起人间烟火？

——《泥质的女人》

## 例三

　　"你像一朵花，我是养料，在不为人知的地下，为你供给，而你拼命地吸取，世界看到你开的花，惊讶你的艳丽，却从来没有人知道我在地下秘密供给你养料。"他曾这样描叙我们之间的关系。

　　"等到花萎谢了，归于泥土，我不就是你的了么？"我说。

——《2004 年的秋天》

　　打开有关网页，对宜小米的作品好评如潮。但我却特别欣赏宜小米对自己作品的评价，其语言情趣，令人捧腹，令人折服。现摘录几段：

　　我的书出了。如今出书，有点象女孩子拍艺术照，看到别人拍了，自己也跑到照相馆拍一张，挂在卧室里。但在我们未庄，出书却是一件大得不得了的事，你要知道，我们未庄几百年的历史里，从没有人出过书。

　　最近我的朋友方韶毅有一本什么书荣获了"2005 年度最美的书"，而我的两本小书，私人小说集《给眼泪加冰》，散文集《泥质的女人》，则荣获了"2005 年度中国错别字最多的书"。感谢编辑，为了保持原汁原味以及对作者的尊重，对原文作了最少的改动，也尽量保留了原文的错别字以及语法错误。据初步统计，单是那本《给眼泪加冰》就至少有 53 个错漏。几乎每读两页，就有一个错别字跳出来，那种视觉和心理的刺激感，是阅读其它任何书本感受不到的。尤其是，当你读过《给眼泪加冰》之后，习惯了每两页有一个错别字或语法错误，再去读《泥质的女人》，很少发现错别字，你就会有一种不习惯的感觉，甚至有一种失落感："这难道是宜小米写的文章吗？怎么连一个错别字也没有?!!"

　　对我出的两本新书，我很满意。就象一个妇人看自己刚产的孩子：左看，觉得好；右看，更是好得不得了。唯一觉得遗憾的是，我的六个包子不见了。在《不是我的上海不是我的香港》那篇文章里，有一句我的生活格言："只要我们相爱，我每天吃六个包子就够了。"但现在，我却在文章里找不到那六个包子了。谁动了我的包子？

　　在我的包子店里，最近有一个促销广告："凡惠顾本店，每次买包子五个以上者，即赠宜小米亲笔签名书一本。"

　　不过我担心有些贪小便宜的人，为了得到我亲笔签名的书，明明一次想买十个包子的。故意每次只买五个包子，想多得一本我的签名书。

　　阅读宜小米的这些作品后，我在思忖：是不是该自己给眼泪加冰，给血管清淤，给血液加温，给生活添火，给心脏减压。

感谢宜小米送给我这两本书；感谢中国民族摄影艺术出版社结集出版了这两本书，否则宜小米不会送这些文章给我阅读的，我也不会知道宜小米发表了这么些好作品；感谢方韶毅、张维钢的策划编辑，感谢张维敏、顾永明的封面设计和版式设计，感谢鲍钰莹的插图——他们（她们）也给苏打水加了些柠檬，给眼泪加了些冰，个中滋味只可意会，不可言传。

2005 年 12 月 28 日

# 感谢信

深圳市实验学校及傅芳觉老师：

你们好！

贵校所捐赠《赶海弄潮——教学相长集》已收到。对此，我们致以最衷心的感谢！

《教学相长集》从书名的确定到内容的构架，都表现出了傅芳觉老师对"教学相长"理念的情有独钟，是一本真正体现了"教学相长"理念的书籍。它平实而又深刻地道出了教师实现专业成长最为重要的策略、路径与方法，有着十分重要的教育价值和阅读价值。书的前半部分以鲜活的、浸染着校园里纯净的蓝与白、飘着淡淡的栀子花香的文字叙写了傅门学子的花季故事。我们从这些习作中可以看到傅门学子丰富的情愫正像碧净如丝的春草在悄然萌动；看到在成人世界里缺失的种种纯真与美好；听到一群阳光少年的思想正在拔节生长；"自反篇"中是傅老师指导学生反思语文学习经历的诸多成果，他以自己的亲身体验让学校语文教育和家庭语文教育在思想的空间里并肩携手，共生共长，为学校语文教育营造了一种良好的生态。"知困篇"中透露出傅芳觉老师对"学生作为人的成长，学生语文能力与习惯的养成的关注"。而在"自强篇"中可以清晰地看到傅芳觉老师作为教师给学生的人生影响。

南川位于重庆市东南部，与贵州省的黔北地区接壤，幅员面积 2602 平方公里，人口 65 万。南川境内旅游资源丰富，金佛山被誉为"生物基因库"，集"全国重点风景名胜区"、"国家首批科普教育基地"等五项国家级桂冠于一身。目前，南川人正抓住撤市设区的大好时机，紧紧围绕"把南川打造成渝南黔北地区经济高地和区域性中心城市"这个目标，全力推进"和谐南川、魅力南川、生态南川、宜居南川"的建设。南川教育工作者正力争把本区建设为渝南黔北的基础教育高地。贵校所赠的书籍给南川的教育人送来了先进的教育理念和先进的教育思想。为南川 5000 余名教师实现自身的专业化成长提供了基本精神与理念，同时为他们培养个性张扬、和谐发展的学生提供了鲜活的、成功的范例。为南川的十万莘莘学子送来了语文学习的好方法。

最后，再一次对贵校为支持南川教育而捐赠的书籍表示衷心的感谢！人重义，物传情，欢迎傅芳觉老师和贵校领导随时来南川指导工作。

致以崇高的敬意！

中共南川市委教育工作委员会

南川市教育委员会

二〇〇七年元月

# 深圳老师送千本好书 南川孩子添一片希望

www.cqncnes.com 新闻中心《南川新闻》综合
发布时间：2007-1-31　23:47:14　来源：南川快讯

1月29日，南川中学的老师们捧着一本《赶海弄潮》教学相长集爱不释手。这本书是深圳实验学校的傅芳觉老师和他的50多名学生著作并赠送。"教学相长，这理论太启发人了。"墨香四溢，老师们时笑时思，他们阅读着这本凝聚着深情与智慧的集子，仿佛阅读着南川孩子新的希望。

## 千册好书 万里传情

1月23日下午，市教委办公室的同志乐呵呵地告诉记者，深圳实验学校傅芳觉老师向市教委寄来1000册新书，价值3万余元。

以此，市教委主任廖顶立表示，南川教育倍受社会各界关心，前几天才收到一些爱心人士捐赠的衣服和钱财，现在又收到这么多有益于教育探索的书，教委将把这些书分赠给各校和图书馆，让全区老师和社会人士都能分享到这份精神食粮，感受到远方朋友的情谊。

当日，市教委寄出一面"赶海弄潮、师生相长、支教帮学、关爱永存"的锦旗，它将被送到傅老师手中，传递南川教育人真诚的谢意。

## 睿智思想 发人深省

这是本什么样的书？为何让老师们如此欣喜深思？该书题为《赶海弄潮》教学相长集，是傅芳觉老师一手编着。傅芳觉老师研究的"从淘汰教育向成功教育转轨"等课题在全国、省、市均获奖。他还曾参编、主编、主审了三十多种中学语文教材和教学辅导研究用书。

"学然后知不足，教然后知困，知不足然后知反，知困然后能自强也。故曰：教学相长。"中国高等教育学会语文教学专业委员会会长周庆元先生挥笔作序，诠释了傅老师的教学思想。

傅老师说，做一名老师需要平稳沉潜、积极而不浮躁，务实治学，追求梦想。这本集子有很多作品是自己学生所作，一些学生的优秀作品甚至提升了书的品质。他希望南川的教师们能透过这本书，了解深圳的教学，架起南川教育与外地教育交流的桥梁。

说到赠书南川的原因，傅老师饱含着深情。他说，几年前，他便被红岩精神打动而对重庆有了另类的感情，总想为重庆的人们做点什么。而后他通过一名在国家旅游局上班的学生对南川有了一定了解，他觉得南川风景秀丽，极具灵气，便建议大家出钱捐些书给南川，也许会对南川教育发展有一些作用。傅老师说，希望能借此增进与南川教育人的感情，以后能有更多的机会交流。他衷心祝愿南川的教育能与全国各地教育赶海弄潮、相互学习、共求发展。（记者王静）

# 局长赠书暖人心

肖柏松

昨天，坪头山中学收到一批书籍，书名叫《赶海弄潮——教学相长集》，共有200来本。这是市教育局肖长礼局长个人捐赠给我校的。

《赶海弄潮——教学相长集》是中国名校——深圳实验学校的高级教师傅芳觉先生编着的，其中收录了傅老师自己多年来在教育教学教研方面的行与思，平实而深刻地提出了教师实现专业成长最重要的策略、路径与方法，体现了他自己独具魅力的教学思想，为读者和广大教师树立了一种先进的中学语文教育思想体系，值得广大教育工作者特别是中学语文教师学习。

肖局长在百忙的工作中，如此心系我们坪头山中学，为我们送来这批书籍，让每一个坪中人都从心底产生一种特别的温暖、一种知遇的感动和一种深深的崇敬。

源自《浏阳教育网》2007-1-11

# 感谢信

四川省都江堰市教育局

深圳实验学校及傅芳觉老师：

你们好！

贵校所捐赠的《菁菁校园——教学相长集》一千册已收到。收到书籍后，我们立即将书籍分送到我市的聚源小学、向峨小学等 50 个学校，各个学校如获珍宝，纷纷组织老师、同学认真研读，取长补短。对此，我们代表都江堰市全体师生致以最衷心的感谢！

《菁菁校园——教学相长集》收录了傅老师多年来在教育教学教研方面的行与思，平实而深刻的提出了教室实现专业成长最重要的战略、路径与方法，体现了傅老师独具魅力的教学思想，为我市广大教师树立了一种先进的教学体系。此书中收录的学生作品，鲜活生动，把我们引领到充满师生情、同学情的菁菁校园。

拜水都江堰，问道青城山。天府源头都江堰市是伟大祖国的一颗璀璨明珠。这里，拥有世界文化遗产——都江堰·青城山，是全国历史文化名城、中国最佳旅游城市、最佳中国魅力城市。然而，突如其来的"5.12"特大地震，让这美丽大地满目疮痍，让 40 余万群众无家可归，7 万余名中小学生一度因灾失学。灾难无情，大爱无边，在党和政府的亲切关怀下，在社会各界的大力支持下，我市全市 7 万余名学生在 2009 年 9 月 1 日全部进入设施设备先进的崭新的校舍开始了新的学习生活。

贵校所捐赠的书籍正是在这样的时候给都江堰的教育人送来了先进的教育理念和先进的教育思想。《菁菁校园——教学相长集》为我市的教师实现自身的专业化成长提供了丰富的精神食粮，同时也为他们培养个性张扬、和谐发展的学生提供了鲜活、生动、成功的范例，为我市的莘莘学子送来了学习语文的好方法。你们无私的援助与慰藉，给了我们极大的鼓舞，更加坚定了我们重建家园的意志和信心。

曾经冬天的人们，倍感阳光的温暖，亲历灾难的人们，倍感友情的珍贵。最后，再一次对贵校为支持都江堰教育而捐赠的书籍表示衷心的感谢，也欢迎傅芳觉老师和贵校领导随时来我市知道工作！

向你们致以崇高的敬意与感谢！

二〇一〇年二月五日

# 感谢信

深圳实验学校及傅芳觉老师：

你们好！

贵校捐赠的 500 册《菁菁校园——教学相长》已经收到。对此，我们致以最衷心的感谢！《菁菁校园——教学相长》从书名的确定到内容的构架，都体现了傅老师对"教学相长"里面的情有独钟。"教学相长"简简单单的命题，普普通通的文字，它好像从遥远而寂寞的历史山头飘然而下，成为千百年来人们讨论教学活动以及师生互动关系的经典表达，是当代教师实现自身专业成长的基本精神与理念。"学然后知不足，教然后知困。知不足，然后能自反也；知困，然后能自强也。"所以本书傅老师从学生与教师两个视角将他与学生的著述

一分为四，既有"不足""自反""知困""自强"四篇，平实而深刻地道出了教室实现专业成长最为重要的策略、路径与方法，有着十分重要的教育价值和阅读价值。

汶川县位于阿坝州南部，幅员面积 4084 平方公里，辖 11 个乡镇，总人口近 10 万。学校目前在校学生 12558 人（不含卧龙），其中幼儿园 619 人，小学 5621 人，初中 3906 人，高中 2412 人，教室 1298 名。近年来，县委、县政府坚持把教育放在优先发展的战略地位，围绕"走创新之路，建教育强县"的总体目标，按照"巩固中间、发展两头、三教统筹、协调发展"的工作思路，经过不懈努力，教育事业取得了长足发展。

依据灾区恢复重建的城镇体系、农村建设、城乡规划，结合灾损情况，我县灾后重建学校共需恢复重建各级各类学校项目 26 个，规划共计需修建校舍建设总规模 30 余万平方米，维修加固校园面积 27417 平方米。2009 年 9 月 1 日，汶川县各中小学（园）分别在新校园隆重举行恢复重建后新学校第一次开学典礼。全体师生在"5.12"汶川特大地震时 1 年零 110 天后，终于回到了宽敞美丽、牢固可靠的永久性新校园，正常开展教育教学工作。

大爱无疆，铭恩奋进。在学校逐步恢复重建完成之后，汶川教育提出了"一流的硬件、一流的师资、一流的管理、一流的水平"的全面恢复发展目标。汶川教育工作的重点将转移到教育教学综合管理和师资力量的培训提升方面。贵校所赠的书籍我们已经分发到各学校，它给汶川教育人送来了先进的教学理念和先进的教育思想，为全面提高汶川教室队伍的综合素质将起到一定的推动作用。

最后，再次对贵校为支持汶川教育而捐赠书籍的善举表示衷心的感谢！欢迎各位领导随时来汶川指导工作。

汶川县教育局

2010 年 2 月 5 日

## 感谢信

深圳实验学校及傅芳觉老师：

你们好！

寒假期间，在 5.12 特大地震过去一年半之后，四川灾区学校重建开学刚刚半年的严冬，收到你们慷慨捐赠的一千多本《菁菁校园——教学相长集》，我们倍感春天般的温暖，立即组织运力将这些凝结着你们全体师生及家长集体智慧和爱心的书籍分送到都江堰市和汶川县的 50 多个学校。对于你们为灾区学校慷慨捐书、为灾区同龄人奉献爱心的义举，我们表示崇高的敬意和衷心的感谢！

你们给四川地震灾区捐赠了书籍，为灾区教育人送来了先进的教育理念和先进的教育思想，给灾区的莘莘学子送来了宝贵的学习经验和方法，更是给经历过冬天的人们送来了阳光的温暖和无私的爱心！今天，你们在新年开学才一周的紧张的联考之后，又在为灾区学生捐赠书籍和文具，你们这种比山高、比海深的情谊更是一种勉励灾区师生迎难而上、自强不息的伟大力量！

在你们的精神感召之下，我们川深办的同志们表示要更加积极地为灾区重建、为川深合作殚精竭虑地工作。人重义，物传情。我们热忱邀请你们到天府之国、灾后四川指导工作和观光旅游！

再致诚挚谢意和崇高敬意！

四川省人民政府驻深圳办事处

2010 年 3 月 10 日

# 第五辑

# 附录 接天莲叶

带领老教师登长城

与希望在我们身上合唱团合影

情商最高的班级之一：长沙一中 C9202 班

所教第三届文科班（兼班主任）

# 赴伟人故里赠书活动致辞

傅芳觉

怀着对伟大导师的崇敬之情，怀着对革命老区人民的热爱之情，我们深圳实验学校小荷文学社师生一行 4 人踏上了韶山这片神圣的土地！怀着对湖湘文化的无比景仰，我们今天来到了湖南韶山图书馆；怀着对新疆边区和湖南革命老区少年儿童的深情厚谊，我们向韶山市图书馆和韶山市各学校赠书 2800 多册；本着向韶山市各校师生学习和取经的目的，我们将自己的小荷文集《我玩故我在》《控脑游戏》《教学相长集》呈送给在座各位分享、交流，更要请大家批评指正，我们编著者诚心诚意恳请各位不吝赐教！

我们深圳实验学校创建于 1985 年 5 月 3 日，是深圳经济特区成立后由政府举办的首所公办市直属学校，广东省首批一级学校，所属高中部系广东省首批国家级示范性高中。2014 年重点率在广东省率先"破九"（突破 90%)，并且现在每年还在不断攀升，2017 年至 97%。

我校截至目前已有三大校区（西丽校区、百花校区、阪田校区）、五个学部（高中部、中学部、初中部、小学部和阪田学部），共有教职工 1000 人左右，在校学生 10000 名左右（不包括外围学校）。

作为深圳特区教育改革开放的窗口，我校自开办之始就旗帜鲜明地实施以爱国主义教育为基础的健全人格教育，努力使每一个学生成为人格健全、学业进步、特长明显、和谐发展的人才，为国家培养有科学思想和人文精神的未来主人。近年来还成立了少年科学院和少年人文学院，且建立了"小院士"培养和评选机制。各种人文社团和科学社团风起云涌，各种特长生脱颖而出。小荷文学社就是实验百花园中的一个小花园，我们今天来的这三位同学就是濯清涟而不妖的三朵莲花。"小荷文学社"积极参加校内外文学活动并屡获佳绩。如"新世纪杯""圣陶杯"等每届都有学生获得大奖。参加全市十佳文学少年活动和读书征文比赛，每年荣获一二三等奖；参加有全市初高中学生同台竞技的"作文英雄"比赛系列活动，5 位选手成功进入 100 强，两人成功晋级 30 强，成为深圳市首届"作文英雄"。王艺博在总决赛中夺得季军！参加全国"小作家杯"大赛，尹杭、王艺博两位同学夺得全国一等奖！其作品以一等奖一类卷发表在《中国校园文学》杂志 2016 年专濠。尹杭作品选集《我玩，故我在》由中国文史出版社编入"中国当代校园文学丛书"第 14 辑出版发行；王艺博创作出"00 后"首部长篇科幻小说《控脑游戏》，由海天出版社出版发行。

从 2005 年至今，我们编着出版"小荷文集"《教学相长集》(《赶海弄潮》《菁菁校园》《春风桃李》《守望荷塘》)4 部，分别交由蓝天出版社、海天出版社、香港红出版、南海出版公司等出版发行。得到各界好评。并曾捐赠重庆南川、四川汶川、湖南浏阳等边区灾区和革命老区的学校，与这些地区的青少年学生相互交流学习，从而得到不断地提升。

不登高山，不知天之高也；不临深溪，不知地之厚也。今天我们登临韶山圣地，领略湖湘文化的博大精深，进一步知道自己的幼稚、肤浅和不足，我们虔诚地前来学习取经，得到湖南韶山各有关部门的热情招待、大力支持和帮助，在此我们表示衷心的感谢！并邀请各位方便之时到深圳实验学校参观、交流和指导！谢谢各位！祝各位新年快乐，万事如意！

# 一本不寻常的相册

傅芳觉

这注定是一篇不寻常的前言，因为这是一本不寻常的相册。

这注定是一本不寻常的相册，因为这本相册源自一群不寻常的师生。

这一群不寻常的师生在不寻常的年代结下了值得我们永远回味的不寻常的情缘。

那是 1985 年，我 ( 语文老师 ) 有幸与邹定安老师 ( 数学老师兼校党支书 )、张蔚娜老师 ( 外语 )、宋运广老师 ( 史地两科还兼班主任哟 )、张美兴老师 ( 政治 ) 等一同教了一届文科毕业班，当年高考浏阳七中文科理科成绩都创历史新高，引起强烈反响和轰动！当时全国陆续将两年制高中都要改为三年，这是七中两年制高中的最后一届，意味着 1986 年七中将没有毕业班。而在那个高考录取率极低、"千军万马过独木桥"的特殊年代，社会上学生和家长对七中就有了特别的期待和呼声，于是县教委和七中领导根据家长和学生的强烈要求，开办了两个"延长班"——66 班 ( 理科 ) 和 67 班 ( 文科 )。

一时间真可谓优秀生源应者云集，"挤破了七中的校门"，浏阳东西南北四乡从一中到十五中都有前来报名插班的，长株潭三市城区甚至江西省萍乡市都有要求转学插班的；有的同学是高中毕业后已经在家务农几年了、有的甚至已经招工或招干了，大家从当年七中高考的辉煌似乎都看到了自己的希望！有的就是冲着"张蔚娜"老师的鼎鼎大名期盼神速提高外语成绩而来！学校经过严格考核择优录取了 73

名文科生，67班成为七中历史上人数最多的一个班级，占用了学校最大的一间教室。据有关同学课前计数，我从教室后门（只有一个门）走到教室的前台（只有一条过道），每次都是11步。

亲爱的同学们，你们就是那个不寻常的历史时期、这所不寻常的学校临时开办的不寻常的班级招收的一群不寻常的学生！这些"不寻常"注定了我们一生不寻常的情缘！

请你慢慢翻开这本不寻常的相册，慢慢来品尝、回味这三十多年不寻常的情缘吧。

首先请看这张"浏阳七中高67班全体师生合影留念"（一九八六年三月），虽然已经有些泛黄了，但还是依稀留下了大家青春的模样，看到这里，你会情不自禁地感慨万千："忆往昔峥嵘岁月稠，恰同学少年，风华正茂"啊！

再看看这份当年的《中国青年报》照片，标题《游子吟》上方是我和宋老师的笔迹，分别写有唐建成、黄兢雄、周仕安、张凌四位同学的名字，这是为了参加学校迎新晚会，我和宋老师商量选定他们上台集体朗诵《节前放歌》，指导他们分角色朗诵所作的安排（张凌做我"一字师"的典故来源于此）。从这张发黄的报纸上，从这些铮铮作响的诗句中，我们仿佛看到同学们当年意气风发，斗志昂扬的英姿。

再往后看，这张黄兢雄、张文、陈建华、晏向中、万立明等同学与我在七中实验室前院子里的合影，兢雄和立明都穿着时髦的喇叭裤，张文穿着我的那件军大衣。亦师亦友、不是兄弟胜似兄弟的同学情师生谊让我们将这张照片珍藏了三十多年！旁边这张彩照是这次三十周年聚会我们在银天宾馆按照当年的队形再次合影。三十年了，我们的情谊就像陈年老酒，历久弥香，历久弥醇啊！

再翻过来看这几张，这是今年7月2日，广州、佛山和深圳几位同学与我相聚时的合影，我将珍藏三十年的作文本发回给姜雪红同学。当年高考复习时她写了一篇作文《油印机的对话》，用拟人的手法形象地反映了当时学生高考压力之大、课业负担之重的普遍现象。此文令我眼睛为之一亮，拍案叫绝——这是一篇比上学期宋同学的《中秋月不圆》更有现实意义、更加不寻常的作文！这又是一位不寻常的学生！我当即将此反映给学校和县教委领导，教委领导在全县高三语文教研会上印发了此文，要求各校改革高三复习方略，立马停止滥印滥发资料，精选精讲精练，将全体高三学生从"题海战术"中解放出来！确保教育质量和复习效率不断提升。当县教委发回作文本时，同学们早已毕业走人了，这个作文本一直由我保留至今……

这本不寻常的相册就是由这一个个不寻常的故事组成，这些不寻常的学生构成了一组组不寻常的镜头。三十年来，这群不寻常的学生走着各自不同的人生之路，奋斗在不同的岗位：

　　有的打工或务农，有的从政或经商，有的任教或行医；有的春风得意马蹄疾，有的体会到平平淡淡才是真，有的历经坎坷雄心在……不寻常的七中 67 班的每一个不寻常的同学都走出了自己不寻常的精彩的人生之路！

　　现在我们来看看那天在银天大酒店的合影，看看我们一对对走红地毯的精彩镜头，一个个帅哥靓女笑得多么灿烂和幸福，走得多么豪迈和自信！比照那张毕业黑白照，甚至有同学惊呼自己怎么从当年的"丑小鸭"变成了今天的"金凤凰"？！——这是因为昨天的不寻常改变了我们的命运，是母校七中金江书院顽强不屈敢为人先的精神融入了我们的血液，是知识改变了命运，是书中自有颜如玉，腹有诗书气自华啊！

　　再看看我们在母校七中樟树坪航拍的 30 周年集体照吧，再看看大家在樟树林中嗨翻了的自拍照吧，青春不老，我们不散！青春不老，我心依旧！这本不寻常的相册里的每一个镜头将永远定格在我们的记忆里！

2016 年 8 月 11 日
写于深圳市益田村

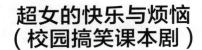

# 超女的快乐与烦恼
## （校园搞笑课本剧）

傅芳觉

主持人1 ：各位观众、各位听众：深圳国际卫视、中央国际卫视、神州国际电视台、太平洋国际电视台，正在现场直播首届大中华超级女声决赛颁奖大会实况。

主持人2 ：现在我宣布，获得本次超级女声大赛的前三名是：来自东北赛区的张若涵小姐、来自西北赛区的丘熠小姐、来自华南赛区的陈小P小姐。让我们以热烈的掌声祝贺她们！

主持人1 ：下面有请大中华"难得糊涂"研究会会长、大西北"英雄牌"涂改液股份有限公司总裁涂英女士为超级女声张若涵小姐颁奖；

主持人2 ：有请九州方圆国际数学研究会主任、南北朝"替父从军"研究学会会长、小乡村国际大酒店董事长黄慕兰女士为超级女声丘熠小姐颁奖；

主持人1 ：有请华夏英语教学研究会主任、神州"说变就变"魔法研究会会长、大西南鸡蛋黄股份有限公司总经理黄立红女士为超级女声陈小P颁奖。

请颁奖嘉宾与超级女声合影留念。

主持人1 ：让我们以热烈的掌声感谢颁奖嘉宾！

主持人2 ：下面请三位超级女声进行有关才艺展示。

主持人1 ：首先有请超级女声张若涵小姐展示模特风采。


（张展示动作略）

主持人2 ：下面有请超级女声丘熠小姐展现随机应变才能。

主持人1 ：丘小姐，我们假设您是从南昌至深圳的列车乘务员，途中列车因故需要晚点5小时，现在请您给乘客讲几句话，帮助他们解除疲劳和烦恼。

丘 ：各位乘客，早上好！昨天晚上我们从南昌出发，一路欢歌笑语，组成了车厢这个临时的温馨的大家庭，今天我们真是难舍难分了。现在列车因故需要晚点5小时，我们将免费请您多坐5小时列车，加时不加价，优惠没商量！缘分那！让我们加倍珍惜在一起的美好时光，分享在一起的幸福和快乐吧！谢谢！

主持人2　：下面有请陈小 P 用两句最简短的、看似自相矛盾实则不无道理的话，说出您最大的快乐和烦恼。

陈　　　：我最大的快乐就是我没有烦恼，我最烦恼的是我没有快乐！

主持人　：你最遗憾的事和你最感欣慰的事是什么？

陈　　　：我最遗憾的事是我还没有做出最令我感到欣慰的事；我最欣慰的是我没做过令我后悔的事。

主持人　：你现在最不愿做的是什么？你最大的愿望是什么？

陈　　　：我最不愿意做的就是家庭作业；我最大的愿望就是尽快回到我的母校深圳实验学校与老师同学一起学习和生活。

主持人1　：谢谢陈小姐精彩的回答。

主持人2　：下面请张若涵小姐具体谈谈您最烦恼的是什么。

张　　　：我最烦恼的是社会兼职太多。

主持人2　：请问您都有哪些兼职？

张　　　：有些兼职我自己都记不清了。记得清的主要有：亚太地区妇女体形研究会理事、大世界晒衣架股份有限公司形象代言人、全国经济开发区一窝蜂协会会长、深圳市饥饿疗法被研究员……

主持人2　：饥饿疗法被研究员？人家吃饭，您就走开不吃？

张　　　：不，我绝对不能走开。我就得空着肚子坐在人家对面欣赏人家吃饭，还得写观察笔记和心理感受。您说难受不难受？烦恼不烦恼？

主持人2　：真是"天将降大任于是人也，必先苦其心志，劳其筋骨，饿其体肤啊！我谨代表全国人民向您表示深切同情和崇高敬意！请您就坐。

主持人1　：下面是现场观众与超女直接交流时间。请各位现场观众抓紧时间，每位限时 3 分钟。

F1　　　：丘熠小姐，你好！

丘　　　：您好！请问您是？

F1　　　：我是你们家十年前的老邻居徐奶奶。

丘　　　：十年前老邻居？徐奶奶？

F1　　　：是啊是啊！我三岁那年就抱过你呢！

丘　　　：您三岁？抱我？那时我几岁？

| F1 | ：哎呀，不是不是！你看我老糊涂了不是？我是说你三岁那年，你爸妈结婚，你跟着屁颠屁颠发喜糖，我一把抱过你，亲了你一口。我就说：这孩子古怪精灵的，长大了一定是个"超级女声"。这不，我说的话挺灵验吧？ |
|---|---|
| 丘 | ：哎哟，我说徐奶奶，哪跟哪呀，我爸妈结婚时，我还没出生呢！ |
| F1 | ：哎呀呀，我老人家说的没错，你不就是"超级女声（生）"吗？就是你爸妈当年来深圳，说什么"时间就是金钱，效率就是生命"，这不一着急，就赶紧把你这个乖乖女超前生下来了嘛！所以你就是"超级女声"嘛！ |
| 主持人1 | ：谢谢徐奶奶，谢谢您为我们道出了"超级女声"的真正含义。 |
| F2 | ：喂，小P姐姐，你好！ |
| 陈 | ：你好！请问小妹妹，你有什么事吗？ |
| F2 | ：小P姐姐，我好喜欢好喜欢你的声音，我们全班同学都喜欢你！今天我瞒着爸妈来参加超女颁奖晚会。我正在给你录音。可是，当我打电话想告诉我妈我终于见到你时，却怎么也打不通。请问，你知道我妈妈在哪吗？ |
| 陈 | ：请问你妈妈是谁呀？ |
| F2 | ：我妈妈就是我爸爸的老婆呀！ |
| 陈 | ：那请问你爸爸又是谁呀？ |
| F2 | ：小P姐姐你真逗。我爸就是我妈妈的老公呀！ |
| 陈 | ：咦，你爸就是你妈的老公？我怎么不知道？ |
| F2 | ：小P姐姐，这么简单的常识都不知道，你是不是弱智呀？亏你还是"超女"呢！不跟你玩了！哼！ |
| 主持人2 | ：好了好了，有请小妹妹坐下。现在是场外观众与超级女声对话时间。请场外观众直接拨打热线电话0383838388，每位限时3分钟。 |

（电话铃声）

| 主持人2 | ：喂，你好！ |
|---|---|
| F3 | ：喂，请问你是超级女声张若涵姐姐吗？ |
| 主持人2 | ：张小姐（传话筒） |

F3 　　：若涵姐姐，看到那么多粉丝追捧你脸上的那颗美人痣，我好高兴耶！因为我从你的脸上找回了自信。

张 　　：从我的脸上找回了自信？

F3 　　：是呀！因为我脸上的美人痣比你的还多，比你的还大！

张 　　：你的脸上有多少美人痣？

F3 　　：哼！不是吹牛，我脸上的美人痣，多得我自己都数不清！


（电话铃声）

主持人1 　：喂，你好！

F4 　　：喂，请问你是超级女声张若涵小姐吗？

主持人2 　：张小姐（传话筒）

F4 　　：喂，请问你是超级女声张若涵小姐吗？

张 　　：我就是张若涵。请问您是？

F4 　　：我呀，我就是你的傅爸爸。

张 　　：什么什么？傅爸爸？

F4 　　：哎！你叫得真亲切！一字值千金！给你三千块红包，怎么样？告诉你，我可是你正儿八经的傅爸爸。我姓傅，是和你爸在自卫反击战中一同出生入死，后来又一同转业来深圳的老战友，现在是太平洋广告公司国际部的老总。今天就指引你走向一夜暴富之路，你叫我一声"傅爸爸"应该不应该？

张 　　：应该应该！请问傅爸爸，您怎么指引我奔向一夜暴富之路？

F4 　　：你赶快来深圳传媒集团中心录像厅，我让你做太平洋烟酒公司的形象小姐，拍一段18秒钟的广告，在深圳国际卫视、中央国际卫视、太平洋卫视的黄金时段播出，每个电视台给你60万报酬，合计三六180万，怎么样？

张 　　：拍18秒钟广告，180万就到手，这哪里是一夜暴富，这岂不是18秒钟暴富？

F4 　　：对！那是不可能的！张小姐，这个世界没有免费的午餐。你还年轻，现在就已经成了名人，不要忘乎所以，要紧的是好好学做人，打好基础，学好本领，来日方长，将来赚钱的机会大把，现在抓紧时间好好读书吧！

张　　　　：谢谢傅爸爸的忠告和劝导。

主持人 1&2：好！时间到！请全体超女和粉丝起立向观众致意！

主持人 1　：深圳国际卫视、中央国际卫视、神州国际电视台、太平洋国际电视台，
　　　　　　现场直播首届大中华超级女声决赛颁奖大会实况到此结束。

主持人 2　：告诉大家一个好消息：大中华超级男声比赛将于明年国际愚人节开幕。
　　　　　　即日起接受报名。报名电话：0383838388；报名网址：WWW・AI
　　　　　　NI・HAINI・KENGNI（爱你害你坑你的全拼）。

主持人 1&2：各位观众、各位听众，明年国际愚人节再见！

（本剧在 2005 年 9 月 28 日荣获深圳实验学校语文周特等奖）

# 高富帅 PK 白富美
# 2013 年迎新晚会节目台词

傅芳觉

A1： 我姓高

A2： 我姓傅

A3： 我就长得帅！

众： 喔，高富帅？！

B1： 我长得又嫩又白。

B2： 我是傅家千金

B3： 大家都叫我赵丽美

众： 喔，白富美？！

主： 一边是高富帅，一边是白富美，看来参加今天这个迎新晚会的都是富贵名流，帅哥靓妹啊，真是群星璀璨，熠熠生辉啊！高富帅(到！)！白富美(到！)！我们来 PK 一场如何？

众： 好啊好啊，哼，谁怕谁啊！

主： 好好好。我宣布，"高富帅 PK 白富美"现在开始！请听题：

1、辞旧迎新之际，作为上级领导，现在流行脱稿即兴演讲，您准备给大家讲一个什么问题？

A1： 我给大家讲一个不用我说大家都知道的问题；

B1： 我给大家讲一个各位领导都反复讲过我也反复讲过的问题；

A2： 我给大家讲一个涉及国家军事机密，绝对不能讲的问题！

B2： 我给大家讲一个大家怎么也不明白的问题；

A3： 我给大家讲一个各位领导都不敢讲我也不敢讲的问题；

B3： 我给大家讲一个不是问题的问题；

2、回首 2012 年，您个人感到最为欣慰的事是什么？您感到最遗憾的事什么？

A1： 我最感欣慰的事是我没有做出令我感到遗憾的事，我最感遗憾的事是我还没有做出令我非常欣慰的事。

B2： 我最感欣慰的事是我真的做出了令我感到非常欣慰的事，我最感遗憾的事是我做出了令我非常遗憾的的事。

3、过去的一年中令你感到振奋的事件是什么？

A1： 神九上天了！

B1： 蛟龙探海了！

A2： 航母出航了！

B2： 马英九连任了！

A3： 中共十八大闭幕了！

B3： 深圳实验学校 29 届校运会开幕式终于胜利闭幕了！

4、过去的一年里令人感到最震撼的事件是什么？

A1： 王立军趴下了！

B1： 薄熙来来不了了！

A2： 微笑表哥局长笑不起来了！

B2： 雷正富太雷人了！

A3： 酒鬼酒出鬼了！

B3： 梁道行不行了！

5、过去的一年，我国与其他国家发生了许多重大事件，其中你印象最深的事件是什么？

A1： 钓鱼岛战云密布！

B1： 黄岩岛乱象丛生！

A2： 普京再当俄总统！

B2： 奥巴马连任成功！

A3： 安倍晋三再度入宫！

B3： 朴槿惠成为首位韩国女总统！

6、作为教育工作者，你们认为目前中国教育质量如何？

A1： 优生越来越少，差生越来越多。

主： 为何出现此种情况？

B1： 计划生育政策造成的呗！

主： 怎能这样说呢？

A2：　君不见到处写着大标语："少生优生！"所以家长们只好"多生差生"，"少生优生"啰！

B2：　还有："生男生女一个样！"结果弄得现在是男生不像男生，女生不像女生，真是男生女生一个样啊！

主：　以您之见，我们的教育怎样才能走出这个怪圈？

A3：　计生政策要改为：多生优生，不生差生！

B3：　家长要评定职称，持证上岗，并实行聘任制。

A1：　例如莫言的父母就可以评为正高级家长，可以多生几个，取名莫怪、莫笑、莫哭、莫搞、莫闹……

A2：　莫言醉、莫言苦、莫言累、莫须有、莫嫌贵……

A3：　莫出头、莫言愁、莫停留、莫上访、莫跳楼……

B1：　莫抽烟、莫酗酒、莫微笑、莫戴表、莫乱搞……

B2：　莫生病、莫请假、莫生气、莫声张、莫低调……

B3：　莫拼爹、莫坑爹、莫抠门、莫扣女、莫缺德……

主：　莫吵莫吵！莫莫莫！莫来莫去，莫你个头！莫衷一是，莫名其妙！

　　　7、言归正传，如果你是主管教育的领导，你一不想贪污腐败，二不想无所事事，吃饱喝足之余，你会找些什么事做？

A1：　评估。对所有学校所有老师所有学生进行全方位的评估，折腾来折腾去，这样我们每天就过得很充实了！

B1：　反对反对，坚决反对，这样会造成层层加码，进一步加重学生课业负担，摧残祖国花朵！

　　　8、既然说到课业负担，大家说说到底怎样才能从根本上减轻学生课业负担？

A2：　取消评估！坚决取消打着各种旗号的评估！

B2：　取消各种考试和竞赛，严禁布置课外作业！

主：　此言差矣！不给学生布置作业，叫我们一些老师怎么活呀！简直胡扯！

A3：　臣有一妙招，不知当讲不当讲？

主：　但讲无妨！

A3：　规定所有老师布置作业之时，给教工子弟布置双倍的作业！

B3：　此招甚妙！坚决支持！给校长和教育局长的孩子布置三倍的作业！

　　　9、欢庆元旦，喜气洋洋！元旦前夕你们单位大门口悬挂的横幅是什么？

A1： 热烈庆祝我市纪委今年查出贪腐案件 168 宗，为明年突破 218 宗而夙夜在公！

B1： 热烈庆祝我院今年住院病人突破 4 万，为明年突破 5 万而努力奋斗！

A2： 热烈庆祝我市公安局今年抓捕网上在逃犯 116 名，为明年突破 166 名争做贡献！

B2： 热烈欢呼我县获得扶贫款项 8 千万，誓为明年突破亿元大关再接再厉！

A3： 不孕不育庆元旦，优生优教迎新年！

B3： 热烈欢呼我校指定为全市义务教育评估学校！

10、请您预测明年的物价趋势

B： 明年物价肯定大涨

A： 错！明年物价猪说了算！猪价上涨了，物价就上涨；猪价下降了，物价就下降！

11、请您预测 2013 年最赚钱的专业是什么？

A 抢答：安装监控设备！

B 抢答：错！拆卸监控设备！

主： 2012 年 12 月 21 日，世界末日并没有如期而至，作为世界末日办主任，您有何说法？

B3： 世界末日因故延期。具体时间，另行通知！

# 《恰同学少年——永远的 C0406 班毕业纪念册》 班主任寄语

傅芳觉

七月骄阳似火，酷暑难当。

我每天穿梭于华强北的影楼和印刷厂。我在相纸气味、烟草气味、汗水气味和胶水气味混杂的工场制作室兼设计室里与工作人员一起构思、编排这本"恰同学少年——永远的 C0406 班毕业纪念册"。我疲惫不堪而又心甘情愿地执着地忙碌着。

记得毕业典礼前夕，办公室的两位女老师的对话：

毕业典礼上你会哭吗？

我才不会哭呢，一群"淘气包"！哭什么哭？有什么好哭的？

然而第二天毕业典礼上她们都禁不住哭了！禁不住流下了依依惜别的热泪！

送走了毕业的学生，老师们坐在办公桌前，一个个丢魂失魄似的：傻愣愣的、傻呆呆的。我的心里也空荡荡的……

我想着我还能为这个已经毕业了的 6 班做些什么呢？

哦，我曾经答应过同学们要为大家编一本毕业纪念影集的。

打开记忆的仓库，同学们一张张活泼可爱的笑脸，一个个追逐嬉戏的身影，一幕幕欢呼雀跃的场面浮现在我的眼前。校园的小径上，留下了同学们青春的脚印，校园的每个角落回荡着同学们的欢声笑语，校园的一草一木，见证着你我浓浓的师生情！

有人说，老师是一本厚厚的内涵丰富的书，学生可以从这本书中学到很多东西。然而，对我来说，6 班的同学们，你们也是一本书。我从你们身上读到了一颗颗纯洁、美好、鲜活的心灵，感受到了浓浓的挥之不去的幸福体验，同样也学到了很多东西。

每天阅读着这本书，在心与心的和谐碰撞中，我兴奋不已，我驻足留连！

我将继续轻轻地俯下身子，，用自己的心灵去靠近与触摸这本书，翻看每一页，阅读每一个平凡却感人的故事。同时，我还想在这本只有封面没有封底的永久的相册里，悄悄地给每个同学送上三千万"薄礼"，请同学们笑纳于心：

千万要吃好、睡好、玩好，特别要学好——学做真人，学做好人！

千万要学会感恩、学会回报——回报父母，回报母校，回报祖国！

千万要记住——遇到挫折与困难，老师将为你分担；获得成功与幸福，老师将与你分享！无论你身处何时何地，老师的祝福永远陪伴着你！

傅芳觉

2007 年 7 月 18 深夜

# 青春万岁

傅芳觉

4 月 30 日下午，我们班在三楼电教室举办了一个题为"在爱的春风中成长"的 14 岁集体生日主题班会。真可谓别开生面、盛况空前。

学校领导来了，全体老师来了，全体家长来了，甚至有些同学的爷爷奶奶、外公外婆也来了，还有其他班级的家委会、学生代表也来了！

主持人饱含激情的朗诵揭开了班会的序幕，屏幕上播放着每位同学婴幼儿时期、童年时期、少年时期的照片和历次班级集体活动剪影，大家共同欣赏着成长的快乐与幸福；每位家长给自己的小孩赠送生日贺卡；家长代表致青春贺词；学校领导和老师送来了一个愿望瓶并致祝福词，将每位同学的美好愿望投入到愿望瓶中；一个大大的生日蛋糕推到舞台中央，烛光闪烁中，孩子们欢呼着围了上来，呼的一声吹灭了生日蜡烛，与家长和所有来宾分享蛋糕后，他们载歌载舞玩魔术，拍照留影闹狂欢……真是不亦乐乎！置身于此情此景，我不禁想起了自己的 14 岁……

14 岁的我，上学时经常和放牛的伙伴们迟到或缺课——每天早晨天刚蒙蒙亮就去放牛，有时水牛跑到田里吃了生产队里的庄稼或闯入人家菜园里吃菜了，那我们真是要"吃"不了兜着走了，上学不迟到才怪呢！特别是有时水牛游过水库到对面山上去了，我们就要围着水库绕行十几里甚至几十里饿着肚子去找牛，那一上午上不了学就是家常便饭了……

然而，14 岁的我却也是快乐的幸福的。蓝天白云下，青山绿水间，14 岁的我们，骑着牛儿（或是牵着或是追赶着牛儿），唱着红色经典歌曲或是哼着乡间小曲儿，跟鸟语清风应和着，上树摘野果下水摸鱼儿，在草地上杀两盘棋甩两手牌，打几个滚翻几个跟斗，那是一个多么令人惬意的境界啊！

我的 14 岁生日，正值农村抢收抢种大忙季节，持续高温 37—38 度。天还未亮，我妈就叫我哥去供销社肉铺排队买来了 7 毛 8 分钱一斤的猪肉。我和生产队的社员们顶着烈日酷暑在田间劳作了一天之后，回家在煤油灯下品尝着妈妈为我做的姜片肉汤，聆听着妈妈盼望我快快长大的叮咛，那是一种怎样的感动和幸福啊！

今天，看着孩子们幸福的笑脸，听着孩子们欢快的欢声笑语，感受着青春的力量，我就想告诉孩子们，你们的爸爸妈妈、你们的老师也有过幸福快乐的青春，也曾有过激情燃烧的岁月！只是那时我们没有条件将自己的青春留在镜头里、刻录在光碟中。所以我们今天很有必要告诉你们，每个人都有宝贵的青春，青春是本钱，青春是力量，天高任鸟飞，海阔凭鱼跃，同学们可谓任重道远；每个人的青春都有酸甜苦辣，大家要有坚韧顽强，笑对人生的心理准备；还有必要告诉你们，你们的父母和老师为了使你们的青春更幸福更快乐，无怨无悔地奉献了自己的青春——殚精竭虑青丝染白发，沥胆披肝家校见真情！更有必要告诉你们：滚滚长江东逝水，青春一去不回头！大家要倍加珍惜！让我们一起高唱《青春万岁》：如日初升，如花初绽。美丽的世界永远属于青少年。快努力，莫等闲。我们的希望在明天。宝贵的青春一去永不还。青春万岁，万岁少年！我们不怕艰苦不怕险，为了前途永往直前。青春年少，乐呀乐无边。精力充沛，如箭在弦。天地的主人永远属于青少年。不气馁，直向前。我们的希望在明天。宝贵的青春一去永不还。青春万岁，万岁少年！

# 浏阳六中 79 届同学聚会主持词

傅芳觉

各位尊敬的老师、各位亲爱的老同学：

　　三十年前，我们在老师的叮咛嘱咐声中踌躇满志地走出浏阳六中的校门，在这阔别的一万零九百多个日子里，我们多想有朝一日能欢聚一堂，共同回忆那两年高中的美好时光。今天，我们终于重逢浏阳河畔、欢聚于神龙山庄！此时此刻，我们激动的心情难以言表。首先请允许我代表全体同学对各位老师表示崇高的敬意和衷心的感谢！同时我们还要为因事耽搁而未能参加本次聚会的老师和同学送去最诚挚的问候和祝福！

　　忆往昔峥嵘岁月稠。

　　曾记否，六中简陋的校园里我们的欢声笑语、书声琅琅？

　　曾记否，夜深了，还有同学挑灯夜战迎高考？还有同学爬过校园围墙偷来农民伯伯的红薯或黄瓜充饥？……

　　曾记否，曹典达老师双手抱在胸前、昂头对着天花板给我们讲 $\sin\alpha$、$\cos\alpha$，声情并茂地给我们朗读徐迟的报告文学《哥德巴赫猜想》？（有请曹老师上台入座）

　　曾记否，黄宏杰老师用超国际标准的浏阳西乡话给我们讲自由落体、能量守恒？（有请黄老师上台入座）

　　曾记否，就寝铃后身兼生活辅导和语文教学的蒋元龙老师提着马灯来到男生宿舍的走廊，对着还在开"卧谈会"同学深情呼唤：安静睡觉，明天还要起早床、做早操喔！（有请蒋老师上台入座）

　　曾记否，杨厚贤老师对社会主义的优越性、资本主义的腐朽性条分缕析，让我们频频点头折服？（有请杨老师上台入座）

　　曾记否，周护卫老师常常要我们闭着眼睛上立体几何课，提高我们的空间想象能力？（有请周老师上台入座）

　　曾记否，化学课上，有同学制造了"空气污染"，毕继勤老师捏着鼻子给我们讲二氧化硫的分子式？（有请毕老师上台入座）

　　曾记否，肖克俭书记兼校长、彭圣淮老师、鲁松平老师、潘稚茹老师、张乐善老师、翁惠敏老师、胡昌武老师、彭求安老师、田庆丰老师、张庆祝老师等教职工对我们的谆谆教诲和无微不至的关怀？

曾记否，寒来暑往，晚自习后，老师们还在为我们批改作业、调解纠纷？

老师们当年在讲坛上的声音和神态，那种亲切而又严格，那种深入浅出的循循诱导，让我们记忆犹新。如若可能，我们真想重返校园，再回六中课堂！下面我们有请到会的老师们再给我们上一堂社会大学的人生课！

（到会老师讲话略。为感谢老师们三十年前的谆谆教诲，有请周腾同学、喻春光同学为老师们颁发慰问金，敬请老师们接受这份迟来的谢意）

回顾那些难忘的岁月，是那么的亲切和美好，对人生来说，这些是青春燃烧时的记忆，是人生旅途中最宝贵的财富，值得我们用一生来珍藏！三十年前的往事，今天想起却仿佛如昨，那些在当时根本无足轻重的点点滴滴，如今回忆起来竟然是那样的美好，竟然是那样的充满情趣，让我们难以忘怀。

为了表达对母校的感激之情，我们现在请同学代表上台向母校赠送纪念品，有请赵国庆校长上台接受纪念品并给我们讲话，大家欢迎！（赵校长讲话略）

三十年来，每位同学所走的路各有不同，有的春风得意马蹄疾，有的体会到平平淡淡才是真，有的历经坎坷雄心在……我们备尝世态炎凉，人间冷暖，领略官场风云，商海沉浮，体味甜酸苦辣，悲欢离合，而最让人感觉厚重踏实、难以割舍的，还是山高水长的师生情，同学谊！让我们感谢三十年的时光荏苒，使我们的感情愈醇愈厚，更要感谢母校六中的老师们，授我们知识，教我们做人。

同学们，让我们珍惜这难得的一聚，把三十年的思念尽情的倾吐，相信今天的相聚将永远定格在我们人生的记忆里！

让我们在这短暂的重逢里，倾情交谈，共诉衷肠！

让我们共享快乐，分担忧愁！

让我们尽情地谈笑风生，畅叙友情！

让我们的聚会成为成为一道让人羡慕的风景！

让我们一起祝愿更加美好的明天！

谢谢大家！

2009 年 11 月 28 日于湖南浏阳神龙山庄

12 月 8 日回忆整理于深圳海天出版社

# 恩师八十大寿庆典主持词

傅芳觉

敬爱的蒋老师、敬爱的师母，各位高亲、各位朋友、各位嘉宾：

大家好！

1935年，那是一个春天，我们敬爱的蒋老师出生在湖南新田；1956年，又是一个春天，这位寒门学子考上了湖南师院，大学毕业就先后在浏阳一中、浏阳师范、浏阳六中从教，从此就与浏阳结下了不解之缘；1967年那是一个春天，蒋老师和师母喜结连理，从此相濡以沫将近50年；2014年，又是一个春天，我们迎来了蒋老师诞辰八十周年的庆典！下面，我们以热烈的掌声有请寿星夫妇蒋老师和师母入座！

时光荏苒，岁月如歌。敬爱的蒋老师，您用宽阔的肩膀为学生擎起一片蓝天，您用辛勤的汗水迎来桃李满园！呕心沥血，无私奉献，日复一日，年复一年！让我们一起祝福蒋老师生日快乐（播放音乐《祝你生日快乐》）！

在几十年的生活中，蒋老师夫妇始终以善良、勤劳、朴素的精神品格，宽厚待人的处世之道，严爱有加的朴实家风培养子孙后代。如今已是儿孙满堂，瓜瓞绵绵。下面由儿子、儿媳行拜寿礼，女儿、女婿行拜寿礼，孙子外孙们向老人敬酒、献花！

那是一个春天，那是1962年，浏阳师范停办，蒋老师调来我们六中，在六中的讲坛辛勤耕耘三十多年直至退休，颐养天年。浏阳六中有幸，北区学子有幸！

有请浏阳六中校领导致词，大家欢迎！

有请浏阳六中工会、老协赠匾。谢谢！

1988年，那是一个春天，蒋老师的教学论文获得全国优秀奖，赴北京参加颁奖庆典；1995年，又是一个春天，您被授予湖南省一等功、全国优秀教师等各种荣誉头衔……老师啊，几十年来，您获得的奖状奖杯数不胜数，然而，金杯银杯不如历届学生的口碑！下面有请学生代表致词，大家欢迎！

在今天这个大喜的日子里，我们有多少感激的话儿要对蒋老师说，我们有多少热情的歌儿要对蒋老师唱，下面有请蒋老师的姨侄外孙女献歌一曲，大家欢迎！

皱纹悄悄爬满额头，双鬓慢慢染成白霜。唯有那宽厚慈爱的言行，让儿女们永记不忘。如今儿女们都已立业成家，他们顽强拼搏，自强不息，为老人赢得了无尚的荣光。真可谓：儿子孝，儿媳敬，女儿贤，女婿强，孙子、外孙个个品学兼优。

俗话说得好，儿孙是一炷炷香火，父母就是一尊尊活菩萨。下面有请家属代表致答谢词，大家欢迎！

春雷啊激荡着三湘大地，春晖啊暖透了我们心田；春风啊吹绿了捞刀河畔，春雨啊滋润了六中校园。老师啊，您就是春天的使者，带领我们走进这万紫千红的春天！让我们举起酒杯，共同衷心祝福蒋老师夫妇福如东海，寿比南山！祝福在座各位身体健康，阖家欢乐！谢谢！

礼成，鸣炮！

2014 年 4 月 6 日于浏阳六中。
4 月 8 日回忆整理于深圳。

# 习字帖里的思念

傅芳觉

昨晚为了查找浏阳方言"旱茶"一词的来历，在书柜里竟然翻到了40多年前我的习字贴——《正楷活页字帖》，真是喜出望外！

细看封底：上海书画社出版，许艺书，1971年7月第1版。定价：0.14元。翻开内页，赫然映入眼帘是当年人人都能背诵的毛主席语录："阶级斗争一抓就灵""提高警惕保卫祖国""枪杆子里面出政权"等等，共计10页、正反两面共20条语录。许艺先生中规中矩的楷体字力透纸背，端庄大气。

翻看着一页页泛黄的字帖，40多年前的往事逐渐浮现在我的眼前。

记忆里，这是父亲买给我的第2本字帖，也是他买给我的最后一本字帖！

我的小学和初中是在"文革"中后期度过的。在那个年代，父亲居然给我们四兄弟（我为老三）每人都配备了纸墨笔砚（那时候我不知这些叫做文房四宝），砚台外方内圆，笔套还是铜质的。父亲教我们拿了剪刀将毛边纸裁剪装订成习字本，没有字帖，我也没有"字帖"这个概念。父亲亲自写了两页字权当字帖，然后手把手地教我怎么写：怎么发笔；怎么磨墨；怎么蘸墨；坐正坐直（或站正站直）；左手按纸，右手握笔悬起，手指分工如同拿筷子，笔竖起，笔杆对着鼻子，手心要能够握一个鸡蛋，手腕上要能够放一个茶杯……

看着我有模有样地写着，父亲直夸我手性好。看到我分心走神时，父亲便会一栗磕（鲁迅文中叫栗凿：手指弯起来打人头顶）敲来。有一天，父亲不知从哪里买来了一本《正楷活页字帖》郑重其事地送给我。字帖版本内容跟现存的这一本相同，但封面不是绿底白字，依稀记得是红底黄字。我当然是如获至宝，每天都会自觉地一笔一画地临摹。父亲那时在永安供销社工作，十天半月回家一两次。每次回家都会要检查我习字，我也会自觉地送交检查，期待着他满意的眼神和严肃的指点。

我的小伙伴钟建钢（现名钟伟伦，移居香港），是一个典型的"留守儿童"。他父母都在长沙市区忙工作，把他寄养在他外公外婆（我家邻居李七嗲七嬷驰）家，半年都难得回来看他一次。那时长沙汽车东站到永安402队车站8毛钱车票，他爸妈舍不得，往往用一张8分钱的邮票给打发了——信封上写着：长沙东乡永安市李家巷耕塘大屋李七嗲收。建钢看着信封摇摇头，貌似跟他没关系！他外公外婆对他却是"含在嘴里怕化了，捧在手里怕摔了"，宠爱有加，唯恐有所闪失，所以只让他在自家或我家玩。他每天都来我家，我干嘛他干嘛。我写字他也一起写。特别是知道我父亲回来了，他一定会过来"讨打"，因为他有些马虎，写字易走神，有时甚至搞到手上脸上字帖上都是墨汁。我父亲见到了，也会"一栗磕"敲过来，他便双手抱头，一边摸摸，一边还要听着我父亲的教训。但他并不记恨我父亲，仍然每天到我们家里读书习字玩玩儿。若干年后与我见面总还是深切地感激我父亲当年对他的教诲，还曾送过一本《唐人小楷字帖》给我，引起我们对当年一起跟随我父亲习字的那段美好时光的回忆。

我们的字一天天好起来，那本字帖却一天天被我们弄脏了，弄皱了，弄破了，无法再用了——这至少有建钢的一半"功劳"。大概是 1975 年暑期，父亲因为心脏病、高血压和动脉硬化等多种疾病缠身住进了湘雅附二医院。出院回家，第一件事就是颤巍巍地从包里拿出这本新字帖送给我，虽然那时候学校已经发了一本写有《国际歌》歌词的正楷字帖，但我还是特别珍爱父亲送给我的这一本。

我的毛笔字启蒙，就是这样在根本不知道什么颜体柳体的情况下，从当年农村白石灰粉墙上的毛主席语录开始的、从小学刘老师写在硬纸壳上的生字开始的、从我父亲手书在毛边纸的两页字和先后送给我的两本正楷字帖上开始的。

那年冬天，母亲将我习过毛笔字的废纸糊在猪栏屋的窗户上。"地主分子"刘子高先生（当年我们大队公认的"高知"）看到后，立马到我家里夸赞一番，又到大队学校夸赞一番。后来"批林批孔"运动来了，大队学校老师就要我到每个生产队去出墙报写标语；1975 年初邓小平抓"全面整顿"了，学校老师又带我一起到水库堤坝上、山边峭壁上用锄头挖出几米见方的大字，然后在字坑里倒入白石灰浆，远远地就能看见几个大字标语：农业学大寨！向荒山进军！把国民经济搞上去！

后来父亲病休在家，便与左邻右舍的"文化人"想方设法让我练字，要我在木桶上写字、在箩筐上写字等等，真是给我出一些难题了。在鸡蛋上写字让我觉得最为麻烦。李七娭毑拿了几个鸡蛋要放在我家鸡婆窝里一起孵鸡仔。为了孵出来之后便于认识是谁家的鸡仔，她要我在鸡蛋上写主人名字。她老人家大名"周秉喜"，李七嗲大名"李有吾"。她老人家要我写个"喜"字，我嫌"喜"字笔划多，就偷懒写个"无"字。李七娭毑一看就着急了：写个"无"字，到时候孵不出鸡仔来，你要给我赔！快点快点擦掉！写"有"字！父亲和大家一起笑起来。

最使我难忘的是那年 3 月上旬的一天，我和建钢在报纸上看到毛主席"向雷锋同志学习"的题词，超喜欢。就照着报纸临摹起来，狂草起来，一边临摹一边自我欣赏、互相吹捧。好不惬意，好不得意！晚饭时分，建钢回去了。我收拾好笔墨纸砚，特意将自认为写得好的两幅字留在书桌上。坐到饭桌前等待父亲回家。谁知他回家在书桌前看了一眼，眉头一皱——大事不好！他走到饭桌前，朝我一栗磕敲过来：谁叫你写这种狂草字！走路都还冇走稳，就跑起来！绊你个半死！这时建钢的小舅妈正好到我们家借个什么东东——估计是建钢闻声搬来的"救兵"，老邻居知道我父亲的脾气，都不会来帮我求情的——他们知道那是"帮倒忙"，只会引来父亲对我们更加严厉的惩戒！况且有些家长制服不了自己小孩之时，还要请我父亲帮他们"收拾"呢！建钢的小舅妈刚嫁过来，不知深浅，立马帮我求情说好话，什么各项表现好、什么待人有礼貌，总之好话说尽，父亲却话都没听完，桌子一拍：我在教育崽伢子写字要一笔一画，做人要认认真真！你莫来打岔！

父亲患病多年，发病住院、病休、上班、发病住院、病休后又上班，浏阳人民医院、湘雅附一院和附二院等等，来来回回不知折腾了多少次，单位领导、同事和亲戚朋友经常来看望他、劝他好好养病休息，他总是病情稍有好转就急着去上班，即使在家休病假也是操不完的心。

我永远忘不了，1978 年 9 月 12 日上午，我正在浏阳六中 34 班教室听毕继勤老师上化学课，办公室一位老师在窗外叫我去接电话——一个晴天霹雳——我的父亲永远地离开了我们！

父亲离开我们即将四十年了！李七嗲七婶驰也已作古三四十年了。清明时节雨纷纷，路上行人欲断魂！父亲坟头的草木一岁一枯荣，我们对父亲的追思与年俱增！与日俱增！清明时节，面对父亲最后买给我的这本字帖，引起了我许许多多的追忆和绵绵无尽的思念！

（本文原载于《株洲社会科学》2018 年第 2 期）

**附录小诗三首，表达对父亲和我岳父岳母的深切缅怀！**

## 满江红 · 父亲九十诞辰祭①

失怙何求，颠沛鄂湘风雨袭。学徒苦，饱尝磨难，岂分朝夕。霹雳一声时代变，豪情万丈春潮急。正当年，合作供销忙，少歇息。

浩劫至，敢护庇②；王老五，帮娶媳③。铁肩担道义，积劳成疾。力竭持家弘美德，耳提教子明心迹。叹英年驾鹤去西游，向天泣！

①家父玉杰公（1923—1978），字存厚，号焕章。10岁丧父，随母颠沛流离于湘鄂两省，后在药店当学徒。解放后考上国家干部，生前任职于湖南浏阳永安供销社。
②"文革"中，家父曾保护供销系统"南下"老干部肖某，藏之于家中阁楼，使其免遭批斗毒打。
③乡亲中有大龄青年，由于出身黑五类等政治经济原因，难找对象，家父竭力张罗帮他们牵线搭桥，成家立业。

## 悼念岳父曾伟生大夫①

惨兮兮泪汪汪，失怙令心伤，颠沛流离吃糟糠，饥寒交迫好凄凉。
笑哈哈喜洋洋，穷人都解放，分田分地是真忙，扬眉吐气乾坤朗。
雄纠纠气昂昂，跨过鸭绿江，救死扶伤上战场，立功受奖回家乡。
干巴巴紧梆梆，苦日度饥荒，养儿育女快成长，左邻右舍都夸奖。
战兢兢心惶惶，是个工作狂，医术高明当院长，药品监督业务强。
天苍苍野茫茫，深山采药忙，一脚扑空绝阴阳，灵堂亲友泪千行！

①岳父曾伟生大夫，生前系浏阳市药品监督所退休干部。上世纪50年代初参加志愿军，在赴朝作战中担任卫生员立功受奖。回乡后自学成才当医生。2004年清明节扫墓后去深山采药，一脚扑空，因脑溢血病逝。

## 缅怀岳母张梅清老师①

大围峭壁一枝梅，历尽苦寒香益清。
三里崎岖勤劝学，四时风雨总关情。
山花烂漫群英会，领袖叮咛仔细聆。
抱病奔波为善举，春蚕丝尽德犹馨。

①岳母张梅清老师，生前系湖南浏阳十五中退休教师，2002年病逝。曾在浏阳大围山公社三里完小任教多年。1960年出席全国教、文、卫群英会，受到党和国家领导人刘少奇、周恩来、朱德、宋庆龄、董必武、邓小平等接见，并应邀参加周恩来总理在人民大会堂举行的宴会。《山花烂漫》一书登载其优秀事迹，文化大革命惨遭烧毁。

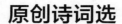

# 原创诗词选

傅芳觉

## 恭贺曹老均如首长 102 岁诞辰

少年壮志赴延安，转战太行歼日顽。

铁马冰河征塞北，枪林弹雨下江南。

期颐已过两周岁，茶寿再酤三百坛。

松鹤长春人未老，勋章闪烁挂胸前。

附注：曹老均如首长，生于 1917 年 2 月 25 日，江苏人。扬州中学毕业后奔赴延安。抗战时期随刘邓大军 129 师转战太行山区，为消灭日本侵略者浴血奋战。抗战胜利后被党派到东北，在四野参加解放战争，随部队从哈尔滨一直打到广州。参加了著名的四平会战、辽沈战役、平津战役及衡宝大战等。解放后到南京军事学院学习，后分配到湖南省军区工作。1955 年受勋时获得民族独立勋章和解放勋章，并获受少校军衔。1958 年奔赴贵州参加"三线"建设直到离休。获得抗日战争胜利六十周年、七十周年纪念章。

期颐：100 岁。语本《礼记·曲礼上》："百年日期、颐。"

茶寿：108 岁。"茶"字的草字头即"二十"；中间为"八"字连笔；底部的"木"即"十"和"八"。中底部连在一起构成"八十八"，再加字头的"二十"，一共"一百零八"，故名。

## 深圳实验学校校钟铭

| | | | |
|---|---|---|---|
| 银湖水畔 | 笔架山前 | 钟灵毓秀 | 百花竞妍 |
| 春风桃李 | 菁菁校园 | 鸣钟三省 | 忠信习传 |
| 莘莘学子 | 重任在肩 | 最高学位 | 人格健全 |
| 学业进步 | 德才俱兼 | 特长明显 | 敢为人先 |
| 和谐发展 | 中正恭谦 | 励精图治 | 矢志弥坚 |
| | 中华崛起 | 多彩梦圆 | |

## 题校园景观书艺馨香

蓝白突显，多彩黉堂，实验之花，桃李芬芳。

特色办学，挥洒其长，实验之路，歌声飞扬。

师生互动，书声琅琅，实验之本，教学相长。

心灵手巧，泥苑陶坊，实验之春，书艺馨香。

开拓进取，创新思想，实验之魂，民族脊梁。

美哉实验，教育之光！乐哉实验，弦歌一堂！

壮哉实验，再创辉煌！

## 《家访》八首

家访好，今岁春来早。学生计划抓落实，家长帮扶促提高。直升要确保！

家访好，新春祝福到。冲刺直升胜券在，参加中考成绩妙！素质呱呱叫！

家访乐，主任领头跑①。走门串户鼓拼劲，解惑答疑除困恼。客厅笑语绕！

家访忙，放假就开张。电话考评准女婿②，老公招待丈母娘③。只问读书郎。

家访好，减肥真见效。竞走爬楼多出汗，强身健体不需药。家务一边抛。

家访累，肚子已粘背。口干舌燥答疑问，腿痛腰酸谈体会。停车要缴费！

家访苦，委屈加烦恼。手机电话忙联系，家长时间难凑巧。车油还怕少。

家访好，一个不能少。冲刺直升是关键，健全人格更重要。中考领风骚。

注：

①部领导冯主任、张主任、学生处黄主任、初三年级李主任、曹主任等亲自领队家访。

②涂瑛老师女儿约男朋友到家接受准岳父母"面试"，涂老师在家访途中电话考察"准女婿"。

③黄慕兰老师九旬老母来深，黄老师忙于家访，安排老公负责接待工作。

## 为 C0406 班毕业影集《守望》题诗九首

六班好，这里出发了。同甘共苦读书乐，赶海弄潮逐浪高！壮志凌云霄！

六班好，这里出发了。风雨兼程同赶海，师生相长齐弄潮。豪情逐浪高！

赠书好，金丝工艺巧。师生家长齐帮手，深圳南川同赶潮。友情动九霄！

赠书妙，金丝工艺好。学子园丁笑眯眯，名流雅士乐陶陶！金榜题名早！

傅老师，人称大富翁。芬芳长匿蓓蕾里，智觉深藏脑海中。弟子坐春风！

黄老师，教坛挑大梁。不慕金银万贯响，但求兰桂满园香。再创新辉煌！

涂老师，身段好高挑。跑步廿圈无敌手，教书卅载有新招。长发随风飘！

吴老师，妙计上眉头：生物基因瞧仔细，激光分子数风流。确实不吹牛！

任老师，学生都爱您。雷厉风行有效率，情真意切不偏心。艳丽又动人！

## 西江月·痛斥某国霸权主义行径

美入侵我国领空，撞我飞机，强词夺理。遭到全世界爱好和平人民的一致谴责。在日内瓦人权会议上反华提案又遭失败。其霸权主义行径令我气愤不已，特赋《西江月》一首，表达无比愤慨之情。

使馆炸成残壁，海南撞毁飞机。联合国里人权提，标准双重休议。

纸老虎忒嚣张，全人类齐抨击。教他强盗莫狂极：不义多行自毙！

2001 年 4 月 19 日

## 《开罗宣言》发表七十周年有感①

### 其一

尼罗河畔群英会，三位巨头止战宣。

铁案有如金字塔，岂容倭寇闹翻天！

### 其二

防空识别监虫害，小丑跳梁竟叫冤。②

天理不容耍诡计，阳光大道在人间。

### 其三

定裁已跨七旬日，军国阴魂闹变天。③

可笑毒蛇吞大象，雷池线踩弹丸颠。

---

① 1943 年 11 月 22 日至 26 日中美英三国首脑蒋介石、罗斯福、丘吉尔于在开罗举行会议（即：开罗会议），并于 1943 年 12 月 1 日，由美国白宫发表宣言，宣示了协同对日作战的宗旨，承诺了处置日本侵略者的安排。这就是有名的《开罗宣言》。《开罗宣言》和 1945 年 7 月 26 日，中、美、英三国在波茨坦发表《中美英三国促令日本投降之波茨坦公告》（简称《波茨坦公告》）构成了处理战后日本问题的国际法依据。两个国际文件明确无误地表明，日本必须归还中国被窃取的所有领土，其中包括钓鱼岛。

② 2013 年 11 月 23 日，中国宣布划设东海防空识别区，其中包括钓鱼岛。对在此区域不配合或不服从命令的航空器，中国武装力量将采取防御性处置措施。11 月 25 日，日本首相安倍晋三要求中方撤销东海防空识别区。

③日本军国主义和安倍晋三政府一直企图否定第二次世界大战的成果，特别是否定《开罗宣言》等有关国际条法对其的惩戒条款，妄图挑战战后国际秩序。其行为包括：否定侵略罪行；修改和平宪法；增加军费，扩军备战等。

## 《七律 · 赞柳絮杨花》①

柳絮杨花飘四方，激扬潇洒任飞翔。

身轻质重觅肥沃，雨顺风调孕壮强。

不与群芳争艳丽，但求根本扎深长。

枝繁叶茂参天日，华夏复兴做栋梁。

........................................

① 读旅居德国的原长沙一中学生曾韵同学大作，遂和诗一首，赠以刘旭、杨华为代表的长沙一中 K95 级学生。发表于《诗词世界》2014 年第 1 期。

## 沁园春 · 欧洲行①

欧陆风情，千里草青，万里云飘。望莱茵两岸，蔚然深秀；飞虹饮涧，滚滚春潮。黄发垂髫，怡然自乐，盟帜旌旗惬意招。朝晖映，江花红似火，分外妖娆。

中西地壤天霄，引华夏同胞心火燎。叹神州故土，秦砖汉瓦，诗词曲赋，曾领风骚。近代折腾，内贪外掠，画栋雕梁遭抢烧。俱往矣，建祥和社会，莫误今朝。

........................................

① 2010 年 8 月，余携妻赴法国斯特拉斯堡大学探望儿子，儿子导游兼翻译，我们游览了法国、德国、瑞士、卢森堡、荷兰、比利时等国家的一些城市乡村风景名胜，流连忘返，感慨系之，尽兴而归。赋诗一首，发表于《诗词世界》2012 年第 12 期。

## 七律五首 · 赞定邦先生及其《强国树人》

### （其一）

刘公遗我以华章，旨在树人为国强①。

祖母叮咛耳畔响，醴陵求学菜根香②。

淮川庠序春风善，教改远程桃李芳③。

伉俪情深闲有乐，儿俦更喜翅高翔④。

........................................

① 刘定邦先生《强国树人——一个伟大民族的教育理想》出版后寄赠我。

② 先生小学毕业时家境贫苦本不准备考初中，祖母却执意苦撑其应考，进入湖南醴陵三中求学。

③ 唐朝浏阳置县于淮川镇，即现在湖南浏阳市区。先生湖南第一师范毕业后一直在浏阳、长沙从事教学教研及电大等工作。

④ 先生与夫人王喜英老师均从事教育工作几十年循章退休；其儿女、儿媳、女婿皆博士硕士高学历高职称专业人才。

## （其二）

刘公聊发少年狂，强国树人研处方。
民族未来倚教育，钱翁疑问费思量[①]。
苦心孤诣赴硅谷，枕典席文迎曙光[②]。
探古访今衮一峡，创新理想定兴邦。

[①] 2005 年 7 月 29 日，温家宝总理到陆军总医院探望钱学森，钱学森问"为什么我们的学校总是培养不出杰出人才？"。

[②] 2009 年 8 月刘定邦先生携夫人去美国硅谷，在儿子儿媳及友人的安排下，参观了斯坦福大学、加利福尼亚大学伯克利分校以及圣何塞、圣地亚哥的一些中小学；并在圣何塞市的两个社区的图书馆找到了国内难以找到的资料，在毫无干扰的环境里夜以继日埋头写作，终于在 2009 年 10 月 31 日凌晨完成《强国树人——一个伟大民族的教育理想》一书的初稿。

## （其三）

寻根理想确非狂，钱氏忧思令感伤。
钦佩大师献教育，丰收硕果难估量。
远离桑梓游硅谷，夜伴书香待旭光。
更喜儿俦皆英俊，丹心嘉许定昌邦。

## （其四）

生于战乱蒙童苦，祖母支撑进考场[①]。
兰谊偷光鱼吐白[②]，城南求是书真香[③]。
大围山麓育桃李，浏水河滨结凤凰[④]。
教改学宫做表率，远程传播冠三湘[⑤]。

[①] 先生生于 1943 年抗日战争中。小学毕业时家境贫苦本不准备考初中，祖母却执意苦撑其应考求学。

[②] "兰谊"即现今醴陵三中。"偷光"借典汉朝匡衡"凿壁偷光"之故事喻先生刻苦学习。

[③] 先生曾就读于湖南第一师范，该校原为城南书院；徐特立先生曾题写"实事求是，不自以为是"，成为该校校风。

[④] 大围山地处湘东北、湘赣边境的长沙浏阳，闻名遐迩的浏阳河发源于此。先生与志同道合、相濡以沫的夫人在浏阳喜结良缘，并一直在浏阳及长沙中小学教学教研、师范、大学教育等岗位工作 40 多年。

[⑤] 学宫是古代用于供奉圣贤孔子和小孩读书的地方，是古代官办高等学府。1902 年，浏阳师范最早由贝远征、李闰（谭嗣同夫人）等人创办于长沙市学宫街，她是湖南省乃至全国最早成立的师范学校之一。先生曾先后在浏阳教研室、浏阳师范、长沙电大从事教改科研及其领导工作，立德、立功、立言，业绩、政绩有口皆碑。

（其五）

汗洒杏坛卅五载，功圆德满告还乡[①]。
钱公疑问有同感，美味佳肴无意尝[②]。
敬向仲尼借智慧[③]，谨同梁蔡讨良方[④]。
寻根理想古今系，强国树人华夏昌[⑤]。

[①] 先生从教45年，功德圆满，循章退休。
[②] 先生从教45年且颇有建树，而对于钱学森之问"为什么我们的学校总是培养不出杰出人才？"深有同感与痛感，无心于觥筹交错的茶楼酒肆之应酬。
[③] 仲尼，我国古代伟大的思想家和教育家、儒家学派创始人孔子，字仲尼。
[④] 梁蔡，指中国近代史上著名的政治活动家、启蒙思想家、教育家、史学家、文学家梁启超和中国近现代著名的民主革命家和教育家蔡元培。
[⑤] 指梅克保先生和周庆元先生在《强国树人——一个伟大民族的教育理想》"序"中概括的该书的特点及其史料价值与现实意义。

## 七律 · 恭贺蔡老《绿叶斋诗稿》付梓[①]

鹏城幸识乡前辈，读罢诗书喜有缘。
泽及菁莪称典范，功垂桑梓颂清廉。
稀龄举案松篁茂[②]，绿叶护花瓜瓞绵。
山水寄情春永在，夕阳无限写新篇。

[①] 蔡老：蔡葵斌老师，系湖南师大校友、原湖南益阳市二中语文老师、校长，退休后居深圳。着有《绿叶斋诗稿》等。
[②] 蔡老夫人曹慧中老师亦湖南师大校友，中学数学老师，与蔡老伉俪情深，相濡以沫，教书育人，循章退休，现与蔡老均年过七旬，居深圳。

### 七律 · 动车温州追尾①

一从大地起风雷②，便有动车白骨堆。
乘客无辜遭惨祸，官僚腐败酿飞灾。
新华三问荒唐对③，真相九泉岂可埋？
毋戮焉能熄怨火，誓将罪首祭灵台！

......................................

① 7月23日20时34分，D3115次动车与D301次动车行至温州方向双屿路段下岙路时，发生追
尾脱轨坠落事故，致二百余人死伤。

② 一从：自从。7·23事故发生后，上海铁路局调查人员在事故现场表示，脱轨原因是前行
D3115次列车遭到雷击后失去动力停车。

③ 7月24日晚上铁道部举行新闻发布会，新闻发言人未解公众质疑，匆匆收场，记者们立刻拥堵
住发言人，希望继续提问，场面一度失控。7月25日新华社发文三问动车追尾发生原因：行车安
全系统为何失效？列车调度管理是否到位？平安能否不用鲜血来换？

### 七律两首 · 辛亥百年祭

#### （其一）

人民所有大中华，岂可因循帝制家。
革命雄师兴海内，运筹烈士走天涯。
仁人志士沥肝胆，辛亥枪声震迩遐。
两岸前嫌应摒弃，金瓯无缺祭黄花。

#### （其二）

先生革命卅余年，誓为三民与五权。
浪迹天涯谋大计，屡遭坎坷如铁坚。
武昌首义半成败，华夏谁凭解倒悬？
同志务须再努力，创新体制又开篇。

### 苏幕遮 · 辛亥百年祭

露凝霜，云掩月，风雨飘摇，国难民多劫。变法戊戌悲喋血。天地苍茫，敢问何人决？
起龟蛇，联楚粤，子夜响枪，强虏烟灰灭。枷锁千年从此裂。斩草除根，今必铲余孽！

### 读吴震先生《读石斋听雨集》有感

书斋好，读石雨声敲。无意为诗乃极境，存疑论史是孤高。世事有蹊跷。

### 贺万昌凡先生闺女文立赴美留学

万里鹏程今展翅，意图国盛与家昌。
少年即有非凡志，羽翼渐丰越海洋。
精算学成文立就[1]，功名取自菜根香。
继承前辈好传统，期盼尔曹做栋梁。

......................................................

[1] 文立从华南理工大学赴美留学主攻精算专业。

### 七律．咏金江

浏河有幸绕金江，书院沧桑百岁樟。
革命先驱播火种，青春志士聚黉堂。
高歌筑路办新学，沥血呕心育栋梁。
曾领风骚载史册，创新基地再辉煌。

2015 年冬至

### 苍苍樟树坪

苍苍樟树坪，杳杳校钟鸣。
莘莘学子回眸处，汩汩金江不了情。
潇潇暮雨随风去，朗朗书声迎日升。

2016 年暑假

### 贺苏子泉老师八十大寿

初冬时节华天新，寿诞酒香好热忱。
金水温良润玉树，讲坛隆盛育新人。
精神健旺儿孙孝，桃李芬芳笑语频。
遥望株陵松更茂，期颐庆典再登临。

## 贺太平初惠三喜临门①

乔迁豪宇儿婚日,又值妹夫华诞时。

有道太初好气象,龙年大树发新枝。

............................

① 《列子》说:太初者,始见气也。(太初,是气刚刚出现的阶段。)张善渊则认为:太初,都
有名无实,虽变有气,而未有形,是曰太初。太初,气之始而未见形者也。(太初,是阴阳变化出
现了气,但尚未有形象。太初,就是气的开始而未出现形的阶段。)太初有道,道与神同在。这是
《新约·约翰福音》开篇第一句话。

## 教师节赠广香兄

珞珈山麓一蒙童,志虑忠纯才艺通。

设帐襄樊显特质,投身教苑展雄风。

爱情故事成佳话,实验传奇立硕功。

循制归田胜野鹤,彩云飘逸桑榆中。

## 《回乡偶成》六首

2018年,适逢改革开放四十周年,本人从长沙一中调入深圳实验学校二十周年,
暑假从深圳回乡,再登魏巍大围山②,重游九曲十八弯的浏阳河③两岸风景名胜,走
亲访友,对酒当歌,叙旧言欢。触景生情,附庸风雅,胡诌成句,作《回乡偶成》六首,
供各位清玩。

### 其一

三上大围山,九回九道湾。

鸡鸣四县市,脚踏万年川。

一曲浏河颂,二胡情意绵。

景随双眼秀,人在百花间。

### 其二

三上大围山,九回九道湾。

同窗两载义,共享一生缘。

情敌变情友,醋坛成酒坛。

明年再聚首,都带孙来玩。

### 其三

三上大围山，九回九道湾。
岚光悦鸟性，溪水戏鱼欢。
物宝菊花石，天华龙洞仙。
捞刀河共舞，长岛西江连。

### 其四

三上大围山，九回九道湾。
白云浮远黛，绿树迭重峦。
野径芳菲馥，农家瓜果甜。
师生相聚乐，笑醉花丛间。

### 其五

三上大围山，九回九道湾。
一千六海拔，卅万年冰川。
多彩烟花耀，四时风景妍。
蜿蜒五十里，有首民歌传。

### 其六

三上大围山，九回九道湾。
七星观日出，五月赏杜鹃。
两岸青山跃，十桥碧水环。
走廊百里秀，古郡越千年。

---

② 大围山位于湖南省浏阳市东北部湘赣两省交界处，距省会长沙（即毛泽东诗句"长岛人歌动地诗"中"长岛"）118公里。北靠平江，南接江西万载，东临江西铜鼓。顶峰七星岭海拔1600多米。大围山冰川遗迹大约形成于40万年前，其地质遗迹齐全并且保存完整，堪与阿尔卑斯山第四纪冰川地质遗迹媲美。1984年建成湖南大围山自然保护区，1992年大围山公园被国家林业局批准为国家森林公园，2016年经国土资源部验收大围山成功创建国家地质公园。大围山上的杜鹃花多达十万亩，主要分布于七星岭、红莲寺景区，是名副其实的长沙"最高"杜鹃，每年4月到5月，可来此登高望远，欣赏满山遍野姹紫嫣红的杜鹃花盛况。

③ 浏阳河，又名浏水、浏渭河，为长沙最大的湘江支流，因民歌《浏阳河》闻名于世。发源于大围山，流经浏阳市、长沙县，一路蜿蜒向西，与发源于浏阳石柱峰的捞刀河都汇入长沙城西的湘江。沿途所经浏阳市、长沙市均为千年古郡。"浏阳九曲十八弯"泛指浏阳河曲折蜿蜒弯道多。沿途多处以"九道湾"命名。在长沙城区浏阳河上有十座大桥，每当夜幕降临便流光溢彩车水马龙。浏阳河畔还有夏布、湘绣、花炮、豆豉、茴饼等特产，河道中所产菊花石为世界一绝。浏阳河流域有谭嗣同、徐特立、黄兴、许光达等名人故居，有九龙洞、开福寺、马王堆汉墓、陶公庙、浏阳文庙、浏阳算学馆、孙隐山等古迹。河东片区建有国内唯一水稻博物馆及隆平主题公园，河西片区的百里花木走廊风光旖旎美景如画。

## 祝福你，亲爱的深圳实验

当惊蛰的春雷再一次响起，
当东风再一次吹绿了鹏城，
当一万零五百八十多个日日夜夜已经成为昨天，
我们轻声呼唤，
深圳实验，你早！
我们亲切呼唤，
深圳实验，你好！
我们衷心祝福
深圳实验，
生日快乐，天天向上！

亲爱的深圳实验
呼唤你的名字，就像呼唤蓝天和白云，
呼唤你的名字，就像呼唤土地和阳光。

一路风雨兼程二十九载，
可还记得开拓者在白沙岭上的荒凉？
记得，记得
那是深圳实验这座名校的奠基之地，
那是深圳实验这块金字招牌开始打造的地方！

那是一个春天，那是 1985 年，
伴着一声惊蛰的雷鸣，
伴随着特区的成立，
深圳实验应运而生，
开启我国教育现代化之门，
肩负着领跑特区教育的重任和荣光！

那是激情燃烧的岁月，
那是人生最美的时光。
我们有励精图治的校训，
我们肩负着实验的重任；

我们今天健全成长，
明天做国家栋梁！

从此，
在我们的求学道路上，
打上了深圳实验的二维码；
在我们的人生履历中，
闪烁着深圳实验深邃的目光。

二十九个春秋，
多少位师长组成一个个星座，
呕心沥血，无怨无悔，
透过岁月的漫漫尘烟，
让我们记住他们，闪光的名字，
走过岁月的风风雨雨，
一路奔向远方！

又是一个春天，
那是 2007 年。
深圳实验这个金字招牌，
已经悬挂在时代教育的制高点。
是依照惯性吃老本走老路，
还是赋予"实验"新内涵，
创新"实验"新思想？
校长的回答是：
深圳实验——必须有时代的担当！
深圳实验师生的回答是：
我们是"实验"！我们在"实验"！
"实验"的重任我们扛！

健全人格是我们的最高学历，
有效教学：打开"实验"的幸福之窗。
情绪管理成为我们的教科书；

莘莘学子在爱的春风中茁壮成长；
礼仪，是我们人格最美的音符；
为使学生具有健康心理，
我们精心"烹制"心灵鸡汤。
"实验号"曾经纵横半壁江山，
年年都领学生上井岗。
社会实践长才干，
磨砺意志谈理想。
阅读领悟真善美，
校园处处飘书香……

蓝天白云，是我们的梦想飞翔
励精图治，磨砺着我们稚嫩的翅膀。
老师啊，
您的每一句鼓励，每一个眼神
都增添了我们飞翔的力量，
您的每一次呵护，每一句叮咛，
都引导着我们成功的方向。

每天踏着晨曦进校园，
我感到是一种幸福；
看到孩子们纯真的笑脸，
我感到是一种快乐；
看到孩子们的进步，
我更感到是一种享受！
孩子啊，你让我感到
作为一名人民教师的
人生价值，职业尊严，无上荣光！

今天，深圳实验
迎来了又一个生意盎然的春天。
金光闪闪的深圳实验啊，
你从哪里来，又向何处去？

你的冬天是否真的已经过去？
你是否预备了冬天的棉衣？
校长的回答掷地有声：
冬天还会有！挑战永存在！
我们在路上，我们永远在路上！

面对您的二十九岁生日，
亲爱的深圳实验，
我拿什么奉献给你？
白云奉献给蓝天，
长路奉献给远方。
我就将这火热的青春，
奉献给深圳实验的梦想！

当校庆的欢歌随着春风飞扬
实验啊，
请允许我们将激越的音符，
镶嵌在你幸福的脸庞！
让我们放声高歌：
蓝白突显，多彩黉堂，实验之花，桃李芬芳。
特色办学，挥洒其长，实验之歌，青春飞扬。
诵读经典，师生共赏，实验之本，教学相长。
心灵手巧，泥苑陶坊，实验之路，书艺馨香
开拓进取，创新思想，实验之魂，民族脊梁。
美哉实验，教育之光！乐哉实验，弦歌一堂！壮哉实验，再创辉煌！

2014 年深圳实验学校校庆日

# 原创短信选

傅芳觉

## 送您健康最重要 08、9、30

送您牛奶，您说唯恐有毒哪敢要？邀您唱歌跳舞，您说就怕龙岗一样大火烧！请您大吃大喝，您说这猪一样的生活，咱实验人坚决不要！思来想去，送您健康最重要——愿您肝胆肾脏不结石，祝您身体结实不吃药！这个礼物，绝对不开空头支票！

## 春天的故事 08、12、25

1993 年那是一个春天　有一部教师法许下一个愿
教师的工资不得低于公务员
奇迹般地很多人报考师大和师院
春雷啊唤醒了校园内外
春晖啊暖透了教师心田
教师啊教师
你迈开了教书育人的新步伐
走进教育改革的春天

2006 年又是一个春天　有一部义务教育法许下诺言
教师的工资不得低于公务员
课改征途扬起浩浩风帆
春风啊吹皱了一池春水
春雾啊迷蒙了教师双眼
教师啊教师
你展开了课程改革的新画卷
捧出万紫千红的春天

2009 年又将迎来一个春天　有一个决定立下誓言
教师的工资不得低于公务员
各大媒体都传达着这个好消息
春风又在吹啊春雷又在响

春雨啊你何时滋润教师的心田
教师啊教师
你露出了甜美无比的笑容
走进桃李芬芳的春天
啊，春天的故事，春天的故事……

## 走进那新时代 09.1.1

（无比自豪地唱）
总想对你表白，我的心情是多么豪迈，
总想对你倾诉，我对教育是多么热爱，
任劳任怨的人民教师，埋头苦干走进新时代。
啊！我们埋头苦干走进那新时代。
我们捧着教师法，拥有尊严登讲台，
我们打开义务教育法，课程改革干起来，
我们学习新决定，无怨无悔地教育那新一代，
励精图治开创未来。
让我告诉世界，中国教师傻得可爱，
让我告诉未来，我们教师充满期待，
任劳任怨的人民教师，埋头苦干走进新时代。
啊！我们埋头苦干走进那新时代。
我们捧着教师法，拥有尊严登讲台，
我们打开义务教育法，课程改革干起来，
我们学习新决定，无怨无悔地教育那新一代，
励精图治开创未来。开创未来！

## 走进那新时代（之二）09.1.1

总想对你表白，我的心情是多么豪迈，
总想对你倾诉，我对（1）班是多么热爱。
聪明可爱的同学们，意气风发的祖国新一代。
啊！我们意气风发的祖国新一代。
我们家长真可敬，优生优育爱小孩，
我们唱着春天的故事，改革开放富起来，
继往开来的领路人，带领我们走进那新时代，
·高举旗帜开创未来。

## 春节祝福 2009.1.24

知道你视金钱如粪土，我祝你"粪土"多多堆积如山；知道你厌恶勾心斗角做大官，我祝你步步高升成为真正的"一把手"——家里炒菜的一把手！你真是牛啊——你吃的是草，挤出来的是奶（且不含三聚氰胺）！你岂止是牛，你就是我们的国宝啊！新春佳节来临之际，有关部委安排你享受国宝熊猫同等待遇——与"团团圆圆"一样天天吃傅贵竹，与"平平安安"一起睡芳草地，与"欢欢喜喜"一样感觉超爽！

优秀放牛娃傅芳觉

## 元宵快乐

邀您去海边赏月，警卫班长为您安全婉言拒绝；送您汤圆，营养厨师说您不宜吃甜；请您喝 XO，保健医生说首长正戒酒；约您去"斗地主"，办公室主任说首长要去访问灾区；请您去旅游，你爸妈说你还在南山放牛！嘢，您原来跟我一样也是放牛娃！哈哈，祝元宵快乐，放牛快乐！2009.2.9

## 情人节短信

情人节来临，知道您忙得不可开交，为了减轻您的负担和压力，本公司以庞大的队伍热忱代您接受鲜花等情人礼品，接收、回复相关短信等。诚信第一，为您保密，包您满意！

"爱无限"股份有限公司　董事长傅新汉　总经理 薄晴朗
地址：广爱省深情市桃花区情人街 229 号　邮编 129129
电话：22222222　连络人：艾先生　手机：12929912999

## 美丽的实验我的家（09年3月28）

美丽的实验我的家，

白沙岭啊就有一幅风景画（冯景华）。

燕儿纷飞大鹏唱（孟燕郑艳云燕文艳学艳秀艳明艳杜妍生焱，杨鹏彭鹏）

庐江碧水载乘筏（卢江翟成发）

两马好似彩云朵（马蔚马红莉）

刘杨老师人人夸（众多刘、杨老师）

啊，四大金刚开怀唱（立刚少刚月刚志刚德怀）

愉快的歌声满天涯（东戈蔡革）

美丽的实验我的家（赵丽）

三尺利剑五瓶花（李健，梁平懂平建平英萍爱萍）

笔架山树红草茁壮（山树红曹茁）

校园盛开梅兰花（谭梅李梅笑梅爱梅红梅青梅，慕兰清兰玉兰银兰）

银湖两洲两眼井（吴洲建洲、梁炎景）

桃李芬芳美如画（众多李老师、典桃李芳秀芬文芳和芳）

啊，雄鹰展翅翱江天（涂瑛朱英江田）

同星云一齐映百花（王星云童义绮舜华卫华景华）

## 端午节短信（09年端午）

节日期间您将处境旅行，我拟赠您我的专利产品"屈原牌万能隐形口鼻罩"，既能阻隔甲感、非典等所有病毒以及资产阶级腐朽思想对您的侵入，又能保持您的光辉形象。另外，您的所有贵重物品、大额钞票、股票存折、豪宅靓车钥匙等都交我保管好了。祝您旅途平安顺利，节日开心快乐！

## 本山从此不忽悠 09.6.16

日前著名笑星范伟通过"傅爸爸短信平台"爆料，揭秘不与本山大哥上春晚根本缘由，两位明星顿释前嫌。范伟对本山大哥说，你忽悠，继续忽悠！忽悠来忽悠去，你能忽悠过X市长吗？！本山大哥茅塞顿开，一跺脚，咬破手指头血书两行大字——X大市长看春晚，本山从此不忽悠！

## 国庆巧遇中秋 09.10.3

国庆巧遇中秋，我在人生旅途认识了你，此乃家国盛事，人生美谈。你问我今晚月亮美不美，我说月亮你跟一样美；你问我月饼味道好吗，我说与你在一起赏月就更好！祝节日快乐，天天开心！

## 双十节放假建议 09.10.10

强烈建议将 10 月 10 日确立为国家法定节假日，并与国庆黄金周连接成国家法定长假。当否？请您审批。其理由和意义如下：1、认同中国革命的历史传承；2、有利于两岸和平统一；3、有利于拉动内需，促进国民经济持续稳定发展。如果您批准同意并得以实施，国家统一和振兴将指日可待，全国人民将三呼万岁，世界人民将授予您诺贝尔和平奖。恭请您顺应历史潮流，签字同意吧！功在当代，利在千秋！

## 元旦祝福 2010.1.1

昨天真是喝醉了，把祝福您的短信全都泡在酒里了！来，为了您的平安幸福、荣华富贵，为了大地丰收、四季芬芳，为了中华之崛起，为了世界之和平，为了我们的友谊，干杯！

## 2010 元宵祝福

昨天和今天，我驱车从深圳到珠海，从珠海驱车到开平，又从开平驱车回深圳，全程 588.88 公里，车轮每转一圈，就是我在地平线上送给您的一个圆满的祝福。请您计算一下，我送给您多少个美好的祝福？祝元宵快乐无比！

## 2010 年端午节

粽子应该投到江河里，足球应该踢到对方球门里，没有中国队才叫世界杯足球赛，有了中国足球队就不叫世界杯，那叫世界悲啊！祝您端午节看世界杯，为中国乐——咱中国好啊，人家踢得多辛苦，咱喝着啤酒瞎吆喝，多痛快！

## 2010 年中秋节

今夜无月，但有我为您祝福，有海内外众多粉丝为您欢呼，祝您事业比月亮还圆，爱情比月饼还甜！您的铁杆粉丝傅芳觉

## 2010 年国庆节

傅芳觉谨通过"嫦娥二号"向您致以金色十月的敬礼和祝福！

## 三聚氰胺涨价了 2010.11.23

蒙牛伊利三元集体提价了！——因为三聚氰胺涨价了！

## 好消息 2010.12.30

好消息：《中国的反腐败和廉政建设》白皮书指出，2003 年至 2010 年，公众对反腐败和廉政建设成效的满意度平稳上升，从 51.9% 提高到 70.6%。这里被满意的"公众"特指全国幼儿园小朋友、各级党校学员、全国脑残智障人员、各医院精神病患者、上百万各级人大代表和政协委员、全国各级机关干部、各地暴发户以及所有在经济政治乱象中的既得利益者。

## 天价酒和天价油 2011.4.15

交警查酒后驾车一查一个准，原因何在？却原来中石化中石油天价汽油里边都有天价酒！中石油中石化酒气熏天，司机们加了他们的油，自然一身酒气，查出酒驾，实在是冤啦！腐败酿成天价酒，垄断造出天价油！

## 纪念建党九十周年"之最"三例

(1) 某人当领导以来最像人话的一句，是他在传达胡总讲话时漏了一个字：只有我们把群众当（亲）人，群众才会把我们当（亲）人。

(2) 红歌庆典最令人毛骨悚然的节目《等你来》，演出单位：某市殡仪馆．

(3) 我国震惊世界的最新数学研究成果：3 千余万元 ≈ 20 多亿元

研究单位：河南省中级人民法院许宗衡贪腐专案组。

## 2011 年中秋节祝福

我是月亮，请你看一看；我是月饼，请你尝一尝；我是清茶，请你品一品；我是桂花，请你闻一闻；我是葡萄美酒请你饮，醉了随着圆舞曲打几个滚；我是太阳，请晒一晒你的幸福和奖金；我是地球，请你时时刻刻跟我转来转去穷开心！祝中秋快乐，天天笑得合不拢嘴！看你明天怎么吃月饼？

## 2011 年平安夜

人家生蛋我吃蛋，不跟他们瞎扯蛋。多吃鸡蛋要防禽流感，多喝牛奶谨防三聚氰胺。少去酒楼多出汗，按时起居吃好饭。少吃药来多去逛，尽心工作不蛮干。祝您简单生活天天吃个蛋炒饭，快乐工作每年随便赚个几千万！安心睡觉夜夜都有美梦相伴！

## 傅爸爸世纪姻缘国际婚介有限公司广告 2012 年 3 月 3 日

为弘扬雷锋精神，喜迎两会，欢庆三八，傅爸爸世纪姻缘国际婚介有限公司推出特优服务，两天内速配成功。男女平等，质量三包。半年内包退，两年内包换，终身免费保养。董事长：约翰．傅新汉，总经理：爽约．吴晴雨，连络人：珍妮．艾旬欢。欢迎来电来函来人垂询。公司地址：乌有市茂德路桃源村子虚大厦 18B。联系电话 55552222。QQ 号 88886666

## 端午节的渴望 2012.6.23

五月初五端午节，屈原徘徊汨罗江畔，满腔悲愤地吟诵《离骚》之后，痛苦万分愤怒不已地唱起了《渴望》主题歌

悠悠岁月兮　欲说当今好困惑

亦毒亦劣兮难吃喝　有毒食品兮

都曾经吃过　各种药品兮究竟谁敢服？

漫漫人生路兮　上下求索　心中渴望兮……

平安的生活　谁能告诉我兮

是毒还是药　问询南来北往的客

亲情忘却兮，留下高考从头说

相伴考生兮万家灯火　故事太多兮宛如平常一段歌

公款消费兮共斟酌……

祝节日快乐兮无穷，天天幸福兮无比！

## 中秋国庆长假所见所闻所感 2012.10.5

节假日观感之一：同胞们走亲访友，把我们的月饼垒成我们新的长城；高速公路拥堵不堪，把我们的汽车排成我们新的长城；旅游景点人满为患，把我们的躯体筑成我们新的长城；游客们随地乱扔，把我们的垃圾堆成我们新的长城；娱乐场所把我们的麻将砌成我们新的长城！

节假日观感之二：新闻联播主持人问你幸福吗？央视观众到了最尴尬的时候；钓鱼岛争端到了剑拔弩张的地步，外交官员到了最难堪的时候；香港两船相撞，中华民族到了再次默哀的时候；美国总统竞选，中国民主到了最纠结的时候；微笑局长终于下台了，有关领导到了最哭笑不得的时候；陕西再次拒绝公开"表哥"工资，官员财产到了最见不得阳光的时候；无耻官方冒着民间的骂声腐败！冒着民间的骂声腐败！腐败！腐败！败！民间网友齐心，要对权贵集团清算！要对权贵集团清算！清算！清算！算！

## 2013 年元旦

表哥送名表你不要，房叔送房你拒绝，朝鲜突然发射导弹你面无惧色不受惊！你真是富贵不能淫，贫贱不能移，威武不能屈啊！但是傅爸送给你的圆蛋祝福你可要笑纳哟！让我们共祝新年一切笨蛋混蛋穷光蛋都变成好蛋喜蛋土鸡蛋富贵蛋，一切坏蛋都滚蛋！

## 2013 年春节我的中国梦

2013 年春节我的中国梦：你请我到钓鱼岛去旅游，我请你到蒙古大草原去放牛；你去收购中石化，我就收购中石油；通过监控腐败官员都现身，透过雾霾我们能够看见天安门；权力已经关进笼，你就只管守法当老总！每天放肆发红包，日子过得乐逍遥！

# 原创楹联选

傅芳觉

### 母亲八十大寿条幅对联

(1) 永镇耕塘垂钓烹肴同庆萱堂日永,长东浏水清心明目共期碧水流长。

(2) 凤凰嘴红欢晋八旬大寿,桐梓坡绿喜征万世其昌。

(3) 岁数八旬人未老,群芳齐上寿;家传千载福无边,亲友共欢愉。

(4) 浏阳河畔桐坡同乐叟童同庆八旬大寿,
工业新城凤嘴凤鸣鹏凤奉迎万象更新。

(5) 大门对联:桐坡萱草凌霜翠,凤嘴蟠桃映面红。横批:萱庭日丽

### 母亲八十大寿纪念相册和台历新增对联

(1) 童献蟠桃庆八秩,鹤栖松树荣千年。

(2) 岁月峥嵘八秩,凤凰山上烟花灿烂;亲朋聚集一堂,桐梓坡中鞭炮轰鸣。

(3) 凤凰山上青松正茂,桐梓坡中仙鹤尤欢。

(4) 物华天宝青山媚眼,人寿年丰美酒飘香。

(5) 橙黄橘绿行看采掇方盈手,心旷神怡暗觉馨香已满襟。

(6) 岁月焕新,无边景色来天地;家乡如画,万缕诗情上笔端。

(7) 八秩心宽安享春秋永;四时体健流传岁月长。

(8) 虎啸青山秀,兔奔碧野宽。

(9) 羡高年精神矍铄花甲重添二十载;居上寿齿德俱尊松年永享八千秋。

### 大哥新婚联（四喜临门）

中秋圆月举国同庆,吉日诞辰鱼水合欢。

### 二哥新婚对联选

看见春天走向你我,迎来吉日结成鸳鸯。

### 灿弟新婚对联选

龙年龙翥,凤嘴凤鸣
柔情似水佳期如梦,喜气满堂欢乐开怀

## 堂弟芳耀与叶红新婚对联选

诗题红叶,玉种蓝田

新屋春光好,华冲喜事多

园山虎跃,景竹叶红

虎岁麒麟兆祥瑞,新春红叶显风光

## 万昌凡先生母亲仙逝挽联:

万府亲朋涕泪纵横钦懿德,一生典范子孙昌盛非凡庸。

## 贺罗东红罗德高母亲八十大寿

东风和煦吹拂萱草眉舒绿,美酒飘香醉得蟠桃面映红。

德劭万佳福寿永,年高八秩心神安。

德高望重春秋永,体健心宽日月长。

## 2011 年新春有奖征联

上联是:腊鱼腊肉腊鸡腊鸭腊香肠,不放辣椒都不辣;

征下联

## 2012 年有奖征对春联(征下联)

1. 百花园日丽风和草也青,优秀放牛娃领养一窝淘气机灵小兔子;

2. 玉兔迷离扑朔飞奔似箭离弦而去;

3. 龙国龙年喜看金龙振翅腾飞万里济沧海;

## 2012 年题赠学校春联

笔架山前笔墨生辉欢写新年愿景堪称妙笔

银湖水面银光闪烁笑迎实验奖牌斩获金银

横批:山欢水笑

## 2013 年有奖征对春联(征下联)

上联是:金龙摆尾腾蛇乘雾,雾霭弥天,天安门安在?

征下联

拟对：

金龙摆尾螣蛇乘雾，雾霭弥天，天安门安在？

神九升空蛟艇潜航，航向正中，中国梦国强！

金龙摆尾螣蛇乘雾，雾霭弥天，天安门安在？

神九升空蛟艇潜航，航标中正，正能量能行！

## 2014 年最恰当春联

雾里看花银蛇摆尾去，深山打虎猎马带禽归　横批：年复一年

## 2014 年春联

欢送银蛇摆尾去，喜迎猎马带禽归　横批：载歌载舞

螣蛇乘雾九霄志，骏马奋蹄万里程　横批：志存高远

## 2015 年春联

骏马雄风辞旧岁，金阳大道开新篇。横批：春长福永（老家大门）

北斗九霄传喜讯，东风万里送屠苏。横批：源远流长（老家客厅）

万马奔腾围猎去，三阳开泰迎春来。横批：福满益田（益田村）

## 2016 年春联

羊献银毫书捷报，猴挥金棒指新途。横批：大展宏图（老家大门）

东风和煦金阳暖，玉宇澄清花果香。横批：春风浩荡（老家客厅）

猴喜满园桃李艳，春回大地益田新。横批：快乐吉祥（益田村）

## 2017

猴年喜获丰收果，凤嘴欢啼盛世春。横批：北辰得意（老家大门）

大圣辞年留瑞霭，金鸡报晓迎朝晖。横批：紫气东来（老家客厅）

金猴举棒驱霾去，彩凤迎春送福来。横批：春满益田（益田村）

## 2018

踏雪寻梅闻犬吠，当歌对酒迎春来。横批：新年快乐（老家大门）

凤凰留印三多叶，瑞犬描摹五福梅。横批：吉祥如意（老家客厅）

三多竹叶添新色，五福梅花开益田。横批：春暖花开（益田村）

## 2018 年有奖征对春联（征下联）

上联是：踏雪寻梅闻犬吠

## 2019 年

朱门北启康庄道　紫气东来锦绣春　横批：凤嘴迎新（老家大门）
春回大地犬声远　喜降天蓬诸事兴　横批：福临耕塘（老家客厅）
东风浪漫迎新岁　桃李芬芳种福田　横批：幸福家园（益田村）
六约共荣家室乐　三阳开泰物华新　横批：锦上添花（六约村）

## 2019 年有奖征对春联（征下联）

上联是：革故鼎新须八戒
拟对：革故鼎新须八戒，欢天喜地必三清。

## 夏嗲八十大寿对联

福星高照巴陵庆，寿诞喜回永镇欢。横批：福寿双祺

## 为浏阳人民医院整体搬迁湖南永安建筑公司办公大楼题联

人为本尊思邈拓新址寄望杏林医疾苦，永争先敬鲁班筑琼楼追求卓越建勋功。

## 挽金式如校长联（2017.9.9）

(1) 金牌教育新模式，如春风沐浴幼苗成长；
实验黉门创始人，犹大树参天伟业长存。
(2) 伴特区伟业沥血呕心魂系杏坛献大爱，
创实验品牌励精图治梦圆深圳写人生。
(3) 沙岭筑坛并华强收亚太再创集团办学新模式，如履薄冰战栗；
杜鹃啼血塑品格植脊梁启迪实验育人好校园，似登高山巍峨。
(4) 育万千学子尝胆卧薪献大爱高风常在，
创实验品牌励精图治铸辉煌事业永存。

## 刘长节爱女刘洁女婿张子杰婚礼回门宴条幅楹联

(1) 龙腾虎跃莺歌燕舞，海誓山盟地久天长。
(2) 凤栖梧桐　爱情比蜂蜜，龙驾白马　新贵承佳期。
(3) 稚子结良缘庆礼从心开笑口，嘉宾援百赐感怀雅意叙衷情。
(4) 迎佳婿百年好合，嫁爱女万事称心。
(5) 天心阁楼吹箫堪引凤，捞刀河畔攀桂正乘龙。

## 为长沙一中学生阳佳与刘瑶喜结良缘题新婚联

佳期如梦柔情似水，瑶树采英欢乐满怀。横批：佳偶天成

### 为深圳实验学生林彬和蒋栩璐结婚题赠喜联

玉树彬彬行典礼，金枝栩栩秀春风。横批：珠联璧合

### 迄今为止最得意调侃结婚喜联

两叶扁舟驶向 X（何处），一双括号终成 O（圆圈）。横批：X·O

### 为深圳实验学校学生钟沁怡和叶君平新婚题联

钟情一见诗题红叶，缘定三生玉种蓝田。

横批：百年好合